浙江省哲学社会科学重点研究基地2023年预立项
（19号）《鲁迅"传统"与余华的小说创作》

浙江省哲学社会科学重点研究基地杭州师范大学
评研究院"当代文艺批评前沿丛书"成果

鲁迅『传统』与余华的小说创作

李立超 著

ZHEJIANG UNIVERSITY PRESS
浙江大学出版社

·杭州·

图书在版编目（CIP）数据

鲁迅"传统"与余华的小说创作 / 李立超著.
杭州 ： 浙江大学出版社，2024. 8. -- ISBN 978-7-308
-25236-2

Ⅰ. I210.97；I207.42

中国国家版本馆 CIP 数据核字第 202464AX13 号

鲁迅"传统"与余华的小说创作

李立超　著

责任编辑	牟琳琳
责任校对	吕倩岚
封面设计	周　灵
出版发行	浙江大学出版社
	（杭州市天目山路148号　邮政编码　310007）
	（网址：http://www.zjupress.com）
排　　版	杭州林智广告有限公司
印　　刷	杭州宏雅印刷有限公司
开　　本	880mm×1230mm　1/32
印　　张	10.875
字　　数	260千
版 印 次	2024年8月第1版　2024年8月第1次印刷
书　　号	ISBN 978-7-308-25236-2
定　　价	88.00元

序 一

程光炜

立超的博士论文《论余华小说中的鲁迅"传统"》，在不断补充材料、完善观点和反复斟酌修改后，即将出版，她请我作一个小序，在我自然是欣然接受的。立超硕士毕业于香港城市大学，在那里奠定了扎实的学科基础，考上中国人民大学后，跟我攻读中国现当代专业博士学位，因此成为师生。立超在读期间，学习勤奋，读书甚多，显示出突出鲜明的科研潜质。记得她博士论文答辩时，我请著名文学史家、复旦大学的陈思和担任答辩主席，陈老师对论文题目和所讨论的问题，表现出浓厚的兴趣，也给予了褒奖。

从文学史材料的积累上，做这个题目的困难应该不少。首先是材料缺乏，一是余华的年谱那时候还未面世，堆积在各种文学学术杂志上的，大多是关于他新作的随感性评论，或是对他过去创作的扫描式的宏观论述，鲜有值得引用的成果；而在余华与鲁迅"传统"的关系方面，则只有几篇余华个人的陈述，这些材料，作为一家之言自然属实，不过，却无法坐实二者之间可靠的传承关系。好在，自80年代中期余华的"先锋实验期"结束后，由于当代文学转型思潮的强力推动，也由于作家自己的深刻反省，他猛然意识到了鲁迅"国民性问题"对其创作道路的重要性。尤其是，鲁迅一生中所遭遇的一大巨变——辛亥革命，与对余华成长过程影响甚巨的"文革"史，使得余华在思想、感情上与鲁迅产生了一种既可以说非常神秘又可以说非常自然的精神纽带关系。这一点，在我与立超就博士论文题目和研究问题的多次讨论中，渐渐比较清楚、自觉了起来。这就一定程度上克服了材料不足的缺陷，将两位作家的"精神史"紧密地联系了起来，我认为这可以作为立超博论立论的基础，通过查找材料，大量阅读两位作家的文学作品，立超也认为，在这方面深入挖掘，在学理上是能够成立的。

实际上，作为中国当代文学史的一个"潜在的传统"，鲁迅对许多当代小说家，都有着极其深刻的影响，比如，以思想见长的张承志，以描写农村变革为使命的莫言等皆为突出的例证。张承志在《静夜功课》中说："近日爱读两部书，一是《史记·刺客列传》，一是《野草》。可能是因为已经轻薄为文，又盼添一分正气弥补吧，读得很细。"他的体味是："今夜暗里冥坐，好像是在复习功课。黑暗正中，只感到黑分十色，暗有三重，心中十分丰富。秦王毁人眼目，尚要夺人音乐，这不知怎么使我想着觉得战栗。高渐离举起灌铅的筑扑向秦王时，他两眼中的黑暗是怎样的呢？"又说："鲁迅一部《野草》，仿佛全是在黑暗下写成，他沉吟抒发时直面的黑暗，又是怎样的呢？这静夜中的功课，总是有始无终。慢慢地我习惯了这样黑夜悄坐。我觉得，我深深地喜爱这样。我爱这启示的黑暗。我宁静地坐着不动，心里不知为什么在久久地感动。"莫言在《读鲁迅杂感》一文中，指出他的小说："除了如《故乡》《社戏》等篇那一唱三叹、委婉曲折的文字令我陶醉之外，更感到惊讶的是《故事新编》里那些又黑又冷的幽默。尤其是那篇《铸剑》，其瑰奇的风格和丰沛的意象，令我浮想联翩，终身受益。截止到今日，记不得读过《铸剑》多少遍，但每次重读都有新鲜感。"由以上两个例子，可见鲁迅作为一种"传统"，对当代作家精神世界的进入之深，而且似乎已凝练成了一种自觉的意识和思想。

　　立超这部著作主体分五部分。整个叙事框架，紧凑、严密，先后相接，对鲁迅"传统"与余华的小说创作进行了内在逻辑性的建构。它的思想张力和分析力度，是有目共睹的，和相对自足的。对以博士论文为基础的学术专著来说，首要一点，是它必须承载强烈自觉的问题意识，对本学科的现有研究有积极的推动作用；其次是材料的完备和叙述主线，能将二者的关系贯穿全书始终；最后是新颖观点的创获，由此拥有一定的学术含量。我认为，立超这本著作，是完全胜任上述要求的。诚如该书开宗明义就说出了作者自己的学术抱负："余华的这番剖白对于研究余华小说中的鲁迅'传统'而言，是一个缘起，更是一个诱因，它激发我们想要去探寻：是什么原因促使了余华对于鲁迅的追悔？是不是余华与鲁迅在文学创作上存在的相似性奠定了余华对鲁迅进行追悔的可能？而这些可能是否正暗示着余华小说中所延传的鲁迅'传统'？所以，在本研究中，一个重点就是去厘清余华小说究竟是如何延传鲁迅'传统'的，余华小说对于鲁迅'传统'的接续具体表现在哪些方面？而这些都将成为余华的文本与鲁迅的文本所展开的对话。从这一层面上看，论述余华小说中的鲁迅'传统'是一个关于文学的议题，一个关于作家的议题，剖析余华小说中的鲁迅'传统'是为了让我们能够更加充分地理解余华这个作家。"到这里，该书作者已经亮出了自己的学术使命，也就是通过一本专著，通过鲁迅这面历史和艺术的镜子，去探寻和研究余华文学世界中的一个重要"截面"——对"国民性话题"的重新关注。我认为在目前的余华创作研究中，像立超这么鲜明地提出这一观点，并把其作为一种作家的文学史研究的历史维度，虽然不能说独一无二，但至少是非常少见的。对于当代作家的文学史研究而言，不是一般性地通过扫描手段，感性地叙述其创作的林林总总，而是深入剖析其精神世界的某一重要"截面"，这在当代文学史研究中应该是一大亮点。

日本学者丸山昇在他杰出的论文《辛亥革命及其挫折》中，分析了鲁迅与辛亥革命之间复杂纠缠的关系，他的分析帮助我们进一步厘清了这种差别。他说，20年代的鲁迅"寂寞也罢、绝望也罢，一切都无法片刻离开中国革命、中国的变革这一课题，中国革命这一问题始终在鲁迅的根源之处，而且这一'革命'不是对他身外的组织、政治势力的距离、忠诚问题，而正是他自身的问题"。"'革命'问题作为一条经线贯穿鲁迅的全部。"它们都是"决定性的"。套用立超这本著作的话来说，"文革"的"问题"，对于余华90年代以后的创作，尤其是他杰出的"三部曲"，也包括后来的长篇小说《兄弟》来说，也是"决定性的"。正是这种相类似的"决定性的"历史内涵，强化了余华与鲁迅"传统"的自觉联系，某种程度上，也是我们进一步认识余华"这一个作家"的思想基础。离开这一点，既无该书存在的必要，实际对于重新和延伸性地扩展余华的文学史研究，也就失去了令人信服的东西。

我想，从落笔该书的第一行字开始，立超大概已自觉践行着这一文学史意识，这一学术理念，她对两位杰出小说家进行历史观察，进而一步步逼近或说实现了自己预想的研究目标。以此而言，我肯定这本著作的价值，也相信它会得到读者的认可。

2023年初春记于北京

序 二

洪治纲

　　余华的文学创作，就像中国南方山谷里那些千姿百态的溶洞，曲折幽深，变化多端，吸引了一批又一批青年学者争相探究。其中，李立超便是一位佼佼者。她是程光炜先生的高足，一直专注于余华创作研究。近些年来，她似乎开始建构一种更全面的余华研究框架，从生平资料的爬梳与考释，到具体作品的评析与阐释，再到与相关作家的比较研究，都在有条不紊地展开。说实在的，这让我很是敬佩。我虽然也挺迷恋余华的创作，且一直不间断地探析余华作品，但我还没办法做到像立超那样的执着和专注。

　　我认为立超在试图建构某种余华研究的立体性框架，因为她在论析余华具体作品的同时，还在史料方面丝毫不曾放松。她曾多次去海盐，寻访余华成长经历，对话余华当年的朋友，查证余华早期发表的作品。经过一番努力，她发现了从未公开谈论的余华早期作品，竟有15篇之多。这让我吓了好几跳，也让我这个《余华评传》的作者很是汗颜。当然，我更多的还是高兴，终于有学者倾力关注余华创作的史料问题了。我想，这应该归功于她的导师程光炜先生。他在当代文学史料领域深耕多年，成就非凡，名师出高徒嘛，当属自然。

　　现在，立超又推出了这部专著《鲁迅"传统"与余华的小说创作》。它又吓了我好几跳。这是一部将两位作家放在一起进行系统性比较的研究专著，也是我一直想涉足但从未敢付诸行动的领域，而且根据我对余华相关研究成果的了解，绝大多数比较研究都是一些单篇论文，或专著中的某些章节，几乎没有人将余华创作置于某位经典作家的创作中进行系统比较。立超大胆地进行尝试，无论是学术雄心，还是挑战勇气，都令人感佩。因为系统性的比较研究，其难度并不在于对某些作品进行关联性比照，在异与同之间做些归类分析，而在于研究者必须熟悉这两个作家的创作及其内在的审美肌理，尤其是他们的思想观念、价值取向等，从创作主体的精神结构中找到具有比较价值和研究空间的内在根基。

回到鲁迅与余华的创作，无疑存在着诸多的关联性。无论是余华早期小说的暴力叙事，还是后来的戏谑性叙事，都有学者将之纳入鲁迅传统中进行过比较。至于《鲜血梅花》与《铸剑》的关系，当然有更多的人论及。立超显然并不满足于这类带有个案性质的比较研究，而是将鲁迅视为中国新文学的重要传统，来考察余华创作对于这个传统的承继与创新。这挺有意思。它既是两位作家的比较性研究，但又超越了作家之间的单纯比较，具有更复杂的历史绵延性和文化的伸展性，毕竟将鲁迅视为中国新文学的传统，是需要作者在宏阔的历史语境中进行印证的。好在鲁迅作为中国新文学的传统，大体上已成为学界的共识，这为立超的研究提供了坚实的基础。这一点，立超已在绪论部分阐述得相当清晰。

将鲁迅作为中国新文学的传统，从传统沿袭与创新的视域中来讨论余华的小说创作，无疑是一个非常有价值的论题。当然，这也意味着某些挑战：鲁迅的创作不仅在思想上极为复杂，在文体上也非常多元，究竟哪些重要方面可以视为鲁迅给中国新文学留下的重要传统？在《鲁迅"传统"与余华的小说创作》中，立超并没有对这些问题进行过多的纠缠，但她强调了鲁迅在20世纪80年代启蒙语境中所呈现出来的某些传统特质，并试图从横向、纵向两个维度，对余华创作展开关联性研究，"横向呈现了余华小说中所凸显的鲁迅'传统'的多个侧面，纵向将余华的小说创作进行了分期：80年代先锋小说创作时期、90年代向现实主义回归时期、21世纪书写当下时期。鲁迅'传统'作为线索将横向、纵向两个维度有序搭建在一起，并且让我们面对这样一个问题——对于鲁迅'传统'的追认，在余华的个人创作史中具有怎样的意义"。应该说，这种研究思路和框架都是非常有价值的，当然也是极具挑战性的。

从《鲁迅"传统"与余华的小说创作》中，我们大体上可以看出，立超主要还是关注余华在鲁迅精神传统上的某些承传关系。它既是特定历史文化语境作用的产物，也是余华作为先锋作家在艺术上自觉探索的结果。在该书的核心章节中，立超从五个方面，分别讨论了余华对于鲁迅小说"吃人"主题的延续性思考，余华对于鲁迅小说中所承载的越文化中"复仇"主题的人性拓展，余华对于鲁迅强调"人得要生存"之人生观念的日常化接续，余华对于鲁迅在《彷徨》等作品中纠结于传统文化的内在呼应，以及余华和鲁迅对于江南故乡的文学地理学表达等。应该说，这五个方面的讨论，每个方面都涉及复杂、宏阔且幽深的问题，包括哲学、社会学、历史学、文化学、精神分析学等，也是事关中国新文学变革的核心论题。立超的这些探讨，哪怕还存在这样或那样的不足，有不少地方还难以让人信服，或者说思考和论证还欠周全，但至少体现了她在细读余华小说中的重要发现，也展示了一个青年学者的探索热情和学术姿态。

在我看来，立超的这部专著，至少从三个维度体现了她对余华研究的拓展。其一是摆脱了作家之间单纯的比较研究，将余华置入由鲁迅所建构起来的新文学传统中进行深度分析。说实在的，如果将鲁迅和余华进行单纯的比较研究，也是一个难度较大的系统化课题，同样有其独特的价值，但立超似乎并不满足于此，而是将鲁迅视为一种新的文学传统来审视余华，这既让我们看到了鲁迅作为新文学传统在当代文学中的承传与变革，又让我们重新理解了余华无论怎样叛逆或实验，其骨子里仍与传统保持内在的关联，并进而印证了艾略特的《传统与个人才能》和利维斯的《伟大的传统》等经典著述中所表达的观点。

其二是摆脱了史料勘探与创作研究彼此疏离的状态。说实在的，中国当代文学史料学或当代作家的生平史料考释，在近些年一直热闹非凡。这当然是好事儿。但同时我们也发现，有不少史料考证或辨析，还仅仅停留在其本身的真伪层面，或者只是提供了某些创作发生学的依据，至于这些史料如何帮助我们更深入更全面地理解作家创作、揭示其特殊价值，学界做得并不够。这导致了史料与研究之间多少有些分离。立超的这部著作，明显摆脱了这种尴尬。

其三是建构了中国当代重要作家研究的新维度。余华无疑是中国当代文学中极具表征性的一位作家。他的创作既有西方现代主义的影响，又有中国传统文化的熏陶。立超试图在一种纵向的历时性系统中考察余华的创作，同时也不断兼顾余华对中外文学的横向关注，这种思维是值得首肯的。我们一直在强调，应该在中外文学的坐标系中，科学地建构一个作家的研究体系，但在具体实践中，这种操作的难度其实非常大，至少对于我自己来说，就做得很不理想。这也是我很欣赏立超这部著作的缘由之一。我甚至认为，它的研究框架及体系，对当代作家的深入研究，在一定程度上具有重要的引鉴意义。

余华研究虽然一直是当代文学研究的热点，也取得了不少重要研究成果，但是还存在着诸多待解之谜。只有越来越多的青年学者不断加入研究行列，既注重史料发掘，又积极探析作品，才能使余华研究显得更为丰富、更为立体。立超的《鲁迅"传统"与余华的小说创作》，在这方面做出了极为可贵的探索。

2024 年 2 月于杭州

目　录

绪　论

　　中国当代文学已走过 70 余年的旅程，生于 1960 年、文学创作始于 20 世纪 80 年代初期的余华是研究当代文学史无法绕过的一位作家。余华的小说具有鲜明的个人风格，但并非一成不变，在 40 余年的写作生涯中，余华不断进行着自我反叛与试验。余华的小说是鲁迅"传统"在当代的一次回响，但余华本人对鲁迅的认识却经历了复杂而曲折的过程。余华的小说具体呈现了鲁迅"传统"的哪些方面？余华对鲁迅态度的转变在作家个人的创作史中究竟具有怎样的意义？在鲁迅"传统"的视野中对余华的小说创作展开研究是否能够激活当下对于先锋文学的重新审视？这是本书竭力回答的主要问题。

第一节　余华研究史中的"鲁迅问题"

　　1999 年第 1 期的《当代作家评论》刊载了一篇由杨绍斌对余华进行的访谈，题为《"我只要写作，就是回家"》。在这次访谈中，余华感慨道："鲁迅是我至今为止阅读中最大的遗憾，我觉得，如果我更早几年读鲁迅的话，我的写作可能会是另外一种状态。我读鲁迅读得太晚了，虽然我在小学和中学时就读过。"[①] 余华的这番剖白对于研究余

---

① 余华、杨绍斌：《"我只要写作，就是回家"》，《当代作家评论》1999 年第 1 期。

华小说中的鲁迅"传统"而言，是一个缘起，更是一个诱因，它激发我们想要去探寻：是什么原因促使了余华对于鲁迅的追悔？是不是余华与鲁迅在文学创作上存在的相似性奠定了余华对鲁迅进行追悔的可能？而这些可能是否正暗示着余华小说中所延传的鲁迅"传统"？所以，在本研究中，一个重点就是去厘清余华小说究竟是如何延传鲁迅"传统"的，余华小说对于鲁迅"传统"的接续具体表现在哪些方面？而这些都将成为余华的文本与鲁迅的文本所展开的对话。从这一层面上看，论述余华小说中的鲁迅"传统"是一个关于文学的议题，一个关于作家的议题，剖析余华小说中的鲁迅"传统"是为了让我们能够更加充分地理解余华这个作家。艾略特在《传统与个人才能》中曾提出一条历史的批评原则，同时也是美学的原则："诗人，任何艺术的艺术家，谁也不能单独具有他完全的意义。他的重要性以及我们对他的鉴赏，就是鉴赏他和已往诗人以及艺术家的关系。"① 所以，对余华小说中的鲁迅"传统"的发掘正有利于我们将余华从批评话语、先锋标签中解放出来，去还原一个真实的余华。这就直接引发了另一个层面上的议题，本研究并非止步于描绘作为作家的余华，最终目的是要勾勒出文学史中的余华，并且以余华这样一位意义深远、意涵丰富的经典作家为个案去阐释、反思一些文学史问题。这便是本研究的意义所在。

在 1996 年与鲁迅重逢的那个夜晚之前，余华一直声称他在阅读中选择的是外国文学，这是基于一位作家的选择，是为了写作技巧做出的选择。对余华小说中的鲁迅"传统"的发掘为我们提供了一个重新审视余华、审视余华所指征的先锋小说的契机。简而言之，余华小

---

① [英]托·斯·艾略特：《传统与个人才能：艾略特文集·论文》，卞之琳、李赋宁等译，上海：上海译文出版社，2012 年版，第 3 页。

说中的先锋性究竟是否如他自己所言，来自外国小说特别是现代派小说，余华曾经言必称的卡夫卡对于他的文学创作而言究竟意味着什么？鲁迅"传统"这一研究视角的介入为我们重读文学史中的余华提供了一个不同以往的视角，在重新认识了先锋时期的余华之后，余华小说中鲁迅"传统"的发现是否可以为我们打开转型之后的余华、"现实主义"的余华的研究空间？批评界所形塑的"民间""悲悯"这些词汇，是否可以视作余华小说中的鲁迅"传统"的另一种表述形式？因此，剖析余华小说中的"鲁迅"传统是一个最终关乎余华在文学史中的定位的议题，从这个维度看，对余华小说中的鲁迅"传统"的发掘是为了我们可以更加清晰地理解文学史中的余华，为余华的文学创作勾勒出一条更加准确的轨迹。

　　研究鲁迅"传统"与余华的小说创作之间的关联性问题，本质上是向两个维度敞开，一是对余华小说中的鲁迅"传统"展开梳理和阐释，一是经由这些具体的"传统"的呈现去讨论余华小说创作发生、转型的深层次原因。这既是一次对文本世界的深度挖掘，也是一次对文学史脉络的细致探访。当然，有必要对其中的难点做出一些明示。一个最主要的难点就是虽然自余华初涉文坛，敏感的学者、批评家们就已经发现了余华与鲁迅——这两位同样来自浙江小镇，分别身处20世纪末与20世纪初的作家——之间的紧密联系，但一直以来，对余华与鲁迅关系的研究都在一种尴尬的境地中盘旋，恰如陈晓明在《遗忘与召回：现代传统与当代作家》一文中明确指出的那样，"鲁迅所表征的现代传统与余华的关系，无疑是一个相当复杂且意义深远的论域，无论如何，余华在一九九六年重读鲁迅构成一个巨大的屏障，这次发现使余华与鲁迅的关系变得令人难堪：它使过去的相似性变得虚无缥缈，使后来的相异性变得风马牛不相及"①。这种研究与作家本人之间的错位状况正提醒着我们要从怎样的角度进入研究。追究余华在1996年那个夜晚之前到底有没有读过鲁迅，并不是一个明智的、可以直接推动研究进行的方式，因为去考察一个作家的传统，实际上是去考察这个作家与被称为传统的前代作家之间所存在的互文性。这种基于"互文性"的考察，并不直接等同于"考据"，即考察一个作家阅读过哪些书或是他的书房里有怎样的收藏品。所以，这就将我们带入了展开研究的另一条路径——文本细读，因为对文本相似性的考察是厘清一个作家的传统的基础。另一个棘手异常的难点是，既然要考察的是鲁迅"传统"，那么鲁迅"传统"究竟是什么，它包括了几方面的内容就成为一个必须要解答的问题。但是鲁迅"传统"本身又是一个非常丰富而且难以穷尽的议题，譬如首先便是鲁迅对于国民性的批判；此外，鲁迅创造的阿Q、孔乙己已成为白话文学中的典型人物；鲁迅的《狂人日记》《野草》开创了一种新的文体样式；他翻译小说、译介西方哲学思想对后世都有相当深远的影响；同时，鲁迅考据古籍，写作《中国小说史略》《汉文学史纲要》，这是他对中国传统学问的回应。在更广阔的层面上，鲁迅的独立精神和自省意识成为留给后世知识分子的宝贵遗产。在如此纷繁的语境下，余华对鲁迅的理解显得尤为关键。在一次访谈中，余华谈道："鲁迅是我的精神导师，也是唯一的。许多伟大的作家在写作层面影响了我，但鲁迅是影响最深的。"②这里余华所谓的"深"是和作家所谈及的"精神"联系在一起的，这是鲁迅与其他曾经影响了余华的作家，如卡夫卡、博尔赫斯、福克纳等的一

---

① 陈晓明：《遗忘与召回：现代传统与当代作家》，《当代作家评论》2007年第6期。
② 王湛、庄小蕾：《余华美国出新书，深度谈及对自己作品的看法：几年过去，〈兄弟〉已不再显得荒诞》，《钱江晚报》2014年2月23日。

个重要区别，鲁迅带给余华的影响是集中在精神、思想层面上的。当这一点落实在我们的研究中时，就会呈现为余华与鲁迅小说在主题上、精神气质上的相似性以及产生这种相似性的原因。

当我们考察中国当代文学，特别是 1980 年之后的文学时会发现，余华已经毋庸置疑地被纳入了经典作家的行列。总体而言，对余华文学创作所展开的研究主要集中在三个维度：一是基于"先锋作家"这重身份展开的研究；二是对余华小说创作中的转型问题展开研究；三是在当代文学学科史料转向的整体语境下，对余华的创作实绩、生平事迹进行搜集、整理，如《余华评传》（洪治纲著，2005 年初版，2017 年再版）、《余华文学年谱》（刘琳、王侃编著，2015 年）、《余华作品版本叙录》（高玉、王晓田编著，2017 年）相继问世。"先锋余华"是批评家、研究界给予余华的文学史定位，同时，也无可避免地成为余华的一张标签，以"先锋作家"为原点的研究似乎已经成为余华研究中着力最多、影响最大的维度。《无边的挑战——中国先锋文学的后现代性》（陈晓明著，1993 年）、《中国当代先锋文学思潮论》（张清华著，1997 年）、《先锋浪潮中的余华》（邢建昌、鲁文忠著，2000 年）、《守望先锋——兼论中国当代先锋文学的发展》（洪治纲著，2005 年）、《先锋的姿态与隐在的症候——多维理论视野中的当代先锋小说》（刘云生著，2009 年）等著作都将余华作为一个具有典型意义的作家，从他的创作中透视中国先锋文学、当代文学的发展。余华是以先锋作家的身份被写进文学史的，"先锋余华"无疑是余华经典化过程中最为重要的一环。但是面对有着长期的写作生涯并且不断避免自我重复的余华，先锋作家的身份是否已经无法概括余华的小说创作？而将余华的小说创作纳入鲁迅"传统"的视野中进行考察或许有助于将作为作家个体的余华从一些批评范式中解脱出来，尽可能还原其具有复杂性的面貌。同时，余华的创作实绩也使得研究界对其转型问题产生了极大的兴趣。进入 20 世纪 90 年代之后，《在细雨中呼喊》《活着》《许三观卖血记》三部长篇的问世渐渐让人们发现余华似乎不那么先锋了，余华自己也袒露心声——"我不是'先锋'派作家"①。研究界对余华"转型"的特征、原因及意义展开了细致的研究。夏中义、富华在《苦难中的温情与温情地受难——论余华小说的母题演化》一文中追溯了余华小说母题的变化，对余华十余年的文学生涯做了一个评价。这篇长文开篇便使用两个词概括余华小说的母题——"苦难"与"温情"。从《十八岁出门远行》到《现实一种》《一九八六年》，再到《死亡叙述》《世事如烟》，最终以《在细雨中呼喊》为重要标志，此阶段余华小说的母题为"苦难中的温情"。而与此相映照的是从《活着》《许三观卖血记》开始，余华所推崇的是"温情地受难"。这一"母题变异"昭示着余华对"个人精神"和"民族苦难"的"双料遗忘"。这一母题的演化让研究者深感"余华在 20 世纪 80 年代呼喊'苦难中的温情'也能不时拨动中国人的心灵'痛处'，可惜余华到了 20 世纪 90 年代却转而以'温情地受难'来麻醉痛处了"②。与夏中义、富华这种着眼于余华进入 90 年代之后小说创作上出现的"异"不同，《文学的减法——论余华》则更多地侧重于进入 90 年代之后，余华的创作虽有转变，但是仍与其前期的创作呈现出一脉相承的承接性。张清华在论文中指出余华的文学创作一直遵循减法原则，不论是早期的《一九八六年》《现实一种》《往事与刑罚》，还是后期的《活着》和《许三观卖血记》，其间存在的差异不过是前期的余华追求的是"形式的简单"，后期的余华追求

---

① 徐林正：《先锋余华》，杭州：浙江文艺出版社，2003 年版，第 21 页。

② 夏中义、富华：《苦难中的温情与温情地受难——论余华小说的母题演化》，《南方文坛》2001 年第 4 期。

的是"叙事的简单"。就经验的简化和还原生活的程度而言，前期作品更注重使经验接近人性和哲学，后期作品更注重接近历史和生存。丰硕的研究成果在对余华小说创作的转型问题进行深度探析的同时也提醒了我们，对于转型问题的研究要警惕采用二元对立的视角，要将作家创作的转型置于具体的历史语境中加以理解。而鲁迅"传统"这一视角的引入则打开了理解余华小说创作转型问题的深度与广度，正如程光炜在解读《许三观卖血记》中的"看客"命题时所指出的，"余华在鲁迅身上开启了他对中国历史传统和社会人性的新理解"①。

　　当我们对余华研究史展开回顾时不难发现，自余华踏入文坛，他和鲁迅的关系就已经受到研究界的关注。较早谈到余华与鲁迅关系的是李劼，在《论中国当代新潮小说》一文中，李劼宣称"在新潮小说创作甚至在整个当代中国文学中，余华是一个最有代表性的鲁迅精神继承者和发扬者"②，这一年是1988年。李劼的论断在一定程度上具有宣言性的意义，虽然他只是在《后期新潮作家及其作品》这一节中对余华小说进行总体性评价，但"余华是一个最有代表性的鲁迅精神继承者和发扬者"这样的断语却成为研究者在判断余华、鲁迅二者关系时的风向标。李劼的宣言在1991年获得了回应，赵毅衡在《非语义化的凯旋——细读余华》中感叹："在1988年夏天，这听起来是出奇的过奖，今日回顾，可谓一语中的。理解鲁迅为解读余华提供了钥匙，理解余华则为鲁迅研究提供了全新的角度。"③作者将余华与鲁迅进行比较，并指出20世纪末与20世纪初中国作家的区别："与鲁迅不同的

---

① 程光炜：《论余华的三部曲——〈在细雨中呼喊〉〈活着〉〈许三观卖血记〉》，《中国现代文学研究丛刊》2018年第7期。
② 李劼：《论中国当代新潮小说》，《钟山》1988年第5期。
③ 赵毅衡：《非语义化的凯旋——细读余华》，《当代作家评论》1991年第2期。

是，鲁迅的对抗双方是以新旧来区分的：新的总是弱小的，但却是应当同情的，真理性更强的体系。而余华的对抗双方是以虚实来划分的：虚的总比实的真理性更强。而且，'新'是历史地确认的，'虚'是一种意义诠释态度，是主观因素所决定的。虚和实的对抗有新旧对抗所不可能有的新的向度。"① 但次年（1992年）年初，与李劼、赵毅衡的赞赏态度不同，王彬彬在《残雪、余华："真的恶声"？——残雪、余华与鲁迅的一种比较》中流露出对余华的质疑。作者一方面认识到余华与鲁迅的相似是整体性的，另一方面亦指出余华之"恶"乃"溢恶"。通过把残雪、余华的"溢恶"与鲁迅"揭示人性之恶之目的"只为了要"改良这人生"作对比，得出这样一个结论：残雪、余华的恶声并不是鲁迅所期待的"真的恶声"——"怪鸱的恶声"，而是"麻雀的唧唧啾啾"。② 1997年，耿传明在《试论余华小说中的后人道主义倾向及其对鲁迅启蒙话语的解构》一文中，论述了作为一名先锋小说家的余华对由鲁迅所确立的五四启蒙主义传统的解构和颠覆，他称余华为"为数不多的能与鲁迅所确立的五四启蒙主义传统进行对话甚至抗辩的作家"，"他的写作倾向已构成了对鲁迅所代表的以'立人'为目的的启蒙主义话语的反拨和消解，这是鲁迅所开创的人的启蒙话语在本世纪初确立之后所遇到的第一次正面的质疑和追问"③。1998年年末，出现了一篇针对个别文本、特殊意象进行比较研究的论文——《血的精神分析——从〈药〉到〈许三观卖血记〉》。作者张闳以鲁迅的《药》为参照，分析了《现实一种》《许三观卖血记》中"血"的深刻内涵，

---

① 赵毅衡：《非语义化的凯旋——细读余华》，《当代作家评论》1991年第2期。
② 王彬彬：《残雪、余华："真的恶声"？——残雪、余华与鲁迅的一种比较》，《当代作家评论》1992年第1期。
③ 耿传明：《试论余华小说中的后人道主义倾向及其对鲁迅启蒙话语的解构》，《中国现代文学研究丛刊》1997年第3期。

指出：鲁迅《药》中"人血馒头"的"血"乃"作为祭品的血"；《现实一种》中的"血"，"没有任何隐喻功能或象征性，也与任何带神话色彩的仪式无关，它仅仅是一滩物质"；而重点是《许三观卖血记》中，"血的意念极度地膨胀，扩展成为一个基本主题"，"血"成为一种商品，而这正暗示出余华是站在经济学立场上去理解生命的价值。① 两年之后，立足于千禧年（2000年），张梦阳纵览20世纪的写作方式，在《阿 Q 与中国当代文学的典型问题》中指出20世纪世界文学中全新的文学流向"在中国，正是由鲁迅作品、特别是《阿 Q 正传》所开创的。20世纪末期，余华和莫言重新感悟了它，并当作文学宣言公诸于世"。而许三观与陈奂生、福贵、韦小宝等人物相比，是最有深度、最具阿 Q 韵味儿的一个。② 海外学界亦发现了余华与鲁迅的内在联系。在《一种中国的现实：阅读余华》中，丹麦汉学家魏安娜通过对余华作品中现代、后现代要素的论证指出："人类的品性使得他（笔者注：阿 Q）可能与余华的人物相反——在生命的最后一刻获得主体性；因为考虑到阿 Q，尽管可笑而又无骨气，仍旧被描写成一种具有特性的心理性格，山岗与其他人在情节中不过是'道具'而已。当阿 Q 及其'正传'被赋予，用鲁迅自己的话，寓言地体现'国民灵魂'这样重大的角色时，余华并没有将如此伟大的角色赋予他的人物。"③ 加拿大学者詹姆斯·罗宾逊·基弗（James Robinson Keefer）在博士学位论文《恶魔的更迭——从鲁迅到余华的"吃人"》（"Dynasties of Demons: Cannibalism from Lu Xun to Yu Hua", 2002）中论述了余华的小说《古典爱情》如何解构了鲁迅《狂人日记》"吃人"的隐喻。进入21世纪之后，讨论余

---

① 张闳：《血的精神分析——从〈药〉到〈许三观卖血记〉》，《上海文学》1998年第12期。
② 张梦阳：《阿 Q 与中国当代文学的典型问题》，《文学评论》2000年第3期。
③ [丹麦] 魏安娜：《一种中国的现实：阅读余华》，吕芳译，《文学评论》1996年第6期。

华与鲁迅的关系问题逐渐成为余华研究的一个热点,大量期刊论文、硕士学位论文的涌现丰富了余华与鲁迅关系的研究,这些研究大多是从叙述手法、人物形象、主题等角度对比余华与鲁迅的小说,着力系统地阐释余华与鲁迅的相似之处。

通过以上梳理不难发现,对余华与鲁迅之间存在的关联性展开研究已经在余华研究史中占据了较重要的地位,并逐渐成为一个非常关键的文学史问题。但已积累的研究成果也传递出一些遗憾:一、鲜少对余华小说中为何存在鲁迅"传统"或曰鲁迅"因子"这一根本性问题做出回答。二、多关注余华对鲁迅"传统"的继承,而忽视了余华对鲁迅"传统"的"变异"。三、较少认识到当代作家的现代文学传统这一议题的重要性与深刻性,没有将对余华与鲁迅关系问题的研究深化为解决文学史问题的关键途径。借镜前贤,本书展开的研究要达到一些基本的要求:一、在讨论余华小说中的鲁迅"传统"时要深入细致、理据充足。本研究中鲁迅的意义在于,成为余华的参照而并非囿于比较的对象。二、在讨论余华小说对于鲁迅"传统"的继承、延传之时,亦关注余华小说对于鲁迅"传统"的"变异",即发掘余华小说作为鲁迅"传统"的"延传变体"的意义。三、将余华对鲁迅的"重读""追悔"作为一个具有问题意义的文学史事件,以此为切入点,探究鲁迅"传统"与余华小说创作的发生、转型之间存在着怎样的隐秘关联。

第二节 何为鲁迅"传统"

利维斯通过《伟大的传统》阐明了英国小说的传统,并在书中由衷地感叹"'传统'一词含义多多,却也常常空无一物"①。"传统"可以

①　[英]利维斯:《伟大的传统》,袁伟译,北京:生活·读书·新知三联书店,2002年版,第4页。

视为在本研究中具有起点性质同时也是最关键、最核心的一个概念，如果我们无法对"传统"这个概念进行合理解释的话，整个研究将无从开展。

首先从文学理论的层面对"传统"进行简单的梳理。忠实于艾略特的美国社会学家爱德华·希尔斯（Edward Shils）在《论传统》（*Tradition*, 1981）中指出，传统虽然意味着许多事物，但就其最明显、最基本的涵义来看，它所指的是"世代相传"的东西。既然"传统"具有世代相传的特点，那么一个事物想要被认定为传统，必须经历一定的时间验证。希尔斯认为这个时间长度是至少三代人。而"文学传统"作为"传统"的一种，它所指的是带有某种内容和风格的文学作品的连续体，它可以在两个向度上展开——作家作为传统、作品作为传统。作家作为传统，是因为文学传统的建立是通过作家而实现的，而且对作家是有特殊要求的，他不能靠"一书成名"，必须拥有一定数量的作品并创造过持久的形象。而作品作为传统，则包涵了体裁、人物形象、主题、措辞甚至作品中的道德评断等诸多方面。

在对何谓"传统"有了基本认识之后，我们可以确定，鲁迅在文学史上足以成为一种传统。从1918年正式发表第一篇小说《狂人日记》算起，至今已逾百年（约4代人），作为中国白话文学先驱者的鲁迅，对于当代文学的发展、对于当代作家而言，具有非凡的"传统"意义。

我们或许可以问：是否可以用"幽灵"来探讨这个问题？陈晓明就曾经用"幽灵"一词去形容现代文学传统，在他看来，现代传统重现了"幽灵学"特征，他将现代文学传统比喻为哈姆雷特父亲的幽灵，"它只能戴着面具，而不能现出它的真身"，"幽灵只是一种魂灵、一种精神，它没有被肉身化"①。而且，幽灵是被驱逐和召回的，所以，它的"显灵"是不充分的。现代文学传统是不可复制的，它在当代文学中的显现也是有限的。总而言之，现代文学传统这个幽灵始终"只是在想象中在场"②。陈晓明对现代文学传统的"幽灵学"解释明晰而妥帖，呈现出的是现代文学传统在当代文学领域中"显像的有限"与"言说的难度"。

在本研究中，为何要坚持使用鲁迅"传统"这一概念？因为相较现代文学传统或曰鲁迅"传统"在当代文学中的延传这一视角，本研究更侧重余华小说对于鲁迅"传统"的回应，也就是说本研究的出发点是当代作家，是余华。而且，"传统"这个概念具有双重指向，一是延传，一是变异。这就意味着我们所强调的鲁迅"传统"并不是片面地聚焦于二者的相似性，在肯定相似性的同时，亦会考虑到鲁迅"传统"在余华这里的变异，这就可以凸显余华作为"变体"的意义，也就是余华的特殊性，而这一点或许可以使我们对余华的理解更为全面。那么，我们为何又把"影响""影响因子"这样的概念暂时置于一旁呢？因为对于当代作家而言，中国现代作家多少都会产生一些影响，"影响"这样的概念未免稍显空泛。更重要的是，如雷蒙·威廉斯在解释 tradition 一词时所强调的那样——"传统"这一概念能够传达一种"敬意"，而这一点正是其他概念都无法具备的。在爱德华·希尔斯的解释中，"传统"包含着一种克里斯玛（Charisma）特质，这是一种强大的感召力，被称为"传统"的对象往往是非凡的克里斯玛人物

---

① 温儒敏、陈晓明等：《现代文学新传统及其当代阐释》，北京：北京大学出版社，2010 年版，第 164 页。

② 温儒敏、陈晓明等：《现代文学新传统及其当代阐释》，北京：北京大学出版社，2010 年版，第 164 页。

（Charismatic figure）。①在中国白话文学史上，无论是文学创作的形式、内容、主题，还是文学创作对于国民性的挖掘、人生哲学的思辨，甚至是作为知识分子的姿态与批判精神，能与鲁迅比肩者都不多，将鲁迅定位为当代文学、当代作家的一个"传统"，所包含的正是对于鲁迅这样一位文学家、思想战士的敬意以及对这样一位克里斯玛人物无比的崇敬与怀念。

当然，鲁迅"传统"是一个非常深邃而又无法穷尽的议题。鲁迅的任何一个侧面都足以成为一种"传统"。从广义上来看，鲁迅"传统"实际上是指鲁迅的"遗产"，它所暗指的实际上是鲁迅的多重身份：作为文学家，进行文学创作的鲁迅；作为文学史家，撰写《汉文学史纲要》的鲁迅；整理乡邦文献，维护文化遗产的鲁迅；作为翻译家，译介多种外国作品的鲁迅；作为战士，拷问国民灵魂的鲁迅等等。而当我们讨论余华的小说是如何继承并发展鲁迅"传统"的时候，实际上是把鲁迅的小说与余华的小说、作家鲁迅与作家余华放置在同一个体系中讨论。这就意味着我们势必要将鲁迅"传统"的范围缩小，具体到鲁迅的"文学传统"，即把鲁迅的小说、诗歌、散文等创作实绩作为传统，将鲁迅的"作家"形象作为传统。需要强调的是，在以鲁迅"传统"为参照讨论余华的小说创作时，一个重中之重的问题是——鲁迅何以成为余华创作，尤其是小说创作的一种"传统"，这种"传统"形成的历史条件和意义是什么？

---

① 　关于克里斯玛人物（Charismatic figure）的具体解释，参见 [美] 爱德华·希尔斯：《论传统》，傅铿、吕乐译，上海：上海人民出版社，2009 年版，第 244 页。

第三节　余华与鲁迅"传统"

1989 年 6 月，余华写下了具有宣言性质的《虚伪的作品》，这篇文章可以视为余华先锋时期创作理念的集中阐释。在这篇文章中，余华将其对"虚伪""真实性"的思考视作一种"新的发现"，并进一步强调"任何新的发现都是从对旧事物的怀疑开始的"①。在这一点上，我们不禁要追问，对于"先锋作家"余华而言，新的发现为何？旧事物指的又是什么呢？从总体上看，余华所指的"旧事物"可以概括为"就事论事的写作态度"，并且这种陈旧的经验在中国当代文学中堆积如山。那么，余华所努力追求的"新发现"就是对这种"现实主义"写作方式的冲击与反叛，余华所指认的"真实"并非现实世界的真实，而是一种"精神的真实"，"对于任何个体来说，真实存在的只能是他的精神"②。在这样一种对于"真实"的理解的统领下，余华强调"自我对世界的感知"，警惕自我在大众、在常识中的融化以及"个性的丧失"。所以，余华确定了他的写作内容是关乎个体的精神世界，是"欲望和美感、爱与恨、真与善"；他写作时所运用的语言亦是一种"不确定的语言"而非"日常语言"。因为"日常语言是消解了个性的大众化语言"，它规定了人们对于世界的判断，而"不确定的语言"更能表达个人的内心感受、个体对于世界的感知。通过对余华"先锋宣言"《虚伪的作品》的梳理我们发现，对于在 80 年代以先锋作家的身份活跃于文坛的余华而言，"新"具有丰富的内涵，它与精神、个体、自我、

---

① 余华：《虚伪的作品》，《没有一条道路是重复的》，北京：作家出版社，2012 年版，第 166 页。

② 余华：《虚伪的作品》，《没有一条道路是重复的》，北京：作家出版社，2012 年版，第 168 页。

自由交织在一起，而与其鲜明对立的"旧"则指向"现实主义"的写作传统，这正如余华在《我的写作经历》中所直言的那样——"文学的真实是不能用现实生活的尺度去衡量的"①。但是，当我们更进一步探究就会发现，先锋文学所指向的"现实主义"有着更为深广的涵义，它背后所指的是由《在延安文艺座谈会上的讲话》激进化、极端化发展而成的一套文艺反映社会现实、文学与政治紧密联系的写作成规，"旧"似乎可以被理解为"大众化""集体""政治""'文革'话语"等等。所以说，对于中国当代文学史而言，先锋文学并不是"横空出世"，它具有鲜明的指向性，先锋文学的"新潮性""先锋性"有着一个清晰的对立面——"现实主义"文学以及它所表征的意识形态。

在 20 世纪 80 年代的语境中，"新"总是优于"旧"的，"传统"一词也被赋予了另一重含义。甘阳在 80 年代中期曾谈到"传统"的内涵，将"传统"从"过去的"性质中解脱出来，将"传统"的落脚点定在"未来"："传统乃是'尚未被规定的东西'，它永远处在制作之中，创造之中，永远向'未来'敞开着无穷的可能性或说'可能世界'"②。甘阳所定义的"传统"并不以"过去"规定"现在"，以"旧的"同化"新的"，而是将"'现在'的文化与心理是否与'过去的'有所不同来衡量一种'传统'是否具有新生力和创造力"，"传统"的意义在于用"现在"同化"过去"，用"新的"同化"旧的"。甘阳发表于 1986 年的相关文章几乎概括了 80 年代对于"传统"的认识，"新的""现在的""现代化的"被视为衡量是否足以成为一种"传统"的标尺，而处于这样一种语境之下的余华也对他所理解的文学的传统、写作的传统

---

① 余华：《我的写作经历》，《没有一条道路是重复的》，北京：作家出版社，2012 年版，第 106 页。

② 甘阳：《传统、时间性与未来》，《读书》1986 年第 2 期。

做出了解释："我这里所指的传统，并不只针对狄德罗，或者是十九世纪的巴尔扎克、狄更斯，也包括活到二十世纪的卡夫卡、乔伊斯，同样也没有排斥罗布－格里耶、福克纳和川端康成。对于我们来说，无论是旧小说，还是新小说，都已经成为传统。"① 而余华认为先锋作家的写作是为了"使这种传统更为接近现代"，"使小说这个过去的形式更为接近现在"②。显然，余华对文学传统的认识具有鲜明的 80 年代的特征，他清醒地认识到 80 年代语境中，文学传统的标准具有"当下性"。19 世纪、20 世纪之分实际上是现实主义与现代主义的区分。在当时的余华看来，他青睐川端康成、卡夫卡，是因为他们都是极端个人主义的作家，他们所写的都是纯粹的个人的感受。至此，我们可以发现，余华对于文学传统的取舍是与 80 年代的整体语境紧密联系在一起的，"传统"是"现代的""自由的"，是代表着回到个体、回到内心的。那么，这些框定"传统"的标准是否适用于鲁迅，确切地说，是否适用于"80 年代"的鲁迅呢？

《当代文学的"历史化"》一书在《重访 80 年代的"五四"——兼谈中国现代文学研究的"当下性"》章节中指出王富仁《中国反封建思想革命的镜子——论〈呐喊〉〈彷徨〉的思想意义》所塑造的"反封建"的鲁迅形象的深刻意义在于，"鲁迅及其创作从'当代史'的附庸地位上被剥离了出来，加入到了 80 年代知识者以'反封建'为主调的'思想启蒙'的文化呐喊当中"③。此番论述让我们清晰地看见了鲁迅在 80 年代的形象以及在这个形象背后所蕴含的深意与策略。

---

① 余华：《虚伪的作品》，《没有一条道路是重复的》，北京：作家出版社，2012 年版，第 169 页。
② 余华：《虚伪的作品》，《没有一条道路是重复的》，北京：作家出版社，2012 年版，第 169 页。
③ 程光炜：《当代文学的"历史化"》，北京：北京大学出版社，2011 年版，第 77 页。

　　的确，在王富仁对于《呐喊》《彷徨》的思考中，反封建是居于核心位置的主题。在他看来，鲁迅写作《呐喊》和《彷徨》不仅提出了"中国必须有一个深刻的思想革命运动的问题"，而且对这些问题做出了回答。《呐喊》《彷徨》的意义在于提出了中国反封建思想革命的任务——"清除封建思想在广大人民群众中的广泛社会影响"[①]，而且更重要的是，《呐喊》《彷徨》的这种"反封建"的特征对于当时的社会亦有着深刻的现实意义——它对认识"新的历史条件下的反封建思想的斗争"有着启示意义和借鉴价值。那么，鲁迅在反封建思想革命中的形象又是什么呢？王富仁做出的定位是——进步的知识分子、革命的先觉者。如此，我们便可以发现，80年代的鲁迅形象已被安置在一个新旧对立的逻辑之中，被"重新发现"的鲁迅似乎成为一股"反封建"的强大的力量，而且这股力量所面对的不仅是已经过去的历史，而更多地被赋予了一种"当下性"、一种对现实的指导作用，人们可以借助鲁迅的支撑去反对"文革"所裹挟的封建思想。可以这么说，鲁迅在80年代的"归来"可以视作一种借用，它所指的是以"现在""今天"的标准去衡量一个已经成为"过去"的思想者。而且，这样一种衡量标准也势必会影响到作为文学家的鲁迅，归来的鲁迅被放在了一个不同以往的视域中去考察——世界文学的视域中，因为在80年代，"世界"也成为一种"现代化"的代称。

　　当我们翻看80年代对于鲁迅的论述时，可以清晰地寻找出其中的关键词："反封建""现代""个人""内心"，而这些关键词总结起来便直指"启蒙"。李泽厚在《胡适　陈独秀　鲁迅》一文中用"提倡启蒙，超越启蒙"评价鲁迅，并称鲁迅为"中国近现代真正最先获有现代意

[①]　王富仁：《中国反封建思想革命的镜子——论〈呐喊〉〈彷徨〉的思想意义》，《中国现代文学研究丛刊》1983年第1期。

识的思想家和文学家"，而鲁迅的思想大致可划分为两个面向：一是对旧中国和传统文化的鞭挞，一是以孤独、悲凉为特点的"现代内涵和人生意义"。[1] 我们可以发现，鲁迅在 80 年代的归来是与 80 年代的整体思潮紧紧联系在一起的，而这正为余华的写作提供了一种语境或曰场域。

我们将鲁迅认定为余华的一种"传统"，因为 80 年代矗立在鲁迅身后的是"启蒙与救亡"的思潮，是"五四"的重新归来。程光炜在《当代文学的"历史化"》一书中明确提出李泽厚用"启蒙与救亡"论重新解释"五四"的最大意义在于"他把 1919 年的'五四'改造成了 80 年代的'五四'"，因此"五四"被确立为当时的"元话语"[2]。所以，我们有理由相信，在"启蒙与救亡"思潮、"五四"元话语的包裹之下，鲁迅的 80 年代形象、余华的写作道路、余华对于文学传统的认识之间存在着千丝万缕的联系，并且正是这种联系提供了鲁迅成为余华小说的"传统"的可能。

首先，从总体上看，余华通过《虚伪的作品》所传递的写作理念与 80 年代的鲁迅形象在本质指向上是一致的——反封建。如前文所述，余华提出"精神的真实"，反对"就事论事"（即现实主义）的写作观念。在当时的语境下，现实主义被限定为六七十年代文学、"文革文学"，而这背后所直指的就是"文革"的封建性。鲁迅以"反封建者"的形象降临在 80 年代的社会中似乎有着一种"隐喻"的意味，知识分子借助着鲁迅对于封建思想的批判与反抗来观照着"今天""当下"，鲁迅思想的重新发掘是为了让"今天"的人们去反思、涤清"文

---

[1] 李泽厚：《胡适 陈独秀 鲁迅》，《中国现代思想史论》，北京：东方出版社，1987 年版，第 112 页。

[2] 程光炜：《当代文学的"历史化"》，北京：北京大学出版社，2011 年版，第 76 页。

革"所存留的封建思想。李泽厚在《启蒙与救亡的双重变奏》一文中告诫人们，在近 30 年中，启蒙与救亡（革命）的双重主题的关系并没有得到合理的解决，甚至在理论上也没有得到相应的探讨和重视，正是这样的缺失以及对于"革命"的偏重，使得"革命"挤压了启蒙运动和自由理想，封建主义乘机复活，而"文革"中的种种可以视为封建思想复活的苦果[①]。所以说，余华从踏上文坛开始，他和"归来"的鲁迅就是处在同一个话语体系之中的，这是鲁迅成为余华小说的"传统"的最根本原因。

其次，从具体的文学传统的所指上来看，余华所指认的文学传统与鲁迅的文学形象有着非常紧密的相关性。根据余华的陈述，鲁迅是在 1996 年的一个夜晚于偶然中进入他的阅读史的。从余华对外国作家，特别是对 20 世纪外国作家的青睐可以看出，余华在文学上所追求的现代主义与整个时代语境是密不可分的，这亦是"反封建"的一种表现形式——对于个体、内心的追求。此时我们便会发现，在 80 年代，与象征主义、弗洛伊德、尼采联系在一起的鲁迅，并不是那个被政治话语所裹挟的鲁迅，鲁迅并不只具有现实主义作家这一副面孔，他身上所呈现出的现代主义元素被越来越多地发掘出来，鲁迅成为具有独特的内心体验并运用现代主义技法将这种体验抒写出来的伟大的文学家。所以，或许可以将余华于 1996 年那个夜晚对鲁迅的阅读这个构成讨论余华与鲁迅关系的巨大障碍暂且搁置在一边，我们可以从另一个侧面隐约观察到，鲁迅实际上一直是支撑余华写作的一股"潜在"力量，在那个夜晚之前它就已经以一种语境般的历史之力渗透在余华的写作道路之中。80 年代是尊重个人，重视个体的平等、自由、

---

① 李泽厚：《启蒙与救亡的双重变奏》，《中国现代思想史论》，北京：东方出版社，1987 年版，第 41 页。

独立与创造性的年代，余华致力于先锋写作就是为了打破现实主义的写作成规，追求一种创造性。在这样的动力下，他又怎么可能脱离有着独立的人生意义以及现代意识的鲁迅的影响呢？因此，我们可以这样认为，即便鲁迅1996年才出现在余华的阅读史中，但他早已以一种"隐在"的形式构成了余华的"文学传统"。

最后，我们强调的一点是鲁迅的特殊性，为什么是鲁迅而非其他现代作家构成了余华的"传统"。一方面，如李泽厚所言，鲁迅堪称"民族魂"，因为他代表着中华民族不断反省自己以求更新的民族灵魂。所以，80年代展开自我反思、重新审视历史的时候，鲁迅精神的鼓舞是十分必要的，而且是具有推动意义的。另一方面，也是更为重要的一个方面，"'五四'和'鲁迅'是80年代历史反省工作中风险性最小、获益性最大的合法性话语"[①]鲁迅与其他象征着"五四"精神的文学家、思想家相较，具有无与伦比的合法性，毛泽东以及"文革"话语对鲁迅的极高肯定，使得他在主流话语中一直占据着非常重要的位置。余华就曾经提到："我们从小学到中学的课本里，只有两个人的文学作品。鲁迅的小说、散文和杂文，还有毛泽东的诗词。我在小学一年级的时候，十分天真地认为：全世界只有一个作家名叫鲁迅，只有一个诗人名叫毛泽东。"[②]可以这么说，鲁迅的合法性使他能够最为有效地沟通"文革"与"80年代"这两种相对立的话语逻辑，鲁迅既有的影响力可以更为有效地推进80年代的"反封建"进程。而且，80年代在反思"文革"的同时，对所谓的西方文明、资本主义文明仍然持有保留的态度，对鲁迅的借用并不会触碰"西化"的禁忌。所以，当我们反观鲁迅的历史力量时就会发现，鲁迅比其他现代作家更具备成

① 程光炜：《当代文学的"历史化"》，北京：北京大学出版社，2011年版，第79页。
② 余华：《鲁迅》，《十个词汇里的中国》，台北：麦田出版公司，2011年版，139页。

为 80 年代投身写作的当代作家的传统的可能性。

通过以上论述，我们或许可以得出这样的结论：鲁迅可以成为余华的一个"传统"，是因为余华与鲁迅相逢在 80 年代这个特殊的历史语境中。投身写作的余华与被形塑为"反封建者"的鲁迅担负着同样的时代责任，注定了余华在意识到鲁迅"传统"的深远意义之前就已经被这个传统的强大力量所影响。更值得关注的是，对于余华而言，鲁迅"传统"虽然是在一定的历史条件下形成的，但是由于鲁迅自身的复杂性和余华对鲁迅理解的不断深入，在某种程度上，鲁迅"传统"突破了历史时间的限制而具有蓬勃的生命力。所以，我们可以将鲁迅"传统"作为参照去考察余华从 20 世纪 80 年代迄今的小说创作。本研究将从横向、纵向两个维度展开，横向呈现了余华小说中所凸显的鲁迅"传统"的多个侧面，纵向将余华的小说创作进行了分期：80 年代先锋小说创作时期、90 年代向现实主义回归时期、21 世纪书写当下时期。鲁迅"传统"作为线索将横向、纵向两个维度有序搭建在一起，并且让我们面对这样一个问题——对于鲁迅"传统"的追认，在余华的个人创作史中具有怎样的意义。

第一章主要聚焦余华 80 年代的创作。这一时期，余华被纳入先锋作家的群体。其对人性的观察与书写构成了"先锋余华"的特质。余华将人性置于"看"与"被看"的形式中加以书写，并且在"家庭"，特别是"兄弟相残"的关系中将对人性中冷漠与暴力的书写推向极致，延续了鲁迅小说"吃人"的主题。而余华形成这样的小说创作风格，与他的童年以及"文革"时期的经历有着深刻关联。余华与鲁迅都是国民灵魂的深刻勘察者。对于余华而言，鲁迅和卡夫卡分别代表了"写什么"和"怎么写"。

第二章从鲁迅、余华的作品中选取一组以"复仇"为母题的文本展开，《铸剑》与《鲜血梅花》构成了复仇"传统"的"延传变体链"。从传统延传的角度来看，余华与鲁迅共享了越文化中"复仇"的地域精神；从传统变异的角度来看，鲁迅思考的是复仇之后"怎么办"的问题，而余华消解了复仇的整体意义，将其归结于"虚无"。将这种"虚无"置于八九十年代之交的语境中观察，也暗示出余华在写作上的困惑，对先锋文学进行反思。80年代末的余华已经看到了先锋小说存在的弊端——空洞无物，并开始向"传统"回归。"传统"可以理解为鲁迅文学中的复仇"传统"，更可以理解为矗立在鲁迅身后的"越文化"传统，甚至是中国文化的传统、现实主义的传统。

第三章重点讨论了余华创作于90年代的三部长篇小说以及发生在余华个人文学史中的一个重要事件——对鲁迅进行追认：余华笔下的福贵、许三观都是"小人物"；《活着》《许三观卖血记》中所蕴含的是鲁迅"人得要生存"的观念；许三观这位"英雄父亲"则可以理解为鲁迅《药》中夏瑜式的"独异的个人"。在此基础上，余华与鲁迅迟来的"重逢"的因由可以得到解答，即余华为何会在三部长篇小说完成之后才真正意识到鲁迅的价值，追悔自己读鲁迅读得太晚，因为此时的余华回到了自己的历史经验之中。由历史经验支撑的写作促使余华成为成熟作家，只有成熟作家才能做到在前人的价值中反思自己。

第四章主要思考余华在对鲁迅"传统"进行追认之后应该怎么办的问题。在对鲁迅进行追认之后，余华在创作上迎来了又一个变化，他将自己的创作转向对当下现实的书写。《兄弟》表明了作家对现实发起正面强攻、向史诗般的19世纪巨著致敬的雄心；《第七天》则通过"人与鬼"的纠葛来表现作家对于现实的思考，在形式上效仿《野草》，在精神向度上则接续《彷徨》。但余华的"自我牺牲""消灭自己的个性"带来的是巨大的争议，这或许暗示了先锋作家在重拾"历史意识"、回归现实主义传统时的艰难。之后问世的《文城》则显示出余华的又一次尝试，由对当下现实的书写转向对历史的访问，以"传奇"的形式造访了清末民初的时代，而这一时代正是鲁迅所身处的、所书写的、所思索的时代，余华以"传奇"的方式访问历史的缝隙，这一方面显示了余华永远自我反叛的创作精神，另一方面也呈现了余华向中国古典文学、中国传统文化的回归。

第五章在文学地理学视野下对余华的人生轨迹与创作轨迹进行了爬梳，厘清了贯穿其中的作为线索的鲁迅"传统"。家乡海盐提供了余华创作中非常重要的经验，80年代初期在海盐读书、交友的情况使得余华作为一名文学青年的样貌更加丰满立体。更重要的是，那些"自我训练期"的，散落于地方刊物的小说、散文让我们看到了余华与中国现代文学、"十七年文学"、改革文学等的隐秘关联，以及他在"学徒期"的创作心境。而余华人生及创作地图中的另一个重要地点——北京，特别是创作研究生班时期的学习、交友，则为余华的创作提供了更为开阔的视野和更为宝贵的机遇。从海盐到北京，从80年代到90年代直到当下，余华的创作显示了从"小世界"向"大世界"的迈进，而贯穿其中的是余华对鲁迅"传统"从忽视到追认再到深刻思索的变化过程。

爬梳余华小说中的鲁迅"传统"，将鲁迅"传统"作为参照去重新理解余华的小说创作，这既是由余华的文学世界进入余华的精神世界的过程，也是由余华的个人创作史进入当代文学史的过程，相信这将是一场充满奇趣的探险之旅。

第一章 "先锋"余华：卡夫卡的"鲁迅"故事

　　暴力、恐惧、死亡、血腥可以视作余华80年代先锋小说创作的关键词。但是，当我们从先锋小说的语境中抽离开去观察这些创作内容的时候便会发现，余华所书写的实际上是人性中的冷漠与残酷。而且余华以他的洞察力为人性中的冷漠与残酷找到了一种形式——奴隶主观看奴隶们互相残杀。切中要害的余华让我们直接联想到鲁迅的"幻灯片事件"、鲁迅小说中"看"与"被看"的模式。我们能否在余华的小说中找到那"被看"的"牺牲"、愚昧的庸众抑或是"被看"的"庸众中的一员"呢？这将是在接下来的论述中要解决的问题。把余华对于人性中冷漠与残酷的书写置于首章的位置，将其作为对鲁迅"传统"考察的第一个类目，原因在于，对于一个作家或曰个体而言，对人、人性、人类本身的观察是一个根基般的存在，而且这种存在是体现得最为直观的，它几乎奠定了一个作家的基调。倘若我们能够在此层面上找到余华小说所接续的鲁迅"传统"，这对于重新观察先锋时期言必称卡夫卡的余华又有何助益呢？当我们读解了作为一个作家的余华之后，又怎样去深入理解文学史中的、先锋时期的余华呢？这是本章力图讨论的问题。

第一节 在"看"与"被看"中

正如我们在绪论中所讨论的那样，对于"革命"（"文革"）的反思构成了20世纪80年代的主潮，置身其中的余华必然要结合自身的经验对"文革"做出一定的思考。与其他作家直接揭露"文革"暴行的方式不同，余华关注更多的是"革命"与个人的关系问题，即把对人性的观察与对革命的反思结合在一起，这就构成了小说《一九八六年》。

1989年第5期的《上海文论》刊发了余华的一篇创作谈《虚伪的作品》，用作者自己的话来说，"这是一篇具有宣言倾向的写作理论"[①]，它与余华此前几年的写作行为紧密相关，甚至可以视为余华对自己80年代文学创作的总结。余华是这样观察自己的写作的：

> 我在1986、1987年写《一九八六年》《河边的错误》《现实一种》时，总是无法回避现实世界给予我的混乱。那一段时间就像张颐武所说的"余华好像迷上了暴力"。确实如此，暴力因为其形式充满激情，它的力量源自于人内心的渴望，所以它使我心醉神迷。让奴隶们互相残杀，奴隶主坐在一旁观看的情景已被现代文明驱逐到历史中去了，可是那种形式总让我感到是一出现代主义的悲剧。人类文明的递进，让我们明白了这种野蛮的行为是如何威胁着我们的生存。[②]

---

① 余华：《河边的错误·跋》，《河边的错误》，武汉：长江文艺出版社，1992年版，第346页。

② 余华：《虚伪的作品》，《没有一条道路是重复的》，北京：作家出版社，2012年版，第167页。

"让奴隶们互相残杀,奴隶主坐在一旁观看的情景"很容易让我们想到鲁迅在《娜拉走后怎样》的讲演中所描述的"看剥羊"的场景:

> 群众,——尤其是中国的,——永远是戏剧的看客。牺牲上场,如果显得慷慨,他们就看了悲壮剧;如果显得觳觫,他们就看了滑稽剧。北京的羊肉铺前常有几个人张着嘴看剥羊,仿佛颇愉快,人的牺牲能给与他们的益处,也不过如此。而况事后走不几步,他们并这一点愉快也就忘却了。①

不论是著名的"幻灯片事件"还是"看剥羊"场景都体现了鲁迅对于民众的麻木、人与人之间极端冷漠的关系的慨叹。同时,他还挖掘了表现这种冷漠关系的形式——"看"与"被看"。而余华对于奴隶们互相残杀、奴隶主在一旁观看的读解,明显也是"看"与"被看"的形式的复刻,我们或许可以借助李欧梵对"看剥羊"的读解去深入理解这种观看的方式——"这些群众往往是些松散地聚集起来的'看客',他们需要一个牺牲者作为娱乐的中心","这些'看客'不仅是消极被动的,而且有着残暴的恶癖"②。正如希尔斯所认为的那样,作品的人物形象、主题和措辞都可以形成一种传统,鲁迅对民众的麻木、人与人之间极端冷漠关系的表现以及用以表现这种麻木、冷漠的形式都足以成为鲁迅"传统"的一部分。而余华以诸种刑罚结构而成的《一九八六年》正是对这种传统鲜明而有效的延传,它所回应的是"描写群众的愚昧,和革命者的悲哀"③的《药》。

---

① 鲁迅:《娜拉走后怎样》,《鲁迅全集》第1卷,北京:人民文学出版社,2005年版,第170页。
② 李欧梵:《铁屋中的呐喊》,尹慧珉译,北京:人民文学出版社,2010年版,第73—74页。
③ 孙伏园:《鲁迅先生二三事》,长沙:湖南人民出版社,1980年版,第9页。

如果说头被砍、血被吃的革命者夏瑜和以各种古代刑罚自残的历史老师都可以视为"被看的牺牲"的话，那么《一九八六年》和《药》都可以视作书写国民性格中麻木与冷漠的故事。《药》的发生场景主要集中在华家的茶铺，革命者夏瑜的事迹自然成了茶余饭后的谈资，在这里夏瑜作为革命者的价值已经被彻底无视，甚至成了笑谈，即便是被革命者的血所救治的民众（华老栓）也始终不能理解革命者牺牲的价值，这是人与人之间极端闭塞不通的一种关系。对于"看客"（同时也是茶铺的茶客）而言，夏瑜不过是笑料一则。面对革命者的死亡，康大叔一是感叹"栓叔运气"，二是赞叹夏三爷的"机智"，二十五两雪白的赏银，独自落腰包，一文不花。见着"看客"要听他的"新闻"，"便格外高兴，横肉块块饱绽，越发大声"。还有一个"看客"——红眼睛阿义并未直接出场，而是通过茶客们的谈笑被呈现出来。在狱中，阿义本是去盘盘底细的，可夏瑜却和他攀谈了，并且对他说"这大清的天下是我们大家的"，可阿义全然不理这些，只是嫌夏瑜太穷，"榨不出一点油水"，便给他两个嘴巴，而夏瑜却只对阿义说可怜可怜。革命者和民众完全是隔绝的，民众对待这个"牺牲者"只是极端冷漠，无法理解革命者的民众只能用"发了疯了"为夏瑜做结。

而余华在《一九八六年》中显然是以一种直观的方式将"发了疯了"表现出来，当历史教师在十多年后再一次回到小镇的时候，俨然一副"疯人"的面相——"他的头发像瀑布一样披落下来，发梢在腰际飘荡。他的胡须则披落在胸前，胡须遮去了他三分之二的脸。他的眼睛浮肿而又混浊。他就这样一瘸一拐走进了小镇，那条裤子破旧不堪，膝盖以下只是飘荡着几根布条而已。上身赤裸，披着一块麻袋。那双赤裸的脚看上去如一张苍老的脸，那一道道长长的裂痕像是一条条深深的皱纹，裂痕里又嵌满了黑黑的污垢"[1]。历史教师"发了疯了"最直接的体现是在他的行动上，他疯狂地迷恋暴力并把十多年前对于古代刑罚的研究实践在自己的身上，接二连三地对自己施行了墨、劓、刖、宫等古代刑罚。鲁迅在《药》中把被看的革命者夏瑜设置在后台，他只出现在看客的叙述中，余华为了加强这种"看"与"被看"形式的力度，把疯子放置在前台（舞台）的中央，把发了疯了的历史教师直接安设在看客的视野之中。鲁迅的《药》以茶馆为舞台去表现民众的麻木和健忘，而20世纪80年代的余华虽不再书写茶馆，但依旧把这个"看"与"被看"的故事置于小镇的公共空间[2]——影剧院门前的空地、咖啡厅前的大街和展销会上。正如夏瑜是茶客们的笑料一样，历史教师亦是"看客"（小镇居民）嘲笑的对象，"被看的牺牲"愈是"发疯"，看客们张着嘴笑得愈是痛快——人们从咖啡厅走出来的时候正看见历史教师在挥舞着手喊叫着"刖"，"这情景使他们哈哈大笑。于是他们便跟在了后面，也装着一瘸一拐，也挥舞着手，也乱喊乱叫了。街上行走的人有些站下来看着他们，他们的叫唤便更起劲了"[3]。康大叔的高兴、咖啡馆出来的众人的哈哈大笑，如普罗普所说

---

[1]　余华:《一九八六年》,《现实一种》,北京:作家出版社,2012年版,第119页。

[2]　关于茶馆、酒店作为小城公共空间,小城文学核心化意象的讨论参见熊家良:《现代中国的小城文化与小城文学》,北京:中国社会科学出版社,2007年版。作者在此书第七章第二节《茶馆和酒店:小城的核心化意象》中讨论了以鲁镇、咸亨酒店为代表的茶馆、酒店在小城文学中所处的重要的位置,这些茶馆酒店能成为小城文学的核心化的意象是因为它们经常成为小城社会生活和地方政治的中心,是小城这个熟人社会里居民的公共空间,遂而成为观察小城社会、经济、文化及地方政治变化的场所。而余华将其"看"与"被看"的一幕设定在影剧院门前的空地、咖啡厅前的大街和展销会上,是因为对于20世纪80年代的中国小镇而言,这是人口最为集中,最便于小镇居民观看社会、交换见闻的空间。所以余华于此对于空间的选择显然与鲁迅对于咸亨酒店的集中有着异曲同工之处。

[3]　余华:《一九八六年》,《现实一种》,北京:作家出版社,2012年版,第129页。

都是"恶意的笑"，在发出这种笑的人看来，"高尚的人和重感情的人都是傻瓜或多情善感的幻想家，只配让人嘲笑"①。除却用"看"与"被看"的形式去表现人性中的麻木、人与人极端冷漠的关系，还有一点，余华亦是承接了鲁迅"传统"——"被看的牺牲"的价值是连最亲密的人、血脉相连的人都无法理解的。

《药》的结尾处，坟地的场景中，夏瑜的母亲想了又想，忽又流下泪来，大声说道：

> "瑜儿，他们都冤枉了你，你还是忘不了，伤心不过，今天特意显点灵，要我知道么？"他四面一看，只见一只乌鸦，站在一株没有叶的树上，便接着说，"我知道了。——瑜儿，可怜他们坑了你，他们将来总有报应，天都知道；你闭了眼睛就是了。——你如果真在这里，听到我的话，——便教这乌鸦飞上你的坟顶，给我看罢。"②

夏瑜是个能说出"这大清的天下是我们大家的"，关在牢里还劝牢头造反的革命者，可是他的母亲最终看见坟上的花环和空中的乌鸦的时候却只能从封建迷信的角度去理解它，并且认为身为革命者的儿子在阴司会遵守因果报应的教条，向她显灵。这是人与人之间关系极端冷漠的最痛切的表现形式，革命者的母亲由始至终都不曾理解过儿子的抱负和意图。《一九八六年》中历史教师的妻女亦是如此，甚至有过之而无不及，余华把鲁迅对夏瑜母亲的书写又做了推进，让历史教师的妻女成为看客中的一员。当历史教师在十多年后归来的时候，他

---

① [苏联]普罗普：《滑稽与笑的问题》，杜书瀛、理然译，刘保端校，沈阳：辽宁教育出版社，1998年版，第145页。
② 鲁迅：《药》，《鲁迅全集》第1卷，北京：人民文学出版社，2005年版，第471页。

深爱的妻子、疼爱的女儿只是同其他人一样把他当作疯子，甚至竭力逃避和遗忘。妻子看见前夫的背影，"不由哆嗦了一下，不由恶心起来"①，由于害怕前夫找到她，"整日整日地呆在自己房间里"，连亮光都害怕，夜不能寐。女儿也在竭力遗忘自己的父亲，在明知亲生父亲已经回来的情形下，竟然惶恐起来，亲生的疯子父亲"让她觉得非常陌生，又非常讨厌。她心里拒绝他的来到，因为他会挤走现在的父亲"②。不认生父的女儿试图利用热闹的展销会去遗忘父亲，她"挤在拥挤的人堆里，挤在拥挤的声音里，她果然忘记了她决定忘记的那些"③。夏瑜被砍头之后，成了看客的笑料，亦被母亲所曲解；历史教师死后，笑声回到了妻女的生活中。看见历史教师的尸体被扔进板车，女儿的心里蓦然地感到一阵轻松，妻子听着前夫的种种疯状，听着听着不由笑起来，母女二人重又回到了阳光里。历史教师的尸体恰如被剥开的羊，使得小镇的居民以及他曾经的妻女颇感愉快。在余华这里，自戕者对自己施行的刑罚给看客们以娱乐，这似乎便是归来的历史教师带给一众人的益处。历史教师便是余华所指的奴隶，而包括他妻女在内的小镇居民便是观赏那残杀场面的奴隶主，真正野蛮的不是血肉飞溅的自戕行为，而是这种玩赏式的观看。面对一个人、一个个体对于自身的伤害，人们不但无动于衷，反而笑颜相对，这难道不是麻木与冷漠的极致吗？所以说，在直书人性之中的麻木和个体之间极端冷漠的关系这一面向上，余华无疑是鲁迅传统的有力继承人。

　　而余华为何要把人性之中的冷漠如此鲜明地呈现出来呢？他的意图何在？鲁迅做小说是"为人生"的，"而且要改良这人生"，"意思是

---

① 余华：《一九八六年》，《现实一种》，北京：作家出版社，2012年版，第125页。
② 余华：《一九八六年》，《现实一种》，北京：作家出版社，2012年版，第126页。
③ 余华：《一九八六年》，《现实一种》，北京：作家出版社，2012年版，第141页。

在揭出病苦，引起疗救的注意"。这是一种"启蒙"的姿态，意在"惊起较为清醒的几个人"。[①] 而余华写作《一九八六年》亦是在揭露国民的健忘性，试图唤醒民众的"文革"记忆。细心的读者会发现，余华标示在《一九八六年》结尾处的时间是 1986 年 12 月 31 日，此时距离"文革"已有了十多年，作家把自戕者置于"看"与"被看"的形式中去揭露人性中的冷漠与麻木，归根结底是为了书写民众的遗忘。小说中接连出现这样的文字：

> 十多年前那场浩劫如今已成了过眼烟云，那些留在墙上的标语被一次次粉刷给彻底掩盖了。

> 春季展销会在另一条街道上。展销会就是让人忘记别的，就是让人此刻兴奋。

> 那场春雪如今已被彻底遗忘，如今桃花正在挑逗着开放了……[②]

而且，同鲁迅在处理《药》的结尾时相类，余华亦赋予了《一九八六年》一个意味深长的结尾——在历史教师死后，小镇又出现了一个疯子，他也是在"文革"中变疯的。他的妻子与女儿与他擦身而过，"那神态仿佛他们之间从不相识。疯子依旧一跃一跃走着，依旧呼唤着'妹妹'。那母女俩也依旧走着，没有回过头。她俩走得很优雅"[③]。行文至此，余华再一次以与鲁迅相同的"启蒙者"的姿态书写

---

① 鲁迅：《我怎么做起小说来》，《鲁迅全集》第 4 卷，北京：人民文学出版社，2005 年版，第 526 页。

② 余华：《一九八六年》，《现实一种》，北京：作家出版社，2012 年版，第 120、140、143 页。

③ 余华：《一九八六年》，《现实一种》，北京：作家出版社，2012 年版，第 156 页。

着国民的健忘性，而这种健忘正是人与人之间极端冷漠的关系的一种
呈现。

李欧梵曾经这样解析鲁迅小说中"看"与"被看"的模式，被看的
一种是夏瑜式的"独异个人"，一种是庸众中的一员。在鲁迅的小说
中，孔乙己是极具代表性的被看的"庸众中的一员"。余华写于1994
年的小说《我没有自己的名字》显然是接续了鲁迅小说中以"庸众中的
一员"作为"被看的牺牲"的传统。

在鲁迅所作的短篇小说里，作家自己最喜欢的一篇是《孔乙
己》①。余华在1996年那个夜晚与鲁迅再次相遇的时候，亦读到了《孔
乙己》。读完《孔乙己》后，余华打电话给朋友说"鲁迅是伟大的作
家"②，这或许可以视为余华对鲁迅小说的一种"敏感"或曰"共鸣"。
而通过仔细阅读，我们可以发现余华的《我没有自己的名字》和鲁迅
《孔乙己》在相似的形式中表现了相类的主题。

如前文所述，鲁迅小说中有一种"被看的牺牲"——"庸众中的
一员"，孔乙己便是这样的典型的形象。孔乙己是幻灯片事件中正要
被日军砍下头颅来示众的中国人，是羊肉铺门口被剥的羔羊，足以产
生一种娱乐性，给看客们带来愉快。孔乙己不是夏瑜式的先觉者，他
落后于现实，他既不属于站着喝酒的短衣帮，亦不属于"要酒要菜，
慢慢地坐着喝"的长衫客，他被排斥在短衣帮、长衫客这两个群体之
外，成为卡在这两个群体中间的零余者，是"站着喝酒而穿长衫的唯
一的人"。故此，孔乙己受到了来自两方的嘲弄揶揄，有孔乙己之处，
便有笑声。从某种层面上看，《孔乙己》是被笑声充斥的小说：

---

① 孙伏园：《鲁迅先生二三事》，长沙：湖南人民出版社，1980年版，第16页。
② 余华、杨绍斌：《"我只要写作，就是回家"》，《当代作家评论》1999年第1期。

只有孔乙己到店,才可以笑几声,所以至今还记得。

接连便是难懂的话,什么"君子固穷",什么"者乎"之类,引得众人都哄笑起来:店内外充满了快活的空气。

在这时候,众人也都哄笑起来:店内外充满了快活的空气。

于是这一群孩子都在笑声里走散了。

此时已经聚集了几个人,便和掌柜都笑了。①

孔乙己就是这样一个被取笑的对象——他满口之乎者也,被短衣帮取笑;他遭了长衫客丁举人的打,用满是泥的双手走来酒店,还遭到短衣帮、掌柜连同小伙计的取笑;而当他给孩子们吃茴香豆的时候,连孩子们都笑他。这些笑声,莫不是庸众们对孔乙己的痴傻、痛苦的嘲笑。尼采曾书"不以愤怒杀人,却以嘲笑"②,这些"杀人的笑"亦回荡在余华的《我没有自己的名字》中:

我不知道他们为什么这样高兴,他们笑得就像风里的芦苇那样倒来倒去……

桥上走过的人看到我们笑得这么响,也都哈哈地笑起来了。

他们天天这么说,天天这么看着我哈哈笑……

他们嘴里咬着糖,哈哈哈哈地走去了。

---

① 鲁迅:《孔乙己》,《鲁迅全集》第1卷,北京:人民文学出版社,2005年版,第457-458、458、459、460、461页。
② [德]尼采:《苏鲁支语录》,徐梵澄译,北京:商务印书馆,1992年版,第35页。

他们回头看看我，哈哈哈哈笑着走出屋去了。[①]

在《我没有自己的名字》中，"名字"是被取笑的焦点，"我"本名叫来发，可是在一帮看客庸众的口中，"我的名字比谁都多，他们想叫我什么，我就是什么"，"我"是喷嚏、是擦屁股纸；是老狗、瘦猪；是"喂"。而在鲁迅的《孔乙己》中，"孔乙己"也不是那位可怜的迂夫子的姓名，"因为他姓孔，别人便从描红纸上的'上大人孔乙己'这半懂不懂的话里，替他取下一个绰号，叫作孔乙己"[②]。名字所代表的是一个人的身份，当那些庸众用侮辱性质的话语称呼"我"，用半懂不懂的话为别人取绰号的时候，莫不是一种无情的嘲弄与羞辱。在这一点上，余华接续了鲁迅"传统"，用那些"恶意的笑声"、用那些嘲弄揶揄去凸显人性中的冷漠以及残酷。

既然认为"我"与孔乙己相同，都是庸众中的一员，那么二人又因何被其他庸众所"观看"，所嘲弄呢？或许我们可以这样认为，孔乙己是"痴"，"我"是"傻"。周作人在《鲁迅的故家》和《鲁迅小说里的人物》中都提到了作为孔乙己原型的"孟夫子"，"他是一个破落大户人家的子弟和穷读书人的代表"[③]。可见孔乙己是已然走到穷途末路上的，沦落到只能站着喝酒的地步。但即便是在这种情况，他依旧是要着长衫的，虽然那长衫"又脏又破，似乎十多年没有补，也没有洗"；依旧纠结于"偷书"与"窃书"的一字之差；依旧卖弄着回字的四样写法。孔乙己的"痴"是一种痴迷乃至偏执，屡次进学不成的他却依旧

① 余华：《我没有自己的名字》，《黄昏里的男孩》，北京：作家出版社，2012年版，第63、64、72、75、80页。
② 鲁迅：《孔乙己》，《鲁迅全集》第1卷，北京：人民文学出版社，2005年版，第458页。
③ 周作人：《鲁迅小说里的人物》，止庵校订，北京：北京十月文艺出版社，2013年版，第21页。

执拗于"读书人"的痴梦。而《我没有自己的名字》中的"我"，来发，是一个念了三年书还认不出一个字来的傻子。不管看客们叫我什么，"他们只要凑近我，看着我，向我叫起来，我马上就会答应"①。看客许阿三问"我"是不是傻子，"我"也点点头说，我是傻子；问我"我是不是你的爹？"，我也点点头说"嗯"。"我"的傻是对于庸众们嘲笑的麻木，对于自己"傻子"身份的认同。可见，作为"庸众中的一员"的孔乙己和"我"都是"不自知的人"。

想要深入读解余华在《我没有自己的名字》中对于人性的冷漠的书写，有一个非常关键的人物——陈先生需要考察。小说中的陈先生是药店里的掌柜，是乡村中的小知识分子，经常站在药店的柜台里面。《孔乙己》中咸亨酒店的曲尺形的大柜台把庸众们划分成两个群体——靠柜外站着的是短衣帮，踱进店面隔壁的房子里的是长衫客，而药店的柜台也把陈先生和许阿三们做出了区分。许阿三们是村镇中的普通乡野农夫、无赖，对"我"进行着露骨、下流的嘲讽和戏弄，而陈先生对"我"的观看和嘲笑是以一副同情的模样展示出来的。当陈先生看到许阿三们叫"我"什么，"我"都答应，陈先生就在那里说话了——"你们这是在作孽，你们还这么高兴，老天爷要罚你们的……"②。这并不是对于一个有些智障的孩子的关顾，而是从一种因果报应的中国迷信出发所做出的一点感慨。当许阿三们争着要做"我"爹的时候，陈先生走过来说："你啊，别理他们，你只有一个爹，谁都

---

① 余华：《我没有自己的名字》，《黄昏里的男孩》，北京：作家出版社，2012年版，第63页。

② 余华：《我没有自己的名字》，《黄昏里的男孩》，北京：作家出版社，2012年版，第65页。

只有一个爹，这爹要是多了，做妈的受得了吗？”[①] 从表面上看，陈先生是可怜“我”，训斥了许阿三那些庸众，但实际上，陈先生也是以“我”为玩物，把“我”的遭遇当作娱人娱己的笑料。陈先生就仿佛是《祝福》中特意寻来，要听祥林嫂絮叨惨况的那些老妇一样，有着一副“慈悲的模样”，把别人的惨事当作娱乐的笑料，感慨一阵，评论一番，才能心满意足地离去。鲁迅在《求乞者》中写道：“我不布施，我无布施心，我但居布施者之上，给与烦腻，疑心，憎恶。”[②] 可见，鲁迅对于施舍的虚假的同情是多么憎恶。余华与鲁迅有着相似的情感，但他不动声色，以一种冷静、节制的描摹方式将陈先生以布施假同情为幌子来嘲笑玩弄“牺牲”的虚伪嘴脸刻画得入木三分。而陈先生最终扯下“同情”的面具与许阿三们走到一起，是在“捉狗”这一事件中。许阿三们由于想要让“我”帮忙捉狗便想起来叫“我”的真名，可他们没一个人知道“我”这个傻子叫什么，这时候便转而去求助陈先生：

> 他们问：“陈先生知道吗？”
>
> 陈先生说：“我自然知道。”
>
> 许阿三他们围住了陈先生，他们问：
>
> “陈先生，这傻子叫什么？”
>
> 陈先生说：“他叫来发。”[③]

当许阿三们为了捉狗向陈先生问“我”真名的时候，陈先生把知

[①] 余华：《我没有自己的名字》，《黄昏里的男孩》，北京：作家出版社，2012年版，第67页。

[②] 鲁迅：《求乞者》，《鲁迅全集》第2卷，北京：人民文学出版社，2005年版，第171页。

[③] 余华：《我没有自己的名字》，《黄昏里的男孩》，北京：作家出版社，2012年版，第79页。

道"我"叫来发当作一种向别人炫耀的资本。当许阿三们直呼"我"傻子的时候，陈先生也指认傻子叫"来发"，可见，陈先生与其他庸众并无区别，都把"我"认定为傻子。如果说，许阿三式的庸众是"真恶"，那么陈先生便是"伪善"了。他对一个饱受嘲笑奚落的傻子的同情，不过是为了满足自己所谓"良善"的心理需要，他与其他庸众一般，咀嚼着"我"的"傻"，把"我"当作玩物而已。

《孔乙己》中孔乙己是"被看的牺牲"，短衣帮、长衫客、掌柜甚至叙述者"我"（小伙计）都是观看的庸众，但《我没有自己的名字》中还存在着一个"牺牲"与"庸众"之外的角色——"狗"。"我"知道这只狗是一只"雌狗"，它是"我"的伴儿："我"在前面挑着担子送煤，狗就在后面走得吧哒吧哒响地跟着我；"我"晚上躺在床上睡觉，它也还在门口守着；后来，"我"似乎和这只狗做了夫妻，"我"吃一颗喜糖，也要放一颗在狗嘴里。通过以上叙述可以发现，余华在小说中赋予了狗以"人性"，它忠诚可靠，对"我"百分之百信任。鲁迅所译的尼采《察拉图斯忒拉的序言》中有这样一句"你们已经走了从虫豸到人的路，在你们里面还有许多份是虫豸"[①]，同时，在《狗·猫·鼠》一文中，鲁迅这样写道："其实人禽之辨，本不必这样严。在动物界，虽然并不如古人所幻想的那样舒适自由，可是噜苏做作的事总比人间少。它们适性任情，对就对，错就错，不说一句分辩话。"[②]在鲁迅的世界中，有劣根性的人们就如虫豸，而动物有时比人显得真诚而是非分明。这种人性与所谓"兽性"的互换，显然得到了余华的回应，许阿

---

① 鲁迅：《察拉图斯忒拉的序言》，《鲁迅译文集》第10卷，北京：人民文学出版社，1958年版，第442页。

② 鲁迅：《狗·猫·鼠》，《鲁迅全集》第2卷，北京：人民文学出版社，2005年版，第239页。

三、陈先生这些"庸众"莫不是人性泯灭的虫豸。以狗身上的温情反衬人性中的冷漠残酷，似乎可以认为是余华设置"狗"这个角色的用意之一。但在更深的层面上，余华又有何推进呢，余华为何在结尾处还要写到狗的"被吃"呢？

> 我心里咚咚跳了起来，许阿三搂着我往他家里走，他边走边说：
>
> "来发，你我是老朋友了……来发，去把狗叫出来……来发，你只要走到床边上……来发，你只要轻轻叫一声……来发，你只要喂的叫上一声……来发，就看你了。"
>
> 我走到许阿三的屋子里，蹲下来，看到我的狗趴在床底下，身上有很多血，我就轻轻地叫了它一声：
>
> "喂。"
>
> ……
>
> 我一个人想了很久，我知道是我自己把狗害死的，是我自己把它从许阿三的床底下叫出来的，它被他们勒死了。他们叫了我几声来发，叫得我心里咚咚跳，我就把狗从床底下叫出来了。[①]

"我"要把狗从床底下叫出来，是因为许阿三叫"我"本名"来发"，叫得"我"心里咚咚跳。作为"庸众中的一员"，许阿三叫我的名字，"我"就似乎得到了其他庸众的认同。但是这种所谓的认同，是以"我"协助捉狗为代价的。文中的狗体现了一种"人性"，"我"几乎是杀了作为"我"的伴的狗，如同鲁迅在《狂人日记》中所写的那样"我未必无意之中，不吃了我妹子的几片肉"。"被吃者亦吃人"，《我没有

---

① 余华：《我没有自己的名字》，《黄昏里的男孩》，北京：作家出版社，2012年版，第79-80页。

自己的名字》中的"我"一直以来被庸众们的嘲笑所戕害，可是，到最后，为了实现自己被庸众们认同的愿望，竟也戕害其他可怜的"牺牲"了。从这一点来看，余华不仅接续了鲁迅"传统"，而且显得更加刻毒，似乎就如王彬彬所言，余华有些"溢恶"了①。

同样是面对被看的"庸众中的一员"，鲁迅对孔乙己是颇为同情的。孙伏园回忆鲁迅最喜欢《孔乙己》的缘故时，这样写道："《孔乙己》的创作目的既在描写一般社会对于苦人的凉薄……鲁迅先生特别喜欢《孔乙己》的意义是如此。"②而余华面对同是苦人的傻子来发，并没有施以同情或怜悯，只是以如手术刀般锋利的笔把人性中最冷漠残忍的一面直露地揭开，从某种层面上看，余华既延传了鲁迅直书人性的冷漠的传统，又把这个传统掘进到更为残酷的境地。

通过对以上两组作品的分析，我们可以看出"看"与"被看"的模式是余华在形式、视角方面对书写人性的冷漠的鲁迅"传统"的继承。那么，在题材、内容方面，余华又继承了鲁迅的哪些传统呢？

第二节 "家中的残酷"：童年与革命

从总体上看，余华思考的是关于人性的宏大命题，但是他却将这一命题置于一个相对狭小的空间——家庭中来展现。上文所分析的

---

① 王彬彬：《残雪、余华："真的恶声"？——残雪、余华与鲁迅的一种比较》，《当代作家评论》1992年第1期。"溢恶"是此文的一个核心论点，王彬彬将余华的小说世界形容为"屠宰场"。通过与鲁迅的对比，王彬彬指出残雪、余华热衷于溢恶，创作目的与鲁迅不同，这两位当代作家不是要"改良这人生"，而是要承认这人生，肯定这人生，不厌其烦地描写种种人类之恶是因为他们觉得人类是不可救药的，人的现存状况是无法改变的。

② 孙伏园：《鲁迅先生二三事》，长沙：湖南人民出版社，1980年版，第17-18页。

《一九八六年》中历史教师的妻女对他的"观看"、对他的冷漠与遗忘不正是有效的力证吗？事实上，早在余华踏足文坛不久，许多批评家就注意到了这一点，譬如李劼在《论中国当代新潮小说》一文中就提到"《四月三日事件》是鲁迅另一部作品——《狂人日记》——的意向性延伸"。① 的确，《四月三日事件》和《狂人日记》写的都是被迫害妄想症患者的故事，小说的主人公终日沉浸在被害、被杀的怀疑与恐惧中。《狂人日记》中想要"吃我"的是大哥甚至于父母，《四月三日事件》中，主人公"他"亦是处在父母、朋友的"阴谋"中。"狂人"的父亲要让他静静地养几天，养肥了再吃；"狂人"的哥哥也合伙要吃他；"狂人"的母亲或许已经吃了妹妹，将来或许还要吃他。《四月三日事件》中，主人公似乎亦是每日活在父母的密谋筹划之下：

> 刚才他在厨房里洗碗时，突然感到父母也许正在谈论他。他立刻凝神细听，父母在阳台那边飘来的声音隐隐约约，然而确实是在谈论他。他犹豫了一下后就走了过去，可是他们却在说另一个话题。而且他们所说的让他似懂非懂。他似乎感到他们的交谈很艰难，显然他们是为寻找那些让他莫名其妙、而他们却心领神会的语句在伤透脑筋。
>
> 他蓦然感到自己是作为一个障碍横在他们中间。②

在主人公的眼中，父母的谈话、微笑、散步等等一切活动都是假装，都是虚伪，他们这样做是为了掩盖要在四月三日这一天将他杀害的阴谋。小说的结尾为主人公找出了病因，因为主人公多年以来一直记挂着一个会吹口琴的邻居，他在18岁时患黄疸肝炎去世了。余华

① 李劼：《论中国当代新潮小说》，《钟山》1988年第5期。
② 余华：《四月三日事件》，《我胆小如鼠》，北京：作家出版社，2012年版，第114页。

在小说结尾的揭秘似乎让我们恍然大悟，那种种阴谋不过是一个即将迎来18岁生日的少年对于未来的畏惧。但是倘若我们从另一个角度出发去看这篇小说，主人公这种多疑敏感的性格的养成不正是源于家庭内部人与人之间关系的冷漠吗？如果说，《四月三日事件》是《狂人日记》的意向性延伸，只是触及了直书人性的冷漠的表层，那么在余华甚为血腥、暴力的中篇小说《现实一种》中，余华则把对家庭内部成员之间冷漠敌对的书写推向了极端——兄弟相残。

事实上，"兄弟相残"这个题材就经常出现在鲁迅的小说中，《狂人日记》便是典型。"狂人"不断发出如是的呼号：

> 原来也有你！这一件大发现，虽似意外，也在意中：合伙吃我的人，便是我的哥哥！
>
> 吃人的是我哥哥！
>
> 我自己被人吃了，可仍然是吃人的人的兄弟！
>
> 最可怜的是我的大哥，他也是人，何以毫不害怕；而且合伙吃我呢？还是历来惯了，不以为非呢？还是丧了良心，明知故犯呢？ ①

鲁迅的另一部小说《弟兄》亦可以解读为讲述"兄弟无情"的故事。通过爬梳文本，我们可以见得，《弟兄》实际上有两条线索，一条明线，一条暗线，明线讲沛君、靖甫"兄弟怡怡"，暗线却主力描写"沛君的梦"。在"兄弟怡怡"这一条线索上，沛君为了给弟弟治病不遗余力——虽然进款不多，但却请了"有名而价贵"的西医，大夫

---

① 鲁迅：《狂人日记》，《鲁迅全集》第1卷，北京：人民文学出版社，2005年版，第448、450页。

迟迟未到，沛君急得“不但坐不稳，这时连立也不稳了”。^① 大夫诊断开药之后，沛君连买药这种琐事，都要跟在伙计后面叮嘱。可见，在明线上，沛君为了弟弟的病所付出的关顾、所做的奔波都是无可指摘的，沛君在同事眼中俨然一副慈爱兄长的样貌。但是，在设置的暗线中，在沛君的梦里“靖甫也正是这样地躺着，但却是一个死尸”。^② 自己却仿佛有了“最高的威权和极大的力”^③，送了自己的孩子进学校了，面对哭嚷着要跟去的弟弟的孩子荷生，“我”比平常大了三四倍的铁铸似的手掌一掌向荷生脸上批过去。在暗线中，靖甫因病而亡，沛君似乎摇身一变，成为封建家族中自私自利的家长。弗洛伊德是这样解释梦的——“它们是完全有效的精神现象——愿望的满足”^④。当靖甫尚未确诊的时候，沛君仿佛笃定靖甫所患的一定是猩红热，而且是不可救的，沛君就开始为家计、孩子们进学校的琐事烦恼，那时他想着如何支撑家计，如何不能薄待了兄弟的孩子。可这一切就是沛君的真实想法吗？不过是小公务员的沛君，难道就不会想着在弟弟身故之后，端出家长的权威去苛待弟弟遗下的孩子吗？而且，《弟兄》从一开始就暗示了读者，“兄弟怡怡”不过是假象一种，世上的兄弟大多是像同事益堂的两个孩子一样，为了金钱斤斤计较，整天闹着要分家，各有私心。或许我们可以这样理解《弟兄》所要表达的意图，在家计琐事和生活重担面前，所有的兄弟恩情都会成为一种负担，在世道俗业的重压下，再亲密的弟兄也会冷漠相对。如果说，鲁迅以一种“非现实”的手法（一个“狂人”的日记、沛君的梦）去表现兄弟之间的冷漠甚

① 鲁迅：《弟兄》，《鲁迅全集》第2卷，北京：人民文学出版社，2005年版，第138页。
② 鲁迅：《弟兄》，《鲁迅全集》第2卷，北京：人民文学出版社，2005年版，第143页。
③ 鲁迅：《弟兄》，《鲁迅全集》第2卷，北京：人民文学出版社，2005年版，第143页。
④ [奥地利]弗洛伊德：《释梦》（上），车文博、高申春译，北京：九州出版社，2014年版，第128页。

至残害，那么余华则似乎采用了一种直接临摹现实的方式去阐释"兄弟相残"的主题。

余华是这样看待自己从《十八岁出门远行》到《现实一种》时期的创作的——"其结构大体是对事实框架的模仿，情节段之间的关系基本上是递进、连接的关系，它们之间具有某种现实的必然性"[1]。余华似乎是为了凸显《现实一种》中"兄弟相残"的主题，给兄弟二人起名山岗和山峰。《现实一种》的故事发生在一个三代同堂的家庭中，相残相杀的兄弟有两对，一对是皮皮和他的堂弟，一对便是山岗和山峰兄弟。在兄弟连环的仇杀中，皮皮摔死堂弟是事件的起点。四岁的皮皮在对襁褓中的堂弟的虐待中获得快感，他用手去拧堂弟的脸，堂弟的哭声让他感到喜悦。继而，他又不断地去卡堂弟的喉咙，一次次享受堂弟爆破似的哭声。当堂弟从自己手中摔死的时候，皮皮仿佛感到了一阵阵的轻松自在：

> 然而孩子感到越来越沉重了，他感到这沉重来自手中抱着的东西，所以他就松开了手，他听到那东西掉下去时同时发出两种声音，一种沉闷一种清脆，随后什么声音也没有了。现在他感到轻松自在，他看到几只麻雀在树枝间跳来跳去，因为树枝的抖动，那些树叶像扇子似的一扇一扇。[2]

幼小的堂弟对于皮皮来说只不过是一件玩具而已，当他觉得玩具重的时候，便把他丢下。余华用皮皮的视角对堂弟进行了物化，当玩具脱离双手的时候，皮皮所感到的只有轻松自在，他看见麻雀在欢快

---

① 余华:《虚伪的作品》,《没有一条道路是重复的》,北京：作家出版社，2012年版，第172页。

② 余华:《现实一种》,《现实一种》,北京：作家出版社，2012年版，第6页。

地跳跃，看见树叶在愉悦地颤动。在兄弟的被虐甚至死亡中获得喜悦与快感，余华利用一个孩子对他的兄弟的虐杀把对人性的冷漠的书写推向了极致。但余华并没有止步于此，他还写出了皮皮嗜血的本性，面对堂弟摔死后残留在地上的血迹：

> 皮皮趴在那里，望着这摊在阳光下亮晶晶的血，使他想起某一种鲜艳的果浆。他伸出舌头试探地舔了一下，于是一种崭新的滋味油然而生。接下去他就放心去舔了，他感到水泥上的血很粗糙，不一会舌头发麻了，随后舌尖上出现了几丝流动的血，这血使他觉得更可口，但他不知道那是自己的血。[①]

　　鲁迅在《狂人日记》结尾处发出疑问："没有吃过人的孩子，或者还有？"并发出"救救孩子"的呼号，而余华似乎是用皮皮对堂弟的虐杀回应了鲁迅的疑问——"这世上已没有未吃过人的孩子，孩子都业已是无药可救的了"。在这一点上，余华似乎显得比鲁迅还要冷酷。

　　因为皮皮摔死了堂弟，所以山峰踢死了侄子皮皮，接下来山岗便开始了对弟弟山峰的报复。山岗先是把山峰绑在树干上，然后把煮好的肉酱涂在山峰的脚底，接下来让小狗去舔那脚底，最后山峰在这奇异的感觉中狂笑至死。山岗处心积虑地买骨头熬汤，让小黄狗去舔弟弟的脚底，在弟弟的狂笑声中，山岗一直亲切地看着他，还问："什么事这样高兴？"余华的这出"死亡游戏"让我们想到鲁迅仇猫的因由——"它的性情就和别的猛兽不同，凡捕食雀鼠，总不肯一口咬死，定要尽情玩弄，放走，又捉住，捉住，又放走，直待自己玩厌了，这

---

① 余华：《现实一种》，《现实一种》，北京：作家出版社，2012 年版，第 18 页。

才吃下去，颇与人们的幸灾乐祸，慢慢地折磨弱者的坏脾气相同"[1]。如果说堂弟是皮皮的玩具，那么弟弟山峰又何尝不是哥哥山岗的玩物呢？余华以游戏写报仇、以哈哈大笑写死亡因由，这种以轻写重的方式不正是对人性的冷漠、残酷最大程度的赤裸裸的揭示吗？

　　还有一点值得引起注意，余华为何要为这个颇具荒诞意味的连环仇杀故事取名《现实一种》？不同于鲁迅在《狂人日记》中把兄弟相残的故事置于狼子村这个具有象征意味的环境中（因为这很容易让我们联想到中国人常用的成语"狼子野心"），并以赵家的狗、"狮子似的凶心，兔子的怯懦，狐狸的狡猾"去暗喻人心的险恶，余华让兄弟相残的故事发生在某个潮湿多雨的小镇上，发生在某个祖孙三代、拥有七位家庭成员的普通家庭中。皮皮坐在塑料小凳上吃早餐，他没吃油条，母亲在他的米粥里放了白糖；山岗、山峰与他们各自的妻子不过是生活中的普通人，他们有各自的职业、各自的朋友，会为柴米油盐发愁，但就是这样的平常孩子、普通小民却残忍冷酷，毫无人性，一家人连环上演着杀戮不断的戏码。这就是《现实一种》时期的余华，这时期的余华信誓旦旦地呼喊着"生活是不真实的，只有人的精神才是真实"，他陷入了一种与现实的紧张关系之中。余华曾经这样总结自己以《现实一种》为代表的创作：

> 　　事实上到《现实一种》为止，我有关真实的思考只是对常识的怀疑。也就是说，当我不再相信有关现实生活的常识时，这种怀疑便导致我对另一部分现实的重视，从而直接诱发了我有关混

① 鲁迅：《狗·猫·鼠》，《鲁迅全集》第 2 卷，北京：人民文学出版社，2005 年版，第 240 页。

乱和暴力的极端化想法。[1]

如果说"兄弟怡怡"是一种现实生活的常识的话，那么这对余华而言是不真实的，在余华的眼中，人性中的恶、兄弟手足自相残杀、人性之中的冷酷残暴才是最真实的，因为这是人的精神世界中最真实的想法。余华与鲁迅都一针见血地揭露了人性中的冷酷，并用"兄弟相残"的极端方式将它呈现出来，那么接下来我们不禁要追问，是什么原因造成了余华拥有一双闪着手术刀似的寒光的眼睛，是什么原因造成了他性格中的敏感多疑，是什么原因让他的血管里流淌的不是血，而是冰碴子呢？这些原因之中有没有与鲁迅相类的成分呢？接下来，我们要研究的便是作家的身世问题。

鲁迅幼时，宗党皆呼之曰"胡羊尾巴"，誉其小而灵活也[2]，如此早慧的鲁迅对世事变迁自然有格外敏锐的认识，他注目于看客对于"牺牲"的嘲笑讥讽，他对人性中的冷漠与麻木有着一针见血的洞察，与他幼年失怙的经历有着极为密切的关系。在《呐喊·自序》中鲁迅剖白道：

> 我有四年多，曾经常常，——几乎是每天，出入于质铺和药店里，年纪可是忘却了，总之是药店的柜台正和我一样高，质铺的是比我高一倍，我从一倍高的柜台外送上衣服或首饰去，在侮蔑里接了钱，再到一样高的柜台上给我久病的父亲去买药。……然而我的父亲终于日重一日的亡故了。[3]

---

[1]　余华：《虚伪的作品》，《没有一条道路是重复的》，北京：作家出版社，2012年版，第168页。

[2]　许寿裳：《亡友鲁迅印象记·许寿裳回忆鲁迅全编》，上海：上海文化出版社，2006年版，第192页。

[3]　鲁迅：《呐喊·自序》，《鲁迅全集》第1卷，北京：人民文学出版社，2005年版，第437页。

在《父亲的病》一文中，鲁迅曾写到自己和一位所谓的名医周旋的事情：

> 我曾经和这名医周旋过两整年，因为他隔日一回，来诊我的父亲的病。那时虽然已经很有名，但还不至于阔得这样不耐烦；可是诊金却已经是一元四角。现在的都市上，诊金一次十元并不算奇，可是那时是一元四角已是巨款，很不容易张罗的了；又何况是隔日一次。①

经济上的拮据，庸医的刁难，使当时不过十多岁的鲁迅过早地接触到了生活中的窘迫与人性中的阴暗。父亲的"病"与"死"实际上构成了鲁迅人生中异常重要的转折点，正如他多年后的感慨——"有谁从小康人家而坠入困顿的么，我以为在这途路中，大概可以看见世人的真面目"②。这一点在周作人所作的《鲁迅的故家》中也可以找到印证，父亲重病之前，台门败落，鲁迅寄食在亲戚家，"被人说作乞食"③。如若没有少年时期寄人篱下、遭人讥笑的经历，鲁迅不会将人与人之间冷漠的"吃人"关系看得如此透彻清晰；如若没有站在质铺的柜台前仰面对视伙计侮蔑的眼神，《狂人日记》里也不会处处是满眼凶光，怪里怪气的眼睛。家道中落、父亲重病早逝带来的"弃绝"与"耻辱"之感应该可以视作鲁迅一生创作的起点与基础。

余华同鲁迅一样，深刻地铭记着自己的年少岁月，清晰地知晓那

---

① 鲁迅：《父亲的病》，《鲁迅全集》第2卷，北京：人民文学出版社，2005年版，第294—295页。

② 鲁迅：《呐喊·自序》，《鲁迅全集》第1卷，北京：人民文学出版社，2005年版，第437页。

③ 周作人：《王府庄》，《鲁迅的故家》，止庵校订，北京：北京十月文艺出版社，2013年版，第72页。

段时光对于自身的意义，十分清醒地意识到童年的重要性，他将童年形容为“一个人和这个世界的一生的关系的基础”，“我们对世界最初的认识都是来自童年，而我们今后对世界的感受，对世界的想象力，无非是像电脑中的软件升级一样，其基础是不会变的”[1]。如果说弃绝与耻辱是形容鲁迅童年的关键词，而这种被抛弃的孤独之感在余华处亦依稀可见：在余华的印象里，他与很多同龄人不一样，他没有拉着祖辈们的衣角成长，而父母也总是不在家。余华母亲经常在医院值夜班，只是傍晚时返家，在医院食堂买了饭菜带回来让余华兄弟俩吃了以后，又匆匆上班去了。身为外科医生的余华父亲，更是一连几天连面都见不着，因为要在手术室给病人动手术。父亲回家时，余华兄弟俩已经睡着了，在他们醒来之前，父亲又被叫走了。双亲都忙于医院的工作，余华和哥哥就被反锁在家里，只能扑在窗口看外面的景色。或许我们可以这样理解，鲁迅的“被弃”之感来自父亲的亡故，而余华的“被弃”之感来自父亲这一角色在某种程度上的空缺。“文革”时期，顽皮的余华和哥哥以游戏的心态点燃了医院开批斗会的草棚，医院里的人看见熊熊火势便纷纷跑来，当时余华的父亲提着一桶水冲在最前面，可就在此刻，余华说了一句让正被批斗的父亲好不容易遇上的成为救火英雄的机会泡汤，足以让父亲萌生死意的话——“这火是我哥哥放的”。这件事之后，父亲被揪去批斗多次，像祥林嫂那样不断表白自己，希望别人能够相信他，医院里的那把火不是他指使的。在这期间，余华和哥哥寄住在父母的一位同事家中，一个月之后，父亲归家，把余华和哥哥的屁股揍得五颜六色，像天上的彩虹一样。通过这段“文革”往事，我们似乎可以判断余华与父亲的关系恰似他在

---

[1] 洪治纲：《余华、洪治纲对话录：火焰的秘密心脏》，《余华评传》，郑州：郑州大学出版社，2005 年版，第 206 页。

短篇小说《阑尾》中所描述的那样，阑尾和人体的关系，"平日里一点用都没有，到了紧要关头害得我差点丢了命"[①]，阑尾是要被"刷地一下割掉"，然后扔掉的。余华似乎一直处在这种被父亲"放逐"的恐惧中，这样的余华胆小而敏感，连在幼儿园都是独自一人坐在那里，从早晨坐到晚上。余华与鲁迅一般，在孤独的内心中掩藏着深重的不安，他们都过早地体会到了社会的冷酷，人情的疏离。而余华将这种对于世界的感受以一种血腥、暴力的方式呈现出来，这与他自幼便被包裹在医院的生活环境之中有着极为密切的关系，死亡的暗影一直笼罩着余华。

余华的童年是在医院里度过的，他喜欢在医院里到处乱窜，喜欢病区走廊上的来苏水味，学会了用酒精棉球擦洗自己的手。在这样的氛围中，鲜血经常逼近在少年余华的眼前：父亲的手术服上沾满血迹，连口罩和手术帽也都难以幸免；手术室的护士几乎每天都会提出一桶血肉模糊的东西，将它们倒进不远处的厕所里。余华性格中"嗜血"的成分似乎就是从童年这不断地与血的接触中带来，童年的余华已经对血习以为常，所以他在《一九八六年》《现实一种》等作品中才那样巨细无遗地描绘器官与血的点滴细节。在《一九八六年》中余华仔细描摹白骨外翻、鲜血外渗的场景，而在《现实一种》中，手术刀已经被余华挥舞起来了，他巨细无遗地勾画着医生解剖山岗尸体时的种种，金黄色的脂肪、脂肪中的血点浮现在小说中。如果我们更进一步去思考就会发现，余华对血腥、暴力的偏爱实际上根源于他对死亡的态度。小时候的余华对死亡并不惧怕，甚至有些亲密。他小时候不怕看到死人，对太平间也没有丝毫恐惧，到了夏天最为炎热的时候，他

---

① 余华：《阑尾》，《黄昏里的男孩》，北京：作家出版社，2012年版，第61页。

就一个人待在太平间里，睡在那些水泥砌成的床上。太平间留给余华的印象是凉快、一尘不染，周围的树木的枝叶会从一扇永远开着的气窗中伸进来。而太平间里的哭声几乎伴随了余华的成长，居住在医院宿舍的余华在无数个夜晚里突然醒来，聆听那些失去了亲人之后的悲痛哭声。余华说自己听到了这个世界上最为丰富的哭声，这些感动人心的哭声被余华认为是"世界上最为动人的歌谣"。

余华这种对待死亡的态度确实与鲁迅有些相似，《父亲的病》一文中记述了父亲临终之时，鲁迅为父喊魂的场景。"可医的应该给他医治，不可医的应该给他死得没有痛苦。"① 鲁迅并不憎恶死亡，反而以一种超脱的看法视之，在《无常》一文中他写道："想到生的乐趣，生固然可以留恋；但想到生的苦趣，无常也不一定是恶客。无论贵贱，无论贫富，其时都是'一双空手见阎王。'"② 通过以上的分析，我们似乎可以得出这样一个结论：一方面，余华与鲁迅同样注目人性中极端的冷漠与麻木，是因为他们都度过了孤独、寂寞的童年、少年时代，这种孤独的体验培养了他们敏感、多疑的性格，以至于他们都过早地认识到了人性中的阴暗面以及社会的残酷。另一方面，他们都在自己的青少年时期与死亡发生了紧密的联系，死亡的巨大阴影一直笼罩着他们，但这两位作家异于常人之处便在于他们对死亡并无畏惧之感，反而生发了一种对死亡的亲密之情。似乎我们可以这样解释，正是对死的超脱态度使这两位作家的目光可以直达人性的最深处，看到人性中最残酷、最本质的东西。余华是这样看待鲁迅的叙述的——"像子

① 鲁迅:《父亲的病》,《鲁迅全集》第2卷，北京：人民文学出版社，2005年版，第298页。
② 鲁迅:《无常》,《鲁迅全集》第2卷，北京：人民文学出版社，2005年版，第279页。

弹穿透身体，而不是留在身体内"①，而这亦是余华与鲁迅在面对人性问题时所共有的目光与态度。

在讨论余华与鲁迅这两位作家的身世问题与他们对于人性中冷漠与残酷的书写时，有一点是要特别关注的，那就是个人与时代的关系问题，这两位作家都与中国历史发展进程中重大的革命相逢，鲁迅适逢辛亥革命，而余华则是遭遇了"文革"。

1909 年 8 月，鲁迅从日本归国，在浙江两级师范学堂任教员。归国的第二年，鲁迅回到家乡绍兴，在绍兴府中学堂任教员兼监学。1911 年，鲁迅出任山会初级师范学堂监督。鲁迅初时对辛亥革命是怀有憧憬的。但是他很快就表现出了对于这场革命的失望，在《范爱农》中，他写道：

> 我们便到街上去走了一通，满眼是白旗。然而貌虽如此，内骨子是依旧的，因为还是几个旧乡绅所组织的军政府，什么铁路股东是行政司长，钱店掌柜是军械司长……。这军政府也到底不长久，几个少年一嚷，王金发带兵从杭州进来了，但即使不嚷或者也会来。他进来以后，也就被许多闲汉和新进的革命党所包围，大做王都督。在衙门里的人物，穿布衣来的，不上十天也大概换上皮袍子了，天气还并不冷。②

鲁迅对辛亥革命的热情与憧憬被中国社会换汤不换药的现实所熄灭，革命过后一切"貌虽如此，内骨子是依旧的"，甚至有许多投机分

---

① 余华：《从窄门走向宽广——从鲁迅的四部小说说起》，引自浙江省社会科学界联合会、钱江晚报编：《浙江人文大讲堂》，杭州：浙江科学技术出版社，2006 年版，第 137 页。
② 鲁迅：《范爱农》，《鲁迅全集》第 2 卷，北京：人民文学出版社，2005 年版，第 324—325 页。

子，借革命发财发迹。鲁迅对辛亥革命抱着复杂的情感并不断加以反思，革命前后的中国社会成为他小说中着笔最多的题材，鲁迅所关注的人性中的冷漠与残酷在很大程度上是关乎革命者的，革命者总是成为被庸众的冷漠所戕害的对象，就如他写《药》的初衷："因群众的愚昧而来的革命者的悲哀；更直捷说，革命者为愚昧的群众奋斗而牺牲了，愚昧的群众并不知道这牺牲为的是谁，却还要因了愚昧的见解，以为这牺牲可以享用，增加群众中的某一私人的福利。"①鲁迅为那些牺牲的革命者深切地痛惜着，因为他热烈地爱着、赞美着那些革命者，譬如《药》中夏瑜所隐喻的秋瑾。因为同是留日学生，又是同乡，鲁迅在日本时期就与秋瑾有所交往。秋瑾归国后，因为徐锡麟一案，被杀于古轩亭口的丁字街上。鲁迅痛惜这位同乡烈士的死，遂而有了《药》中"太阳也出来了；在他面前，显出一条大道，直到他家中，后面也照见丁字街头破匾上'古□亭口'这四个黯淡的大字"。②或许是为了表达对这位革命者的铭记，鲁迅为夏瑜的坟顶添上了一圈红白的花。如果说童年时期屈辱的经历培养了鲁迅敏感多思的性格，那么辛亥革命的巨大现实让鲁迅更加清晰地认识到被看的"牺牲"的悲哀和看客们的冷漠麻木，因为革命虽然来了，但国民们对革命却仍旧一无所知，在他们的认识中，革命党"个个白盔白甲：穿着崇正皇帝的素"；四块洋钱可以换一块银桃子挂在大襟上，这是"柿油党"的顶子，能抵一个翰林。所谓革命，不过是一场"盘辫子""剪辫子"的"头发革命"罢了，革命给庸众、看客们带来的福利似乎是让他们可以观赏一出"嚓"一声杀革命党的好戏，就如阿Q糊里糊涂做了革命党被拉去游街示众时，"无师自通"地说出半句"过了二十年又是一个……"

---

① 孙伏园:《鲁迅先生二三事》，长沙：湖南人民出版社，1980年版，第9页。
② 鲁迅:《药》，《鲁迅合集》第1卷，北京：人民文学出版社，2005年版，第465页。

后，人丛里不断叫好，满是"豺狼的嗥叫一般的声音"。看客们虽叫好不断，但仍不能心满意足，因为阿Q是死于枪毙的，"他们多半不满足，以为枪毙并无杀头这般好看；而且那是怎样的一个可笑的死囚呵，游了那么久的街，竟没有唱一句戏：他们白跟一趟了"①。辛亥革命后，内骨子是依旧的，但是已出现了"新旧之分"，那些革命党人便是新生的力量的代表，但是"新"的力量太渺小，它很快亦是很残酷地被旧势力残害掉了。所以说，辛亥革命为鲁迅书写人性中的冷漠与麻木提供了时代语境，鲁迅对于人性的书写正是对他经历的革命、所处的时代的回应，辛亥革命这个巨大的时代标记为鲁迅的创作提供了丰厚的基础，亦为他对人性的考察奠定了底色。

辛亥革命是鲁迅一生的重要节点，鲁迅通过对辛亥革命的观察去透视人性中的冷漠。而余华所遭遇的"文革"，也为余华对人性的理解与书写提供基础。余华在"文革"中度过了他的小学、中学阶段，此时的余华虽然只是一名少年，连当红小兵都不够格，但是用他自己的话说，对于他、对于他们这一代人，"文革"是永远不会过去的。"文革"带给了余华最初的阅读体验，他的读物是街道上的大字报。在每天放学回家的路上，身穿有补丁的衣服、脚上蹬着磨损后泛白的黄球鞋的中学生余华都要在那些大字报前消磨一个来小时，大字报上的人身攻击成为一种"文学教育"。站在大字报前的余华看着那些他认识或知道的人怎样用恶毒的语言互相谩骂，互相造谣中伤。有追根寻源挖祖坟的，也有编造色情故事，同时配上漫画的，漫画的内容极为广泛，甚至连交媾的动作都会画出来。余华自己亦曾经成为漫画的主角。因为那段纵火的往事，余华和哥哥成为闻名县城的"纵火犯"，兄

① 鲁迅：《阿Q正传》，《鲁迅全集》第1卷，北京：人民文学出版社，2005年版，第552页。

弟俩的形象也被登上大字报，以告诫孩子们不要纵火，漫画里较小的孩子就是余华。多年后，已到中年的余华仍然清晰地记得漫画里自己的形象——"我被画得极其丑陋，当时我不知道漫画和真人不一样，我以为自己真的就是那么一副嘴脸，使我在很长时间里都深感自卑"①。"文革"中大字报将人的想象力最大限度地挖掘了出来，同时也发挥了虚构、夸张、比喻、讽刺种种文学手段。当余华追溯起自己与文学的渊源时，不禁感慨"在越贴越厚的大字报前，我开始喜欢文学了"②。但是，这并不是"文革"留给余华最重要的遗产，对于余华以及这一代人而言，革命暴力已经深植在他们的记忆之中了。汉娜·阿伦特就曾提醒我们要留意这样的事实——"在暴力领域之外，战争和革命甚至是无法想象的"③。七岁的余华就已经心惊胆战地站在一棵柳树下看河对面政府楼房里上演的革命夺权，那些造反派的结局都是"竖着进去，横着出来"，余华目睹了从楼顶平台摔下来的三个人，两个重伤，一个死亡。这就是"文革"初期的小镇，尚在读小学的余华就已经对血腥武斗和野蛮抄家习以为常，他当时的兴趣集中在街头激烈的武斗上，胆小的余华战战兢兢地看着成年人相互斗殴，手持棍棒打得头破血流。少不更事的孩子们把看街头上演的武斗场景戏称为"看电影"。当"文革"逐渐进入尾声的时候，小镇生活进入压抑、窒息的安静状态，人们更加胆小和谨慎了。余华虽不曾亲身加入文斗武斗、打砸抢的行列，但是年纪小小的他一直是一桩桩暴力事件的"旁观者"，甚至看着自己的哥哥成为打架造反的一员。余华和哥哥去县

---

① 余华：《医院里的童年》，《没有一条道路是重复的》，北京：作家出版社，2012年版，第36页。

② 余华：《最初的岁月》，《没有一条道路是重复的》，北京：作家出版社，2012年版，第61页。

③ [美]汉娜·阿伦特：《论革命》，陈周旺译，南京：译林出版社，2011年版，第7-8页。

图书馆借书，因为图书封面上的一滴墨迹，兄弟俩与图书管理员争执了起来，起先还是"文斗"（争吵），接着余华的红卫兵哥哥觉得文斗不过瘾，只有武斗才能彰显其红卫兵本色，所以抓起书扔向那位图书管理员的脸，还扬手扇了她一记耳光，最后兄弟俩被揪进了派出所。[①]余华经常提到自己在儿时总会无缘无故地感到害怕，他唯一的恐惧是在黑夜里，"看到月光照耀中的树梢，尖细的树梢在月光里闪闪发亮，伸向空中"[②]，这样的情景每次都会让余华害怕得发抖。我们或许可以大胆揣测余华在儿时总是感到恐惧的原因——这是革命暴力给一个孩子留下的不可磨灭的记忆：随处可触的血腥、无法抑制的暴力，人与人之间极端恶毒与冷漠的关系。

《一九八六年》的产生与"文革"有着直接的联系，我们可以把《一九八六年》视作一篇先锋式的"伤痕小说"或曰"文革小说"。余华在一次访谈中曾经谈及《一九八六年》是如何而来的：

> 我写《一九八六年》的时候，刚好26岁。那个时候让我最难忘的是，我们海盐也有，我去峨眉山、去杭州灵隐寺这些地方游玩时也都能够看到，有些"文革"中被迫害成精神病的人，他们还在那儿读毛主席语录，喊"打倒刘少奇"之类的口号。我估计他们的一生可能就这样度过了，疯了啊。他们就是"文革"的时候被人摧残成精神病的，以后就只知道大声地读毛主席语录，唱那种语录歌。从八四年一直到八六年这几年间，我几乎是到任何一个景点，都能看到有这样的人，这也给我造成了一个写作基

---

① 关于这段余华小兄弟俩在图书馆里的"武斗史"见《十个词汇里的中国》中《阅读》一章。余华：《十个词汇里的中国》，台北：麦田出版公司，2011年版。
② 余华：《最初的岁月》，《没有一条道路是重复的》，北京：作家出版社，2012年版，第60页。

础。所以，我就想通过这样的人来写"文革"。①

事实上，余华之所以在旅行的途中将目光投向那些因为在"文革"期间遭到迫害而患上精神病的人，深思一步，或许并非偶然。由于在童年时期亲眼所见那些暴力、血腥的场景，余华应当是深谙革命暴力对于人性的鞭挞与残害的。莫言曾用"清醒的说梦者"来形容余华，而余华也自剖在创作《一九八六年》《现实一种》《世事如烟》等作品时经常被噩梦纠缠：有一次梦到自己被枪毙了；有一次又梦见自己杀了人，公安局来抓他时，他到处躲藏，余华常常被噩梦吓得一身冷汗。所以，我们似乎可以这样揣测：是那些杀人事件、血腥场面编织起来的"文革遗梦"让余华成就了他作品中的"黑暗面"②。从表面上看，余华小说中的"黑暗面"脱胎于"文革"为他营造的一个鲜血淋漓、暴力无休的感官世界；但从更深的层面上看，余华小说中的"黑暗面"实际上直指人性中的阴暗面：妻子、女儿可以将在"文革"中受尽迫害屈辱的丈夫、父亲忘得一干二净，甚至无休止地恐惧他的归

---

① 洪治纲：《余华、洪治纲对话录：火焰的秘密心脏》，《余华评传》，郑州：郑州大学出版社，2005 年版，第 220 页。

② 此处"黑暗面"一词借用夏济安对鲁迅小说的分析，夏济安所说的鲁迅作品中的"黑暗面"是指鲁迅所深感的一种无力抗拒的压迫，并由这种"无力"而带来的悲哀之感。而它最极致的体现便是"死亡的可怕的负荷"。夏济安认为鲁迅对于死亡的感悟多半是源于对于目连戏的"溺爱"以及对于当时的中国社会始终处在一种"天未明的时间"的恐惧。夏济安所作 "Aspects of the Power of Darkness in Lu Hsün" 一文被收录在 *The Gate of Darkness: Studies on the Leftist Literary Movement in China* 一书中，其中译本《鲁迅作品的黑暗面》被收录在叶维廉主编《中国现代文学批评选集》一书中。叶维廉主编：《中国现代文学批评选集》，台北：联经出版有限公司，1976 年版。当"黑暗面"一词用于形容余华小说时指的是余华小说中出现的血腥、暴力的场面，亦指余华所关注的革命暴力以及人性中的冷漠与残酷，而这些"黑暗面"的产生正是与作家的童年经历有关，特别是在文革期间所目睹的一桩桩暴力事件，成为了余华作品中"黑暗面"的来源。

来；兄弟间已无怡怡之乐可言，仅剩花样百出、精巧布局的虐杀。余华善于把人性的极端冷漠放在家庭关系之中去考察，因为革命暴力最大的残忍就是对原本单纯、温暖的家庭关系的严重破坏。在"文革"中成长起来的余华，似乎恰如《四月三日事件》中那个患有被迫害妄想症的男孩子。那个男孩子一直都沉浸在一种被害的妄想中，父母的一举一动在他的眼里都是要置他于死地的巧设阴谋。父母在阳台上谈天轻笑，在男孩眼里也是笑得无所顾忌，令他坐立不安。在听到"四月三日"这么一句之后，"他看到母亲此刻正装着惊讶的样子看着自己。没错，母亲的惊讶是装出来的"①。余华在"文革"中曾经因为无心童言而将原本就正在接受批斗的父亲逼入绝境，父亲亦因为自己的遭遇而对余华一顿痛打，父亲的行为因为其身处特殊的历史时期可以理解，但是革命暴力已经影响了父子关系，并把这一残酷的现实直接呈现在余华面前。革命暴力对于家庭关系的破坏成为余华关注、书写人性中的冷漠与残酷的起点。如若没有在"文革"中所见的流血事件，没有自己所亲身经历的"纵火事件"，余华的血管里或许不会流淌着冰碴子，余华的笔下亦或许不会呈现人与人之间极端冷漠的关系。

通过以上的分析，似乎可以为余华延续着鲁迅"传统"，书写人与人之间极端冷漠的关系找到原因：一方面，余华与鲁迅在童年的经历上有着相似之处，那些孤独的体验、被弃的经验让这两位作家在童年时期便养成了敏感、多思的性格。此外，这两位作家在童年时期便过早地接触到了死亡，对待死亡的"亲切"态度让他们过早地认清了生命、人性的本质。另一方面，余华与鲁迅在各自的人生中都与一个时代的最重大的事件相遇了——鲁迅与辛亥革命相逢，而余华遭遇了

---

① 余华：《四月三日事件》，《我胆小如鼠》，北京：作家出版社，2012年版，第115页。

"文革"。鲁迅认清了辛亥革命前后中国社会换汤不换药的本质而更为深刻地理解了国民灵魂中的麻木，以及这种麻木不仁对革命者、牺牲者的戕害。而"文革"中充满血腥、暴力的感官世界则成为余华文学道路的起源，余华在"文革"时期的所闻所见、所经历的事，让他认识到了人与人之间、特别是家庭成员之间关系的冷漠与残酷，这就不难解释为何余华20世纪80年代的先锋小说中总是充满了互相残害的杀人事件以及死亡的无稽与荒诞。

第三节　国民灵魂的勘察者："怎么写"与"写什么"

当我们在鲁迅"传统"的视域中观察余华先锋时期的创作，或许会发现不一样的风景。1998年，余华在回顾个人写作史的《我的写作经历》中略有些调侃地提到："一个有趣的事实是，我在中国被一些看法认为是学习西方文学的先锋派作家，而当我的作品被介绍到西方时，他们的反应却是我与文学流派无关。"[1] 回看20世纪80年代的余华和他的小说，余华的名字紧紧地与川端康成、卡夫卡等联系在一起，先锋小说就像是外国文学特别是现代派文学被移植在中国土壤中生长起来的花色艳丽却根基薄弱的花朵。余华与西方文学、余华与卡夫卡的关系究竟为何呢？鲁迅"传统"这一视角的引入又会给我们带来哪些启示呢？

余华把《十八岁出门远行》视作自己"成功的第一部作品"，这部短篇小说刊发在《北京文学》1987年第1期，定稿的时间是1986年11月16日。1986年对于余华而言具有里程碑式的意义，虽然自1983

---

① 余华：《我的写作经历》，《没有一条道路是重复的》，北京：作家出版社，2012年版，第106页。

年开始小说创作以来，余华已经在一些地方性刊物（如《西湖》《东海》）发表了不少短篇小说，甚至在《北京文学》发表了《星星》，但是他始终认为1984年至1986年这一阶段是他阅读、写作的自我训练期，余华认为他的写作道路的真正起点是1986年，在这一年的春天，他用一套《战争与和平》从朋友处换来了一本《卡夫卡小说选》。从这个事件中，我们或许可以窥见余华在80年代创作的一些"背后的故事"。1986年这个年份，首先让我们联想到的就是"文化热"。甘阳撰写长文《八十年代文化讨论的几个问题》，基于他对1985年以来的"中国文化热""中西比较风"的理解，指出他是这样看待这场讨论的，"这场'文化讨论'绝不是脱离中国现代化这一历史进程所发的抽象议论"，实际上它所说明的是，这场文化讨论"是中国现代化事业的题中应有之义，是中国现代化进程中不可或缺的关键一环"，它的最终指涉是"文化的现代化"。而这场"文化讨论"或曰"文化热"的焦点是落在中西之争、古今之争上，所谓"中西之争"是指植根于地域文化差异之上的中国文化与西方文化之间的争论，而"古今之争"则立足于中国本身从传统文化形态向现代文化形态的转变。① 从甘阳对于80年代的观察出发，我们似乎可以武断地这样说：中西之争的本质实际上是古今之争，它们所围绕的一个主题就是"文化的现代化"，"文化的现代化"则是热烈响应"现代化"这个80年代的主旋律的。此时身处"大时代"的小镇文学青年余华无可避免地要投身于这股热潮之中，他炽热地写道：

> 我置身其间，就像一滴水汇入大海一样，我一下子面对浩

---

① 甘阳：《八十年代文化讨论的几个问题》，《八十年代文化意识》，上海：上海人民出版社，2006年版，第3-33页。

若烟海的文学，我要面对外国文学、中国古典文学和中国的现代文学，我失去了阅读的秩序，如同在海上看不见陆地的漂流，我的阅读更像是生存中的挣扎，最后我选择了外国文学。我的选择是一位作家的选择，或者说是为了写作的选择，而不是生活态度和人生感受的选择。因为只有在外国文学里，我才真正了解写作的技巧，然后通过自己的写作去认识文学有着多么丰富的表达……①

读罢此段，不禁想：余华少年时期热爱的《艳阳天》《金光大道》《牛田洋》《虹南作战史》《新桥》《矿山风云》《飞雪迎春》《闪闪的红星》难道不算文学吗？从小学一直到中学，出现在余华课本中的鲁迅的小说、杂文难道不算文学吗？或许是因为80年代对"文学"的定义发生了变化，文学特指"纯文学"，"现代"的文学。这就可以理解为什么余华以及其他先锋作家都会从西方文学中吸取养料，那是因为在80年代"现代化"的语境中，西方文学特别是现代派文学成为"文学现代化"的代表。同时，余华以一套《战争与和平》换一本《卡夫卡小说选》这个行为也颇值得玩味，托尔斯泰的巨著《战争与和平》是批判现实主义的经典，而对于余华而言，它的吸引力似乎逊于《卡夫卡小说选》，这个"换书"的过程似乎暗示了80年代文学创作中的"过时"与"时兴"（古与今）的问题。由《在延安文艺座谈会上的讲话》确立并贯穿"十七年文学"的社会主义现实主义的写作方式已不能承载80年代的社会气象，也不符合80年代对于"现代化"的要求，这时的文学领域渴求一种"新的"、足以突破"十七年文学"中现实主义写作方式的"现代化"的写作方式，而此时注重文学形式"陌生化"，专注书

---

① 余华：《我为何写作》，《没有一条道路是重复的》，北京：作家出版社，2012年版，第110–111页。

写个人的孤独、迷惘、荒诞的现代派小说便成了应时应景的潮流。当这种潮流具体到个体的时候，又有哪些独特之处呢？下面，我们要考察的就是关于余华这个作家个体的问题。

余华在《北京文学》1985年第5期（青年作者小说专号）发表了一篇类似创作谈的文章《我的"一点点"——关于〈星星〉及其它》，在这篇文章中，余华将自己定位为"在最基层的无名小辈"。[①]这的确是《星星》时期的余华最真实的写照，那时的余华是"高考落榜生"，听从父亲的安排，进入海盐县武原镇卫生院，当起了牙医。余华是1977年高中毕业的应届生，高考的恢复让他和他的同学们有了不用去农村插队落户而有希望去北京或上海这样的大城市生活的希望，以至于在考前填志愿的阶段闹出了不少笑话，大部分同学都填写了北大、清华、复旦、南开这样的名校。高考失利的余华进了卫生院，一个县城小镇上的卫生院的顾客主要是来自乡下的农民，他们根本不知道何为"医院"或是"牙科"，而是叫"牙齿店"。余华就是这"牙齿店"里的"学徒"，跟着一位姓沈的老师傅在托拉斯的流水线上为病人涂碘酒、注射麻醉药。那时候对于余华来说，最高级的奢侈品就是沈师傅从上海捎来的一整盒的凤凰牌香烟。在那个年代的海盐，谁能偶尔有一支凤凰牌香烟，都要拿到电影院去抽，因为"在看电影时只要有人抽凤凰牌香烟，整个电影院都香成一片，所有的观众都会扭过头去看那个抽烟的人"[②]。从十八岁到二十三岁，余华一生中最青春的时光是由成千上万张开的嘴巴构成的，在日复一日的沉闷的"牙齿店"生活中，余华有时会站在卫生院的窗前，看着外面的大街，呆呆地看上一两个小时，终

---

① 余华：《我的"一点点"——关于〈星星〉及其它》，《北京文学》1985年第5期。
② 余华：《我的第一份工作》，《没有一条道路是重复的》，北京：作家出版社，2012年版，第88—90页。

于有一天，他"心里突然涌上了一股悲凉"，"想到自己将会一辈子看着这条大街"，^①没有了前途。就是在这一刻，余华开始考虑自己的一生应该怎么办，他决定要改变自己的命运，于是开始写起了小说。回看余华跻身先锋小说作家之前的这段岁月，应该可以算是他人生的低潮期，他的身份是高考落榜生、牙齿店学徒、小镇上郁郁不得志的青年。写作成为他可以进入文化馆工作、脱离机械沉闷的牙医生活，甚至是去北京、上海的至关重要的途径。李劼在《中国八十年代文学历史备忘》中写道："整个新潮小说写作成了旧时代科举考试式的敲门砖。这与其说是一次悄悄的文学革命，不如说是一场明目张胆的生存竞争。许多新潮作家由此改变了他们农民出身的境遇，在小镇上挣扎的困顿。"^②诚然，李劼的说法有值得商榷的部分，但是作为最早对先锋小说（初时称"新潮小说"）进行文学批评的学者之一，他的观点具有十分重要的意义，文学创作的展开特别是在先锋小说创作上取得的成绩成为余华闯入大城市的重要武器：1987年2月，余华参加了北京鲁迅文学院办的一个为期半年的学习班，在这里，他遇见了同窗兼室友的莫言；也正是在这一年，余华在《收获》编辑部最大的办公室里第一次遇见了后来被他称为"先锋小说的主要制造者"的编辑程永新。余华终于从"来自最基层"的青年作者成为"先锋圈子"里的一员，这是从"边缘"到"中心"的一次根本性转变，同时也是人生道路的一次转变，一个小镇青年就这样进入了大都市，甚至过起了一种"现代感"十足的"流动性"生活——1986年之后的余华不断地往返在嘉兴与北京、嘉兴

---

① 余华：《十九年前的一次高考》，《没有一条道路是重复的》，北京：作家出版社，2012年版，第86页。

② 李劼：《中国八十年代文学历史备忘》，台北：秀威资讯科技股份有限公司，2009年版，第218页。

与上海之间。当我们从一个作家的个人境遇出发去观察他的创作道路的时候就会发现，有时候作家对于创作形式的选择实际上是一种人生的选择。余华选择了西方文学、选择了卡夫卡，实际上他选择的是一条最符合80年代的"现代化"想象、能够最有效成为一个"作家"的道路。余华选择的卡夫卡究竟给他带来的是什么呢？

"卡夫卡在川端康成的屠刀下拯救了我"，这是作为曾经的川端康成忠实信徒的余华给予卡夫卡最深挚的感激，他甚至把与卡夫卡的相遇理解为"命运的一次恩赐"。"川端康成时期"的余华迷恋川端对于细部和心理的描写，但是三年之后，他发现自己想象力和情绪力日渐衰竭，当他在1986年读到卡夫卡的时候，心想"原来小说还可以这样写"。卡夫卡最让余华心灵震动的是他"在叙述形式上的随心所欲"，这让余华领会到"作家在面对形式时可以是自由自在的，形式似乎是'无政府主义'的，作家没有必要依赖一种直接的、既定的观念去理解形式"①。在余华对卡夫卡的读解中，"形式"是出现频率最高的词，我们或许可以这样判断：余华并没有进入卡夫卡作品的内部，没有完全进入卡夫卡的精神世界，余华对卡夫卡的阅读更多是一种叙述方式、表现形式上的吸收与模仿。的确，余华的写作最初是从"模仿"开始的，在苏州大学"小说家讲坛"上的讲演中，余华回忆了自己写第一篇小说时的情景：

> 我印象中很深的是我写第一篇小说的时候，我都不知道小说该怎么写，那个引号应该怎么打，以前，我中学写过作文，可是从没用过引号。写作文用引号干什么？我找了一本《人民文学》

---

① 余华：《川端康成和卡夫卡的遗产》，《没有一条道路是重复的》，北京：作家出版社，2012年版，第179页。

来读了一下，噢，对话的时候可以用引号，描写心里想什么事的时候也可以用引号。我当时觉得描写心理没必要加引号，会弄乱了，你要是都是引号，人家还以为是你说的呢。所以我就知道写对话用引号。然后，还有换段应该怎么换，也是慢慢地学习。为什么我最初的时候写作能够追求一种比较简洁的语言，我现在想想，当初找的那些范本语言都很简单，没有找那些比较复杂的作品，否则，我现在恐怕写的也是非常复杂。①

从这段描述中我们可以发现，对于在"文革"中虚度了中小学时光、又从未进过大学、几乎不懂外语的余华而言，"范本"极其重要，因为"范本"教会了他应该"怎么写"，而卡夫卡作品就是余华小说写作的"范本"，它教会了余华应该怎样叙述、应该运用怎样的形式。一切所围绕的都是"怎么写"的问题，但也仅止于"怎么写"的问题。而余华写的是什么呢？通过前文对《一九八六年》《现实一种》等文本的分析，我们可以看到余华写的是他童年时孤独的经历，是他所遭遇的"文革"，从本质上来说，余华写的是人与人之间的冷漠，写的是看客对于"牺牲者"的杀伐鞭挞，写的是国民对于"革命"的遗忘，而这些不正是鲁迅所画出的国民的灵魂吗？所以，纵观余华先锋时期的小说，从形式上看，他固然是受到了西方现代派小说，特别是卡夫卡的影响，但归根究底，他的先锋小说的精神内核是完全中国化的、是鲁迅式的，是对国民灵魂的洞察。这为余华之后对鲁迅的追认埋下了伏笔。

---

① 余华：《我的文学道路——在苏州大学"小说家讲坛"上的讲演》，《当代作家评论》2002 年第 4 期。

第二章 乡关何处：重写"复仇"故事

纵观余华20世纪80年代的文学创作，他是用卡夫卡的形式来书写"鲁迅"的故事，但是这一现象到80年代末期有了明显的转变，他回到地域文化之中，重写了鲁迅笔下的"复仇"故事，这就是《鲜血梅花》。以往研究界大多只注意到《鲜血梅花》是余华对于武侠小说的"戏仿"而忽视了它的文学史意义，现在我们要做的就是将《鲜血梅花》纳入鲁迅《铸剑》的"传统的延传变体链"[①]中，去探究余华为什么会从卡夫卡的形式转向重释中国古典文化内涵的故事，而这是否为他在90年代开始的转型埋下伏笔？

第一节 "复仇"：地域里的精神

余华的故乡在地域上与鲁迅的相邻得这样近，余华亦如鲁迅般在地域的精神中进行创作，这在余华的《鲜血梅花》与鲁迅的《铸剑》中体现得尤为明显。《鲜血梅花》与《铸剑》沿袭的都是经典的"为父报仇"的模式，而且都是以"剑"为中心展开，以"剑"为线索贯穿。这引发我们的思考，"复仇"是《铸剑》的主题，"复仇者"在某种程度上可以视为鲁迅对自我的描绘，那么余华在80年代所作的《鲜血梅花》

---

① ［美］爱德华·希尔斯：《论传统》，傅铿、吕乐译，上海：上海人民出版社，2009年，第14页。

能否视为鲁迅的"复仇"传统的延续呢？

让我们先来看鲁迅的《铸剑》。《铸剑》作于 1926 年，在《故事新编·序言》中，鲁迅解释了何以有《故事新编》，何以有《铸剑》：

> 直到一九二六年的秋天，一个人住在厦门的石屋里，对着大海，翻着古书，四近无生人气，心里空空洞洞。而北京的未名社，却不绝的来信，催促杂志的文章。这时我不愿意想到目前；于是回忆在心里出土了，写了十篇《朝花夕拾》；并且仍旧拾取古代的传说之类，预备足成八则《故事新编》。但刚写了《奔月》和《铸剑》——发表的那时题为《眉间尺》，——我便奔向广州，这事就又完全搁起了。①

《铸剑》取材于古代传说之类，连并叙事"有时也有一点旧书上的根据"。《故事新编》结集出版后，鲁迅在致徐懋庸、增田涉的信中都提到了《故事新编》的出典。在给徐懋庸的信中，鲁迅写道："《铸剑》的出典，现在完全忘记了，只记得原文大约二三百字，我是只给铺排，没有改动的。也许是见于唐宋类书或地理志上（那里的"三王冢"条下），不过简直没法查。"② 在给增田涉的信中，鲁迅也提到了这个问题："《故事新编》中的《铸剑》，确是写得较为认真。但是出处完全忘记了，因为是取材于幼时读过的书，我想也许是在《吴越春秋》或《越绝书》里面。"③ 不妨循着鲁迅的线索，去看看在关于吴越之地的方志

---

① 鲁迅：《故事新编·序言》，《鲁迅全集》第 2 卷，北京：人民文学出版社，2005 年版，第 354 页。

② 鲁迅：《书信·360217·致徐懋庸》，《鲁迅全集》第 14 卷，北京：人民文学出版社，2005 年版，第 30 页。

③ 鲁迅：《书信·360328·致增田涉》，《鲁迅全集》第 14 卷，北京：人民文学出版社，2005 年版，第 385－386 页。

典籍、乡邦文献中可以追溯为《铸剑》出典的到底有哪些。在《吴越春秋·阖闾内传第四》中已经出现了干将莫邪以血肉之躯熔炉铸剑的故事，"于是干将妻乃断发剪爪，投于炉中，使童女、童男三百人，鼓橐装炭，金铁乃濡，遂以成剑。阳曰干将，阴曰莫邪。阳作龟文，阴作漫理"[①]。显然，在《吴越春秋》的记载中，投身进入冶炼炉中的是妻子莫邪，而且并未出现儿子眉间尺这个人物。《越绝书·越绝外传记宝剑第十三》专门讲述关于吴越之地名剑的故事与传奇，其中有述："楚王召风胡子而问之曰：'寡人闻吴有干将、越有欧冶子，此二人甲世而生，天下未尝有。精诚上通天，下为烈士。'"[②]可见干将、莫邪铸剑的故事在具有地理方志性质的古越典籍《吴越春秋》和《越绝书》中已有记载，并具备了一定的雏形。但在真正意义上形成遗腹子为父报仇这个经典复仇模式的是鲁迅辑录在《古小说钩沉·列异传》中的版本：

> 干将莫邪为楚王作剑，三年而成。剑有雌雄，天下名器也，乃以雌剑献君，藏其雄者。谓期妻曰："吾藏剑在南山之阴，北山之阳；松生石上，剑在其中矣。君若觉，杀我；尔生男，以告之。"及至君觉，杀干将。妻后生男，名赤鼻，告之。赤鼻南山斫南山之松，不得剑；忽于屋柱中得之。楚王梦一人，眉广三寸，辞欲报仇。购求甚急，乃逃朱兴山中。遇客，欲为之报；乃刎首，将以奉楚王。客令镬煮之，头三日三夜跳不烂。王往观之，客以雄剑倚拟王，王头堕镬中；客又自刎。三头悉烂，不可分别，分葬之，名曰"三王冢"。《御览》三百四十三[③]

---

① 周生春：《吴越春秋辑校汇考》，上海：上海古籍出版社，1997年版，第40页。
② 李步嘉校释：《越绝书校释》，北京：中华书局，2013年版，第302页。
③ 鲁迅校录、鲁迅先生纪念委员会编：《古小说钩沉》，北京：人民文学出版社，1951年版，第112—113页。

东晋干宝所作的《三王墓》与鲁迅从《太平御览》中所辑录的版本大致相同，只是相比较而言，干宝《三王墓》中的描写更为具体生动，譬如"客持头往见楚王，楚王大喜。客曰'此乃是勇士头也，当于汤镬煮之。'王如其言煮头，三日三夕不烂，头踔出汤中，踬目大怒。客曰：'此儿头不烂，愿王自临视之，是必烂也。'王即临之，客以剑拟王，王头堕汤中。"① 干宝为何人？他恰好是余华"伟大的同乡"，明代樊维城、胡震亨等纂修的《海盐县图经》以及清代王彬修、徐用仪纂的《海盐县志》均对干宝的生平有所记载。笔者之所以要突出干宝为海盐人氏，是为了强调余华的家乡海盐与鲁迅故里绍兴处于同一个文化区——吴越文化区。据法国史学家兼批评家丹纳的观点，一切物质文明与精神文明的性质面貌都取决于种族、环境、时代三大因素，如果艺术作品是"一朵茂盛的花"，那么就须先研究植物，研究"那个民族本身及其特性，这些特性是由历史与环境加以扩张与限制，至少以影响和改变的"②。所以，我们在进入《铸剑》《鲜血梅花》的文本解读之前，首先要回答的问题是吴越之地的文化中是否含有"复仇"的因子？

谈及故乡时，鲁迅最喜欢引用的一句是让"我们绍兴人很有光彩"的明末王思任所说的"会稽乃报仇雪耻之乡，非藏污纳垢之地"③，他还曾自豪地表示"身为越人，未忘斯义"④。描绘自己的家乡时，鲁迅这样写道："于越故称无敌于天下，海岳精液，善生俊异，后先络驿，展其殊才；其民复存大禹卓苦勤劳之风，同勾践坚确慷慨之志，

---

① [晋]干宝：《新辑搜神记》，李剑国辑校，北京：中华书局，2007年版，第411页。
② [法]丹纳：《艺术哲学》，傅雷译，南京：江苏文艺出版社，2012年版，第144页。
③ 鲁迅：《女吊》，《鲁迅全集》第6卷，北京：人民文学出版社，2005年版，第637页。
④ 鲁迅：《书信·360210·致黄苹荪》，《鲁迅全集》第14卷，北京：人民文学出版社，2005年版，第24页。

力作治生，绰然足以自理。"①可见鲁迅钦佩大禹艰苦卓绝的精神与勾践坚毅慷慨的品格，绝不放弃、毅不妥协是自古以来流淌在越人血液中的气质，鲁迅对故乡最引以为豪的更是这种气息的集中体现——"复仇的精神"。在故乡的目连戏中，鲁迅将目光投射于那身着"大红衫子，黑色长背心"，长发蓬松的女吊，并且为她的"大红衫子"做了注解："而在戏文里，穿红的则只有这'吊神'。意思是很容易了然的；因为她投缳之际，准备作厉鬼以复仇，红色较有阳气，易于和生人相接近，……绍兴的妇女，至今还偶有搽粉穿红之后，这才上吊的。自然，自杀是卑怯的行为，鬼魂报仇更不合于科学，但那些都是愚妇人，连字也不认识，敢请'前进'的文学家和'战斗'的勇士们不要十分生气罢。"②在鲁迅眼中，女吊是可爱的，如果面前隐约有这样一位粉面朱唇的女吊，"就是现在的我，也许会跑过去看看的"③，因为鲁迅深重地敬佩着这样一位绝不放过仇敌、穿着大红的衫子是要与仇人接近、为报仇不惜代价的女子。由此想来，复仇是绍兴"地域里的精神"④。

自古越地"远于京夏"，在这远离中原土地的地域，野蛮粗朴的民风被保留了下来。古越人有一种独特的风俗——"断发文身"。《淮南子·泰族训》中有记载："夫刻肌肤，镵皮革，被创流血，至难也。

---

① 鲁迅：《〈越铎〉出世辞》，《鲁迅全集》第8卷，北京：人民文学出版社，2005年版，第41页。

② 鲁迅：《女吊》，《鲁迅全集》第6卷，北京：人民文学出版社，2005年版，第640页。

③ 鲁迅：《女吊》，《鲁迅全集》第6卷，北京：人民文学出版社，2005年版，第641页。

④ "地域里的精神"一说借用孙郁在分析鲁迅《〈越铎〉出世辞》时所言，鲁迅在《〈越铎〉出世辞》中讲的不是风俗人情，而是"地域里的精神"，即一种价值传统，它包含了三个方面——其一是才气，其二是韧性，其三乃劲健之气。（孙郁：《浙东脾气》，《鲁迅忧思录》，北京：中国人民大学出版社，2012年版，第61页。）笔者在此通过对吴越地域文化的梳理以及目连戏中女吊这一角色的读解，将"复仇"归纳为一种"地域里的精神"。

然越为之，以求荣也。"刘向所作的《战国策·赵策》中亦写道："被发
文身，错臂左衽，瓯越之民也。"现有的研究成果表明，"断发文身"
有可能是一种独特的成人礼——经历了皮肤被割破、流血而成文身的
巨大痛苦之后，才算成年，凭这一点，可见越人自古尚武的性格[1]，
《汉书·地理志》记载，"吴、粤（越）之君皆好勇，故其民至今好用剑，
轻死易发"。"剑"似乎成了"轻死易发"的越人性格的物质载体，在
《越绝书·卷第十一》中就有"越王勾践有宝剑五，闻于天下"的记载，
不但君王好宝剑，有剑客能相剑、舞剑，在越地甚至还流传着"越女
剑"的故事，这在《吴越春秋》中有过记载：越王勾践听闻范蠡举荐
"越有处女出于南林，国人称善"，便"使使聘之，问以剑戟之术"。这
位女子在面见越王的路上遇见一位自称袁公的老翁，便与之试剑。女
子见到越王之后，应答有理，更向越王阐述了御剑之道，"越王即加
女号，号曰'越女'。乃命五校之队长高才习之，以教军人。当此之
时，皆称越女剑。"[2] 剑术精湛、教习军士的越女很容易让我们联想到
鲁迅的同乡先贤，有"鉴湖女侠"之称的巾帼英雄秋瑾。这位喜欢身
着男装、善于击剑骑马的侠女曾作过多篇以"剑"为主题的诗作，如
《剑歌》《宝刀歌》《宝剑歌》。在《剑歌》中还特别赞叹了春秋时期著
名的铸剑师欧冶子所铸之剑与别不同——"若耶之水赤堇铁，铸出霜
锋凛冰雪。欧冶炉中造化工，应与世间凡剑别"[3]；在《宝剑歌》中更是

---

[1]　关于越文化、吴越文化的研究，目前已有大量的研究论著、丛书出版，关于此方
面的研究成果可参看《广义吴越文化论丛》（董楚平，中国社会科学出版社，2012 年）、
《浙东文化论丛》（董贻安，中央编译出版社，1995 年）、《吴越文化》（冯普仁，文物出
版社，2007 年）、《浙江近世文化地理研究》（朱海滨，复旦大学出版社，2011 年）等。
[2]　周生春：《吴越春秋辑校汇考》，上海：上海古籍出版社，1997 年版，第 152 页。
[3]　秋瑾：《剑歌》，《秋瑾诗文选》，郭延礼选注，北京：人民文学出版社，1982 年版，
第 28 页。

把铸剑师干将莫邪立为冲破天地黑暗的第一人——"除却干将与莫邪，世界伊谁开暗黑？"①与"剑"紧密联系在一起的是决绝的复仇精神，例如《宝剑歌》中就字字铿锵"饥时欲啖仇人头，渴时欲饮匈奴血"，对仇敌决不放过、决不宽容的复仇之心可见一斑。在吴越地区的文化中，一直盘旋着睚眦必报的复仇的精魂，越王勾践便是一位非常具有代表性的"复仇者"，他为了铭记国仇，为复仇做准备，在放遣归国之日起便"宫有五灶，食不重味；省妻妾，不别所爱，妻操斗，身操概，自量而食，适饥不费"，"食不杀而胾，衣服纯素，不衬不玄，带剑以布"，"寝不安席，食不求饱"②。此外，伍子胥也是历史上著名的"复仇者"（子报父仇）。因为父兄为楚平王所杀，所以伍子胥入吴灭楚，当吴兵入郢后，伍子胥掘楚平王墓，"出其尸，鞭之三百，然后已"。可见，吴越大地上始终飘荡着尚武轻死，有仇必报，为报仇不惜一切代价的精魂。

　　在爬梳了古越文化之后，让我们再来看余华的家乡海盐。海盐县位于浙江省北部杭嘉湖平原，东濒杭州湾，西南邻海宁市，北连平湖市和嘉兴市郊区，海盐设县是在秦王政二十五年（公元前222年），所以有研究者称之为"超级古董县"③。清王彬修、徐用仪纂的《海盐县志》有录："秦海盐县属会稽郡，县始置在华亭乡，后陷为柘湖，移治武原乡。"据1992年出版的《海盐县志》，海盐自建县以来，曾"四徙县治，六析其境"，在历史上，海盐既有属会稽郡的时期，也有属吴郡的时期，所以说，海盐是处在吴、越两地的交界处，这自然就决

---

① 秋瑾：《宝剑歌》，《秋瑾诗文选》，郭延礼选注，北京：人民文学出版社，1982年版，第31页。
② 李步嘉校释：《越绝书校释》，北京：中华书局，2013年版，第131页。
③ 朱岩：《海盐 嬴政二十五年——以事件为线索的海盐历史文化叙述》，北京：北京大学出版社，2010年版，第11页。

定了海盐的地域文化中保留了越文化的成分。更重要的是，吴、越文化都起源于百越文化，自古"吴与越同音共律，上合星宿，下共一理"①，地域上的相连、语言上的相同、风俗上的相近使吴、越文化之间难分彼此。而从文化区归属这一层面上来看，吴越文化是不同于中原文化、巴蜀文化、荆楚文化的一种独具个性的文化形态。接下来我们要观察的就是，在海盐的文化中是否也存在着轻死尚武的复仇因子？根据《海盐文化丛书：古海盐文化实录》中《文物》卷所录，在多次考古挖掘的过程中，海盐出土了大量不同时期的石钺、玉钺，"钺"是一种兵器，可见海盐自古以来便有尚武的风气。此外，在海盐人的身上，亦有一种"硬气"，煮海制盐虽然成就了海盐的富饶丰裕，但是海亦给海盐带来了深重的灾难，晋、唐、宋、元、明各代都曾多次出现过海堤崩溃，农田被海水吞噬的灾难，但是海盐人就是在这一次次的天灾中不断迁徙、开辟土地。《海盐县志·大事记》有记载："成化八年（1472）七月十七 大风驾潮，冲决海塘，民溺死万余。九年、十年，海连溢。张宁诗云：'成化壬辰秋七月，海潮腾风石塘决。桑田夜变陆成川，一望边沙烟火绝。青苗白屋随奔流，红颜皓首尸横丘。一身虽存六亲尽头，至今乱骨无人收。'""嘉靖二十一年（1542）浙江水利佥事黄光升始编海盐塘字号，创建'五纵五横桩基鱼鳞石塘'，雄伟坚固，后人誉为'海上长城'。"海给海盐人带来了天灾，更带来了"人祸"，有记载，"明嘉靖三十二年（1553），倭寇四犯县境，劫掠毁舍，掳男辱女。杀害 3700 多人。参将汤克宽、知县郑茂先后指挥民兵共守，数创倭寇，保全县城"②。通过以上记载我们不难发现，数百年来，越人顽强不屈的品格已深入海盐人的基因中。而且，海盐亦是忠良辈

---

① 周生春：《吴越春秋辑校汇考》，上海：上海古籍出版社，1997 年版，第 95 页。
② 海盐县志编纂委员会编：《海盐县志》，杭州：浙江人民出版社，1992 年版，第 5 页。

出之地。明朝时期，弹劾奸臣魏忠贤、有"击奸第一声"之称的直谏名臣钱嘉徵就是海盐人。钱嘉徵虽然只是一个小小的贡生，但是他以超乎常人的胆识愤然而言："虎狼食人，徒手亦当搏之，举朝不言，而草莽言之，以为忠臣义士倡，虽死何憾！"上书直陈魏忠贤十大滔天罪状，每条罪状之下都列明事实。从这位谏臣的身上，我们看到了海盐人绝不屈服的硬气、不顾个人生死的胆识。

虽然余华生活的海盐与古海盐在地理位置和所辖范围上已发生了很大的变化，余华所居住的武原镇与《越绝书》等典籍里所记载的武原镇已相去甚远，但是在讨论海盐的文化归属的时候，我们不是简单地把它当作一个地理名词来解释，而是当作一个文化文本来考察。余华一直深爱着他的海盐。汇集了"童年和少年时期的感受与理解"的《在细雨中呼喊》中的地名孙荡有极大的可能是缘于海盐的"沈荡镇"，因为余华自己曾表达过，在海盐话的发音里"沈"和"孙"没有什么区别。《许三观卖血记》更是直接写到了海盐著名的天宁寺。自从1992年在北京建立家庭之后，余华一直生活在北京，可是在余华心里，北京纵然有"宽阔的街道，高层的楼房，川流不息的人群车辆"，但是北京仍然"是一座别人的城市"①。对于家乡海盐，余华最喜欢说的一句是"我只要写作，就是回家"，这意味着决定余华生活道路和写作方向的主要因素，在海盐的时候就已经完成了，不管写的是什么故事，其中的人物和场景都不由自主地属于故乡。我们似乎可以把余华的《鲜血梅花》视为对流传于吴越之地的"复仇精神"的回应，如果说鲁迅以"故事新编"的方式将吴越典籍中眉间尺为父报仇的故事延展至白话文学中，那么余华的《鲜血梅花》则接续了此传统。在余华接续鲁迅《铸

①　余华：《别人的城市》，《没有一条道路是重复的》，2012年版，北京：作家出版社，第80—81页。

剑》中"复仇"传统的同时，是否存在着一些变化呢？这是接下来要讨论的问题。

第二节 《铸剑》的"现代性"

《铸剑》是鲁迅小说中情节极为跌宕起伏的一部。在小说的开篇之处，鲁迅为他所熟悉的《三王冢》的故事增加了一个"引子"，我们或可称之为"眉间尺戏鼠"。刚刚睡下的眉间尺听见老鼠啃咬家具物什的声响，心中烦躁，便想起身察看这些"该死"的家伙。当他看见老鼠在水瓮里挣扎求生的时候，便用手中的芦柴戏弄老鼠，一时将它按入水底，一时又救它上来。换了六回松明之后，眉间尺觉得那老鼠可怜，便折断芦柴将老鼠夹出水面，但老鼠命悬一线之际竟要逃跑，眉间尺大吃一惊，提起脚，将老鼠踏死了。这就是眉间尺的出场，一个不知是"杀鼠"还是"救鼠"的，"不冷不热"的少年人的形象。此刻的眉间尺尚未满十六岁，心性尚未成熟，他觉得老鼠讨厌该死，便想尽办法将其置于死地，一时间又觉得它"尖尖的小红鼻子"看着很是可怜，转而又去救它。还未满十六岁的眉间尺的性格中已有了隐约的复仇的因子，但这其实是很不成熟的，眉间尺的个性中更多的是犹豫不决、优柔寡断，虽然觉得老鼠可恨该死，但是种种行为更像是孩童游戏。但紧接着"眉间尺戏鼠"这个引子之后的即是"授剑"一幕，过了子时眉间尺十六岁了，已经成人了，母亲将父亲为王所杀的前后因由全数告知眉间尺，并告诫儿子要改变优柔的性格，用这剑去报仇。"授剑"这一幕实际上是眉间尺的成人仪式，他从母亲处接过父亲留下的剑，从此背负起为父报仇、斩杀大王的使命。以往的研究者在解析《铸剑》中"复仇者"的形象时多把焦点集中在眉间尺和"黑色的人"的身上，却并未意识到"母亲"在本质上也是一个复仇者的形象。看见性格优柔的儿子，母亲已经意识到亡夫的仇是不可能成功得报了。她仿佛在颤动的身影、她含着无限悲哀的低微的声音让眉间尺冷得毛骨悚然，而一转眼又觉得热血沸腾。母亲实际上是眉间尺成人仪式上的"启蒙者"，并且这是一种"复仇精神"的启蒙，当眉间尺追问父亲的生死问题之时，母亲的应答是冷静的；当眉间尺穿上青衣之时，母亲告诉他"明天就上你的路去罢。不要记念我！"①。从母亲的果决与坚毅中我们不难读出鲁迅对这个女性角色所倾注的感情，如果说眉间尺所背负的是"杀父之仇"，那么母亲心中埋藏多年的便是"杀夫之仇"，所以她格外关注儿子的心性，关注他是否能够完成复仇的使命。当眉间尺觉得自己可以做到从容地去寻找他不共戴天的仇敌时，他听到的却是母亲失望的轻轻的长叹。母亲的叹息或许可以视为一个有着强烈的复仇精神的个体对一个将要把"复仇"诉诸行动的人的观察与感悟。我们不禁要追问：眉间尺作为一个为父报仇的儿子的形象，真的已经"成人"了吗？他可以被认为是真正意义上的复仇者吗？

　　当清晨来临的时候，眉间尺便离家踏上了复仇的征程。鲁迅在眉间尺的复仇之路上设置了重重关卡：一个孩子突然跑向他，几乎是碰到了他背上的剑尖，他吓出一身冷汗；人群中妇孺众多，他怕自己的剑碰伤了人，只得"宛转地退避"；当他看见王乘着御辇而来，想要奋力冲出人群，却被人捏住一只脚，摔了个倒栽葱；这一摔，压在一个干瘪脸的少年身上，差点遭到这个少年敲诈。柔弱妇孺和恶霸样的少年似乎构成了眉间尺的"无物之阵"。眉间尺虽然善良，但是显得冲动并且幼稚，没有经过周密的计划，只是看见了腰间佩剑的王，便不自

---

① 　鲁迅：《铸剑》，《鲁迅全集》第2卷，北京：人民文学出版社，2005年版，第437页。

觉地全身一冷，又立刻灼热起来，像猛火焚烧一样，立刻就"一面伸手向肩头捏住剑柄，一面提起脚"，从伏着的人们的脖子的空处跨出去。①眉间尺的冲动使他的复仇大计尚未展开便暴露了，当他天真地想着要在南门外等待王回来手刃仇人的时候，他已经成了王捉拿的对象。我们似乎可以做出这样的猜测，如果没有那"黑色的人"，眉间尺可能被那干瘪脸的少年困得脱不了身，可能被那些无知妇孺盘问得不知如何应对，可能被王的卫士捉拿处死。所以说，眉间尺虽然过了十六岁，在母亲的"启蒙"下建立了复仇的意志，但是他仍然是天真、幼稚、冲动的，无法成为一个真正意义上的复仇者。复仇事业的完成必须要依靠突然出现的"黑色的人"，如果没有这"黑色的人"，眉间尺的复仇大计很可能会很快夭折。所以，在《铸剑》中，"黑色的人"才是鲁迅所赞扬的真正意义上的"复仇者"形象，这一形象甚至可以视为鲁迅的一幅"自画像"。

黑色的人名叫"宴之敖者"，"宴之敖"是鲁迅在 1924 年所用的笔名，由此不难推断《铸剑》中这"黑色的人"是鲁迅自己的投影。这黑色的人，"黑须黑眼睛，瘦得如铁"，这样的面目很容易使我们联想到鲁迅的形象，在许广平的记忆中，鲁迅就是"一团漆黑，长发直竖"②。"黑色的人"作为鲁迅的"投影"，远不止"形似"，他和鲁迅在精神上是相通的，鲁迅把他一以贯之的"复仇精神"全数投注在了"黑色的人"身上。鲁迅将"黑色的人"的声音形容为"好像鸱鸮"。鲁迅在 1924 年题为《"音乐"？》的杂文的结尾处写道："只要一叫而人们

---

① 　鲁迅：《铸剑》，《鲁迅全集》第 2 卷，北京：人民文学出版社，2005 年版，第 438 页。
② 　许广平：《十年携手共艰危：许广平忆鲁迅》，石家庄：河北教育出版社，2000 年版，第 83 页。

大抵震悚的怪鸮的真的恶声在那里！？"①"黑色的人"发出的就是鲁迅一直以来所苦苦追寻的"真的恶声"，他把眉间尺从复仇的幻梦中叫醒，并严正地告诫他：

> "阿，你不要用这称呼（笔者注：义士）来冤枉我。"

> "唉，孩子，你不要再提这些受了污辱的名称（笔者注：孤儿寡妇）。"他严冷地说，"仗义，同情，那些东西，先前曾经干净过，现在却都成了放鬼债的资本。我的心里全没有你所谓的那些。我只不过要给你报仇！"②

作为真正意义上的复仇者，第一，他是不需要那些虚伪的同情与怜悯的。在《这样的战士》中，鲁迅为我们描画了足以置"真的战士"于死地的无物之阵，敌人的武器是"杀人不见血的武器"，那些敌人的头上有各种旗帜，"绣出各样好名称：慈善家，学者，文士，长者，青年，雅人，君子……。头下有各样外套，绣出各式好花样：学问，道德，国粹，民意，逻辑，公义，东方文明……"③。鲁迅对无物之阵是满心憎恶的，正如"黑色的人"憎恶"孤儿寡妇"这以道德冠之的污辱的名号，更一再表明自己的复仇并不是出于虚伪的仗义与同情。的确，鲁迅是绝不会向他人施以虚假的同情的，就像他在《求乞者》中所道出的那样，"我不布施，我无布施心，我但居布施者之上，给予烦腻，疑心，憎恶"④。宁愿恨着也绝不同情，这是鲁迅，也是《铸剑》

---

① 鲁迅:《"音乐"？》,《鲁迅全集》第7卷，北京：人民文学出版社，2005年版，第56页。
② 鲁迅:《铸剑》,《鲁迅全集》第2卷，北京：人民文学出版社，2005年版，第440页。
③ 鲁迅:《这样的战士》,《鲁迅全集》第2卷，北京：人民文学出版社，2005年版，第219页。
④ 鲁迅:《求乞者》,《鲁迅全集》第2卷，北京：人民文学出版社，2005年版，第171页。

中"黑色的人"。所谓复仇，也不过是受到复仇的意念本身所驱使而已。这就牵涉到真正意义上的复仇者的第二个层面，复仇仅仅是为了复仇本身，而不是"报私仇"。严家炎曾将《铸剑》解读为一篇武侠小说，"黑色的人"所代表的是"独立的布衣之侠"，他"愿代一切受害者向专制暴君报仇"，"施恩不图报，甘愿自我牺牲，是谓'原侠'"①。鲁迅在《中国小说史略》中写道："故凡侠义小说中之英雄，在民间每极粗豪，大有绿林结习。而终必为一大僚隶卒，供使令奔走以为宠荣，此盖非心悦诚服，乐为臣仆之时不办也。"② 在《流氓的变迁》中，鲁迅写道："'侠'字渐消，强盗起了，但也是侠之流，他们的旗帜是'替天行道'。他们所反对的是奸臣，不是天子，他们所打劫的是平民，不是将相。"③ 可见，在鲁迅的思考中，中国古代小说中"侠"并非真正意义上的"侠士"。如果说黑色的人身上有一种"侠"的精神的话，那么这正是鲁迅对"侠"的解读，是鲁迅对传统意义上"侠"的定义的颠覆。让我们来看黑色的人的独白：

> "我一向认识你的父亲，也如一向认识你一样。但我要报仇，却并不为此。聪明的孩子，告诉你罢。你还不知道么，我怎么地善于报仇。你的就是我的；他也就是我。我的灵魂上是有这么多的，人我所加的伤，我已经憎恶了我自己！"④

鲁迅升华了黑色的人的复仇精神，与眉间尺相比，他为的不是一

---

① 严家炎：《为〈铸剑〉一辩》，《中华读书报》2001 年 8 月 8 日。
② 鲁迅：《中国小说史略》，《鲁迅全集》第 9 卷，北京：人民文学出版社，2005 年版，第 287-288 页。
③ 鲁迅：《流氓的变迁》，《鲁迅全集》第 4 卷，北京：人民文学出版社，2005 年版，第 159 页。
④ 鲁迅：《铸剑》，《鲁迅全集》第 2 卷，北京：人民文学出版社，2005 年版，第 441 页。

己之私仇。他选择帮助眉间尺复仇，是因为他善于报仇，他把别人的仇当作自己的，把别人的伤当作自己的，这是一种高尚而且纯粹的复仇精神。在这种崇高的复仇精神的驱动下，黑色的人的复仇行动是不惜一切代价的，哪怕牺牲自己的性命：

> 黑色人也仿佛有些惊慌，但是面不改色。他从从容容地伸开那捏着看不见的青剑的臂膊，如一段枯枝；伸长颈子，如在细看鼎底。臂膊忽然一弯，青剑便蓦地从他后面劈下，剑到头落，坠入鼎中，溯的一声，雪白的水花向着空中同时四射。
>
> 他的头一入水，即刻直奔王头，一口咬住了王的鼻子，几乎要咬下来。[1]

黑色的人为了完成复仇大业不惜自断其头，这种自我牺牲的精神让我们想到鲁迅《自题小像》中的一句——"我以我血荐轩辕"。当剑从后面劈下，头坠入汤中的那一刻，鲁迅所要书写的是"生命的飞扬的极致的大欢喜"。鲁迅以及这黑色的人就像他笔下的"死火"，宁愿燃烧完，也不要冻灭了：

> "那我就不如烧完！"
>
> 他忽而跃起，如红彗星，并我都出冰谷口外。有大石车突然驰来，我终于碾死在车轮底下，但我还来得及看见那车就坠入冰谷中。
>
> "哈哈！你们是在也遇不着死火了！"我得意地笑着说，仿佛就愿意这样似的。[2]

---

① 鲁迅：《铸剑》，《鲁迅全集》第2卷，北京：人民文学出版社，2005年版，第447页。
② 鲁迅：《死火》，《鲁迅全集》第2卷，北京：人民文学出版社，2005年版，第201页。

死火以烧完为终，复仇者以死作结。当黑色人的头和眉间尺的头确认王头已断气，“便四目相视，微微一笑，随即合上眼睛，仰面向天，沉到水底里去了”①。这就是鲁迅所认为的真正意义上的复仇者的第三个层面，不惜一切，甚至不惜自己生命的决绝的牺牲精神。这也体现了鲁迅身上的“硬气”，他的“硬骨头”，正如余华所理解的，鲁迅“有着坚强的心灵和永不安分的性格”②。通过以上对复仇者形象的分析，我们可以得出这样的结论：鲁迅以“故事新编”的方式对流传上千年的干将莫邪的故事进行再创作，成为《铸剑》，这是复仇故事的传统在白话文学中的“新生”。“黑色的人”这个复仇者的形象亦复兴了白话文学中“复仇者”的传统，更为重要的是，“黑色的人”所暗含的传统还另有一层更为深刻的所指，那就是鲁迅的形象，“作家的形象也成为传统的对象”③，鲁迅本身就是一个凝重的“复仇者”的形象。在“黑色的人”这里，作为“人物形象”的传统和作为“作家形象”的传统获得了统一。的确，复仇的暗影似乎缠绕着鲁迅的一生，幼时的鲁迅最喜爱的是“以乳为目，以脐为口”“执干戚而舞”的刑天；最反感的是代表吃人礼教的“老莱娱亲”和“郭巨埋儿”。在鲁迅的思想中，“‘以眼还眼以牙还牙’是直道”，光明和黑暗应该做彻底的战斗。即便临近生命的尾声，鲁迅之言也未“善”，在题为《死》的杂文里，鲁迅留下遗嘱似的话：“损着别人的牙眼，却反对报复，主张宽容的人，万勿和他接近。”“又曾想到欧洲人临死时，往往有一种仪式，是请别

---

① 鲁迅:《铸剑》,《鲁迅全集》第 2 卷, 北京: 人民文学出版社, 2005 年版, 第 448 页。
② 余华:《鲁迅》,《十个词汇里的中国》, 台北: 麦田出版公司, 2011 年版, 第 150 页。
③ 根据爱德华·希尔斯《论传统》一书所持的观点, 所谓“文学作品创作中的传统”可以细化为多个向度。以荷马、维吉尔、莎士比亚和但丁的作品为例, 这些作品的人物形象可以成为一种附属传统。作家的形象也可以成为传统的对象。[美] 爱德华·希尔斯:《论传统》, 傅铿、吕乐译, 上海: 上海人民出版社, 2009 年版, 第 18、158 页。

人宽恕，自己也宽恕了别人。我的怨敌可谓多矣，倘有新式的人问起我来，怎么回答呢？我想了一想，决定的是：让他们怨恨去，我也一个都不宽恕。"①鲁迅的生命似乎是与复仇纠缠在一起的，孩童时代钟爱"刑天"绝不放弃、誓不妥协的精神与晚年病中坚持"一个都不宽恕"的决绝似乎构成了鲁迅生命的一个"环形"。鲁迅就如堕入金鼎沸水之中的黑的人，死死地撕咬着敌手的头颅，一刻也不放松。诚然，复仇是《铸剑》的主题，但鲁迅对于"复仇"的思考并没有止步于此，鲁迅把思考延伸到"复仇之后"这个命题上，就如同他写作《伤逝》，思考的是"娜拉出走以后怎么办"一样。

　　如前文所述，黑色的人出现的最后一幕是他的头颅仰面向天，沉到水底去了。鲁迅若止笔于此，似乎更贴合《三王冢》的结局——三头悉烂，不可分别，分葬之，名曰"三王冢"。但是鲁迅却偏偏写了一个"余韵"似的第四章，写王后、王妃、大臣、武士、侏儒、太监一干人等分辨头颅，最终三个头骨和王的身体一起放在金棺里下葬，眉间尺的头颅、黑的人的头颅和王的一同享受祭礼。如果没有第四章，那么整个故事颇有些类似于古希腊的英雄悲剧，而第四章却用反讽、荒诞的笔法把这出悲剧演绎成为一出闹剧。日本学者竹内好在《从"绝望"开始》一书中是这样评价《铸剑》的："全篇贯穿一种神秘感，完全没有讽刺成分。这恐怕是鲁迅把自我否定的复仇观念形象化的产物。"②竹内好的观点为我们留下了一定的讨论空间，同时也提醒我们《铸剑》的旨归——它暗含了鲁迅对于复仇的思考，复仇之后应该怎么办？复仇的意义究竟是什么？复仇到底是否具有意义？

---

① 　鲁迅：《死》，《鲁迅全集》第 6 卷，北京：人民文学出版社，2005 年版，第 635 页。
② 　[日]竹内好：《从"绝望"开始》，靳丛林编译，北京：生活·读书·新知三联书店，2013 年版，第 143 页。

当三个头颅在金鼎中不可分辨的时候，王妃、侏儒、大臣通过疤痕、龙准、枕骨、胡子的颜色等特征去进行辨认，鲁迅用戏谑的笔法为我们营造了一个"看客"的世界——当复仇的对象最终被杀死，复仇者也牺牲之后，留下的只是一群"庸众"对他们进行观看与玩赏。鲁迅在"因为憎恶社会上旁观者之多"①所作的《复仇》中也写到，当复仇的双方"裸着全身，捏住利刃，对立于广漠的旷野之上"的时候，"路人们从四面奔来，密密层层地，如槐蚕爬上墙壁，如蚂蚁要抬鲞头。衣服都漂亮，手倒空的。然后从四面奔来，而且拼命地伸长颈子，要赏鉴这拥抱或杀戮"②。眉间尺和黑的人虽然把王的头颅给制服了，报了仇，但是他们最终却败给了王妃、大臣、侏儒等组成的"无物之阵"——"无物之物已经脱走，得了胜利""他终于在无物之阵中老衰，寿终。他终于不是战士，但无物之物则是胜者"③。眉间尺和黑的人都把王视为非杀不可的死敌仇雠，但是他们的头颅最终和王的头颅混在一起，受到了同样的祭礼，这是何等讽刺，从这个层面上来看，复仇是真的成功了吗？或许鲁迅在立意写作《铸剑》之时，就已经对复仇的意义思考成熟。如若不是这样，他不会在黑的人取下眉间尺的头之后又写到饿狼将眉间尺的尸身啃得干净，"第一口撕尽了眉间尺的青衣，第二口便身体全都看不见了，血痕也顷刻舔尽，只微微听得咀嚼骨头的声音"④。原来复仇者早就已经粉身碎骨了，而且饿狼们都有着"一群磷火似的眼光"。"眼睛（目光）"是鲁迅常用的意象，

---

① 鲁迅：《〈野草〉英文译本序》，《鲁迅全集》第4卷，北京：人民文学出版社，2005年版，第365页。

② 鲁迅：《复仇》，《鲁迅全集》第2卷，北京：人民文学出版社，2005年版，第176页。

③ 鲁迅：《这样的战士》，《鲁迅全集》第2卷，北京：人民文学出版社，2005年版，第219-220页。

④ 鲁迅：《铸剑》，《鲁迅全集》第2卷，北京：人民文学出版社，2005年版，第441页。

《狂人日记》开篇便是赵家的狗的眼光和赵贵翁的眼色，而狂人正是在这样的目光中发狂了。当阿Q意识到自己死期即在眼前的时候，头脑中出现了一只饿狼——"可是永远记得那狼眼睛，又凶又怯，闪闪的像两颗鬼火，似乎远远的来穿透了他的皮肉"[①]。那些在他被押赴刑场的路上欢呼嗥叫的看客们的眼睛就如同那狼眼，甚至比狼眼还要可怕——"而这回他又看见从来没有见过的更可怕的眼睛了，又钝又锋利，不但已经咀嚼了他的话，并且还要咀嚼他皮肉以外的东西，永是不远不近的跟他走。这些眼睛们似乎连成一气，已经在那里咬他的灵魂"[②]。我们或许可以这样认为，鲁迅以饿狼的眼睛隐喻那些"看客"的注视与赏鉴，复仇者终究是要被看客们的无物之阵吞没的，复仇最终成了"虚无"。作为"复仇者"和"真的战士"的鲁迅赞美并践行复仇的精神，同时，他对"复仇"有着深刻的思考，"复仇"的行动留给他的最终是无边的寂寞与虚无，就如他在《希望》中所写："这以前，我的心曾充满过血腥的歌声：血和铁，火焰和毒，恢复和报仇。而忽而这些都空虚了。"[③]鲁迅赞美复仇的战士、"一个都不宽恕"的复仇精神，但是最终，他又亲手消解了复仇的意义。从这个向度来看，《铸剑》这个文本以及鲁迅的思想具有一定的"现代性"，现代性的特征之一就是"无意义或意义的丧失"[④]，这也使我们对"故事新编"有了更深一层的理解，所谓"新编"就是对古典意义的消解以及重新定义。

---

① 鲁迅：《阿Q正传》，《鲁迅全集》第1卷，北京：人民文学出版社，2005年版，第552页。

② 鲁迅：《阿Q正传》，《鲁迅全集》第1卷，北京：人民文学出版社，2005年版，第552页。

③ 鲁迅：《希望》，《鲁迅全集》第2卷，北京：人民文学出版社，2005年版，第181页。

④ [法]安托瓦纳·贡巴尼翁：《现代性的五个悖论》，许钧译，北京：商务印书馆，2013年版，第26页。

至此，我们从《铸剑》这个文本中可以读出"传统"在三个层面的内涵。第一，以"黑色的人"为代表的复仇者形象的传统。第二，与复仇者形象紧密相连的，也作为"复仇者"的作家形象的传统。第三，在小说主题方面消解了古典意义上"复仇"的传统。接下来我们将要讨论的是，与《铸剑》存在着极强相似性的《鲜血梅花》是否继承了这三个层面的传统？余华是否对《铸剑》蕴涵的传统进行了一定程度上的"改写"呢？

第三节 《鲜血梅花》的"后现代性"

与《铸剑》相似，《鲜血梅花》亦是一个"子报父仇"的故事。从某种程度上来看，《铸剑》可以视为《鲜血梅花》的"前文本"（pretext），《鲜血梅花》则为《铸剑》的"改写"或曰"重写"（rewriting）。佛克马在《中国与欧洲传统中的重写方式》一文中谈到，所谓重写（rewriting），"它与一种技巧有关，这就是复述与变更。它重复早期的某个传统典型或是主题（或故事），那都是以前的作家们处理过的题材，只不过其中也暗含某些变化的因素——比如删削，添加，变更——这是使得新文本之为独立的创作，并区别于'前文本'（pretext）或潜文本（hypotext）的保证"[①]。首先，我们便从"重复"这一向度进入，去讨论余华的《鲜血梅花》是如何接续在鲁迅《铸剑》的传统中的。上文提及，《铸剑》中"眉间尺戏鼠"的一幕可以视为一个"引子"，鲁迅的用意或许是以此来突出眉间尺优柔的性格。《鲜血梅花》的第一章也可以视作一个"引子"般的存在，而余华亦在这一部

① ［荷兰］JD. 佛克马：《中国与欧洲传统中的重写方式》，范智红译，《文学评论》1999年第6期。

分为阮海阔勾勒出了轮廓。阮海阔虽为一代宗师阮进武之子，但是却无父亲生前的威武，只是一位虚弱不堪的青年男子。与复仇者自身的羸弱相对照，仇恨的"启蒙者"——母亲总是刚毅坚韧的。母亲让阮海阔去找青云道长或白雨潇，他们都知道阮海阔的杀父仇人是谁，并且将最终的使命赋予阮海阔——希望杀夫仇人的血能在已有九十九朵鲜血梅花的剑上再开放出一朵新的梅花。相较于《铸剑》中告诉儿子"不要记念我"的眉间尺母亲，余华笔下的阮海阔母亲显得更加决绝与惨烈，她为了不让儿子有后顾之忧，竟然自焚而死！可以这么说，在"引子"部分，余华与鲁迅表现出了惊人的相似，优柔屡弱的儿子与果决刚毅的母亲，复仇者总是需要他们的母亲——与他们同样背负血海深仇的同盟者的启蒙。但是，也正是"引子"这一部分凸显了余华《鲜血梅花》对《铸剑》的改写：眉间尺经过"启蒙"，已明确知晓他的目标就是王，他的使命就是弑君报仇；而阮海阔却连明确的复仇目标都没有，在手刃仇人之前，他首先要做的是找到仇人是谁，似乎从这个起点开始，余华就显露出与鲁迅在处理"复仇"主题时的些许不同。

接下来，我们就开始观察余华《鲜血梅花》对鲁迅《铸剑》的"重写"体现在哪些层面。第一个层面是对《铸剑》中复仇者形象的"重写"。《鲜血梅花》中复仇者的形象一共有三个——阮海阔、胭脂女、黑针大侠，其中最突出的是阮海阔的形象。阮海阔与眉间尺都性情优柔，但是眉间尺经过复仇的启蒙之后"成人"了，有了为父报仇的主动意识，背着剑进城去寻杀王的机会，得到黑色的人之相助，最终完成了报仇大计。与遗腹子眉间尺不同，余华笔下的阮海阔丧父之时已经五岁。在那个宁静的清晨，父亲阮进武躺在枯黄的草丛里，双眼生长出两把黑柄的匕首，几张树叶在他头颅两侧随风波动，树叶沾满鲜血，而阮海阔捡起了那几张树叶。一个目睹父亲尸首的儿子，竟然对父亲的死无动于衷。当眉间尺得知父亲丧命的真相时，他"忽然全身都如烧着猛火，自己觉得每一枝毛发上都仿佛闪出火星来。他的双拳，在暗中捏得格格地作响"①。眉间尺的心里已经燃烧起了复仇之火。可是在面对相似的场景之时，阮海阔的眼前只是隐约地呈现出几条灰白的大道和几条翠得有些发黑的河流。紧接着，在"授剑"一幕中，阮海阔也始终是机械的、浑噩的。眉间尺亲手掘开黄土把剑取了出来，而剑则是像河面上的一根树干一样漂到了阮海阔的手中。被母亲授予复仇的使命时，阮海阔感觉到的竟然是"虚幻"。阮海阔似乎一直都是被动的、无意识的，他的复仇是被母亲所启蒙的，并非自发，甚至当他真正踏上复仇之路的时候，亦是被动的。他无法选择道路，始终是道路推动着他在复仇之路上行走，他忘记了自己的方向，像是飘在大地上的风一样，随意地往前行走，又像是漂在水上的树叶，随波逐流。我们可以看出余华对鲁迅式的复仇者的改写，阮海阔永远不可能成为黑色的人那般为了纯然的复仇精神可以牺牲自我的真正的复仇者，也不可能成为眉间尺那样忠于"为父报仇"的使命、不怯懦于牺牲性命的复仇者。眉间尺的生命中有"成人"这个节点，而阮海阔虽然已经二十岁，却无法成为真正的"成人"，他一直是孱弱的、缺乏自我意识的。

这就直接关涉到余华《鲜血梅花》对鲁迅《铸剑》进行改写的第二个层面——叙述结构的改写，鲁迅以"线性"结构推动复仇故事的进展，余华则以"环形"结构完成阮海阔的复仇。在眉间尺的复仇之路上，黑色的人是重要的推动，是他拯救了幼稚冲动、被王监视的眉间尺，是他肩负起眉间尺的复仇重任，以自己的头颅置王于死地，复仇

---

① 鲁迅:《铸剑》,《鲁迅全集》第2卷，北京: 人民文学出版社，2005年版，第436页。

行动从发生到完成是步步进逼、层层推进的。虽然阮海阔在复仇之路上也遇见了"客"，但是"客"（胭脂女和黑针大侠）却并未直接助阮海阔完成复仇大业，而是以一种"巧合"的方式杀死了阮海阔的杀父仇人。阮海阔始终在复仇的环形上漫游，不断复制自己的道路，虽然"他经过的无数村庄与集镇，尽管有着百般姿态，然而它们以同样的颜色的树木，同样形状的房屋组成，同样的街道走着同样的人"[①]。当他一旦走入某个村庄或集镇时，宛如走入了一种回忆。正是这样的重复，使得复仇的环形上分布着的三组复仇关系（阮海阔与杀父仇人、胭脂女与刘天、黑针大侠与李东）可以在某个点重合。阮海阔在各处漫游是为了寻找知晓杀父仇人下落的青云道长和白雨潇，他因为巧合遇到了胭脂女，答应代胭脂女向青云道长请教刘天的下落；又在不知不觉中遇见了黑针大侠，并应允代黑针大侠在青云道长处打听一个叫李东的人。因为青云道长只能回答两个问题，所以阮海阔无法从青云道长处得知杀父仇人究竟是何人，三年后遇见白雨潇，阮海阔才得知真相：自己的杀父仇人有两人，"一个叫刘天，一个叫李东。他们三年前在去华山的路上，分别死在胭脂女和黑针大侠之手"[②]。这种"巧合"或"命运的安排"使阮海阔于"无意之中"报了杀父之仇。余华以"环形"的方式结构《鲜血梅花》这个复仇故事，它开始于梅花剑，亦终止于梅花剑。在第一章第三节，余华绘声绘色地描述着梅花剑的传说："一旦梅花剑沾满鲜血，只需轻轻一挥，鲜血便如梅花般飘离剑身。只留一滴永久盘踞剑上，状若一朵袖珍梅花。梅花剑几代相传，传至阮进武手中，已有七十九朵鲜血梅花。阮进武横行江湖二十年，在剑

---

① 余华：《鲜血梅花》，《鲜血梅花》，北京：作家出版社，2012年版，第4-5页。

② 余华：《鲜血梅花》，《鲜血梅花》，北京：作家出版社，2012年版，第18页。

上增添二十朵梅花。梅花剑一旦出鞘，血光四射。"① 当大仇得报之时，余华在临近结尾处又一次描述了梅花剑——"在亭外辉煌阳光的衬托下，他看到剑身上有九十九朵斑斑锈迹"②。这就是余华设置的环形，梅花剑既是复仇之路的起点，又是复仇之路的终点，只是，当这个环形最终获得圆满之时，梅花剑早已丧失了往日的传奇与荣耀，曾经象征着荣耀的九十九朵梅花不过是一长串锈迹罢了。至此，我们又要追问：既然复仇的起点与终点重合，复仇的动因可以丧失或曰消解，那么复仇的意义何在呢？这便延伸至《鲜血梅花》对《铸剑》"重写"的第三个层面。

余华《鲜血梅花》对鲁迅《铸剑》"重写"的第三个层面在于"主题"。或许有人会问，《鲜血梅花》与《铸剑》都以"复仇"为主题，"重写"应该作何解释呢？如前文所述，《铸剑》所表达的是鲁迅对"复仇"的思考：一方面，在鲁迅的心灵深处，他坚信并且赞扬复仇的精神，那些为了复仇不惜牺牲性命的复仇者都是"真的战士"；另一方面，鲁迅对"复仇"的行为有着深刻的忧虑，他思考着"复仇之后怎样"——复仇者最终是要被"无物之阵"所打败、所吞没的，复仇者似乎并不能脱离他的对立面"无物之阵"而存在。鲁迅安排了辨认头颅的闹剧，以此慨叹复仇的意义最终是走向"虚无"。而余华的《鲜血梅花》以阮海阔不断重复的行动、"环形"的复仇结构，把复仇故事改写成了一出荒诞剧，阮海阔如同《等待戈多》中的爱斯特拉冈，不断重复脱靴子的动作，或如同弗拉基米尔，反复和别人讨论用树枝上吊的问题，而阮海阔一路苦寻的仇人就如一直苦等却等不到的戈多。余华赋予阮海阔为父报仇这个故事一种荒诞感，在对复仇这个文学母题的意义的消

---

① 余华：《鲜血梅花》，《鲜血梅花》，北京：作家出版社，2012年版，第1—2页。
② 余华：《鲜血梅花》，《鲜血梅花》，北京：作家出版社，2012年版，第18页。

解上，他似乎比鲁迅更加彻底。如果说鲁迅所面对的是"复仇之后怎样"的命题，那么余华从复仇行为发生之时就已经开始怀疑复仇的意义，正如萨特在《存在与虚无》中提出的"虚无纠缠着存在"，虚无就是余华赋予复仇这个"存在"的全部意义。研究界多把《鲜血梅花》视为对武侠小说的仿写，陈平原在《千古文人侠客梦》中从小说类型学的角度对武侠小说进行了解释，在他看来，"武侠小说的根本观念在于'拯救'。'写梦'与'圆梦'只是武侠小说的表面形式，内在精神是祈求他人拯救以获得新生和在拯救他人中超越生命的有限性"[①]。我们从这个角度反观《鲜血梅花》就会发现，《鲜血梅花》在精神内涵上根本没有指向武侠小说，它所书写的并非"获得新生"或"拯救他人"的"英雄梦想"。小说中虽然出现了"胭脂女是天下第二毒王，满身涂满了剧毒的花粉，一旦花粉洋溢开来，一丈之内的人便中毒身亡""他是使暗器的一流高手。尤其是在黑夜里，每发必中。暗器便是他一头黑发，黑发一旦脱离头颅就坚硬如一根黑针。在黑夜里射出时没有丝毫光亮""老人的脚步看去十分有力，可走起来时候却没有点滴声响，仿佛双脚并无着地"[②]这样颇具武侠味道的语句，但是"武侠小说"不过是一种形式上包装，在这层外壳下，《鲜血梅花》更像是一则后现代的复仇故事，它抽空了"复仇"的古典意义，把鲁迅针对"复仇"的批判性、现代性的思索改写成一种后现代式的"虚无"的读解。

通过以上三个层面的分析，我们可以得出这样的结论：余华《鲜血梅花》是对鲁迅《铸剑》的一次"故事新编"，《鲜血梅花》作为对《铸剑》进行"重写"的新文本，它显示出的是余华对"复仇"主题的独立的理解。这就提醒我们在讨论一个作家与他所承袭的传统时应

---

① 陈平原：《千古文人侠客梦》（增订本），北京：北京大学出版社，2010年版，第177页。
② 余华：《鲜血梅花》，《鲜血梅花》，北京：作家出版社，2012年版，第7、8、10页。

该投以相当关注的一个焦点——传统的变体。传统在延传的过程中保持着同一性，但与此同时也存在着"传统的延传变体链"（chain of transmitted variants of a tradition），变体同出一源，"变体间的联系在于它们的共同主题，在于其表现出什么和偏离什么的相近性"，而变体间出现的差异就在于它与"其他起了变化的因素"的结合。① 所以说，我们可以从两个方面来解释《鲜血梅花》这个文本：其一，从相似性、同一性方面来看，《鲜血梅花》接续在鲁迅"复仇"的传统中，它不仅同《铸剑》一样，取材于地域故事，承袭"子报父仇"的主题，更重要的是余华像鲁迅一样对古典意义上的"复仇"内涵提出了挑战。其二，也是更值得关注的，《鲜血梅花》这个变体与《铸剑》的相异性，在于《鲜血梅花》完全颠覆了"复仇"的意义，消解了复仇了动因，将其归结为"虚无"。但紧接着，我们不禁要思考：《鲜血梅花》何以成为鲁迅"复仇"传统中的一个变体呢？什么是产生这个变体的因素？"变体"的意义又在何处呢？

我们或许可以把产生这种"变体"的原因与作家个人的气质、性格联系在一起，把作家个人的心性视作"其他起了变化的"因素来考察。鲁迅是善怒、刻薄的，有仇必报是他性格中执拗不屈的一面的体现，这从他儿时的一些逸事中可见一斑。据周作人回忆，小时候，寄居在诚房的沈家女人有个儿子叫八斤。沈八斤比鲁迅要长三四岁，衣服穿不整齐，夏天的时候常常赤身露体，手里拿着自己做的竹枪，一边跳来跳去地乱戳，一边口里还不断叫嚣着"戳伊杀，戳伊杀！"当时小孩子们都颇不能忍受这种威吓，但是家教又禁止他们与别家小孩打架，气无可出，喜爱画画的鲁迅就以作画来表示反抗之意。鲁迅在

① ［美］爱德华·希尔斯：《论传统》，傅铿、吕乐译，上海：上海人民出版社，2009年版，第14页。

荆川纸上画了"一个人倒在地上，胸口刺着一枝箭，上有题字曰'射死八斤'"①。从这则孩童时期的趣事我们便可以理解，鲁迅为何会在《铸剑》中塑造出眼睛恰似"两粒磷火"、以复仇为业、不惜牺牲一己之身手刃仇人的黑色的人。相形之下，余华的性格似乎更近于眉间尺或阮海阔，与身为长子的鲁迅不同，余华是家中的小弟，他一直生活在哥哥的保护同时也是权威下。但我们倘若把童年少年时的余华看成是个胆小懦弱的孩子，似乎有些偏颇，越是看起来安静乖巧甚至胆小的孩子，内心对这个世界的恨意往往越强烈，但表现得更为压抑。做了父亲之后的余华在儿子对付自己的手段中看见了小时候的自己是如何对付父亲的。余华是个有些蔫儿坏的孩子，他总是"不断地学会如何更有效地去对付父亲，让父亲越来越感到自己无可奈何；让父亲意识到自己的胜利其实是短暂的，而失败才是持久的"②。余华与父亲作战的方法并不是明刀明枪地对着干，而是要一些"小滑头"，譬如装病逃脱父亲的惩罚，摆脱扫地或拖地板的家务活。余华喜欢这样形容自己——"处于和现实的紧张关系之中"。余华的性格也许更偏向于《在细雨中呼喊》的孙光林，面对父兄的殴打，他不会梗着脖子对抗或是大打出手，只会默默地在语文作业簿的最后一页记上大、小两个标记，此后父亲和哥哥的每一次殴打，全数记录在案。在好友苏宇离去后，孙光林不知道那些日子为何会满腔仇恨，只是"感到周围的一切都变得那么邪恶和令人愤怒。有时候坐在教室里望着窗玻璃时"，"会突然咬牙切齿地盼着玻璃立刻粉碎"③。将对世界的愤怒深埋心底，却

---

① 周作人：《漫画与画谱》，《鲁迅的故家》，止庵校订，北京：北京十月文艺出版社，2013年版，第56页。

② 余华：《父子之战》，《没有一条道路是重复的》，北京：作家出版社，2012年版，第28页。

③ 余华：《在细雨中呼喊》，北京：作家出版社，2012年版，第101页。

又不采取复仇行动，所以余华才会解构"复仇"的涵义吧。就像《我胆小如鼠》中的杨高，从小到大都是一副"胆小如鼠"、逆来顺受的模样。他好不容易下定决心拿着菜刀去砍一直欺负他、占他便宜的无赖吕前进，菜刀架在仇人脖子上的那一刻，他听见吕前进说："你就忘了我以前是怎么照顾你的了。"于是他念起吕前进旧日的好来，放弃了劈杀仇人的行为，只打了吕前进一记耳光。因为这一记耳光，他被仇人吕前进"啪啪啪啪"四记耳光抽得晕头转向，两眼发黑，还被仇人踢得从头疼到脚。余华对"复仇"的理解在他的短篇小说《朋友》中亦可以得见。小说描述了一对仇敌昆山和石刚，石刚用一条湿淋淋的毛巾抽掉了昆山手中的刀，把昆山抽得眼睛红肿，石刚虽然取得了胜利，但是左胳膊却也血肉模糊。目睹整个战斗过程的"我"从此知道了湿毛巾以弱制强的威力，每次洗完澡都要将毛巾浸湿了提在手上，以显示自己的勇猛。小说最后，出现在我视线中的却是这样一幕——石刚和昆山靠在桥栏上，在晚霞中说笑聊天。"一拳打在棉花上"这句俗语似乎可以用来形容余华笔下的复仇故事，我们也可以从中理解余华对仇恨的态度——他的心中隐埋着无比强烈而且执着的仇恨，但是要把仇恨付诸行动时，他又变得软弱或是对仇恨不屑一顾，那些血腥暴力的对抗场景从来只存在于他的想象之中。鲁迅在《摩罗诗力说》中曾提及"立意在反抗，指归在动作"[①]，而余华虽有"反抗""复仇"的立意，却并无动作。如果说鲁迅是"有仇必报"的复仇者，那么余华便是"有仇不报"的复仇者，正是作家心性气质、复仇态度的差异促成了传统的变体的产生。这就可以解释，余华的《鲜血梅花》与鲁迅的《铸剑》虽然源于同样的复仇主题，甚至都来源于"地域里的故事"干

---

① 鲁迅：《摩罗诗力说》，《鲁迅全集》第1卷，北京：人民文学出版社，2005年版，第68页。

将莫邪，但是他们却成为传统链上的变体。

以上是我们将余华的《鲜血梅花》置于由鲁迅的《铸剑》所指征的复仇传统链中的读解，这是一种纵向的考察，当我们将其置于历史语境或文学场域进行横向考察，又会窥见怎样的端倪呢？

第四节　反思"先锋"的起点

《鲜血梅花》成篇是在1989年1月18日，发表于《人民文学》1989年第3期。余华的另一篇小说《古典爱情》写成时间比《鲜血梅花》稍早，是1988年8月27日，这个中篇小说发表在《北京文学》1988年第12期。在赵毅衡看来，这两篇小说代表一种文类性的颠覆——《古典爱情》是反才子佳人小说，《鲜血梅花》可视为对武侠小说的颠覆①。夏可君在《解构爱情——汤显祖的〈牡丹亭〉与余华的〈古典爱情〉》中通过对"三次摧毁"的细致解析让我们看见余华的《古典爱情》作为一则"现代的爱情故事"怎样彻底摧毁了中国古典的爱情故事。夏文并没有止步于对"摧毁"的呈现，而是对这种"摧毁爱情的书写"带来的哲思进行了深刻的思考："重写一个爱情故事，改写一个古代的爱情故事，也许可以让我们进入这空茫之中？但是，余华的书写只是带来了更大的虚幻！""我们现代的中国人试图写一个爱情故事，几乎已经不再可能，我们只有剩余的时间来讲述一个过去年代的爱情故事，我们只有如烟的追忆，我们对过去的追忆只是在虚无缥缈之中，在恍惚之中，剩下给我们的只有那空茫，那白烟，那些虚幻的情景。思想所面对的只是这些这空茫！思想如何思想空茫？如何讲

---

① 赵毅衡：《非语义化的凯旋——细读余华》，《当代作家评论》1991年第2期。

述一个空茫的故事？如何进入对空茫的经验？思想已经进入了无余之中！"①此处的"无余"（restless）指的是"没有'自我'中心"的状态，②由此我们可以这样理解《古典爱情》：余华通过柳生与小姐的爱情故事解构了古典意义上（《牡丹亭》）的死而复生，离别可以重聚的"大团圆"爱情故事，他把促成这种"大团圆"结局的可能性全部摧毁，使爱情落入一种空洞、虚无、无所凭借亦无所挽救的境地。我们可以把《古典爱情》与《鲜血梅花》联系起来看，它们不是才子佳人故事或武侠故事，而更类似于寓言，这两则寓言要表达的都是彷徨、空洞、不知路在何方的虚无之感。1988、1989年的余华应该处于创作的旺盛期，一口气发表了《死亡叙述》（《上海文学》1988年第11期）、《往事与刑罚》（《北京文学》1989年第2期）、《鲜血梅花》（《人民文学》1989年第3期）等短篇小说以及《世事如烟》（《收获》1988年第5期）、《难逃劫数》（《收获》1988年第6期）、《古典爱情》（《北京文学》1988年第12期）、《此文献给少女杨柳》（《钟山》1989年第4期）等中篇小说，理应是成绩骄人志得意满的余华为何会在这种情境之下表现出"虚无之感"，这与当时的语境以及先锋文学的整体发展有何关联呢？

　　夏可君在分析汤显祖《牡丹亭》时提出"情与势"的概念，"情"是指《牡丹亭》中柳杜之情，亦指汤显祖作《牡丹亭》之"情"，"势"暗指历史的发展。夏可君认为汤显祖作《牡丹亭》是对王朝帝国即将衰落的预感，"势"具有四种模式：1.势——成为"颓势"，是不可避免的朝代更替；2.势——再次回归为"治势"，遵照的是一治一乱的循

① 夏可君：《解构爱情——汤显祖的〈牡丹亭〉与余华的〈古典爱情〉》，《无余主义》2009年第1期。
② 钟祥：《发刊词》，《无余主义》2009年第1期。

环；3. 势——处于乱势，是动乱的持续；4. 势——处于强势，是指阳明心学的强势[①]。夏文并未对余华作品之"势"进行分析，我们可以借此分析《鲜血梅花》《古典爱情》背后的"势"。《鲜血梅花》《古典爱情》中的虚无之感是"情"，"情""势"互发，我们可以从"情"中读出"势"，就像福柯在《知识考古学》中所论述的："在今天，历史则将文献转变成重大遗迹，并且在那些人们曾辨别前人遗留印记的地方，在人们试图辨认这些印迹曾经是什么样的地方，历史便展示出大量的素材以供人们区分、组合、寻找合理性、建立联系，构成整体。"[②] 陈晓明把《鲜血梅花》中传递出来的"势"解读为一种"无父"的状态："这里（笔者注：《鲜血梅花》）为父报仇的主题完全可以看成是'寻找父亲'主题的变种。我们时代的先锋派，在他们讲述的关于历史或现实的故事中，'父亲'不是被遗忘，就是苍老而濒临死亡，现在却渴望'为父报仇'（寻找父亲）。'无父'（无历史）的恐惧已经从潜意识深处流露出来。"[③] 我们或许可以把"无父"（无历史）的状态理解为"无文学传统"的状态，根据余华自己的解释，是卡夫卡解放了他，让他注意到一种虚伪的形式，他领悟到"川端康成和卡夫卡的遗产是两座博物馆，所要告诉我们的是文学史上曾经出现过什么；而不是两座银行，他们不供养任何后来者"[④]。卡夫卡在川端康成的屠刀下拯救了余华，但他提供给余华的滋养亦逐渐枯竭，或者说余华对卡夫卡有限的

[①]　夏可君：《解构爱情——汤显祖的〈牡丹亭〉与余华的〈古典爱情〉》，《无余主义》2009 年第 1 期。

[②]　[法] 米歇尔·福柯：《知识考古学》，谢强、马月译，北京：生活·读书·新知三联书店，2007 年 4 月第 3 版，第 6 页。

[③]　陈晓明：《中国当代文学主潮》，北京：北京大学出版社，2013 年 9 月第 2 版，第357 页。

[④]　余华：《川端康成和卡夫卡的遗产》，《没有一条道路是重复的》，北京：作家出版社，2012 年版，第 181 页。

理解不能继续供养他的创作。余华对卡夫卡作品的青睐集中于《乡村医生》《饥饿艺术家》《在流放地》《审判》，但他似乎并未透彻地领悟这些小说的精神内蕴。卡夫卡在"形式"上带给余华的启发显然不足以成为余华小说创作的"文学传统"，《鲜血梅花》中在复仇之路上漫游的阮海阔似乎成了在文学道路上漫游的余华的"投影"，彷徨无措，不知前路在何方。经历了文学传统的失落并且陷入迷惘之中的余华开始对自己一直以来投身其中的先锋小说产生了怀疑，他在1989年6月9日给《收获》编辑程永新的信中这样写道：

> 我担心刚刚出现的先锋小说会在一批庸俗的批评家和一些不成熟的先锋作家努力下走向一个莫名其妙的地方。新生代作家们似乎在语言上越来越关心，但更多的却是沉浸在把汉语推向极致以后去获取某种快感。我不反对这样。但语言是面对世界存在的。现在有些作品的语言似乎缺乏可信的真实。语言的不真实导致先锋小说的鱼目混珠。另外结构才华的不足也是十分可惜。……现在用空洞无物这词去形容某些先锋小说不是没有道理。①

之后，在为1992年出版的《河边的错误》所作的跋中，余华再一次回顾了自己80年代的创作经历："而作家源源不断的生命力在于经常的朝三暮四。为什么几年前我们热衷的话题，现在已经无人顾及。是时代在变？还是我们在变？这是一个难以解答的问题，却说明了固定与封闭的事物是不存在的。作家的不稳定性取决于他的智慧与敏锐的程度。作家是否能够使自己始终置身于发现之中，这是最重要

---

① 程永新编著:《一个人的文学史》，天津：天津人民出版社，2007年版，第45页。

的。"① 余华所具备的智慧与敏锐，使他在自己的创作旺盛期、先锋文学蓬勃兴旺的时期发现了或者存在的"隐患"——对形式过度重视、在形式创新上过分钻营，这必然会导致先锋小说在内容上的空洞与贫乏。除了余华，不少先锋作家亦在此时期开始反思自己的创作，比如苏童的《仪式的完成》显露出某些转向，相较《1934 年的逃亡》阶段的创作，《仪式的完成》显然平实单纯了许多，发表于《收获》1989 年第6 期的《妻妾成群》更是一脱先锋气息，向传统故事模式和传统叙事手法回归，以封建家庭的一夫多妻讲了一个最中国的故事："从 1989 年开始，我尝试了以老式的方法叙述一些老式的故事"，"我抛弃了一些语言习惯和形式圈套，拾起传统的旧衣裳，将其披盖在人物身上，或者说是试图让一个传统的故事一个似曾相识的人物获得再生"② 苏童的此番自我分析足以引起我们的重视，80 年代末先锋作家的迷茫、彷徨、自我反思或许可以视作先锋小说转型的序曲或伏笔。这与当时的历史环境、社会现实有何关联呢？

　　有研究者这样描述，当时"一些小道传闻和报刊消息不断动摇着知识分子那份淡泊而宁静的胸怀"③，社会上盛行着"富了摆摊的，苦了上班的"之类的流行语，"新的读书无用论在社会上酝酿。北京地区招收八九级研究生，计划招收 8600 名，但报名人数不足 6000 名，报名与招生出现倒挂，为应届毕业生报考研究生比例最低的一年，大学生的择业方向已偏向于急功近利，莘莘学子已无法安坐书斋"④。美国学者傅高义（Ezra F.Vogel）在《邓小平时代》中为我们描画了 80 年代

---

①　余华：《河边的错误·跋》，《河边的错误》，武汉：长江文艺出版社，1992 年版，第346 页。

②　苏童：《怎么回事》，《寻找灯绳》，南京：江苏文艺出版社，1995 年版，第 129 页。

③　宋强：《1988：商潮涌起》，《书摘》2009 年第 2 期。

④　宋强：《1988：商潮涌起》，《书摘》2009 年第 2 期。

末的社会图景：

> 对普通民众来说，主要的担忧则是通货膨胀。党政机关工作
> 人员和国企职工等拿固定工资的人，看到有钱的私人经商者炫耀
> 其物质财富，推高市场价格，威胁到工薪阶层获得基本温饱的能
> 力，这让他们感到不满。这个问题又因腐败而加剧：乡镇企业的
> 从业者从政府和国有企业获取短缺的原料和资金以自肥；自主经
> 营的企业家赚到的钱至少部分来自钻政府的空子。"官倒"想方
> 设法把社会财富装进自己的腰包，遵纪守法的干部的收入却停滞
> 不前。农民工开始纷纷涌入城市，也加剧了通货膨胀问题。[①]

《上海文学》1987年第8期刊载了池莉的《烦恼人生》，为住房、
孩子、上下班交通等鸡毛蒜皮的琐事烦恼不堪的印家厚站在渡轮上，
听着身边的文学青年谈成为曹雪芹的作家梦、谈现代诗，曾经英俊年
少、能歌善舞、热情有冲劲的自己已经消失无踪，只能伏在船舷上朝
着长江抽烟，感到心中的苍茫。爱写诗的文学青年小白与被生活消磨
得志气全无的印家厚对应着80年代文学的两幅图景，正如程光炜解
析《烦恼人生》时所说："80年代文学实际是知识分子文学和普通人文
学共治的一个文学年代。由于我们业已形成的根深蒂固的'新启蒙意
识'，我们谁都没有看到、即使看到也不愿意承认这种文学共治的事
实。"[②] 先锋文学的创作群体集中于知识分子、文学青年，让我们翻看
先锋主将的履历：马原毕业于辽宁大学中文系，苏童毕业于北京师范
大学中文系，格非来自华东师范大学中文系，即便是没有接受过大学

---

① ［美］傅高义：《邓小平时代》，冯克利译，北京：生活·读书·新知三联书店，2013
年版，第568页。
② 程光炜：《1987：结局或开始》，《上海文学》2013年第2期。

本科教育的牙医余华，也成为北京鲁迅文学院培训班的学员，之后还进入鲁迅文学院与北京师范大学合办的创作研究生班学习。而先锋文学的受众也集中在大学生、文学青年。赵毅衡在《小议先锋小说》中把"先锋文学"与"俗文学"置于两极——"先锋文学，是个文化范畴，处于文学光谱的一端，正如俗文学在另一端"①。但同时他也不得不承认现实——"它不愿考虑读者与市场，从而也缺少'可售性'；它鄙视俗众到了不惜损害自身利益的地位。""销行虽不大，倒也不至于揭不开锅"②。先锋文学销量不大固然与当时市场经济的发展状况有一定的关联，但更重要的原因是，作为"知识分子文学""精英文学"代表的先锋文学无力承载80年代城市平民的生活问题等社会现实，先锋文学紧贴80年代"现代化""新启蒙"的主旋律，却与市民阶层的忧虑产生了巨大的隔膜。阿城用"另开一桌"形容先锋小说，"相对于正统的语言，先锋作家是另开一桌，颠覆不了这边这个大桌"③。先锋文学无法动摇现实主义的文学传统，这也注定了先锋文学在90年代走向转型。

对于《鲜血梅花》《古典爱情》两部作品，余华所谈甚少，面对"转型"的问题，他也含糊其辞，他给出的只是复杂缠绕的叙述："任何知识说穿了都只是强调，只是某一立场和某一角度的强调。事物总是存在两个以上的说法，不同的说法都标榜自己掌握了世界真实。可真实永远都是一位处女，所有的理论到头来都只是自鸣得意的手

---

① 赵毅衡：《小议先锋小说》，《文学自由谈》1994 年第 1 期。
② 赵毅衡：《小议先锋小说》，《文学自由谈》1994 年第 1 期。
③ 查建英主编：《八十年代访谈录》，北京：生活·读书·新知三联书店，2006 年版，第 46 页。

淫。"① 当我们把鲁迅"传统"当作参照系去考察《鲜血梅花》以及《鲜血梅花》时期的余华时，问题似乎明朗了许多。《鲜血梅花》具有两层意义，一层是作为小说、文本的"文学意义"，一层是置于余华写作脉络以及先锋小说转型中的文学史意义。作为小说文本，《鲜血梅花》承袭以《铸剑》为代表的鲁迅小说的"复仇"传统，并成为传统链上的变体，消解了复仇的古典意义，把复仇的崇高解构为迷惘的虚无之感。同时，正是《鲜血梅花》传递出的虚无之感，让我们发现它的文学史意义，它是这一时期余华迷惘、彷徨的内心写照，更值得我们关注的是——此时的余华开始有意无意地向"传统"回归，这个传统可以解释为鲁迅的复仇传统，也可以理解为矗立在鲁迅身后的吴越之地的地域文化传统、中国文化传统、现实主义传统。或许，我们可以得出这样的结论：虽然余华把卡夫卡奉为文学道路的导师，但是先锋时期的余华自以为汲取了卡夫卡的养料而创作的小说在某种程度上或许是建立在对卡夫卡的误读、曲解之上的。或者说，卡夫卡及其作品的真意究竟为何已经不重要，重要的是余华在卡夫卡那里找到了他所需要的东西。这样的"拿来主义"显然不足以支撑一个作家在他的文学道路上走得更远。敏锐的余华预见到了自己以及整个先锋文学的前路，所以便有了他不愿多谈、研究界解读起来也颇为费力的《鲜血梅花》《古典爱情》。把《鲜血梅花》《古典爱情》解读为对武侠小说、才子佳人小说的戏仿也好，将其称为"怀旧"② 也罢，都无法回避余华一直以来不断提及的"我只要写作，就是回家"。"家"自然是指余华的家乡海

① 余华：《河边的错误·跋》，《河边的错误》，武汉：长江文艺出版社，1992年版，第347页。
② 李建周：《"怀旧"何以成为"先锋"——以余华〈古典爱情〉考证为例》，《文艺争鸣》2014年第8期。李建周认为《古典爱情》是余华对"小镇"经验的"怀旧"式书写，正是这"怀旧"式的书写使其具有了先锋性。

盐，一直滋养余华创作的“小镇”经验，但不止于此，对于能清醒认识自己、能够不断调整自己创作方向的余华而言，“家”是能够与其个人经验相契合的“传统”，具体来说，指向他一直苦苦追寻但却是“阅读中最大的遗憾”的鲁迅。

第三章　90 年代的"转型"：与鲁迅"重逢"

　　在经历了短暂的犹疑与反思之后，90 年代的余华以一种全新的姿态出现在批评家和读者的面前，血管里的冰碴子融化了，取而代之的是"同情"与"悲悯"。翻看余华的创作史会发现，90 年代对于余华而言是意义非凡的，从 1991 年到 1996 年，余华一口气完成了三个长篇——《在细雨中呼喊》《活着》《许三观卖血记》，更重要的是，这三部长篇是最受读者欢迎、研究程度最完善的三个长篇，甚至有读者将《活着》视为衡量余华其后作品优劣的标杆。另有一点，亦是我们需要高度关注的，余华在 1998 年 10 月 22 日所做的访谈《"我只要写作，就是回家"》。在此次访谈中，余华表露了自己对鲁迅的认识——"后悔自己读鲁迅读得太晚了"。余华的此番追悔为我们展开了一个新的讨论空间——余华为何会在完成三部长篇小说之后对鲁迅进行追悔？这番追悔对我们观察文学史中的余华会产生怎样的意义？在本章中，我们首先要做的是对余华在 90 年代所作的三个长篇进行细致的读解，分析在这三个文本中是否暗含着鲁迅"传统"。"反抗绝望"可以视为鲁迅身上最为深刻的人生体验，也是鲁迅对待世界的方式，它几乎构成了鲁迅"传统"中最为重要、最为深刻的一个向度。而余华的小说，特别是《活着》《许三观卖血记》中满布的亦是一种"绝望"，那么他会以何种方式去面对这绝望呢？是忍耐？是反抗？如果是反抗，那么余华以何种方式去"反抗绝望"？其中是否呈现出复杂性呢？

对这些问题进行细致分析，我们或许有可能发现余华是在何种机缘之下对鲁迅进行追认的。

第一节 "小镇"：局促的经验

1991年，刚过而立之年的余华以第一部长篇小说《呼喊与细雨》（后更名为《在细雨中呼喊》）敲开了90年代文学的大门，用他自己的话来说，这是一本"被记忆贯穿起来的书"，"这虽然不是一部自传，里面却云集了我童年和少年时期的感受和理解，当然这样的感受和理解是以记忆的方式得到了重温"①。"寻父"和"归家"可以视作小说中两个相互交缠的主题，这本近似自传的小说似乎也暗示了余华在90年代的创作旅途。如果说80年代末的《古典爱情》《鲜血梅花》等带有"老故事"气味的文本中已经出现了向传统回归的征兆，那么余华在90年代的作品似乎更加清晰地具备了这些特征。

翻看余华对自己写作于90年代的三部长篇小说的阐述，我们可以从中找出两个贯穿始终的关键词——"记忆"和"人物"。在《在细雨中呼喊·意大利文版自序》中，余华说道："我的写作就像是不断地拿起电话，然后不断地拨出一个个没有顺序的日期，去倾听电话另一端往事的发言。"②余华在《许三观卖血记·中文版（再版）自序》中写道："这本书其实是一首很长的民歌，它的节奏是回忆的速度，旋律温和地跳跃着，休止符被韵脚隐藏了起来。"③相较"记忆"，余华花费

---

① 余华：《韩文版自序》，《在细雨中呼喊》，北京：作家出版社，2012年版，第7页。
② 余华：《意大利文版自序》，《在细雨中呼喊》，北京：作家出版社，2012年版，第5页。
③ 余华：《中文版（再版）自序》，《许三观卖血记》，北京：作家出版社，2012年版，第2页。

了更多的篇幅去讨论人物在小说中的地位。余华称小说里的那些人物是"自己生活中的朋友",不仅可以在回忆中看见他们,还时常会听到他们现实的脚步声,"当我虚构的人物越来越真实时,我忍不住会去怀疑自己真正的现实是否正在被虚构"①。余华发现"书中的人物经常自己开口说话,有时候会让作者吓一跳"②。余华承认"虚构的人物同样有自己的声音",并且认为作家应该尊重这些声音,让这些声音自己去风中寻找答案,最终他有了这样的认识——"作者不再是一位叙述上的侵略者,而是一位聆听者,一位耐心、仔细、善解人意和感同身受的聆听者"③。对比余华在 80 年代的"创作宣言"——《虚伪的作品》,我们或许可以更加体会到余华在 90 年代提出"记忆"和"人物"这两个创作"基点"的意义。在《虚伪的作品》中余华并不认为人物在作品中享有地位,人物和河流、阳光一样,只是作品中的道具而已。余华对人物的职业缺乏兴趣,认为职业并不重要,只是人物身上的外衣,甚至对"那种竭力塑造人物性格的做法也感到不可思议和难以理解"④。从这段话中,我们不难读出余华对"典型人物"的轻视,这暗示的是当时被标签为"先锋作家"的余华对 80 年代并不流行的现实主义创作方法的回避——"这种就事论事的写作态度窒息了作家应有的才华,使我们的世界充满了房屋、街道这类实在的事物,我们无法明白有关世界的语言和结构。我们的想象力会在一只茶杯面前忍

---

① 余华:《中文版(再版)自序》,《在细雨中呼喊》,北京:作家出版社,2012 年版,第 3 页。

② 余华:《中文版(再版)自序》,《许三观卖血记》,北京:作家出版社,2012 年版,第 1—2 页。

③ 余华:《中文版(再版)自序》,《许三观卖血记》,北京:作家出版社,2012 年版,第 1—2 页。

④ 余华:《虚伪的作品》,《没有一条道路是重复的》,北京:作家出版社,2012 年版,第 175 页。

气吞声"①。在此番前后比照中我们可以发现，余华把创作聚力在"记忆""人物"两个焦点之上，由此踏上了"由虚入实"的道路。什么是实？作家的个人记忆是实，因为这构成了余华的创作资源；什么是实？人物是实，因为在余华90年代创作的长篇中，人物形象明显地鲜明起来了，他们有了自己的"声音"，有了明晰的性格，亦有了职业，他们不再是被作家所操纵的道具或曰符号。同时，我们也可以探究"记忆"和"人物"二者的关系，余华一直声称"我只要写作，就是回家"，也表露过"作家的写作往往是从一个微笑、一个手势、一个转瞬即逝的记忆、一句随便的谈话、一段散落在报纸夹缝中的消息开始的，这些水珠般微小的细节有时候会勾勒起漫长的命运和波澜壮阔的场景"②。所以，我们有十足的理由相信，余华在家乡海盐小镇的生活经历构成了他小说创作特别是90年代之后长篇小说创作的资源，而他笔下福贵、许三观、许玉兰等人物正是取材于他从小到大多年生活经历中认识的或是听说的形形色色的个体。接下来，我们不妨从现有材料入手，针对余华90年代小说中的人物去做一些考证性的工作。在此过程中，我们是否可以窥见他与鲁迅的相近之处呢？

在一次访谈中，余华是这样描述福贵最早来到他脑子里时的情形的："一个老人，在中午的阳光下犁田，他的脸上布满了皱纹，皱纹里嵌满了泥土。"③福贵是典型的中国苍老的、贫弱的农民的形象，而暗含在这个形象中的是余华关于自己祖辈、父辈的记忆。福贵赌钱输掉家里的田地的情节正来自余华的爷爷，余华承认自己的爷爷当年曾把

---

① 余华：《虚伪的作品》，《没有一条道路是重复的》，北京：作家出版社，2012年版，第164页。

② 余华：《英文版自序》，《活着》，北京：作家出版社，2012年版，第12页。

③ 余华、杨绍斌：《"我只要写作，就是回家"》，《当代作家评论》1999年第1期。

200 多亩地全部卖光了，结过两次婚；"刚好到全国解放的时候，我爷爷大概卖得只剩下一两亩地，所以最后被评了中农"①。《活着》中，福贵被抓壮丁，进入国民党军队，而后在战场上被解放军解救了，20 多个挑着大白馒头的解放军从北横着向他走来，馒头热气腾腾，看得福贵口水直流。被解救的人们自动排出了 20 多个队形，一个挨着一个每人领了两个馒头。这段"领馒头"的描写来自余华父亲的亲身经历，余华称自己小说里的很多情节是父亲告诉他的：

> 我父亲还跟我说，他们躲在战壕里边不敢走，最后有几个老兵说别动了，我们肯定打败了，就躲在里边，别开枪。解放军也挖战壕，越挖越近，大概挖到距离他们只有二十多米的时候开始喊话了，说让他们投降。好，马上投降。当时他们一个连剩下几十个人，从坑道里边站出来投降过去的时候，他说解放军的那帮部队抢他们，拼命地抢，因为抢过来就是他们部队的人。热气腾腾的大白馒头，自己不吃，我父亲一下子被塞了好多个。这也是《活着》里头写的。②

此时，我们或许会更加理解福贵和春生的选择，福贵心怀感激地揣着解放军给的盘缠回家，春生则加入解放军的队伍，踏上征途。

在《许三观卖血记》中，余华从他的"小镇"、他的生活经历中寻找写作资源的特征愈发明显。余华对于许三观的最初的定格是——"在冬天的时候穿着一件棉袄，纽扣都掉光了，腰上系着一根草绳，一个口袋里塞了一只碗，另一个口袋里放了一包盐"③。《许三观卖血

---

① 冯翔：《余华："活着"介入现实》，《南方周末》2012 年 9 月 13 日。
② 冯翔：《余华："活着"介入现实》，《南方周末》2012 年 9 月 13 日。
③ 余华、杨绍斌：《"我只要写作，就是回家"》，《当代作家评论》1999 年第 1 期。

记》源于余华90年代初在王府井大街上的一次"奇遇"：

> 我们当时惊呆了，王府井是什么地方？那么一个热闹的场所，突然有一个人旁若无人、泪流满面地走来。这情景给我们的印象非常深刻。到了1995年，有一天中午，陈虹又想起了这件事，我们就聊了起来，猜测是什么使他如此悲哀？而且是旁若无人的悲哀！这和你一个人躲到卫生间去哭是完全不一样的。

> 那天，我们两个人不断猜测使那位老人悲哀的原因，也没有结果。又过了几天，我对陈虹说起我小时候，我们家不远处的医院供血室，有血头，有卖血的人。我说起这些事时，陈虹突然提醒我，王府井哭泣的那位老人会不会是卖血卖不出去了，他一辈子卖血为生，如果不能卖了，那可怎么办？我想，对，这小说有了。于是我就坐下来写，就这么写了八个月。[1]

一直在医院里掌握着卖血的霸权，时不时收下卖血的人两棵青菜、几个西红柿、几个鸡蛋或是一斤白糖的李血头也源于余华自幼熟悉的医院生活。余华的记忆里有这么个熟悉的人，虽然记不起他的面容，却记得这个人嘴角叼着烟卷的模样以及他身上那件肮脏的白大褂，这副模样与余华的童年密切地交缠在一起，在他记忆深处清晰可见。余华的父亲，一位退休的外科医生在电话里提醒儿子，这位令人难忘的血头曾经领导过一次集体卖血，他发现血的价格在各地有所不同，于是便在很短的时间内组织了近千名卖血者，长途跋涉500多公里，从浙江到江苏，跨越十来个县，将他们的血卖到了最高价，而一路去上海卖血的许三观极有可能是那近千人中的一个。

---

[1] 余华、杨绍斌：《"我只要写作，就是回家"》，《当代作家评论》1999年第1期。

在《许三观卖血记》中，"被血喂养"的一乐终究治好了肝炎，活了下来，后来被抽调回城进入食品公司工作，娶妻生子，建立了自己的家庭。但一乐的原型——余华的一位邻家哥哥却因为肝炎的侵蚀在十几岁的年纪便离开了人世。这个男孩子是"上山下乡"的知识青年中的一员，插队期间患上黄疸肝炎，有一次回家探亲时觉得很累，不愿意回乡下去，经过母亲好言相劝，终于同意回去：

> 临走时母亲为他煮了两个鸡蛋，放进了他的口袋，这在当时可是昂贵的食物。我看到了他的离去，他骨瘦如柴脸色发黄，右手提着那只破旧旅行袋，左手拿着那根竹笛，脚上还是那双破旧球鞋，他低头走去的样子有气无力。我看到他哭了，他一边走着，一边抬起拿着竹笛的左手，用袖口擦着眼泪。
>
> 这是我最后一次看到他行走在人世间。几天以后，他在乡下昏迷了，被几个农民用门板抬进了我们的县医院，确诊为黄疸肝炎晚期，然后他死在了驶往上海的救护车里。我的医生父亲告诉我，送到县医院时，他的肝脏已经缩得很小了，而且像石头一样坚硬。①

许玉兰或许是《许三观卖血记》中一个令人感到非常夸张的人物，她生孩子时还在产床上喋喋不休，骂骂咧咧。明知自己行为不检，却骑在门槛上一唱三叹地哭诉自己被何小勇占了便宜，还生下一乐这个"孽种"。面对何小勇的妻子，许玉兰理直气壮地在街上与她对骂，完全不顾丈夫许三观的颜面，把自己早年的情事传扬得人尽皆知。许玉兰这样的女人，余华很熟悉，"我小的时候，我们家的邻居有好些女

---

① 余华:《革命》,《十个词汇里的中国》,台北: 麦田出版公司, 2011 年版, 第 219 页。

的，整天就把她们家的事情，一边坐在门槛上哭，一边向人家说"[①]。

　　通过以上爬梳，我们可以为余华 90 年代的小说创作勾勒出大致的轮廓——家乡海盐小镇的生活构成了他写作的源泉。在这一点上，我们很容易将余华与鲁迅联系起来，因为鲁迅的绝大多数小说也取材于故乡，他笔下的鲁镇与未庄都是故乡的"投影"。夏志清在《中国现代小说史》中指出，"他的故乡显然是他灵感的主要源泉"，"故乡同故乡的人物仍然是鲁迅作品的实质"[②]，并认为"他不能从自己故乡以外的经验来滋育他的创作，这也是他的一个真正的缺点"[③]。李欧梵也注意到鲁迅创作与故乡的关系：以 S 城（显然就是绍兴）和鲁镇（他母亲的故乡）为中心的城镇世界构成了鲁迅小说"现实的基础"，小说中的许多人物都是作家所知闻的真人，就连著名的咸亨酒家也是以一家曾有的酒店为模型的。[④] 在前文一番梳理的基础上，我们认为余华长篇小说创作的两个"基点"——"记忆"和"人物"完全可以替换为"故乡"和"人物"，而且，与当代文学中其他以故乡为创作源泉的作家相比，余华更接近鲁迅之处在于，他善于描写小镇以及周边乡村的普通人的生活，这构成了余华小说接续鲁迅"传统"的基础：孙光林一家是孙荡的普通农民，福贵衣衫破旧、脚上沾满了泥、赶着的老牛的模样是中国老年穷苦农民的典型肖像，丝厂送茧工许三观本质上也还是个农民。李长之在《鲁迅批判》中铿锵有言，"为农民作最忠实，最逼真的画像者是鲁迅"，"以写下等社会人的生活为文艺的对象的，鲁迅纵

---

① 洪治纲：《余华评传》，郑州：郑州大学出版社，2005 年版，第 223 页。

② 夏志清：《中国现代小说史》，刘绍铭等译，香港：中文大学出版社，2001 年版，第 29、30 页。

③ 夏志清：《中国现代小说史》，刘绍铭等译，香港：中文大学出版社，2001 年版，第 40 页。

④ 李欧梵：《铁屋中的呐喊》，尹慧珉译，北京：人民文学出版社，2010 年版，第 60 页。

不是第一人，也是最早的人们之一"。^① 在这一层面上，余华成为鲁迅在当代文学中的后继者：不论是被弃的孙光林、无赖般的孙广才，还是由地主之家的败家子落魄至贫农的福贵，从乡村踏入小镇的小工许三观，他们都身处社会底层。我们可以给出这样的评断：鲁迅对底层人物的关注与书写构成白话文学中分量十足且散发异彩的传统，而这个传统的现实基础来自作为其创作源泉的故乡，在这一点上，余华是有力的继承者，他的家乡海盐小镇以及小镇上的那些人和事一次次哺育了他的文学创作。

有学者把余华在 90 年代的叙事空间解读为"民间的立场"，把余华的叙事态度定义为"讲述一个老百姓的故事"^②，当我们从鲁迅"传统"出发去看这些评价的时候，或许可以将余华的"转型"视为作家回到他熟悉的现实（故乡生活的场景），书写自己亲身经历或耳濡目染的那些人那些事。我们还可以从另一个侧面找到印证，在余华 90 年代的三部长篇中已经可以嗅到家乡民俗的味道。这一特点在鲁迅的作品中亦十分显著。我们仔细品读鲁迅那些抒情性颇为浓厚的篇章（如《社戏》《祝福》）时，可以清晰地体验到绍兴的民俗风情：《社戏》中写到乡人请人办社戏、女儿回娘家消夏的习俗，《祝福》细致描画了年末进行祭祀的场景。《活着》中游荡在村间收集民间歌谣的"我"身上或许就有余华的影子，余华在海盐县文化馆的工作之一就是到全县各乡村搜集整理民间故事，这为余华亲近家乡当地的风俗提供了契机。余华善于利用"喊魂"将小说的情节推向高潮，《许三观卖血记》《在细雨中呼喊》中都出现大段这样的情节。《许三观卖血记》中，何

---

① 李长之：《鲁迅批判》，北京：生活·读书·新知三联书店，2013 年版，第 67、57 页。
② 陈思和、张新颖、王光东：《余华：由"先锋"写作转向民间之后》，《文艺争鸣》2000 年第 1 期。

小勇出了车祸，躺在医院里不死不活，既是老中医也是算命先生的陈先生给何小勇的妻子出了一个主意——让何小勇的儿子爬上屋顶去喊魂，一乐无奈之下爬上何小勇家的屋顶对着天空喊了几句"爹，你别走。爹，你回来"。《在细雨中呼喊》中，孙光林祖父孙有元之死也弥漫着神秘的气息，年迈的孙有元整天叫唤着"我的魂啊，我的魂飞走了"，而且他还能看见自己的灵魂混在一群盘旋于稻田上空的麻雀之间。"喊魂"是海盐的风俗，从小在医院长大的余华曾碰到过好几次，从农村来的病患家属在半夜里喊魂。在海盐，有这样一群人——"骚子先生"（神歌手），可以视作专业的喊魂先生，类似巫师，能够沟通天地人鬼。以骚子先生为主体的民间礼俗仪式有"禳宰"一类——家人生病，或遭某种灾变，在家中设神筵祭坛，以驱鬼逐疫、消祸灭病。[①] 在中国历史上，"海盐腔"曾位居南戏"四大声腔"之首，民歌在海盐文化中占有十分重要的地位。《活着》提及的民歌有《十月怀胎》，歌词有"皇帝招我做女婿，路远迢迢我不去""少年去游荡，中年想掘藏，老年做和尚"，从歌名与唱词中我们不难发现海盐号子歌、骚子歌的痕迹。余华从民间音乐中汲取叙事旋律与节奏上的灵感。余华曾经告诉妻子陈虹，他要用浙江越剧的腔调来写《许三观卖血记》中的对话，因为浙江作家余华知道如果用自己家乡的语言来写的话，纸上就会堆满了错别字，北方人也肯定看不懂，所以必须使用标准的汉语写作，当标准汉语的词汇在越剧唱腔里跳跃的时候，就会洋溢出浙江的气息。[②] 通过以上的梳理，我们可以发现余华在两个方面接续鲁迅"传统"：一，从作家创作的现实基础和源泉的向度上看，余华在90年

---

① 有关海盐骚子先生及其礼俗仪式的论述参见朱岩主编：《海盐文化丛书：古海盐文化实录·文艺》，杭州：西泠印社出版社，2011年版，第95—120页。

② 余华、杨绍斌：《"我只要写作，就是回家"》，《当代作家评论》1999年第1期。

代所走过的是一条与鲁迅极为相似的道路——从自己所熟悉的故乡、小镇生活中取材;二,从作家的书写对象这一向度上看,余华的笔触伸向身处社会底层的小人物,特别是深受煎熬的农民。接下来,我们要继续追问是,余华对故乡、对小人物的书写背后所蕴含的精神内核是什么?作家想要诉说的是怎样的故事?

小镇的生活或曰经验似乎使余华的小说呈现出一种"局促",这让我们想起夏志清批评鲁迅小说中的"局限"。李欧梵对此的理解是,"把这种情况看做鲁迅有意安排在他的艺术中的一种'局限'。他想在这家乡的世界里寄寓更深广的意义,在他早年的见闻中找出象征"[1]。这样的"小中见大",这般的"寓意深远"是否适用于余华呢?余华从他的记忆与故乡出发创作出的《活着》《许三观卖血记》,是否只局限于描画故乡小镇的生活图景?它们的主题是否具有更深远、更普遍的意义?这是我们接下来将要讨论的重点。

第二节 《活着》:忍耐绝望

《活着》是余华作品中最早被改编成电影的一部,在张艺谋执导的电影《活着》片头赫然标注"根据余华小说《活着》改编(原载《收获》1992年第6期)",编剧署名时余华的名字排在首位,另一位是芦苇。长篇小说《活着》的最终"定型"经历了三个阶段:第一个阶段是中篇小说《活着》发表在《收获》1992年第6期,占据第一篇的位置;第二个阶段是余华作为编剧对小说进行修改,我们虽然无法找到余华为拍摄影片而作的修改所留下的文字证据,但是电影所呈现出的影像

---

① 李欧梵:《铁屋中的呐喊》,尹慧珉译,北京:人民文学出版社,2010年版,第60页。

可以视为另一种"文本"；第三个阶段是 1993 年 11 月长江文艺出版社
出版了长篇小说《活着》，1994 年中国社会科学出版社出版的《余华作
品集》（全三册）收录了长篇小说《活着》。通过长篇小说《活着》诞生
之线索的厘清我们可以发现，《活着》由六七万字的中篇扩展为近 11
万字的长篇，张艺谋导演的同名电影起到了非常重要的桥梁性作用：

> 1992 年，张艺谋通过一个朋友来找我，希望我给他写一个
> 本子。他问我最近有什么新作品，我说《收获》要发我一个新小
> 说。第二天吃饭的时候，我就给张艺谋带去了清样，他是《活
> 着》的第一个读者。
>
> 第一次合作，我发现他是那种很贪婪的导演，这是一个优
> 点。他希望作者给他提供更多的选择，不断说《活着》这个地方
> 再来点什么，那个地方再来点什么。这样我就多写了大概 4 万
> 字。后来我觉得这 4 万字写得挺好的，就把它放进了书里。出书
> 的时候就变成不到 11 万字，从一个大中篇变成一个长篇，就是
> 今天的这个版本。二十年没有修改过。①

据电影《活着》的策划人王斌在《活着·张艺谋》一书中所述：
1992 年 11 月 10 日，他赶到余华的住处，让余华将过去的作品集，包
括已经发表的长篇小说各整理一份，准备转交给张艺谋看看。在整理
的过程中，余华拿出一份小说的清样，这就是《活着》，将在《收获》
第 6 期发表。王斌问余华，《活着》是否能改编成电影？余华干脆地回
答"不能"。但王斌还是坚持要把《活着》的清样给张艺谋看，意在使
张艺谋能够了解余华最新的创作情况。余华当即回答："可以，但你们

---

① 冯翔：《余华："活着"介入现实》，《南方周末》2012 年 9 月 13 日。

必须尽快还我，因我手头就这一份。"①次日上午，张艺谋与余华在王斌家见面。在张艺谋决定拍《活着》一个多月后，余华拿出了修改后的初稿，王斌读了，认为"余华的这一稿其实大大丰富了原小说，尤其是大跃进和'文革'的戏，福贵一家的遭遇已和时代背景有了某种关联，时代感也挺强"②。后来，余华又拿出了修改后的二稿，并和编剧芦苇一起参加了 1993 年 3 月《活着》剧组举行的关于剧本的讨论。讨论结束后，余华根据讨论的结果拉出三稿。但最终的第四次修改稿由芦苇撰写。③虽然余华为电影改编所作的修改稿目前尚未得见，但是我们可以通过仔细爬梳长篇《活着》对中篇《活着》所做的改动，去探究《活着》的蜕变过程。

长篇《活着》在开篇部分便对中篇版本进行了删减，隐去了"父亲来信"的情节。在中篇版本中，余华是这样写的：

> 我的身后是一口在阳光下泛黄的池塘，我就靠着树干面对池塘坐了下来，翻弄起自己的背包，在几本同时出来的书籍面前，我犹豫不决。一封信的滑出，导致了书籍全都回到背包里去。那是我出发前收到的父亲来信。父亲的信只有两句话，他这样写——

> 收到你的来信，我和你母亲高兴了整整一天。不过那时候我和你母亲都还年轻，容易激动。

> 父亲善意的讽刺，使我重读时感到十分愉快。我已有一年多

---

① 王斌：《活着·张艺谋》，北京：人民文学出版社，2011 年版，第 10 页。
② 王斌：《活着·张艺谋》，北京：人民文学出版社，2011 年版，第 21 页。
③ 关于电影《活着》拍摄前后的种种，参见王斌：《活着·张艺谋》，北京：人民文学出版社，2011 年版。

没有给家里去信了，读了这封信后，我依然觉得没有什么事值得写信告诉他们。我将信放入背包，并且迅速忘记他们。我感到自己要睡觉了，就在青草上躺下来，把草帽盖住脸，枕着背包在树荫里闭上了眼睛。

在进入睡眠的路途上，我看到了夜晚的时候，我的父母坐在床上被窝里，床头柜上摆着一台老式收音机，上面罩着竹叶图案的丝织纱布。我的父母用一种谈论收音机的语调谈论着我，他们的脸上保留着淡淡的微笑。这情景使我离开了睡眠，我睁开眼睛，感受到阳光如何穿过叶缝和草帽的间隙照亮了我。[①]

从这部分被删减的文字中，我们读到的依旧是那个敏感的、专注于个人内心体验的余华，他依旧是那个将目光聚焦在家庭、纠缠于父子关系的"儿子"。长篇《活着》中很难找寻到这种个人化的情绪，余华进行删减的目的或许是希望赋予自己第二个长篇作品一种普世的意义，将其呈现为思考人类生存境况、生命困境的文本。除了此处的删减，余华在中篇的基础之上做了大量的增补，其中幅度较大的有以下几处。

在中篇《活着》中余华只以百余字的篇幅描写福贵父亲的死：

龙二一到，我们就要从几代居住的屋子里搬出去了，搬到茅棚里去住。搬走的那天，我爹双手背在身后，在几个房间里踱来踱去，末了对我娘说：

"我还以为会死在这屋子里。"

说完，我爹拍拍绸衣上的尘土，伸了伸脖子就往外走。他还

----

① 余华：《活着》，《收获》1992年第6期。

没有跨出门槛就一头栽在地上。天黑之前，我爹死了。他是我们徐家最后一个死在这屋里的人。①

而在长篇《活着》中，徐家老爷不是跌死在门槛上的，而是从粪缸上摔下来死的，这个情节与完成于 1992 年 7 月 20 日的《一个地主的死》的第十五章有重合：

冬天的田野一片萧条，鹤发银须的王子清感到自己走得十分凄凉，那些枯萎的树木恍若一具具尸骨，在寒风里连颤抖都没有。一个农民向他弯下了腰，叫了一声：

"老爷。"

"嗯。"

他鼻子哼了一声，走到粪缸前，撩起丝绵长衫，脱下裤子后一脚跨了上去。他看着那条伸展过去的小路，路上空空荡荡，只有夜色在逐渐来到。不远处一个上了年纪的农民正在刨地，锄头一下一下落进泥土里，听上去有气无力。这时，他感到自己哆嗦的腿开始抖动起来，他努力使自己蹲得稳一点，可是力不从心。他看看远处的天空，斑斓的天空让他头晕眼花，他赶紧闭上眼睛，这个细小的动作使他从粪缸上栽了下去。

地主看到那个农民走上前来问他：

"老爷，没事吧。"

他身体靠着粪缸想动一下，四肢松软得像是里面空了似的。他就费劲地向农民伸出两根手指，弯了弯。农民立刻俯下身去问道：

---

① 余华：《活着》，《收获》1992 年第 6 期。

"老爷，有什么吩咐？"

他轻声问农民：

"你以前看到过我掉下来吗？"

农民摇摇头回答：

"没有，老爷。"

他伸出一根手指，说：

"第一次？"

"是的，老爷，第一次。"①

　　余华几乎只是将王子清的名字改为了"我爹"。值得注意的是，影片《活着》采纳了中篇《活着》为徐家老爷设计的死法，还没跨出门槛就一头栽在地上。从粪缸摔下而死的情节引发我们的思考，余华为何要把一个更符合常理的死法改写为一种戏谑的、荒诞的死法呢？是为了突出死亡的无常吗？是为了与现实拉开距离吗？这或许要结合余华其他的增写做出思考。从中篇到长篇的扩展，福贵之妻家珍是增写篇幅最多的人物，余华甚至调整了中篇后半部分的结构。在中篇中家珍之死晚于有庆而先于凤霞，并且只以"过了两天，家珍也死了"潦草带过。但在长篇中，家珍先后经历了儿子有庆、女儿凤霞的死亡，死于凤霞死后不到三个月。更重要的是，对家珍的增写是与历史事件的插入紧紧联系在一起的，家珍的善良、坚忍以及她身体的衰弱都与大炼钢铁、人民公社运动交织在一起，这显然与电影《活着》的情节设计与呈现更为接近。在长篇《活着》中余华直接点明"到了一九五八年，人民公社成立了"，并且增加了砸锅捐铁、村里办起大食堂、福贵一家看守汽油桶的情节。同样的处理方式亦出现在对"文革"的书

---

① 　余华：《一个地主的死》，《战栗》，北京：作家出版社，2012年版，第99–100页。

写上，中篇只提到"那时候城里在闹文化革命"，春生不堪忍受折磨而自杀了。而在长篇《活着》中余华对"文革"的书写更加详细。余华此举仅仅是为了体现特殊年代的严酷吗？也许，他的书写终究要落到"人性"这个主题上。"文革"中，家珍对间接害死儿子有庆的春生说："你还欠我们一条命，你就拿自己的命来还吧。"[①]当一个人被阶级斗争残害至一心只想轻生时，"杀子之仇，不共戴天"的仇人却给予了他最大的宽容，以己一命换仇人一命，这已完全超越了"斗争"与"时代"。电影《活着》被张旭东形容为"纪念碑式的视觉雕塑"[②]，影片中40年代、50年代、60年代的时间提示暗示着福贵和他"活着"的故事只是导演言说共和国历史的"典型事例"，导演用福贵不断与死亡相逢的一生来展现共和国历史的各个节点，譬如解放战争、大跃进、"文革"，书写历史才是导演的最终目的。为张艺谋改编电影剧本确实为余华把中篇扩展为长篇提供了契机，但是若把小说《活着》单纯视作反映中国近百年历史的文本大概是不够的，余华在长篇《活着》中描写大跃进、"文革"等只是为了让福贵遭受的"苦难"更加具体可感、真实可信，这些"现实""历史"并不凌驾于"苦难"的主题之上，它只是矗立在"写人对苦难的承受能力，对世界乐观的态度"故事背后的巨大背景，正如余华所说，"在《活着》《许三观卖血记》里，人物的命运并没有被时代所左右"[③]。张艺谋原本担心写先锋小说的余华不会写戏，看了余华"扩展"之后的《活着》，认为"余华很会写戏，那些新加进去的东西都很有神韵，尤其是1958年的戏"[④]，但敏锐的张艺谋也察觉

① 余华:《活着》，北京：作家出版社，2012年版，第156页。
② Xudong Zhang, *Postsocialism and Cultural Politics: China in the Last Decade of the Twentieth Century*, Durham: Duke University Press, 2008, p.290.
③ 余华、张英:《我一直努力走在自己的前面》，《上海文化》2014年第9期。
④ 王斌:《活着·张艺谋》，北京：人民文学出版社，2011年版，第22页。

到在余华的剧本中福贵一家的生死荣辱和那些运动的关系并不是非常直接①。所以，余华的长篇《活着》更像是关于绝望、死亡的人生寓言。

余华承认，长期以来，他的作品都"源于和现实的那一层紧张关系"②，而且绝望之感也一直伴随着他。余华先锋时期的创作（诸如《一九八六年》《现实一种》《古典爱情》）已经涉及"绝望""死亡"的主题，但是《活着》无疑把余华对于"绝望""死亡"的思考推向了高潮，这很容易让我们联想到一直纠缠在"绝望"与"死亡"中的鲁迅，余华在这一点上与鲁迅有着共同的关注与偏好。汪晖对深藏于鲁迅小说之中的哲学世界做出了这样的阐释："在小说客观的、独立自足的故事和人物背后，还存在一种形而上的意味：一种深刻的人生体验和'反抗绝望'的人生哲学——一种不同于人道主义、个性主义、进化论或民主主义等普遍性的意识趋向的东西。那是一种对生命的非理性的把握，一种属于人生'态度'范畴的精神现象。"③的确，鲁迅一直挣扎在"绝望"的情绪中，如他在《〈自选集〉自序》中引用的裴多菲诗句"绝望之为虚妄，正与希望相同"④。在给许广平的信中，鲁迅真切剖白了内心的"绝望"之感："你好像常在看我的作品，但我的作品，太黑暗了，因为我常觉得惟'黑暗与虚无'乃是'实有'，却偏要向这些作绝望的抗战，所以很多着偏激的声音。"⑤鲁迅对死亡的书写、思考、偏爱正是这种"绝望"的人生哲学最集中、最极致的体现，他对死亡

---

① 王斌:《活着·张艺谋》，北京：人民文学出版社，2011年版，第22页。

② 余华:《中文版自序》，《活着》，北京：作家出版社，2012年版，第1页。

③ 汪晖:《反抗绝望：鲁迅及其文学世界》（增订版），北京：生活·读书·新知三联书店，2008年版，第256页。

④ 鲁迅:《〈自选集〉自序》，《鲁迅全集》第4卷，北京：人民文学出版社，2005年版，第468页。

⑤ 鲁迅:《两地书·第一集》，《鲁迅全集》第11卷，北京：人民文学出版社，2005年版，第21页。

总是有着特殊的敏感:"S会馆里有三间屋,相传是往昔曾在院子里的槐树上缢死过一个女人的,现在槐树已经高不可攀了,而这屋还没有人住;许多年,我便寓在这屋里钞古碑。"[1] 这就是鲁迅,死亡的气息一直环绕着他,但是他并不畏惧,生命虽然暗暗地消去了,但是这也是他"惟一的愿望"。李长之一针见血地指出"死"的意象在鲁迅作品中的位置——"鲁迅在作品中常常关心到生命的死亡了""鲁迅的小说的结局差不多有一个共同点,这个共同点就是往往关于死"。[2] 下面我们就从长篇小说《活着》中接二连三的死亡事件去探究余华对待死亡、绝望的态度,并从余华的态度出发去考察他怎样延续鲁迅"反抗绝望"的传统。

马原对长篇《活着》有这样的评价:

> 那么究竟哪些方面更吸引人呢?因为长篇版《活着》有着中篇版、电影版所没有的节奏,充满信心,大步往前去;舒缓、平实、具有了可以让人触摸的质感。而这些都是余华先前作品中很难见到的。那种不紧不慢的节奏把读者带入了常态生活里,福贵由小到大到老,几十年如水如梦。刺激无多,自然激动也少,光彩也少,似乎太多平淡。几次心底波澜皆因身边的人或伤或死或痛或残,打击再多但凡打到福贵身上显得不够力,因为他不够敏感,反应便不如那么有形有声。他一生似乎不认识几个人,那几个人又谁都比他有亮有彩。不同的是,他们都没有活过他,他们闪过之后便消失了。福贵只是微弱地存在着,从未闪烁。但他们

---

① 鲁迅:《呐喊·自序》,《鲁迅全集》第1卷,北京:人民文学出版社,2005年版,第440页。
② 李长之:《后记》,《鲁迅批判》,北京:生活·读书·新知三联书店,2013年版,第190页。

　　活着，一直活着，活在最初也活在最后。[①]

　　细细品读同为先锋小说家的马原对《活着》的看法，可以发现，马原对《活着》的把握焦点在于余华小说叙述的"节奏"——《活着》的节奏是舒缓、平实、不紧不慢的。我们可以把马原所说的"节奏"理解为一种叙述的方法或策略，亦可理解为余华所说的"一条温和的途径"，如福克纳那样"描写中间状态的事物，同时包含了美好和丑恶"。[②] 在写作《活着》的时候，余华已经认识到"作家的使命不是发泄，不是控诉或者揭露，他应该向人们展示高尚。这里所说的高尚不是那种单纯的美好，而是对一切事物理解之后的超然，对善和恶一视同仁，用同情的目光看待世界"[③]。《活着》问世后，研究界用同情、悲悯、人文关怀形容余华的"转型"，但是在余华自己看来，其先锋小说阶段暴力和死亡的主题仍然延续了下来，生活中的磨难和艰辛困苦是一种更为严重、更为持久的暴力。[④] 绝望一直缠绕着余华，在《活着》中余华把关于绝望的思考推到一个极致——对于死亡的思考与书写之上，他让福贵的一生接二连三地遭遇死亡，而且是至亲至爱之人的死亡，那种"温和"的叙述节奏只是余华书写绝望与死亡时的一种途径或曰策略，这仿佛就是他所赞赏的鲁迅在《狂人日记》中表现出的"'举重若轻'的绝妙——像鲁迅这样的伟大作家，都善于在小说推向高潮时，反而轻描淡写地一笔带过"[⑤]。接下来便让我们仔细考察福贵面临亲人死亡时的种种。

①　徐林正:《先锋余华》，杭州: 浙江文艺出版社，2003年版，第82-83页。
②　余华:《中文版自序》，《活着》，北京: 作家出版社，2012年版，第2页。
③　余华:《中文版自序》，《活着》，北京: 作家出版社，2012年版，第3页。
④　余华、杨绍斌:《"我只要写作，就是回家"》，《当代作家评论》1999年第1期。
⑤　余华:《从窄门走向宽广——从鲁迅的四部小说说起》，引自浙江省社会科学界联合会、钱江晚报编:《浙江人文大讲堂》，杭州: 浙江科学技术出版社，2006年版，第138页。

福贵人生中第一次面对的死亡是父亲的死，由于福贵赌钱输掉了家里的房产田产，徐家老爷实际上是被败家子福贵活生生地气死了，但是余华却把徐家老爷的死设计得极为滑稽：他从粪缸上掉下来，然后"嘿嘿地笑了几下，笑完后闭上眼睛，脖子一歪，脑袋顺着粪缸滑到了地上"①，徐家老爷"熟了"。父亲死后，福贵变得整日浑身无力，像染上瘟疫一样，坐在茅屋前的地上，一会儿眼泪汪汪，一会儿唉声叹气。徐家老爷的死意味着这个家庭走向下坡路的正式开始，可是徐家老爷死时的"轻"——滑稽、喜剧性却与福贵在意识到这个家庭即将面临巨大危难、对未来不知所措的伤痛之感产生了强烈的对比，余华用徐家老爷死时"嘿嘿"的笑声消解了福贵对于生活的惶惑。如果说面对父亲的死福贵尚能不顾他人地以泪洗面，那么经历了丧子之痛的福贵则是选择了承受和隐忍：

> 有庆躺在坑里，越看越小，不像是活了十三年，倒像是家珍才把他生出来。我用手把土盖上去，把小石子都拣出来，我怕石子硌得他身体疼。埋掉了有庆，天蒙蒙亮了，我慢慢往家里走，走几步就要回头看看，走到家门口一想到再也看不到儿子，忍不住都哭出了声音，又怕家珍听到，就捂住嘴巴蹲下来，蹲了很久，都听到出工的吆喝声了，才站起来走进屋去。②

此时的福贵已经经历了生命中诸多磨难，诸如战乱以及饥饿，他或许已经领悟到人死不能复生，他开始考虑生者（家珍）的感受，他独自一人无声无言地忍受着已经无法承担的丧子之痛。但余华只是以轻轻一笔为福贵丧子的悲痛作结——"我看着那条弯曲着通向城里的

---

① 余华:《活着》，北京：作家出版社，2012年版，第30页。
② 余华:《活着》，北京：作家出版社，2012年版，第124页。

小路，听不到我儿子赤脚跑来的声音，月光照在路上，像是撒满了盐"[1]。"盐"是余华自己颇为得意的一个意象，因为在他看来"对于一个农民来说，盐是非常重要的；另一方面，又符合他当时的心情，就像往他伤口上撒了盐一样"[2]。以此看来，"盐"这个意象的使用亦是一个"曲笔"，死亡的痛苦经由"盐"的处理不再是浓重而激烈的，它像是被盐铺满的道路，安静、舒缓、绵长。同样的"曲笔"亦运用在凤霞因难产而死的场景中，与凤霞的丈夫二喜哭得喉咙沙哑，哭得腰疼到人都缩成一团相对照，福贵只是感到寒风从门缝飕飕地钻进来，吹得两个膝盖又冷又疼，"心里就跟结了冰似的一阵阵发麻，我的一双儿女就这样都去了，到了那种时候想哭都没有了眼泪"[3]。我们不妨在此处猜想余华运用"冰"这个意象的意图——经历了女儿因为生产而死的痛苦，福贵的心已经像是被冰冻一般寒冷，而且与此同时，福贵的眼泪也是像是被冻住了一般，他欲哭无泪了。这就是福贵面对死亡时的态度——冷静、淡然以至于冷漠了。福贵这种面对死亡的超然态度在"家珍之死"中得到了更为直接的展现，辛劳一生、不离不弃的妻子家珍在生活的逼迫与疾病的侵蚀下终于走向了死亡，福贵在回忆妻子临终一幕时反复感叹"家珍死得很好"：

"家珍死得很好。"福贵说。

福贵微笑地看着我，西落的阳光照在他脸上，显得格外精神。他说：

"家珍死得很好，死得平平安安、干干净净，死后一点是非

---

① 余华：《活着》，北京：作家出版社，2012年版，第126页。
② 余华、杨绍斌：《"我只要写作，就是回家"》，《当代作家评论》1999年第1期。
③ 余华：《活着》，北京：作家出版社，2012年版，第163页。

都没留下，不像村里有些女人，死了还有人说闲话。"①

关于"家珍之死"，夏中义、富华在其论文《苦难中的温情与温情地受难——论余华小说的母题演化》中对余华展开了诘问，文中述道："福贵对'家珍之死'的那份达观或洒脱，虽非庄周式鼓盆而歌，也近乎于抚犁而吟，自得其乐，笑泯百年恩怨了。但笔者想指出，《活着》的视野既然横跨近百年中国史，那么，作者对不幸死于战争、饥荒及'文革'的无辜者，就不能不表一点哀思或悲悼，而恐怕不宜用'死得很好'四字来含混地应付九泉下的冤魂，无形之中遮蔽了那段生灵涂炭的痛史。否则子民的生命也就真的贱得像尘土一颗，草芥一粒，被历史的飓风一卷没了就没了，没事似的，不仅无辜，而且无聊，成了无常修饰历史的轻薄花边。"②夏中义、富华的文章显然对余华"温和的途径"有所质疑，这种质疑是将《活着》置于"文学——历史"的维度进行考察的。当我们将《活着》视为一个关乎绝望、死亡的带有寓言性质的文本进行考察的时候，对余华这种"抚犁而吟""笑泯百年恩怨"的处理方式或许会有不一样的理解：表面上对死亡的"轻视"其实恰恰传递了对死亡的"重视"，正如鲁迅在《起死》中借庄子之口所说"要知道活就是死，死就是活呀"③。张宁在《鲁迅作品中的死亡主题》一文中曾经写道："不管这句话有无戏谑的味道，但它确实包含了一种生死相通，生死互为本质的思想。在这种思想覆盖下，死亡仅仅被视为一种现象的惯常看法被断然勾销；死，也像生一样，被

---

① 余华：《活着》，北京：作家出版社，2012年版，第166页。
② 夏中义、富华：《苦难中的温情与温情地受难——论余华小说的母题演化》，《南方文坛》2001年第4期。
③ 鲁迅：《起死》，《鲁迅全集》第2卷，北京：人民文学出版社，2005年版，第486页。

赋予同等重要的意义。"① 余华相信作家能够"对善与恶一视同仁"，也试图以平等的态度看待生与死。余华在《活着》之中所寻求的舒缓的节奏、"温和的途径"，让福贵可以淡然面对一切的困厄和死亡正是如同鲁迅那样赋予了生、死同样重要的意义与价值，死亡是无可避免的，它是生命的另一种呈现形态。既然死亡是无可避免的必然，既然死与生具有同样的价值，那么面对死亡时的惶恐、畏惧又如何会存在呢？当死亡降临时，我们所能做的不就是淡然面对，超然视之吗？因此在面对生命由生至死历程中所经历的困厄、苦难，以至绝望，默默忍受也就成为选择之一了。在绝望与超越绝望之间余华更容易被绝望吸引，更容易被深陷于绝望本身的感动所感动，因为在余华的认识中"绝望比超越更痛苦"，"绝望是一种彻底的情感，而超越是一种变化的情感"②。

余华对待死亡的态度受到基督教的影响，他曾经豪迈地呼喊："我愿意成为《圣经》的作者。但是给我一万年的时间，我也写不出来。"③ 同时，余华也是古典音乐发烧友，他在1993年冬天的时候用美国的音箱、英国的功放、飞利浦的CD机以及日本的卡座为自己组合了一套音响，而在拥有人生中的第一套音响之前，余华很早就开始用Walkman听一些古典音乐的磁带，他涉猎的范围很广，柴可夫斯基、巴赫、肖斯塔科维奇、贝多芬、布鲁克纳、勃拉姆斯都是他钟爱的作曲家，同时我们从这一串名单中也发现了余华的一些偏好——他更青睐于宗教音乐。余华自己也很坦率地表示过："我1990年代的那三个

---

① 张宁：《鲁迅作品中的死亡主题》，《郑州大学学报（哲学社会科学版）》1989年第6期。
② 余华：《重读柴可夫斯基——与〈爱乐〉杂志记者的谈话》，《音乐影响了我的写作》，北京：作家出版社，2012年版，第89页。
③ 余华、杨绍斌：《"我只要写作，就是回家"》，《当代作家评论》1999年第1期。

长篇，如此简单，就是从音乐那偷了师"。① 余华从马勒的《第九交响曲》中就领悟到了"一个活着的个人与死亡的关系"——"一个活着的人和死亡的交往过程。起先是要抵制，后来才发现，死亡已经给了他一切。""他老了，心脏脆弱，他要死了，他不可能回避，也不可能超越，只能面对它"。② 这难道不是福贵的人生态度吗？这难道不是余华所认为的"活着"的"所指"吗？"'活着'的力量不是来自于喊叫，也不是来自于进攻，而是忍受，去忍受生命赋予我们的责任，去忍受现实给予我们的幸福和苦难、无聊和平庸。"③ 除了马勒的《第九交响曲》，余华也分外欣赏勃拉姆斯的《德意志安魂曲》，并且曾经在随笔《人类的正当研究便是人》中全文抄录过《德意志安魂曲》的歌词。《德意志安魂曲》的歌词来自马丁·路德翻译的德文版《圣经》，刘小枫在其关于神学的著作《走向十字架上的真》中提到："早在 1518 年，马丁·路德就在他的海德堡论辩纲要中提出：上帝不是通过力量和荣耀来将自己显示给人的，而是在苦难和十字架上显示给人并以此方式使罪人成义的。路德依循圣保罗的十字架神学贯彻了人因信称义的主张：唯有也只要通过对十字架上的上帝的认信，罪人即可释罪成义。"④ 通览《德意志安魂曲》的歌词，它所讨论的正是死亡与永生、受难与祝福，它劝谕世人在患难中感受神的爱。基督信仰关注受难和爱，而作为圣经读者和宗教音乐爱好者的余华似乎也把自己对于基督教的理解融入了《活着》的写作之中。福贵一生历经苦难，尤其是多位家人的离世，但是他平静地面对着所有的困苦与死亡。支撑福贵的并非对于

---

① 　余华、严锋：《〈兄弟〉夜话》，《小说界》2006 年第 3 期。
② 　余华：《重读柴可夫斯基——与〈爱乐〉杂志记者的谈话》，《音乐影响了我的写作》，北京：作家出版社，2012 年版，第 90 页。
③ 　余华：《韩文版自序》，《活着》，北京：作家出版社，2012 年版，第 5 页。
④ 　刘小枫：《走向十字架上的真》，上海：华东师范大学出版社，2011 年版，第 154 页。

"来世"的期待，而是根植于中国人性格中的"福祸相依""乐天知命"的观念。

龙二被枪毙之后，福贵在回家的路上想，"要不是当初我爹和我是两个败家子，没准被毙掉的就是我了"①；他熬过一生的苦难与困厄，依然能咿呀拉呀地唱出"皇帝招我做女婿，路远迢迢我不去"。什么可以用来形容福贵的一生？他唱的"少年去游荡，中年想掘藏，老年做和尚"或许正是他一生的写照。《活着》讲述的是什么？它讲述了"一个人和他的命运之间的友情"。福祸相依的人生哲学、乐天知命的达观不就是顺从命运的安排吗？福贵的乐观让我们不禁想到鲁迅笔下的经典形象阿 Q，余华正是用这种乐观的"阿 Q 精神"让福贵度过了人生中一个接一个的打击、困厄和劫难。

绝望是鲁迅文学世界与思想世界的重要主题，鲁迅选择以"真的猛士"的姿态去直面绝望，反抗绝望。而余华虽然同样敏感地体察到了人生的绝望，却选择让福贵用"精神胜利法"去忍受绝望，这是余华对鲁迅文学世界与思想世界中"绝望"传统进行继承时所产生的复杂性。如果说，在福贵的身上我们可以隐约看见阿 Q 的影子，那么许三观则与阿 Q 呈现出更强烈的相似性。

第三节　《许三观卖血记》："阿 Q"的反抗绝望

鲁迅留给白话文学最重要的文学传统之一就是创造了"画出这样沉默的国民的灵魂来"的典型阿 Q，而《许三观卖血记》的主人公许三观就是当代文学中一个不容忽视的阿 Q 式的人物。余华在《许三观卖

----

① 余华：《活着》，北京：作家出版社，2012 年版，第 66—67 页。

血记·德文版自序》中提到：“这似乎是文学乐意看到的事实，一个人的品质其实被无数人悄悄拥有着。”① 余华这番创作理论似乎颇接近于鲁迅在《我怎么做起小说来》中所提出的那样：“人物的模特儿也一样，没有专用过一个人，往往嘴在浙江，脸在北京，衣服在山西，是一个拼凑起来的脚色。”② 接下来，我们就要从在与鲁迅相类的创作理论的指引下而作的许三观这个人物形象入手，去观察余华是怎样描画许三观这个当代阿Q的，并进一步思考，许三观是怎样利用“精神胜利法”去面对绝望的。

　　《许三观卖血记》是一部于不知不觉中被“拉长”的作品：起初，余华应《收获》的编辑程永新之邀，为1995年的《收获》开设一年的短篇小说专栏。在完成了第一期和第二期的短篇《我没有自己的名字》和《他们的儿子》之后，余华顺理成章地开始了第三个短篇《许三观卖血记》的写作，结果写着写着便像一个中篇，再写着写着却成了一部长篇。③ 以此，我们可以想象余华写作《许三观卖血记》的雄心与气力。《许三观卖血记》之于余华，是一本关于平等的书。这本书里写到了很多现实，而作者畏惧“现实”这个词所透露出的狂妄，因此退而求其次，声称这里面写到了平等。④ 这是属于“许三观”的平等而非“海涅”的平等。⑤ 许三观只求与他的邻居一样，和他所认识的那些人一样。“当他的生活极其糟糕时，因为别人的生活同样糟糕，他也会心满意

---

① 余华：《德文版自序》，《许三观卖血记》，北京：作家出版社，2012年版，第5页。
② 鲁迅：《我怎么做起小说来》，《鲁迅全集》第4卷，北京：人民文学出版社，2005年版，第527页。
③ 洪治纲：《余华评传》，郑州：郑州大学出版社，2005年版，第121页。
④ 余华：《韩文版自序》，《许三观卖血记》，北京：作家出版社，2012年版，第3页。
⑤ 余华：《韩文版自序》，《许三观卖血记》，北京：作家出版社，2012年版，第3-4页。在这篇自序中，余华引用海涅的诗句“死亡是凉爽的夜晚”。余华认为海涅知道死亡是唯一的平等。所以说，笔者认为海涅的平等是“死亡的平等”。

足。他不在乎生活的好坏，但是不能容忍别人和他不一样。"① 从这段描述中我们可以察觉到阿 Q 的特质。2014 年 10 月 24、25 日，香港同流剧团根据余华原著改编的话剧《许三观卖血记》在北京上演，这一段关于"平等"的言说被当作整场话剧的开场，可见追求与所认识的人"平等"是许三观这个人物最重要的内核之一。许三观最初之所以要踏上卖血的道路，就是为了追求所谓的"平等"：一天，回村里探望爷爷的许三观偶然间听到村里的女人说没有卖过血的人身子骨都不结实，他为了证明自己的身子骨和别人一样结实，毅然走去卖血。多年后，许三观碰巧遇见进城卖血的阿方和根龙，觉得自己身上的血也痒起来了。同人生中初次卖血一样，许三观此次卖血亦没有既定目的，他只是为了追求与身边人"平等"而卖血。但正是这两次卖血成就了许三观的"恋爱喜剧"，不同于阿 Q 在吴妈、小尼姑处的失败，许三观因为"卖血"而实现了"娶妻偷情"的欲望。第一次卖血得的三十五元使他顺利地娶回油条西施许玉兰；七八年后再次去卖血，所得的钱可以买十斤肉骨头、五斤黄豆、两斤绿豆、一斤菊花，去报答与他有了私情的丝厂同事林芬芳。"精神胜利法"帮助许三观解决了作为男性个体所面临的"情欲问题"之后，又帮助他解决了基本生存需要——饥饿问题。在中国饥荒连年又政治极左的年代，许三观无力买米买粮，只能"用嘴炒菜"以暂时缓解一家人的温饱问题。许三观用嘴给三个儿子一人做了一碗红烧肉，给妻子做了一条清炖鲫鱼，又给自己做了一道爆炒猪肝。汪晖在《阿 Q 生命中的六个瞬间》中将阿 Q 生命中的第三、第四个瞬间描述为"性与饥饿，生存本能的突破"，阿 Q 向吴妈求爱不成，温饱问题得不到解决，精神胜利法在性与饥饿这些

---

① 余华:《韩文版自序》,《许三观卖血记》,北京:作家出版社,2012 年版,第 4 页。

"生存本能"问题上的失效使阿 Q 凭"直觉"意识到一种"无"——"一种外在于圣经贤传、外在于历史、外在于秩序、外在于自我因而也外在于他与周遭世界的关系的东西"①。继而，汪晖分析了鲁迅写作《阿 Q 正传》的深刻意图：鲁迅试图抓住的就是"无"的被发掘，即抓住精神胜利法在"本能"问题上失效的瞬间，因为他希望"通过对精神胜利法的诊断和展示，激发人们'向下超越'——即向着他们的直觉和本能所展示的现实关系超越、向着非历史的领域超越"②，这种超越构成了"革命"的可能性。而余华显然是在与鲁迅相逆的向度上把握了"精神胜利法"，精神胜利法在情欲问题上给许三观带来了"意外收获"，在饥饿问题上也起到了"望梅止渴"的作用，这些"本能"问题的解决使精神胜利法可以在许三观的人生中发挥更有效的作用。这暗示了余华的写作意图，余华的立意显然不在于具有政治隐喻的"革命"问题，他所关心的是关乎人生所经历的苦难、死亡与绝望的"生存"问题或曰"生命"主题。《许三观卖血记》中显示出的绝望之感是更胜于《活着》的，十分明显，许三观需要面对的是一个关于"父权"的难题。他最疼爱的长子一乐竟然不是他的亲生儿子，而且这个"丑闻"还在妻子许玉兰在与何小勇妻子的对骂中被宣扬得人尽皆知。

　　但正是在父权问题上，"精神胜利法"又起到了作用，它给予许三观强大的心理暗示。在明知一乐乃妻子许玉兰与何小勇所生的情况下，许三观自我安慰地想，"都说一乐长得不像我，我看着还是有点像"③，"儿子长得不像爹，儿子长得和兄弟像也一样……"，"一乐不像

---

① 汪晖：《阿 Q 生命中的六个瞬间》，上海：华东师范大学出版社，2014 年版，第 88 页。
② 汪晖：《阿 Q 生命中的六个瞬间》，上海：华东师范大学出版社，2014 年版，第 89 页。
③ 余华：《许三观卖血记》，北京：作家出版社，2012 年版，第 34 页。

我没关系，一乐像他弟弟就行了"①。正是在这种有些可笑的"自欺欺人"的支撑下，面对罹患肝炎的大儿子一乐，阿 Q 般的许三观竟一步一步成了"英雄"。

王安忆曾言"余华的小说是塑造英雄的"②，"寻找和认同英雄父亲是他一个母题"③。作为父亲，许三观的确是无私的，他几乎都是为了家庭、为了儿子在卖血，特别是对待并非亲生儿子的一乐。孩童时代，一乐打破方铁匠儿子的头，方铁匠强行搬走许三观家里的家具，逼迫着他赔偿医药费。在明知一乐是何小勇之子的情况下，许三观拿着一家五口人的白糖票换来的白糖贿赂李血头，卖了血，做了乌龟，还了家里的债。插队期间，一乐患了严重的肝炎，许三观为了给一乐治病去卖血，成为"英雄父亲"。许三观的"牺牲精神"可以从鲁迅的《药》中找到"前缘"。李欧梵对《药》这部"鲁迅所写的最复杂的象征主义"小说有过细致的分析：

> 那对老夫妇姓华，"华"是中国古称"华夏"的一半。他们的儿子（也是中国的儿子）病了，必须用革命者的血来治疗，这革命者恰恰又姓"夏"。这样，这两个作为象征的姓氏就表明了两个青年正是一对，为了一个"中国之子"使另一个"中国之子"无益地牺牲了生命。④

在许三观身上，这种"牺牲精神"支撑其为并非亲生儿子的一乐卖了七次血（许三观累计卖血十二次）。为了让患病的一乐去上海治

---

① 余华：《许三观卖血记》，北京：作家出版社，2012 年版，第 35 页。
② 王安忆：《王安忆评〈许三观卖血记〉》，《当代作家评论》1999 年第 3 期。
③ 王安忆、张新颖：《谈话录——我的文学人生》，北京：人民文学出版社，2011 年版，第 229 页。
④ 李欧梵：《铁屋中的呐喊》，尹慧珉译，北京：人民文学出版社，2010 年版，第 66 页。

病，许三观一路卖血去上海。卖一次血要歇三个月，许三观却每隔三五天就去卖一次血，差点死在去卖血的路上。在百里破旧的小旅馆里，因为频繁卖血身上不剩一丝热气的许三观对同屋的乡下老头诉说着"为子牺牲"的坚定信念：

> "就是把命卖掉了，我也要去卖血。"

> "我儿子得了肝炎，在上海的医院里，我得赶紧把钱筹够了送去，我要是歇上几个月再卖血，我儿子就没钱治病了……"

> "我儿子才只有二十一岁，他还没有好好做人呢，他连个女人都没娶，他还没有做过人，他要是死了，那就太吃亏了……"[1]

许三观被医生视作"亡命之徒"，而许三观却反驳道："我不是亡命之徒，我是为了儿子……"[2] 这样一个"亡命之徒"，王安忆视之为"英雄"："比如许三观，倒不是说他卖血怎么样，卖血养儿育女是常情，可他卖血喂养的，是一个别人的儿子，还不是普通的别人的儿子，这就有些出格了。像他这样一个俗世中人，纲常伦理是他安身立命之本，他却最终背离了这个常理。他又不是为利己，而是向善。这才算是英雄，否则也不算。"[3] 许三观作为余华笔下的"英雄"，"不是神，而是世人"，"但却不是通常的世人，而是违反那么一点人之常情的世人"，或许我们可以视他是"独异的个人"。[4]

在《药》中，华老栓、康大叔以及茶客们都是"庸众"，只有烈士

---

[1] 余华:《许三观卖血记》，北京：作家出版社，2012年版，第223页。
[2] 余华:《许三观卖血记》，北京：作家出版社，2012年版，第226页。
[3] 王安忆:《王安忆评〈许三观卖血记〉》，《当代作家评论》1999年第3期。
[4] 王安忆:《王安忆评〈许三观卖血记〉》，《当代作家评论》1999年第3期。

夏瑜才是"独异的个人"。①夏瑜的"独异"在于说出"这大清的天下是我们大家的"这般"大逆不道"的话来。许三观所为也有逆于中国人的纲常伦理——卖血喂养妻子与他人的私生子。三年困难时期，许三观不忍见家人连喝了五十七天玉米粥，为了让家里人吃上一顿好饭菜，决定走去卖血。卖血归来当晚，许三观带着妻子以及二乐、三乐去胜利饭店吃了一顿面条，却只给一乐五角钱让他自己去买烤红薯充饥。心中愤愤不平的一乐寻亲父何小勇不得，决定离家出走，最终被许三观寻回。见到胜利饭店的灯光，一乐小心翼翼地问许三观："爹，你是不是要带我去吃面条？"许三观不再骂一乐了，温和地说："是的。"②在《药》中，"人血馒头"连接了"牺牲者"夏瑜和"被拯救者"华小栓；而在《许三观卖血记》里，一顿卖血得来的面条使并无血缘关系的许三观和一乐建立起了父子关系。终于成了"亲爹"的许三观不仅为子牺牲，甚至对给他带来极大耻辱的何小勇也报以同情怜悯的态度。三个儿子里，许三观最喜欢的一乐偏偏是别人的儿子，精神上受虐的许三观，还在"高度的痛苦中怜悯别人"③。当何小勇因为车祸命悬一线，需要儿子替他把魂喊回来的时候，许三观在众多庸众的围观下劝导已不认生父何小勇的一乐道："一乐，你听我的话，你就哭几声，喊几声。这是我答应人家的事，我答应人家了，就要做到。君子一言，驷马难追。再说那个王八蛋何小勇也真是你的亲爹……"④这个"牺牲故事"在"喊魂"这个场景中达到一个高潮：

> 说着许三观走进了何小勇的家，接着他拿着一把菜刀走出

---

① 李欧梵：《铁屋中的呐喊》，尹慧珉译，北京：人民文学出版社，2010年版，第73页。
② 余华：《许三观卖血记》，北京：作家出版社，2012年版，第144页。
③ 李欧梵：《铁屋中的呐喊》，尹慧珉译，北京：人民文学出版社，2010年版，第66页。
④ 余华：《许三观卖血记》，北京：作家出版社，2012年版，第159页。

来，站在何小勇家门口，用菜刀在自己脸上划了一道口子，又伸手摸了一把流出来的鲜血，他对所有的人说：

"你们都看到了吧，这脸上的血是用刀划出来的，从今往后，你们……"

他又指指何小勇的女人，"还有你，你们中间有谁敢再说一乐不是我亲生儿子，我就和谁动刀子。"

说完他把菜刀一扔，拉起一乐的手说：

"一乐，我们回家去。"①

在这一幕中，许三观作为"牺牲上场"②。通过这场"血祭"，许三观与一乐的父子关系终于得到正名，许三观脸上汩汩涌出的鲜血表明这位独异的"牺牲者"和他的非亲生子之间已经建立起了无法割断的"非血缘"父子关系。

精神胜利法作为一种机制，平衡了个体与外部世界的关系，余华显然赋予了这种机制一种"正向"的作用，但是这种正向作用的发挥必须需要通过一种途径，而这种途径就是"牺牲"，倘若没有作为一种"牺牲"行动的卖血，许三观是无法成为王安忆所谓的"英雄父亲"的。鲁迅在《我们现在怎样做父亲》中就特别提出了"牺牲"的观念——"所以后起的生命，总比以前的更有意义，更近于完全，因此也更有价值，更可宝贵；前者的生命，应该牺牲于他"③。所以说，鲁迅在进化论思想指导下的"牺牲"更侧重于先代为后代所做的付出，而且这

---

① 余华：《许三观卖血记》，北京：作家出版社，2012 年版，第 161 页。
② 此语取自鲁迅于 1923 年的一次演讲《娜拉走后怎样》："牺牲上场，如果显得慷慨，他们就看了悲壮剧；如果显得觳觫，他们就看了滑稽剧。"鲁迅：《娜拉走后怎样》，《鲁迅全集》第 1 卷，北京：人民文学出版社，2005 年版，第 170 页。
③ 鲁迅：《我们现在怎样做父亲》，《鲁迅全集》第 1 卷，北京：人民文学出版社，2005 年版，第 137 页。

种付出并不计较于"恩"，全凭的是"爱"，"不但绝无利益的心情，其或至于牺牲了自己，让他的将来的生命，去上那发展的长途"[①]。在鲁迅的认识中，什么是真正意义上的父亲，怎样才能做父亲？"自己背着因袭的重担，肩住了黑暗的闸门，放他们到宽阔光明的地方去；此后幸福的度日，合理的做人。"[②]当我们以鲁迅所提出的牺牲观念再去看许三观的时候，他便不单是阿Q的形象，他的身上已经有了"牺牲者"的特质，更重要的是，他是一位肩住黑暗的闸门的父亲，这股黑暗的力量来自疾病，来自死亡，来自生命的消亡，特别是年轻生命的消亡构成了人生中最大同时也是最深沉的绝望。自欺的精神胜利法和不计任何利益的牺牲行动构成了许三观反抗绝望的武器，而其最深处的精神内核则是——"救命要紧"。深感中医的愚昧与荒谬，"走异路，逃异地"进江南水师学堂学习新知识，并在那读到严复翻译赫胥黎《天演论》的鲁迅，在他的思想中有着不容忽视的进化论的踪影，鲁迅深以为然的道理是"依据生物界的现象，一，要保存生命；二，要延续这生命；三，要发展这生命(就是进化)"[③]。李长之在《鲁迅批判》中一针见血地指出，"人得要生存，这是他的基本观念"[④]，就连鲁迅作品中写到的人物的死、小动物的死，这一切的对于死亡的书写都不是偶然的，"乃是代表着鲁迅一个思想的中心，在他几经转变中一个不变的所在，或者更可以说，是他自我发展中的背后的惟一的动力，这是

---

① 鲁迅：《我们现在怎样做父亲》，《鲁迅全集》第1卷，北京：人民文学出版社，2005年版，第138页。

② 鲁迅：《我们现在怎样做父亲》，《鲁迅全集》第1卷，北京：人民文学出版社，2005年版，第135页。

③ 鲁迅：《我们现在怎样做父亲》，《鲁迅全集》第1卷，北京：人民文学出版社，2005年版，第135页。

④ 李长之：《鲁迅批判》，北京：生活·读书·新知三联书店，2013年版，第3页。

什么呢？以我看就是他的生物学的人生观：人得要生存"[1]。鲁迅在其
杂文中近乎偏执地呐喊道："我们目下的当务之急，是：一要生存，二
要温饱，三要发展。苟有阻碍这前途者，无论是古是今，是人是鬼，
是《三坟》《五典》，百宋千元，天球河图，金人玉佛，祖传丸散，秘
制膏丹，全都踏倒他。"[2] 对于许三观而言，阻碍他生存，阻碍一乐生
存的疾病，死亡的巨大暗影就是必须要踏倒的黑暗力量，所以，许三
观哪怕是卖血卖到命悬一线都要救儿子的命，都要儿子生存下去。我
们几乎可以这样认为，"救命""活下去""人得要生存"是余华从《活
着》一直延续到《许三观卖血记》的一个主题，而这种活着近乎于幸
存，就连余华自己也说过："在中国，对于生活在社会底层的人来说，
生活和幸存就是一枚分币的两面"[3] 出生在医生家庭、自己又当过多
年牙医的余华，思想中保存着"人得要生存"的进化论观念又有何奇
怪呢？从这一层面上来看，许三观这个人物形象不但接续在鲁迅所创
造的阿 Q 这个人物形象的传统中，同时，从许三观的身上我们似乎可
以看到余华的思想似乎也接续在鲁迅进化论思想的传统之中。

　　"人得要生存"的观念似乎是将"精神胜利法"和"牺牲精神"串
联在了一起，但是余华显然没有止步于此，绝望既然是《许三观卖血
记》的主题，那么余华势必将最深重的关于绝望的思考加诸主人公许
三观的身上，所以小说结尾部分才会出现许三观卖血无门，在大街上
哭天抢地的场景：

　　　　许三观开始哭了，他敞开胸口的衣服走过去，让风呼呼地

① 　李长之：《鲁迅批判》，北京：生活·读书·新知三联书店，2013 年版，第 191 页。
② 　鲁迅：《忽然想到》，《鲁迅全集》第 3 卷，北京：人民文学出版社，2005 年版，第
47 页。
③ 　余华：《日文版自序》，《活着》，北京：作家出版社，2012 年版，第 7 页。

吹在他的脸上，吹在他的胸口；让混浊的眼泪涌出眼眶，沿着两侧的脸颊刷刷地流，流到了脖子里，流到了胸口上。他抬起手去擦了擦，眼泪又流到了他的手上，在他的手掌上流，也在他的手背上流。他的脚在往前走，他的眼泪在往下流。他的头抬着，他的胸也挺着，他的腿迈出去时坚强有力，他的胳膊甩动时也是毫不迟疑，可是他脸上充满了悲伤。他的泪水在他脸上纵横交错地流，就像雨水打在窗玻璃上，就像裂缝爬上快要破碎的碗，就像蓬勃生长出去的树枝，就像渠水流进了田地，就像街道布满了城镇，泪水在他脸上织成了一张网。[①]

　　许三观卖不了血，在大街上旁若无人地哭，是余华这部作品的高潮之一。许三观大哭，因为他的血卖不出去意味着他失去了养活自己的能力，许三观的悲哀是"绝望以后的悲哀"。实际上如果没有最后一章，《许三观卖血记》完全可以成为一部拥有"大团圆"结局的小说，可是余华偏偏在这个"卖血无门"的结局上着力颇多，因为这关涉到一个许三观一直以来赖以生存的"卖血"机制失效的问题。在许三观的认识中，"这人身上的血就跟井里的水一样，你不去打水，这井里的水也不会多，你天天去打水，它也还是那么多"[②]，可是当他年老，时过境迁之后，他的血卖不出去了，没人要他的血了，他的血和猪血一样，只有油漆匠会要，这对于许三观而言是无法对抗、无法超越的绝望，因为他一直以来引以为"信仰"的精神胜利法和牺牲态度遭遇了全盘的失效。汪晖在讨论阿Q生命中的第六个瞬间也就是最后一个瞬间（大团圆与死）的时候提出这样的观点：阿Q在临死时仿佛

①　余华：《许三观卖血记》，北京：作家出版社，2012年版，第249-250页。
②　余华：《许三观卖血记》，北京：作家出版社，2012年版，第5页。

看见了饿狼的眼睛，这些眼睛似乎连成一气，在啃咬他的灵魂。阿 Q 在这个濒死的瞬间里感到了极端的害怕和恐惧，也是第一次体会到了"皮肉"和"灵魂"的区分以及灵魂被撕咬的痛楚。阿 Q 的这种心理体验正是精神胜利法的失效带来的，同时这也正是阿 Q"觉醒"的契机，"这些契机正是无数中国人最终会参与到革命中来的预言——参与到革命中来也可能死于革命"①。汪晖对阿 Q 这个鲁迅创造的可视作一种"传统"的人物给出了新的解释——"这是一个开放的经典，与其说《阿 Q 正传》创造了一个精神胜利法的典型，不如说提示了突破精神胜利法的契机"②。鲁迅在《娜拉走后怎样》中谈到了"觉醒"可能产生的痛苦——"人生最苦痛的是梦醒了无路可以走。做梦的人是幸福的；倘没有看出可走的路，最要紧的是不要去惊醒他""有是有的，就是将来的希望。但代价也太大了，为了这希望，要使人练敏了感觉来更深切地感到自己的苦痛，叫起灵魂来目睹他自己的腐烂的尸骸"。③从这个向度来看，余华在最终章写到许三观卖血无门也确实为许三观提供了一个"觉醒"的契机，促使他察觉到精神胜利法的有限性。但是，就像阿 Q 的那一声"救命"始终没有喊出口一样，许三观虽然被血卖不出去的现实击打得痛彻心扉，可是最终他也只能以"屌毛出得比眉毛晚，长得倒比眉毛长"为所有的一切作结，精神胜利法终究还是战胜了觉醒的意识，再一次为许三观平衡了作为个体与外部世界的关系。就此，我们似乎可以认定，许三观已经全然丧失了"反抗"绝望的可能性。

① 汪晖:《阿 Q 生命中的六个瞬间》，上海：华东师范大学出版社，2014 年版，第 66 页。
② 汪晖:《阿 Q 生命中的六个瞬间》，上海：华东师范大学出版社，2014 年版，第 66 页。
③ 鲁迅:《娜拉走后怎样》，《鲁迅全集》第 1 卷，北京：人民文学出版社，2005 年版，第 166、167 页。

通过以上分析我们可以发现，绝望与对绝望的"反抗"是《许三观卖血记》的主题，但是余华通过许三观所传递出的对于绝望的反抗或曰与绝望的抗衡与鲁迅的"反抗绝望"又有所区别。余华虽然接续在鲁迅早期的进化论的思想中，坚持着"人得要生存"的信念，但是余华并未对"人得要生存"的观念做出超越，因此，许三观只求生存、温饱而并不求发展。汪晖是这样概括鲁迅"反抗绝望"的人生哲学的——"把个体生存的悲剧性理解与赋予生命和世界以意义的思考相联系，从而把价值与意义的创造交给个体承担"[①]。于是，我们可以认为，鲁迅的"反抗绝望"是强调"意义"与"创造"的，在实现对个体生存的悲剧性理解的同时，更为重要的是"创造"一个新的个体，一种新的价值，甚至是拯救旧世界并创造出一个新的世界。显然，许三观没有实现"价值与意义的创造"，他只能以与生俱来的血肉为资本进行一种"有限"的反抗，这种反抗仍然停留于个体生存的悲剧性之中，它所能起到的作用是缓解这种悲剧性，而无法"创造"新的价值，更何况创造一个新的世界。鲁迅这种"反抗绝望"的人生哲学决定鲁迅笔下"反抗绝望"的主体必然是手持投枪的战士、志在使人类苏生或是灭尽的"叛逆的猛士"。与此相对照，余华笔下与绝望对抗的主体是为了非亲生之子"肩住黑暗的闸门"的父亲，义无反顾的牺牲者，同时也是愚昧的、未经启蒙（或启蒙无门）的，他臣服于造化的把戏之下，只能在一种"自欺"的精神的支撑下完成牺牲的行动。余华所理解的牺牲者是阿Q式的小人物，他的"牺牲"行为得以实践的前提是精神胜利法的奏效。当这种阿Q式的牺牲者遭遇绝望的时候，他虽然能够缓解个体的悲剧性，但是他无法直面生命中的深层的痛苦，他

---

① 汪晖：《反抗绝望：鲁迅及其文学世界》（增订版），北京：生活·读书·新知三联书店，2008年版，第278页。

对于绝望的反抗是不彻底同时也是不完全的，他只能在一定的限度之内对有限的绝望进行反抗。这是许三观的局限，这是阿Q式的牺牲者的局限，这是否同时也是余华的局限呢？我们似乎可以猜想到余华是认识到这种局限的，若非如此，就不会出现"卖血无门"的结局了，余华只诊断出了许三观或曰阿Q式的牺牲者的病症，而无力开出药方吧。

"反抗绝望"作为鲁迅的人生哲学，无疑可以视作鲁迅"传统"中最重要的一个剖面，而绝望同时亦是纠缠余华的人生体验以及贯穿《活着》与《许三观卖血记》的重要主题。余华通过90年代的创作表达了自己对生存、死亡以及绝望的思考，从这一点来看，余华有效地继承了鲁迅对绝望的注目与思索，更为重要的是，余华选择了鲁迅一直以来激赏的"牺牲"精神作为反抗绝望的武器。余华与鲁迅的差异（确切地说是余华对于鲁迅的后撤）在于，余华为这种牺牲精神得以实践设置了精神胜利法的效用装置，这是鲁迅式的猛士"反抗绝望"精神的倒退。同时，阿Q式的精神胜利法与夏瑜式的牺牲精神的交织显示了余华在继承鲁迅"反抗绝望"传统时的复杂性。

第四节　迟来的"重逢"：在"得意"与"失意"之间

20世纪90年代在余华的写作生涯中占据至关重要的位置，他在90年代开了长篇小说的创作，并且一口气出版了三部长篇，同时，这三部长篇被批评家、研究界视为余华"转型"的标志。值得玩味的是，余华正是在这三部长篇完成之后与鲁迅相遇了①。余华是这样记述自己与鲁迅的这一场"相遇"：

> 时光来到了一九九六年，一个机会让我重读了鲁迅的作品。一位导演打算将鲁迅的小说改编成电影，请我为他策划一下如何改编，他会付给我一笔数目不错的策划费，当时我刚好缺钱，就一口答应下来。然后我发现自己的书架上没有一册鲁迅的著作，只好去书店买来《鲁迅小说集》。
>
> 当天晚上开始在灯下阅读这些我最熟悉也是最陌生的作品。②

"这是一位伟大的作家"是余华在1996年那个夜晚对鲁迅小说进行重读之后所做出的评价，余华把这次与鲁迅的重新相遇原因概括为"从词汇到作家"，曾经在"文革"期间一遍又一遍去阅读的鲁迅是"词汇"，而1996年那个夜晚让余华读得吓了一跳的鲁迅是"作家"。事实上，余华与鲁迅的缘分从余华初中的时候便开始了。那是1974年，初二学生余华游荡在"文革"后期愈来愈压抑的一成不变的空气中，整天无所事事的自由让余华感到无聊，于是他找到一个打发日子的方法，用简谱开始"作曲"。这些所谓的"作曲"，用余华自己的话来说，就是利用简谱的"形状"。而余华一生中第一次"作曲"的题材就是鲁迅的《狂人日记》——他先将鲁迅的小说抄写在一本新的作业簿上，

---

① 2012年11月5日，余华于中国人民大学参加"国际视野中的斯·茨威格研究与接受"国际学术研讨会，在开幕式上发表了题为《茨威格是小一号的陀思妥耶夫斯基》的演讲。演讲结束后，笔者曾就鲁迅与三部长篇小说的创作的问题请教余华，余华很坦诚地表示，当他读到鲁迅的时候，他的三部长篇小说已经完成了。
② 余华:《鲁迅》,《十个词汇里的中国》,台北: 麦田出版公司,2011年版,第153页。

然后将简谱里的各种音符胡乱写在文字的下面。^① 我们或许会被少年余华这种"疯狂"的举动所震惊，恐怕很少有人用"谱曲"的方式对待鲁迅的作品，或许会产生这样的疑问："余华为什么会突发奇想地把鲁迅的小说拿来作曲？""余华为什么第一次尝试作曲就选择了《狂人日记》？"虽然这样的问题难以解答，但是我们从中能够察觉到余华在青少年时代对鲁迅作品的熟悉。在余华的记忆中，鲁迅代表着"文革"时期唯一的一丝文学气息，这一丝气息是由语文课本中鲁迅的小说、散文和杂文传递出来的。余华在小学一年级的时候曾经天真地以为，全世界只有一个作家，名叫鲁迅。从小学到高中，余华读了整整十年的鲁迅。虽然后来身为作家的余华把这些来自课本的阅读形容为"被迫""有口无心"，但是我们可以猜想这十年的阅读如何深刻地把鲁迅的作品烙印在余华的世界中。当我们辨析出余华小说中所蕴含的诸如"冷漠""复仇""反抗绝望""牺牲"等鲁迅"传统"时，首先要感谢的或许就是余华少年时代对鲁迅作品心不甘情不愿的阅读。

与其去追究余华在 1996 年那个夜晚之前究竟读过多少鲁迅，我们更应该将视线聚焦于余华对鲁迅的重新发现及其原因和深意。"追悔莫及"用来形容余华对鲁迅的重新发现似乎并不为过，当余华认定鲁迅是一个"伟大的作家"之后，他最直接的感受是"我认为我读鲁迅读得太晚了，因为那时候我的创作已经很难回头了"^②。这是一个复杂的问题：在短短五六年的时间里便出版了三部长篇小说的余华为何会在这个时刻意识到自己创作中的缺憾？是否只有在这个时刻，创作上获得成熟才使余华有能力去重新发现鲁迅，并从鲁迅身上认识到自己

---

① 余华：《鲁迅》，《十个词汇里的中国》，台北：麦田出版公司，2011 年版，第 148—150 页。
② 余华、杨绍斌：《"我只要写作，就是回家"》，《当代作家评论》1999 年第 1 期。

的不足？

余华再也不是当年那个小城文化馆里的文学青年了，他出版了三部长篇小说，《活着》《许三观卖血记》多次跻身畅销书排行榜，《活着》曾在一个月内加印三次。余华的影响力也已经波及了香港和台湾地区，香港博益出版公司、香港明报出版公司、台湾远流出版公司、台湾麦田出版公司陆续出版了余华的中短篇小说集、随笔集以及长篇小说。除了在华语世界颇受好评，余华的小说亦被译介到美国和欧洲，陆续在美国、法国、德国出版。与作品在异域的传播相伴，余华也开始了在瑞典、法国、意大利等国的访问，凭借几乎是一边倒的优势，余华拿到了意大利的格林扎纳·卡佛文学奖，略萨、君特·格拉斯、多丽丝·莱辛、富恩特都曾经是这个奖的得主。阿兰·德波顿在《身份的焦虑》一书中为我们分析了身份的焦虑产生的原因，身份的焦虑往往产生在社会保障了基本生活需求之后，在饿殍遍地的饥馑年月里，很少会有人因为身份而焦虑。在现代社会中，身份的焦虑有愈演愈烈之势，是因为人们取得成功的可能性大大增加了。[①] 德波顿讨论的是具有普遍意义的身份的焦虑（status anxiety），侧重于"个人在社会中的位置"。当我们将这一具有普遍意义的理论落实到某个作家的身上之时就会发现，余华后悔自己读鲁迅读得太晚正暗示了作家的"身份的焦虑"，或许，在余华重读了鲁迅之后，他所焦虑的是："我是一个成熟的作家吗？""我能成为一个成功的作家吗？""如果我早几年读鲁迅的话，我的写作是否会更加成熟呢？"而这种对身份的焦虑，似乎只可能发生在一个作家的创作走向成熟之后。埃斯卡皮在《文学社会学》中曾对作家的年龄与其作品质量的关系展开过一番讨论，最

---

① ［英］德波顿：《中文版序言》，《身份的焦虑》，陈广兴、南治国译，上海：译文出版社，2007年版，第2页。

终得出结论，"40 岁并不意味着作家绝对生产力中的顶点，而只是开始提出能否持久这个问题的年龄"①。余华在 1996 年的夜晚与鲁迅"相遇"，感叹鲁迅是一位伟大的作家。1998 年 10 月，在与杨绍斌的访谈中谈到对鲁迅的追悔时，我们更愿意相信这是一个作家在创作上取得一定的成绩之后的自我反思，他站在成功的位置去思考自己能否持续这种成功或者能否实现新的突破。长期以来，批评界、研究界都习惯给余华贴上"先锋作家"的标签，余华正是以先锋作家的身份被人们所熟知的，而余华对先锋文学却自有一番考量。在 2010 年发表的与王侃进行的一次访谈中，余华以"过来人"的身份谈到了先锋文学与中国当代文学的发展：

> 其实从我个人的角度来说，我认为，从"伤痕"到"反思"，到"寻根"，到"先锋"，这是一个中国当代文学的成长史。我认为先锋文学最多是大学毕业，甚至是中学毕业。真正成熟的文学，是在先锋文学之后，再也没有什么流派了，作家们也不容易归类了，当作家们很容易被归类时的文学都是不可靠的。

> 到现在为止，不管别人如何批评先锋文学，我认为他们对先锋文学的批评，其实都是对先锋文学高估了。别说是思想启蒙，称先锋文学是文学启蒙，我都认为是给先锋文学贴金了。先锋文学没那么了不起，它还是个学徒阶段。

> 所以，从"伤痕"到"先锋"，这十年间，我们只是完成了一个学徒阶段。从此之后，中国文学不再是一个徒弟了。当

---

① [法] 罗贝尔·埃斯卡皮：《文学社会学》，于沛选编，杭州：浙江人民出版社，1987 年版，第 168 页。

然，是否能成为师傅，现在还很难说。可以这么说，"寻根""先锋""新写实"标志着中国文学的学徒阶段结束了。仅此而已。①

在余华的认识中，"没有一个作家会为一个流派写作"②。一向对文学创作敏感度极高的余华在经历了80年代的先锋文学潮流之后以自己的创作实践努力地挣脱着先锋文学的捆绑，不论是将其形容为"一次胜利大逃亡"也好，"转型"也罢，余华在90年代的文学创作实际上是"学满出师"了。正如余华把先锋文学视为"学徒阶段"，他在80年代的创作也可以视为"学徒"的"练笔"与"积累"，尚处于学徒阶段的作家或许正如基本生存需要未被满足的饥饿者一样，是不会产生身份焦虑的。余华曾感叹，"一个读者与一个作家的真正相遇，有时候需要时机"③，读者余华与作家鲁迅相遇的时机正在于余华创作上的成熟。需要注意的是，相对于创作上的"得意"，余华在创作完三个长篇小说之后的"失意"才真正刺激了他对鲁迅及其作品的深入思索。

余华的失意来自他屡次提及却至今仍未问世的"反映一个江南小镇上一个家庭里的四代人在一百年里的生活变化的长篇小说"④。这部小说的写作时间是在《兄弟》之前，根据余华的表述，在动手写作这部"巨大的长篇"之前，从1996年到1999年的四年内，他一直在进行随笔写作。在一次访谈中，余华直言："压力肯定会有，有读者、同行、出版社、杂志，这些压力都会有。从1996到1999，1999年到2003年，写这个大长篇小说写得很不顺利的时候，心烦意乱。"⑤关于

---

① 王侃、余华：《我想写出一个国家的疼痛》，《东吴学术》2010年第1期。
② 余华、严锋：《〈兄弟〉夜话》，《小说界》2006年第3期。
③ 余华：《鲁迅》，《十个词汇里的中国》，台北：麦田出版公司，2011年版，第156页。
④ 余华、张英：《我一直努力走在自己的前面》，《上海文化》2014年第9期。
⑤ 余华、张英：《我一直努力走在自己的前面》，《上海文化》2014年第9期。

这部长篇苦苦不得成型的因由，余华是这样解释的：

> 现在想一想，当时最大的错误还是选择了一部巨大的长篇小说，其实我应该选择一部比较小的长篇小说开始的，等我恢复写小说的能力以后再写大的长篇小说。我三年多在忙那个长篇小说，才写了二十八万字。后来我在2003年8月去了美国嘛，在那里呆了七个月，后来又去了美国，本来那个长篇小说写得还不错，那么一走，然后在美国又很悠闲，另外一方面我心静不下来，回来以后，写那个长篇小说的欲望不像以前那么强烈了。感情总是接不上去，而且在写这个长篇小说中间，我又有了更大的想法，应该先写一个简单点的故事，锻炼一下自己的能力，再写这个大的长篇小说。①

我们或许有必要对余华这一段"心烦意乱"的生活进行梳理，余华把这个巨大的长篇的失败归结为当时"没有道理的自信"，差不多四年的随笔写作让余华在小说创作上有些生疏，他在尚未重新适应和恢复小说写作的感觉时便雄心勃勃地着手于一个反映四代人百年生活的巨大长篇，必然会面对写作上的诸多障碍。为何在经历了小说创作的高峰期和随笔写作之后余华想要创作一个巨大的长篇呢？这是一个值得深思的问题。

1996年，余华开始给《读书》写稿，这与时任《读书》主编的汪晖有关。一方面，余华同汪晖是在1988年便相识的老朋友；另一方面，也是更为重要的一方面，汪晖约稿的出发点与余华当时的创作动机十分契合，让余华从作家角度谈阅读文学作品的感受和看法。《布

---

① 余华、张英：《我一直努力走在自己的前面》，《上海文化》2014年第9期。

尔加科夫与〈大师和玛格丽特〉》是余华为《读书》撰写的第一篇随笔，接下来的四年里，《读书》为余华开设了一个不定期的专栏。1998年，余华随笔集《我能否相信自己》出版，汪晖为其作序，在序言中对余华的文学批评予以很高的评价，借用以赛亚·柏林提出的文学批评的两种态度——"法国态度"和"俄国态度"为我们描画了作为文学批评者的余华。汪晖认为余华的批评中"包含了'俄国态度'与'法国态度'的并置和斗争"，"在这个流行着'法国态度'的世界里，'俄国态度'的必要性重新出现了，它们势必会提供给我们一种创造性的张力"。[①] 不仅如此，汪晖还将余华的评论方式与鲁迅联系在一起，余华让他想到了鲁迅创造的现代批评传统，"这个传统与一个十九世纪俄国知识分子创造的传统存在深刻的精神联系。它的特征就是有意识地跨越生活与艺术的明确界限，用同一种的判断的标准发表对艺术过程的评论"[②]。从文学创作上来看，被冠以"先锋作家"的余华或许更接近"法国态度"，忠实于写作的形式与技巧。但是完成了三个长篇之后的余华却在文学批评中显露出对"俄国态度"的靠近，这意味着，这一时期的余华开始深入思考文学与现实的关系。在文学创作上成绩斐然的余华开始将焦点从"学徒阶段"的"怎么写"转向"成熟阶段"的"写什么"。1996年至1999年的随笔写作虽然让余华的小说创作受到了一些影响，但是却给余华带来了重新认识自己、发现自己的契机，用汪晖的话说，"反叛的余华却回到了经典"。余华重新发现了"十九世纪"，他的阅读不再囿于川端康成、卡夫卡和福克纳，陀思妥耶夫斯

---

① 汪晖：《我能否相信自己·序》，引自余华：《我能否相信自己——余华随笔选》，北京：人民日报出版社，1998年版，第20页。

② 汪晖：《我能否相信自己·序》，引自余华：《我能否相信自己——余华随笔选》，北京：人民日报出版社，1998年版，第10页。

基和司汤达、《罪与罚》和《红与黑》带给了余华前所未有的震动，在《内心之死》的结尾，余华写下："有一段时间，我曾经以为这是二十世纪文学特有的品质。可是陀思妥耶夫斯基和司汤达，这两个与内心最为亲密的作家破坏了我这样的想法。现在我相信这应该是我们无限文学中共有的品质。"[1] 余华发现的不仅是"十九世纪巨无霸作家的心理描写"[2]，更重要的是文学与现实的关系。

通过此番爬梳我们发现，余华对鲁迅的"重读""追悔"几乎与随笔写作、巨大的长篇的难产这些"事件"纠缠在一起，我们可以猜测，余华对鲁迅的重读、追悔暗示着一个成熟的作家对自身困境或曰不足的正视与弥补。余华所构想的"江南小镇""一个家庭里的四代人""一百年的生活的变化"，这些无不是与鲁迅创作题材和思索内容的贴近，面对这样的长篇而苦无出路的余华，他所面临的问题已不是"学徒阶段"所着力的关乎写作技巧层面上的"怎么写"的问题，他所担忧的是"写什么"，"怎样处理文学与现实的关系问题"，甚至是怎样利用文学批判现实的问题。在中国白话文学的长河中，鲁迅熟谙小城镇以及周边乡村的生活场景，痛心于辛亥革命前后中国社会的黑暗现实，深切地了解"这沉默的国民的灵魂"，恰如余华后来所承认的那样——"所以我们回顾现代文学，鲁迅是最重要的，很多人回顾现代文学，就是鲁迅，他就是这样一个点"。[3] 从曾经对鲁迅的"过时"幸灾乐祸到对真正读懂鲁迅太晚"追悔莫及"，是余华从"写作学徒"的"功利性选择"到作为成熟作家期待能够"百尺竿头更进一步"的"自

---

① 余华:《内心之死》,《我能否相信自己——余华随笔选》,北京:人民日报出版社,1998 年版, 第 41 页。

② 余华、严锋:《〈兄弟〉夜话》,《小说界》2006 年第 3 期。

③ 余华、张英:《我一直努力走在自己的前面》,《上海文化》2014 年第 9 期。

我反思"。对余华而言，鲁迅这样一位在中国现代文学史上、思想史上具备成为一个传统的条件的作家才能支持他在文学创作的道路上走得更远。

　　然而，重新发现鲁迅后差不多10年才问世的《兄弟》让批评家和读者们深感失望，有学者指出"《兄弟》实在看不出与鲁迅有什么关系"①。我们从余华的叙述中不难发现，《兄弟》虽然是50万字的大长篇，但依然是一部"恢复之作"，它出现在余华写作颇为困窘的时候，由于长期从事随笔写作而影响了小说创作的能力、希冀中的巨大的长篇又屡遭阻滞。《兄弟》的创作灵感来自一则电视新闻。在那些心烦意乱的日子里，有一天余华在看电视，新闻报道一个人打算跳楼自杀，下面很多人围观、起哄。于是余华就想写"一个在下面起哄的人"。写到3万字的时候，余华预感到这个人可能不需要了。等写到10万字的时候，余华明白这个人就没有了，消失了，出来的是李光头和宋钢这样一对兄弟的故事。余华曾言"这在我长篇小说的写作经历中是从来没有过的"，并将那个最初想写的"在下面起哄的人"形容为鱼饵，"把鱼钓上来以后它就不重要了"②。余华将这段写作形容为"从狭窄开始往往写出宽广"③，但是我们需要注意，在《兄弟》的写作中余华似乎被叙述统治了，从那个失败的长篇的不顺与艰涩走向了另一个极端——《兄弟》是狂热的、不受控制的。余华自认为"《兄弟》用的是十九世纪小说的正面叙述"，所以"什么也不能回避"，"不能那么纯洁"，一开始余华还不习惯，"后来胆子大了，狠劲了用，修改的时候

---

① 陈晓明：《遗忘与召回：现代传统与当代作家》，《当代作家评论》2007年第6期。

② 余华、张英：《余华：〈兄弟〉这十年》，《作家》2005年第11期。

③ 余华：《后记》，《兄弟》，北京：作家出版社，2012年版，第631–632页。

拼命的强化"①。这就牵涉到我们怎样看待《兄弟》的问题——《兄弟》是目前为止余华篇幅最长的作品，但是它显示出的更多是一种"恢复性"和"过渡性"。在重新发现 19 世纪之后，《兄弟》显示出的是余华向 19 世纪史诗般的巨著致敬的雄心以及"过犹不及"的尝试。那么，创作于《兄弟》之后的另一部长篇《第七天》呢？是余华在重读鲁迅之后，继承并发扬鲁迅"传统"的一部力作吗？这是接下来我们要回答的问题。

① 余华、严锋：《〈兄弟〉夜话》，《小说界》2006 年第 3 期。

第四章 由现实潜回“传奇”: 直面鲁迅之后……

进入 21 世纪之后, 余华首先拿出了颇为厚重的长篇《兄弟》,
2013 年《第七天》出版, 2021 年《文城》问世。余华在《兄弟》《第七
天》中将视线转向了当下中国, 着力书写社会的种种景象。《文城》
中, 余华的小说创作则由现实潜回历史的缝隙, 在“由北入南”的寻
妻故事中触摸清末民初的乱世肌理。在创作内容的不断变动中, 余华
迎来的却是争议和批评。这也提醒我们, 需要面对一个无法忽视的问
题: 在直面鲁迅“传统”之后, 余华的小说创作究竟何去何从? 当然,
研究者永远无法代替作家去回答这个问题, 但是我们至少可以通过对
文本的解读, 去摸索出一点头绪。

第一节 《兄弟》《第七天》的“强攻现实”

2013 年 6 月长篇小说《第七天》由新星出版社出版, 这距离余华
上一部长篇小说《兄弟》出版已有七年之久。《第七天》一出版便迎来
各种讨论。有普通读者表现出极大的失望, 甚至有读者戏称其为“微
博汇编”“新闻杂烩”。专业读者对《第七天》也提出了一定的质疑。
张定浩指出, 余华的《第七天》予人以一种“网络快餐”的错觉, 根本
原因在于余华像是“那些呼啸于世界各地的‘到此一游’者”,“以为自
己面对的只是异邦人天真好奇的眼睛”, 匆匆忙忙地代表着中国。“面

对《第七天》，人们最为气愤和不可思议的，是目睹一个名作家如此这般的懒惰和投机。"①另有评论者调侃余华的《第七天》太"不爽"了，余华的本意或许是想"爽快"地批判现实，他以新闻事件作为写作素材，但令人遗憾的是，余华并没挖掘出这些新闻背后的深意，"《第七天》给人的感觉就是有点消化不良，以至很多细节都还是'原生态'的"②。相比之下，自称余华"忠实读者"的郜元宝对《第七天》的评价则中肯许多——"不乏感动，不无遗憾"。小说中最动人之处莫过于杨氏父子的真情，《第七天》对这段父子深情的书写显然延续了《活着》《许三观卖血记》《兄弟》的悲情主题，但是余华并未给这个父子的悲情故事以足够的空间，他将更大的篇幅留给了"死后"的世界。郜元宝认为余华"以死写生"的手法归根结底"只是一种艺术假定"，余华过于依赖这种假定，把过多的精力用于布置死界的时空关系，渲染死界萧森气氛，在"冤魂语"思想情感蕴含的开掘上则着力较少。余华对"以死写生"的运用不够圆熟，许多地方勉强、生涩。③曾经以"伤痕即景，暴力奇观"评价余华小说的王德威则将目光聚焦在《第七天》所体现出的虚无主义上，将《第七天》视为余华创作生涯中"一个新的临界点"④。在一片质疑声中，也有为余华辩护的声音，一篇题为《〈第七天〉为何遭遇"恶评如潮"？》的文章尝试从当下读者生态入手，为我们展开了这样的疑问——"我们是不是都已习惯了'叫骂'，而失去了'欣赏'？我们是不是已经被影像和网络淹没，失去了'阅读'这最后一根灵魂的稻草？"⑤张新颖则称自己"客观上处于辩护的

---

① 张定浩：《〈第七天〉：匆匆忙忙地代表着中国》，《上海文化》2013 年第 9 期。
② 千里光：《〈第七天〉的不爽与爽》，《上海采风》2013 年第 8 期。
③ 郜元宝：《不乏感动，不无遗憾——评余华〈第七天〉》，《文学报》2013 年 6 月 27 日。
④ 王德威：《从十八岁到第七天》，《读书》2013 年第 10 期。
⑤ 刘广雄：《〈第七天〉为何遭遇"恶评如潮"？》，《文艺报》2013 年 7 月 17 日。

位置"，因为他是这样理解《第七天》为何要写我们都知道的"新闻"的——余华所写的那些东西实际上不是新闻，所谓新闻应当是不经常发生的、意外发生的东西，余华所涉及的诸如暴力强拆之类的都是发生在我们周围的日常生活。张新颖认为"余华把这些东西当成日常生活来写，其实触及了我们这个时代的一些我们远远没有讲清楚、不愿意讲的东西"①。总而言之，不论恶评也好，辩护也罢，《第七天》引发的批评声浪是异常汹涌的。在如此语境下，逐潮追浪并不能帮助我们完全参透《第七天》的内蕴，我们需要将其置于文学史的框架中，以"历史化"的眼光对其进行考察。2013 年 7 月 3 日，在北京师范大学举行了余华长篇小说《第七天》学术研讨会，余华在会议上表示，"假如要说出一部最能够代表我全部风格的小说，只能是这一部，因为从我 80 年代的作品一直到现在作品里的因素都包含进去了"②。对《第七天》的探究将有助于厘清余华文学创作中的诸多要点。

当我们将《第七天》纳入余华文学创作的脉络中进行考察的时候便会发现，它将余华小说中对现实的批判精神推到了一个新的高度。余华曾经写下这样的文字："我想，鲁迅应该是过去那个时代里最具批判精神的作家。"③余华从 80 年代中期走上文坛开始，他的小说中有意无意地流淌着一种批判意识：《一九八六年》批判的是"革命"对人性的戕害；《活着》《许三观卖血记》中显露出对"文革""大跃进"的批判。在《许三观卖血记》的结尾，余华写到商品经济时代来临许三观"卖血无门"的痛哭，这不失为一种对于商品经济浪潮的深刻思索。但

① 张清华、张新颖等：《余华长篇小说〈第七天〉学术研讨会纪要》，《当代作家评论》2013 年第 6 期。

② 张清华、张新颖等：《余华长篇小说〈第七天〉学术研讨会纪要》，《当代作家评论》2013 年第 6 期。

③ 余华：《鲁迅》，《十个词汇里的中国》，台北：麦田出版公司，2011 年版，第 139 页。

是，更值得我们注意的是，从《一九八六年》到《活着》再到《许三观卖血记》，"文革""大跃进""市场经济浪潮"只是作为一种"背景"而存在，它们只是用于衬托作家对"绝望""生存""死亡"等主题的思考，相应地，这些批判便成为一种"附庸"或"暗含"的存在。陈晓明认为《兄弟》《第七天》两部小说中都包含了余华睁开眼看现实的惊奇感受，尽管呈现现实的方式或许还不够完美，但是"睁了眼看"有可贵之处。①《兄弟》是余华在正式追认了鲁迅之后的第一部长篇小说，他是用一种"正面强攻"的方式切入当代生活，面对现实时他没有不躲闪，而是迎上去。接下来就让我们仔细观察余华是怎样正面强攻现实的吧。

《兄弟》的开篇是十四岁的李光头趴在刘镇臭气熏天的公共厕所里一口气看到了五个屁股，下部占据大量篇幅的是在刘镇举办的如火如荼的首届全国处美人大赛，贯穿其间的是对李光头情欲的书写。对此，有评论者认为这是"极低下的，粗俗，无聊至极的"，"中国人性饥渴的表现从来是隐蔽的、难以察觉的，从不如此浅显，浅显得让人目瞪口呆，无以致思"②。的确，当我们思考余华关于性的书写时便会发现，"性书写"与"时代书写"存在错位："文革"时期人性受到压抑，李光头却在这个时期性欲蓬勃，以致遭到余拔牙的批斗。但在欲望横流的改革开放年代，李光头却结扎了，并且渴求贞洁（处女）。从另一个层面来看，我们或许可以把余华对"性"的聚焦以及"性书写"与"时代书写"的"错置"视为一种写作策略，所谓"性"不过是一种隐喻。《文学理论》中明确指出，所谓"隐喻"是一种"间接的"表述

① 陈晓明：《余华，睁了眼看现实》，《光明日报》2014 年 4 月 18 日。
② 黄惟群：《读〈兄弟〉·看余华》，引自杜士玮等主编：《给余华拔牙——盘点余华的"兄弟"店》，北京：同心出版社，2006 年版，第 4 页。

方式，"在一定程度上比拟人事，把人事的一般表达转换成其他的说法"①。《兄弟》中，"性欲"背后是"人性"，余华将"性欲"与"时代"进行错置处理，实际上是要表达"人性"与"时代"的关系：李光头在"文革"时期性欲蓬勃实际上是为了凸显"文革"中的"精神狂热、本能压抑和命运惨烈"②，而在李光头禁欲的当下却是一片"伦理颠覆、浮躁纵欲和众生万象"③的景况。

　　如果说余华这种"隐喻"式的写法构成了《兄弟》的主线，那么分布在这条主线之上的节点则是对细节的描绘。2005年7月31日，《兄弟》（上）公开发售的第一天，余华走进浙江人文大讲堂，他讲演的主题是关于鲁迅的四部小说。在谈到《风波》的时候，他赞叹鲁迅写赵七爷出场的一笔"光彩照人"，"赵七爷的一条辫子，活灵活现地展示了时代的变革和那个时代特有的气象"④。鲁迅写赵七爷头上辫子盘上放下是为了反映张勋复辟时期的中国社会，那么《兄弟》（上）中余华以一句童言写"文革"时期斗争的疯狂以及"革命"对人无情的残害，则仿佛"取法"于鲁迅。同样的笔法余华还运用在《兄弟》（下）中，这一次，他选择以一堆垃圾西装反映一个时代。李光头在日本晃荡了两个多月，收购了三千五百六十七吨的垃圾西装回国倒卖，并且专门留下五千套拉回刘镇，全镇居民像是跳河一样跳进这些垃圾西装，五千套垃圾西装被一抢而空。谈到这个情节，余华说："喇叭裤那些是1970年代末的，垃圾西装才是属于1980年代的，那个时代开

---

① ［美］韦勒克、沃伦：《文学理论》，刘象愚、邢培明、陈圣生、李哲明译，南京：江苏教育出版社，2005年版，第210—211页。
② 余华：《后记》，《兄弟》，北京：作家出版社，2012年版，第631页。
③ 余华：《后记》，《兄弟》，北京：作家出版社，2012年版，第631页。
④ 余华：《从窄门走向宽广——从鲁迅的四部小说说起》，引自浙江省社会科学界联合会、钱江晚报编：《浙江人文大讲堂》，杭州：浙江科学技术出版社，2006年版，第139页。

始在物质上崇洋媚外。就在我拔牙的小镇上，裁缝不做中山装了，都改做西装了，日本的垃圾涌进来，口袋里还有日本姓氏。"① 可见，在《兄弟》中，余华所着力的或者说试图做到的是对"现实"的临摹、重现，他不再将现实当作矗立在身后的背景，而是昂首挺胸地走到现实面前，不躲不闪地迎面而上。对现实展开"正面强攻"正是余华从《兄弟》一直延续到《第七天》的雄心，而且与《兄弟》相比，《第七天》中这种正面作战显得更强烈、更彻底。

从《兄弟》到《第七天》，有一个环节是我们不能忽视的，那就是《十个词汇里的中国》的写作。

2011 年 1 月，《十个词汇里的中国》由台湾麦田出版社出版，余华对它的定位是"一部非虚构作品"，封面印着余华的一句话——"十个词汇给予我十双眼睛，让我从十个方向来凝视当代中国"，比这句话更直接的是一句广告语——"十个词汇，替中国把脉！"余华写作这部非虚构作品的初衷呈现在《后记》里——"所以，我在本书写下中国的疼痛之时，也写下了自己的疼痛。因为中国的疼痛，也是我个人的疼痛②。"我想写出一个国家的疼痛"可以视作贯穿《兄弟》《十个词汇里的中国》《第七天》的主题，余华通过这些作品对中国社会现实"发声"，如果说《兄弟》中对"文革""改革开放""市场经济浪潮"的书写与思索带有回望 20 世纪的意味，那么《第七天》则完全将笔触伸向了 21 世纪的中国。《十个词汇里的中国》可以视为与《第七天》分享了共同的创作素材，《第七天》中涉及的暴力强拆、山寨手机、卖肾、贫富差距等社会问题，余华在《十个词汇里的中国》中已有所思考。余华在《十个词汇里的中国》中对中国社会的现状发表"时评"，并积

---

① 余华、严锋：《〈兄弟〉夜话》，《小说界》2006 年第 3 期。
② 余华：《后记》，《十个词汇里的中国》，台北：麦田出版公司，2011 年版，第 314 页。

累了大量素材，所以热点新闻、微博段子会出现在他的小说《第七天》中，我们甚至可以发现不少流行用语、网络热词，譬如"他们说的话，我连标点符号都不信""山寨 iPhone4S""烂大街"。谈到《兄弟》（下）中大量流行语的使用，余华说，"流行语的好处是可以立刻进入时代特征，坏处是陈词滥调，没有作者自己的语调，流行语用的少，能像一颗老鼠屎，坏了一锅粥！我开始不习惯，后来胆子大了，狠劲了用，修改的时候拼命的强化"①。由此我们可以猜测，《第七天》中大量流行语、热词的使用是为了凸显时代特征。

有评论者这样揣摩余华蛰伏七年后写作《第七天》的心情，"余华却一直在愤怒，一直在心痛，郁结已久的块垒，几乎成了化石，不吐不快。经历七年的挣扎，终于块垒落地，我们似乎才听到他长长地舒了口气"②。或许正是对现实的"不快""不爽"让余华正面强攻的姿态显得分外倔强与激烈，他已经不满足从历史入手去考察中国人的生存状态与国民思想，他必须涉足当下，睁了眼看千姿百态、瞬息万变的中国，《第七天》展示的是身为作家的余华关注当下社会、关注真正的现实的决心与努力。

除了对小说批判现实的关注，我们还有必要关注《第七天》的叙述主线——"寻父"。不论生前还是死后，杨飞一直都在寻找他的养父杨金彪，正是在这条寻父之路上，串联起暴力强拆、山寨iPhone4S、医疗垃圾婴儿、卖肾等事件。杨飞从殡仪馆游荡到"死无葬身之地"，又从"死无葬身之地"回到殡仪馆，与自愿为殡仪馆工作的父亲杨金彪重聚。杨飞与杨金彪并非亲生父子，陈晓明在"余华长篇小说《第七天》学术研讨会"上谈到："关于这部作品主题的问题，

---

① 余华、严锋：《〈兄弟〉夜话》，《小说界》2006 年第 3 期。
② 千里光：《〈第七天〉的不爽与爽》，《上海采风》2013 年第 8 期。

我觉得这部小说可贵的地方是看到他写到的爱。当代小说比较少触及到的父子之爱，杨飞和杨金彪之间是非血缘关系，小说的父子之爱是养育之恩。我以为这个伦理主题在今天有非常重要的意义。"① 通览余华的作品，父子关系一直是他写作中的重要主题，《十八岁出门远行》暗示了父亲对儿子的"放逐"，《在细雨中呼喊》处理了至少六组父子关系，《活着》中的福贵是疼爱儿女的父亲，《许三观卖血记》中的许三观是"肩住黑暗的闸门"的牺牲者父亲，《兄弟》中"宋凡平这样的父亲，代表了中国传统家庭中的典型父亲，他们没有办法在外面实现个人价值，便把所有美好的人性都在家庭中释放出来了"②。在余华笔下的"父亲群"中细细分辨，我们会发现一个值得玩味的现象——非亲生父子之间的深情是余华的偏好，养父总是以无私的"牺牲者"的形象出现，王立强、许三观、宋凡平、杨金彪组成了这个阵营，而与之相对照的是，亲生父亲大多是无赖式的，对亲生之子不管不顾、不闻不问，孙广才是个彻头彻尾的乡村无赖，何小勇对亲生儿子一乐毫无怜爱之心。在非亲生父子的语境下，余华还发展出另一类关系——非血缘兄弟，《在细雨中呼喊》中的孙光林与苏宇、《兄弟》中的宋钢和李光头，兄弟之间充满了非血缘胜似血缘的深情。王安忆给余华小说概括出"寻找英雄父亲"的母题，而余华小说中的"父亲"往往不是血缘关系上的父亲，更多地指向"情感父亲""精神父亲"。《在细雨中呼喊》的孙广才是典型的"亲生父亲"的形象，他毒打从领养家庭跑回的儿子孙光林，并把儿子绑在树上示众，这是肉体和精神上的双重侮辱。不只如此，耽溺于粗鄙的肉欲、与同村寡妇偷情成为父亲孙广才

① 张清华、张新颖等：《余华长篇小说〈第七天〉学术研讨会纪要》，《当代作家评论》2013 年第 6 期。

② 余华、张英：《余华:〈兄弟〉这十年》，《作家》2005 年第 11 期。

唯一的"事业"，这让儿子内心盘踞着对于家庭的羞耻感、不满与惆怅。儿子想要在亲生父亲那里寻得归家之路是不可能的，寻父无门的儿子只能在"替身父亲"处寻找温暖与父爱。余华在《许三观卖血记》中着力刻画非亲生父亲许三观的牺牲精神，如在本书第三章中所分析的那样，许三观为了非亲生儿子可以牺牲自己，在这个牺牲者群体中的还有宋凡平和杨金彪，与许三观相较，他们身上少了阿Q式的精神胜利法，他们是纯然的牺牲者，他们对于非亲生儿子的爱护是出自人性本身的善良。

宋凡平是"平凡一人"，同时却是一位刚强的父亲，善良、大胆、不顾世俗眼光，在扣篮的狂喜中，他可以笑着抱起李光头、宋钢，也能意犹未尽地抱起寡妇李兰。新婚之日，宋李的婚姻遭人讥笑时，宋凡平一拳一拳把人打得满嘴是血，劝架的人要他递上香烟赔礼道歉，他回一句"没有香烟，只有两个拳头"。已经遭到批斗，甚至被关押在仓库里，宋凡平依旧无所畏惧，想着去上海接妻子归家。在李光头眼里，穿着篮球队背心、米色塑料凉鞋，把打到脱臼的胳膊插在裤子口袋里迎着日出走去的宋凡平简直是一个高大的英雄，"一条好汉"代表李光头向继父宋凡平的致敬。余华把宋凡平身上的善良、忠厚以遗传学的方式传递到其亲生儿子宋钢的身上。余华在《兄弟》的开篇就以"忠厚倔强"形容宋钢，并借李兰之口说道："有其父必有其子。她这话指的是宋钢，她说宋钢忠诚善良，说宋钢和他父亲一模一样，说这父子俩就像是一根藤上结出来的两个瓜。"[1]但是在余华看来，宋钢虽然继承了宋凡平的品质，但是并不像父亲那样有主见，并且善于与人交流。宋钢过于内向，他一直都是别人的影子，先是李光头的影子，再来是林红的影子，最后是周游的影子。当宋钢终于独立的时候，却

① 余华:《兄弟》，北京：作家出版社，2012年版，第3页。

走向了死亡。宋钢的一生可以用塔可夫斯基的话来概括——"良心的悲剧"①。而什么是宋钢的"良心"呢？那便是他在李兰坟前立下的保证——"妈妈，你放心，只剩下最后一碗饭了，我一定让给李光头吃；只剩下最后一件衣服了，我一定让李光头穿"。②正是在这样的"良心"的支撑下，受制于妻子林红不能出钱帮助李光头的宋钢只能把自己的一个饭盒分一半给李光头了。

创作《第七天》时，余华似乎不愿再去塑造宋凡平这样的英雄，这一次，他笔下的"英雄父亲"杨金彪是一个丝毫风头也没有的普通扳道工，一生做过最伟大的事就是独自一人默默抚养从铁道上捡回来的弃婴杨飞。一根筋的杨金彪在待娶的姑娘和杨飞之间毅然决然地选择了后者，杨金彪一生的事业就是心无杂念地养育儿子成长。他为了这个捡来的孩子牺牲了一生，可是当杨飞的亲生母亲寻来的时候，他却几乎花光了存折里的所有积蓄，为儿子置办了一身还算体面的行头。杨金彪知道自己是个无权无势的小人物，他宁愿让儿子回到处长生父的身边，希望儿子有个好前途，还借钱为儿子置办行李。杨金彪是"平凡的一人"，"草芥般的一人"，无权无势，只得温饱，他不能为儿子买名牌西装，不能为儿子置办房产，更不能在儿子的前途问题上有所助益，他所能做的就是"放逐"，将儿子放逐回亲生父母身边，也将自己从儿子杨飞身边放逐。身患癌症的杨金彪为了不拖累杨飞而出走，最后去了当年丢弃过儿子的地方。在那里，弥留之际，身穿崭新的铁路制服的杨金彪沉没在黑暗里，眼前是杨飞四岁时的身影，他穿着蓝白相间的小水手服坐在大石头上，这是杨金彪生命中最后的时

---

① 洪治纲、余华：《回到现实，回到存在——关于长篇小说〈兄弟〉的对话》，《南方文坛》2006年第3期。
② 余华：《兄弟》，北京：作家出版社，2012年版，第217页。

刻，在他的世界里只有儿子杨飞。化为魂灵的杨金彪一声一声苦苦呼喊着儿子的名字，一步一步找回杨飞的小铺。在生前的世界中，因为对儿子的爱，父亲自我放逐；在死后的世界中，同样是因为爱，父亲苦苦找寻，毅然回归。《第七天》所书写的是一对困苦却善良的非亲生父子之间深沉的连生死也无法割断的深情。

　　这里有一个值得我们进一步探究的问题——余华笔下的父亲（兄弟）形象为何会分裂成两个不同的侧面？这和作家的成长经历有何关联？吴俊利用弗洛伊德精神分析的方法，将鲁迅出现以受虐与攻击为内涵的冲突性心理的原因归结为少年时期对父亲如"一枚硬币的两面"般的感情——"在鲁迅同父亲的关系特别是他对父亲的印象中，我仿佛看到了两个忽而分离、交叉，忽而又合为一体的形象，其中一个是反传统、反父权和反家族礼教制度的启蒙斗士，一个却是恪守孝道、背负传统道德和家族观念重压的含屈忍辱、呕心沥血的好儿子、孝子"[①]。这种对父亲如"一枚硬币的两面"的感情似乎也适用于余华的青少年时代。一方面，余华对父亲充满了敬佩与依恋，他最幸福、最奢侈的享受莫过于坐在父亲自行车的前座上，穿过木桥，在住院部绕一圈，然后又从木桥上回到门诊部。自行车从木板上驶过时发出的嘎吱嘎吱的响声足以让余华回味无穷，甚至是从梦中笑醒。当余华为了躲避父亲追打藏到麦田里的时候，他会站在田埂上放声大哭，以此让心急如焚的父亲看见自己，并且会伤心欲绝地提出想吃包子的要求。这时，余华的父亲总是会满足儿子的要求，把他背在背上，让儿子把眼泪流在自己的脖子上，就这样，父子两人一路走到了镇上的点心店。另一方面，作为外科医生的父亲事业心很强，让年幼的余华感受到被

---

①　吴俊：《暗夜里的过客——一个你所不知道的鲁迅》，上海：东方出版中心，2006 年版，第 87 页。

"弃绝"的滋味。余华出生后的第二年，父亲结束了在浙江医科大学的学习，来到了海盐县人民医院工作。此时，余华两兄弟和母亲一起生活在杭州，每月难得见到父亲一面。这种一家分离的生活直到余华三岁时才结束。在余华的记忆中，父亲用一番花言巧语把母亲"骗"到了"连一辆自行车都看不到"的海盐。在余华的童年岁月中，父亲总是忙忙碌碌，有着做不完的事，有时甚至整个晚上都不在家。余华不能与父亲每日见面，常常在睡梦中听到楼下有人喊："华医生，华医生……有急诊"。对于极度珍视与父亲相处的温暖时光的余华而言，由于父亲的工作忙碌而产生的被弃绝之感、孤寂之感与对父爱的渴望交织在一起。余华不仅对父亲有着复杂的情感，对兄长亦如是。在童年、少年时代，哥哥是与余华共度时间最长的人，无人看管的余华甚至跟着哥哥去学校，和哥哥坐在一把椅子里听老师上课。与余华敏感又胆小的性格相比，哥哥更加大胆也更加调皮，对待余华的态度也比较强硬。兄弟俩打架的时候，余华总是被哥哥欺负得大哭。可是余华总是听从哥哥。机灵的余华有时也"戏弄"一下哥哥，他拿包子交换哥哥的皮带，哥哥一手提着快要滑下来的裤子，一手拿着包子边走边吃，计谋得逞的余华就能耀武扬威地把哥哥的皮带扎在衣服外面去参加学军。所以，余华对哥哥抱着矛盾的情感：一方面，哥哥对他而言是终日厮守的玩伴，甚至是保护神；另一方面，在余华的认知中，哥哥是强硬的、不容挑衅的。余华对父兄的情感，一方面是亲近的、崇敬的、依赖的，一方面是畏惧的，当转化至文学世界中，余华笔下的父亲、兄长的形象往往呈现出双面性。

综上所述，当我们撇开各路批评的纷扰，将《第七天》置于余华创作史中考察，便会发现《第七天》足以代表余华的创作风格，它包含了余华从80年代至21世纪的创作要素。接下来，我们要思考的问题是:《第七天》是否继承了余华所承认的唯一"精神导师"鲁迅的传统呢?

第二节 《第七天》: 在《野草》与《彷徨》之间

余华在《第七天》中讲述的是一群"死魂灵"的故事，主人公杨飞一出场便是要去殡仪馆的孤魂，他死于一场爆炸，右眼还在原来的位置，左眼却外移到了颧骨的位置，五官在脸上已经移位了。因为是孤魂，所以杨飞遇到的全都是鬼魂同类，在殡仪馆，他所见的是作为平民百姓的候烧者、作为贵宾的候烧者以及市长。对杨飞而言，生命的终点、魂魄的最终去处是一个被称作"死无葬身之地"的地方——"水在流淌，青草遍地，树木茂盛，树枝上结满有核的果子，树叶都是心脏的模样，它们抖动时也是心脏跳动的节奏"[1]。篝火是绿色的，行走其间的是一具具骨骼。这些骨骼在"死无葬生之地"的生活是在世之时的延续。鲁迅在《死》一文中说:"谁都知道，我们中国人是相信有鬼（近时或谓之"灵魂"）的，既有鬼，则死掉之后，虽然已不是人，却还不失为鬼，总还不算是一无所有。"[2]丸尾常喜曾从"鬼"这一意象入手解读鲁迅的小说:孔乙己和《白光》中的陈士成是台门出身的鲁迅所熟悉的"科场鬼"；阿Q全名为阿Quei，"'Quei'是'鬼'的谐音，阿Q可以直呼为'阿鬼'"；《祝福》中一心想要捐门槛以救赎自己再嫁的罪孽的祥林嫂也是"鬼"[3]。郜元宝曾经提到，"生与死的对话，是

---

① 余华:《第七天》，北京:新星出版社，2013年版，第126页。
② 鲁迅:《死》，《鲁迅全集》第6卷，北京:人民文学出版社，2005年版，第632页。
③ [日]丸尾常喜:《"人"与"鬼"的纠葛——鲁迅小说论析》，秦弓译，北京:人民文学出版社，1995年版。丸尾常喜分别对孔乙己、陈士成、阿Q以及祥林嫂进行了细致的分析。

《楚辞》以来中国文学源远流长的传统",余华的《第七天》形成了"日本学者丸尾常喜所谓'人与鬼的纠葛'"①。笔者在这一点上再做拓展，余华所创造的名曰"死无葬身之地"的死后世界是"鬼的世界"，那些穿梭于"死无葬身之地"的骨骼是实实在在的"鬼"，但真正的"鬼"是那些在世间如蝼蚁、如草芥的升斗小民。在世间，杨飞出租屋的隔壁邻居是一对头发染得花花绿绿的年轻人，女孩子在 QQ 空间的名字叫鼠妹。鼠妹因为男友送的 iPhone4S 是山寨货而选择跳楼自杀。鼠妹住在极其廉价的出租屋里，那里是地下室，原先是防空洞，鼠妹每天白天从地下出来，工作一天之后又返回地下，如同老鼠。在她的住处，被子是潮湿的，空气是污浊的，白天没有阳光，晚上没有月光，连私密的性生活都被偷窥。鼠妹的男友伍超为了给女友买块墓地而去卖肾，伍超和那些卖肾的人过着的也是一种"非人"的生活，穷困到只能出卖身体器官的伍超把自己的肉体、生命当作生存的唯一资本。丸尾常喜认为"'鬼变成人'这一主题，甚至可以说是成为中国现代文学的基本主题"②，被赋予了独特的现实性和文化性。余华运用了"人与鬼的纠葛"的象征性，《第七天》中出现的跳楼的鼠妹、卖肾的伍超、遭遇暴力强拆的郑小敏一家、死于非命的李月珍等无一不是人世间的"鬼"。我们可以这样认为，余华写作"人与鬼的纠葛"，根底在于书写我们现实社会中的不幸的群体，这正是鲁迅"传统"中极为深刻亦是极为暗色的一点。

　　既然人间是把人变作鬼的地方，那么被称为"死无葬身之地"的地方呢，能否获得和平安宁？那里是"乌托邦"吗？托马斯·莫尔指

① 郜元宝：《不乏感动，不无遗憾——评余华〈第七天〉》，《文学报》2013 年 6 月 27 日。
② ［日］丸尾常喜：《"人"与"鬼"的纠葛—鲁迅小说论析》，秦弓译，北京：人民文学出版社，1995 年版，第 213 页。

出，"乌托邦"一词有着两种截然不同的希腊语来源：一是 *eutopia*，意思是"福地乐土"；一是 *outopia*，意思是"乌有之乡"。与此对应，"乌托邦"有两种含义，"既表示努力追求'福地乐土'的崇高，又表示寻找'乌有之乡'的徒劳"。[①] 余华在《第七天》中苦心创造的"死无葬身之地"是一个死后的世界，它自然是一个"乌有之乡"，那么它是"福地乐土"吗？我们通过小说看到，"死无葬身之地"是一个充满爱的世界，生前的不快与怨恨在这里都得到和解。在叙述警察张刚和李姓卖淫者在"死无葬身之地"如双胞胎兄弟般亲密时，余华用诗意的笔调写道："十多年前，他们两个相隔半年来到这里，他们之间的仇恨没有越过生与死的边境线，仇恨被阻挡在了那个离去的世界里。"[②] 在人间葬身火海的 38 人，死前素不相识，因为同样的遭遇，都来到"死无葬身之地"，变成了相互扶持的一家人。在人间，他们的亲人因为拿了封口费而闭口不提火灾的真相，而"死无葬身之地"则像孔子所述的"大同世界"，人不独亲其亲，不独子其子。"死无葬身之地"不仅是充满爱与善的"大同世界"，更是与现实世界相对立的"镜像世界"。这就引出了"死无葬身之地"的第二重意涵——"发现真相之地"。在现实世界中真相往往是被遮掩的，杨飞寻父的旅程亦是一个"发现真相"的过程，在现实世界中不能说也说不得的真相，在"死无葬身之地"不需要遮掩，可以无所顾忌地说出来，真相被一一揭开。"死无葬身之地"的这些骨骼，活着时都是沉默的"无声者"，在死后的世界却可以在"自我悼念者的聚集之地"吐露真相，与同病相怜者分享自己的往事，他们从无声的"一个"成为发声的"一群"，像是一棵树回到

---

① ［美］莫里斯·迈斯纳：《马克思主义、毛泽东主义与乌托邦主义》，张宁、陈铭康等译，北京：中国人民大学出版社，2013 年版，第 1 页。
② 余华：《第七天》，北京：新星出版社，2013 年版，143 页。

森林，一滴水回到河流，一粒尘埃回到泥土。

我们或许可以认为，余华意在将“死无葬身之地”设置为现实世界的“补完”，在现实世界不能做、不敢做的事情在这里都将实现。《马克思主义、毛泽东主义与乌托邦主义》一书提出，“乌托邦是人类所希望的完美的前景，而历史则是人们正在创造的不完美的前景，它们两者并不是一致的”①。从这个角度将“死无葬身之地”与“乌托邦”进行对照的话，就牵涉到“死无葬身之地”的第三层也是最重要的一层意义——“讽刺性”。余华将充满爱与善的具有“乌托邦”性质的死后世界命名为“死无葬身之地”，不能不说是一种极为强烈的反讽：在这里获得圆满生活的骨骼其实是一群没有墓地、无法得到安息的、无人供奉的“不得好死”的孤魂野鬼。在结尾处，余华再一次描绘“死无葬身之地”的美丽景色，并指出“那里没有贫贱也没有富贵，没有悲伤也没有疼痛，没有仇也没有恨……那里人人死而平等”②。依笔者之见，与其将“死无葬身之地”定义为“乌托邦”，不如称其为“伪乌托邦”，余华不过是用这样一个想象的产物，这样一个虚构的死后世界，讽刺现实的不完美，讽刺现实的黑暗与残酷。“乌托邦”给人希望，而余华却用他的“伪乌托邦”将人们对未来的愿景击得粉碎，他传递的是一种无边的黑暗与绝望。布洛赫在《希望的原理》一书中指出，“主观要素的深蕴向度之所以能够对既定现实采取某种对抗措施，是因为它不仅否定这种现实，而且包含着一种可以预先推定成功的强烈愿望，而这种愿望代理乌托邦的功能”③。从这一点出发，我们再一

---

① [美] 莫里斯·迈斯纳：《马克思主义、毛泽东主义与乌托邦主义》，张宁、陈铭康等译，北京：中国人民大学出版社，2013年版，第1页。
② 余华：《第七天》，北京：新星出版社，2013年版，第225页。
③ [德] 恩斯特·布洛赫：《希望的原理》（第一卷），梦海译，上海：上海译文出版社，2012年版，第165页。

次确定，"死无葬身之地"根本不具备乌托邦的功能，余华虽然借其表达了对现实世界的否定，但并未表现抵抗的精神，与现实对抗的精神与愿望都在"死无葬身之地"中被消解得一干二净。这很容易让我们想起雅各比在《乌托邦之死——冷漠时代的政治与文化》一书中讨论乌托邦与知识分子时所提出的——对于知识分子而言，乌托邦已经消失。在雅各比看来，小说家是知识分子群体的一员；乌托邦是一种理想，甚至可以理解为这种理想的延伸，它"不仅仅指的是一种对未来社会的想象力，而且是指运用扩大了的概念来理解现实及其可能性的一种纯粹而朴素的洞察力，即一种能力，或许是一种意愿"[①]。按照雅各比对乌托邦的定义，余华创造"死无葬身之地"这样的"伪乌托邦"，似乎说明他已经丧失了乌托邦精神，"即相信未来能够超越现在的这种观念"[②]。"死无葬身之地"虽然山水清明，有婴儿的柔声歌唱，但是在这片世外桃源般的景色中，只有自我悼念者的顾影自怜，他们能做的除了分享生前的苦难便再无其他。想要得到真正的"善终"，要像鼠妹那样，在接受完"净身"仪式之后，往安息之地（墓地）而去。余华在《第七天》中营造的"死无葬身之地"实则是"伪乌托邦"，他借此讽刺现实的黑暗与残酷，却并未确立相信未来会更加美好的"乌托邦精神"。余华通过《第七天》书写"人与鬼的纠葛"的世界，承袭了鲁迅小说意在"揭出病苦"的传统，但却抹杀了鲁迅并未抹杀的"希望"——"是的，我虽然自有我的确信，然而说到希望，却是不能抹杀的，因为希望是在于将来，决不能以我之必无的证明，来折服了他

---

① ［美］雅各比：《乌托邦之死——冷漠时代的政治与文化》，姚建彬译，北京：新星出版社，2007 年版，第 158 页。

② ［美］雅各比：《前言》，《乌托邦之死——冷漠时代的政治与文化》，姚建彬译，北京：新星出版社，2007 年版，第 1 页。

之所谓可有"①。

以上是对《第七天》的整体分析。接下来，我们将目光投向整部小说的"线索"人物杨飞。杨飞是一个一直在"行走"的人物，他的"行走"勾连着"生"与"死"、"现实"与"记忆"。而且，杨飞的"行走"之旅具有双重含义——"寻找父亲"与"发现真相"。我们是否可以将杨飞与鲁迅笔下的"过客"形象进行对照呢？

《过客》是一部诗剧，收录在《野草》中。鲁迅是这样设计《过客》的时空场景的："时：或一日的黄昏。""地：或一处。"鲁迅是这样描写《过客》中的人物的："老翁——约七十岁，白须发，黑长袍。""女孩——约十岁，紫发，乌眼珠，白地黑方格长衫。"②从这"白须黑袍""紫发乌眼"的描述中我们读出了强烈的超现实意味，《过客》的"或一处"显然与《阿Q正传》中的未庄有着极大的不同，它不具备未庄那样强烈的现实性，更多地指向一种超现实的、象征性的空间。我们或许可以从白、黑、紫这三种颜色的组合中，把"或一处"理解为一种跨越生死或曰生死相接的空间。而过客就是从"不知何处"走到"或一处"来的，从他还能记得的时候起，就这么走，而他最终要走向的去处是——"坟"。鲁迅在《写在〈坟〉后面》一文中有这样的一句："我只很确切地知道一个终点，就是：坟。"③我们大约可以相信，那"约三四十岁，状态困顿倔强，眼光阴沉，黑须，乱发，黑色短衣裤皆破碎"的过客形象就是鲁迅的"自画像"。"黑色"是鲁迅最中意的用来自况的色彩，另一个"自画像"式的人物宴之敖，不也正是"黑色

---

① 鲁迅：《呐喊·自序》，《鲁迅全集》第1卷，北京：人民文学出版社，2005年版，第441页。

② 鲁迅：《过客》，《鲁迅全集》第2卷，北京：人民文学出版社，2005年版，第193页。

③ 鲁迅：《写在〈坟〉后面》，《鲁迅全集》第1卷，北京：人民文学出版社，2005年版，第300页。

的人"吗？既然过客是鲁迅的"自画像"，那么过客的一言一行折射出的莫不是鲁迅的精神与思想。当老翁劝过客回转去的时候，过客"忽然惊起"地愤愤道："那不行！我只得走。回到那里去，就没一处没有名目，没一处没有地主，没一处没有驱逐和牢笼，没一处没有皮面的笑容，没一处没有眶外的眼泪。我憎恶他们，我不回转去！"[①] 这是过客的来路，是"黄金世界"亦是"无物之阵"，过客亦如"影"，决然地不予妥协，"有我所不乐意的在天堂里，我不愿去；有我所不乐意的在地狱里，我不愿去；有我所不乐意的在你们将来的黄金世界里，我不愿去"[②]。哪怕前路是坟，是未知的境地，过客宁愿"向黑暗里彷徨于无地"，也绝不向那个"黄金世界"亦步亦趋。过客只能走，而不能平安。小女孩递给他包扎伤口的布片，小女孩给予他的这么一点仅有的"好意"与"感激"都是于他没有好处的，这么点滴的"平安"的可能都有机会成为过客行走的阻滞。过客对小女孩的善意心存感激，但与此同时，他更加恐惧于这种布施，"感激，那不待言，无论从那一方面说起来，大概总算是美德罢。""因为感激别人，就不能不慰安别人，也往往牺牲了自己，——至少是一部分"[③]。过客就是如此，为了保持绝对意义上的纯然的"个人"，保证他能够一直不停地行走，他必须舍弃所有的平安，他只得走！而过客为什么连这一点"感激"都恐惧，连这一点"平安"都不要呢？因为对于过客而言，他唯一的精神支撑与寄托只在于——"反抗绝望"！鲁迅对过客身上反抗绝望的精神给予最直接也是最贴切的解释：

---

① 　鲁迅：《过客》，《鲁迅全集》第2卷，北京：人民文学出版社，2005年版，第196页
② 　鲁迅：《影的告别》，《鲁迅全集》第2卷，北京：人民文学出版社，2005年版，第169页。
③ 　鲁迅：《书信·250411·致赵其文》，《鲁迅全集》第11卷，北京：人民文学出版社，2005年版，第477页。

　　《过客》的意思不过如来信所说那样，即是虽然明知前路是坟而偏要走，就是反抗绝望，因为我以为绝望而反抗者难，比因希望而战斗者更勇猛，更悲壮。但这种反抗，每容易蹉跌在"爱"——感激也在内——里，所以那过客得了小女孩的一片破布的布施也几乎不能前进了。①

我们不能否认，杨飞的确与鲁迅笔下的"过客"存在相似之处，他如过客一般，一直不断地行走。而且，他同过客一样，在经历了那些"黄金世界"之后，把那个世界重重地抛在身后，这种"逃异地"的方式是以死亡为前提的。从本质上而言，过客可以被视为"中间物"，鲁迅在《写在〈坟〉后面》一文中对何谓"中间物"进行了读解：

　　大半也因为懒惰罢，往往自己宽解，以为一切事物，在转变中，是总有多少中间物的。动植之间，无脊椎和脊椎动物之间，都有中间物；或者简直可以说，在进化的链子上，一切都是中间物。②

汪晖对于鲁迅"中间物"的概念做了进一步的阐释，他指出作为历史的"中间物"所具备的精神特征有："对'死'（代表着过去、绝望和衰亡的世界）和'生'（代表着未来、希望和觉醒的世界）的人生命题的关注；他们把生与死提高到历史的高度来咀嚼体验，在精神上同时负载起'生'和'死'的重担，从而以某种抽象的或隐喻的方式表达自己的'中间物'的历史观念。"③事实上，过客对所谓的"黄金世界"

① 鲁迅:《书信·250411·致赵其文》,《鲁迅全集》第11卷，北京：人民文学出版社，2005年版，第477-478页。
② 鲁迅:《写在〈坟〉后面》,《鲁迅全集》第1卷，北京：人民文学出版社，2005年版，第301-302。
③ 汪晖:《反抗绝望：鲁迅及其文学世界》(增订版)，北京：生活·读书·新知三联书店，2008年版，第193页。

和"坟"（即"生"与"死"）进行了互相转化的思考。杨飞也进行了这样的思考，他一直在问身边的骨骼，同时也对自我发问："我怎么觉得死后反而是永生。""为什么死后要去安息之地？""为什么要把自己烧成一小盒灰？""有墓地的得到安息，没墓地的得到永生，你说哪个更好？"①可惜的是，杨飞这些问题无人可解，他亦无法自解，所以，"死得其所"与"死无葬身之地"，生与死的命题虽然已经出现在杨飞（也出现在余华）的思考中，但是这些问题对于杨飞（同时也对于余华）而言是无法解答的。从这个角度来看，杨飞身上虽然依稀有过客（中间物）的身影，但是杨飞并不是纯然的、绝对的、真正意义上的过客（中间物）。首先，从动因来看，杨飞的"行走"出于被动，他的"行走"始于一场飞来横祸。而过客的行走完全是主动的，甚至是出于一种本能。其次，从行走的旅程来看，过客是有目的、有选择的，他的最终的去处可能是坟，他绝不可能回转到来时的途路上。他听见有声音在前面叫唤着、催促着他，所以无法停下。但是杨飞行走的过程是漫无目的的，游荡式的，他跟着鼠妹来到"死无葬身之地"，又通过李月珍的指引回到殡仪馆寻找父亲，他的"行走"缺乏目的性与自主性。这就牵涉到第三个层面同时也是最根本层面，杨飞根本不具备过客身上的"反抗绝望"的精神。汪晖把鲁迅"反抗绝望"的思想概括为"对绝望的否定，但这否定并不直接表述为希望，而是在困顿的处境中保存希望"，是一种"以乐观主义为根本的'悲观主义'认识"②。但是，杨飞一直是悲观主义的，虽然"死无葬身之地"为他提供了死后的栖身之所、平等之地，但体现出的却是更为巨大的悲观，王

---

① 余华：《第七天》，北京：新星出版社，2013 年版，第 154—155 页。

② 汪晖：《声之善恶：鲁迅〈破恶声论〉〈呐喊·自序〉讲稿》，北京：生活·读书·新知三联书店，2013 年版，第 172 页。

德威将其描述为“虚无气息”①。于此，不难发现，《第七天》中的杨飞虽然已经具备了“过客”（中间物）的“形状”，但是在精神向度上，还远远没有达到“过客”的高度。这给我们提出了一个更为复杂的问题：《第七天》在形式上承袭了《野草》，而在主题内蕴上却不具备《野草》的“大欢喜”“大悲伤”，这是为何？又意味着什么呢？

关于《野草》的写作，鲁迅描述为“随便谈谈”，“有了小感触，就写些短文，夸大点说，就是散文诗，以后印成一本，谓之《野草》”。②这些关于个人感受的言语，被鲁迅形容为“废弛的地狱边沿的惨白色小花”③。在《野草·题辞》中，鲁迅更是直抒胸臆地写道：“我以这一丛野草，在明与暗，生与死，过去与未来之际，献于友与仇，人与兽，爱者与不爱者之前作证。”④《野草》就形式而言是散文诗，就内容而言是作者个人内心感受的凝聚，其最大的特点是构成了一个沟通明暗、连接生死的“超现实”的世界。批评家在余华的《第七天》中也察觉到了这种“以死写生”的“陌生化”的手法，将《第七天》中的“死无葬身之地”与《野草》中的空间进行连接。郜元宝认为余华《第七天》中对生与死的对话的利用并不鲜见，鲁迅《野草·死后》已有了类似形式。张新颖则把“死无葬身之地”这个特殊的空间与《影的告别》中的“无地”相联系。

在《失掉的好地狱》中，鲁迅用苍劲的笔，涂抹出了一个奇丽的“地狱”——“地狱原已废弛得很久了：剑树消却光芒；沸油的边际早

---

① 王德威：《从十八岁到第七天》，《读书》2013年第10期。

② 鲁迅：《〈自选集〉自序》，《鲁迅全集》第4卷，北京：人民文学出版社，2005年版，第469页。

③ 鲁迅：《〈野草〉英文译本序》，《鲁迅全集》第4卷，北京：人民文学出版社，2005年版，第365页。

④ 鲁迅：《题辞》，《鲁迅全集》第2卷，北京：人民文学出版社，2005年版，第163页。

不腾涌；大火聚有时不过冒些青烟，远处还萌生曼陀罗花，花极细小，惨白可怜"①。奇崛、瑰丽、充满荒原感是鲁迅笔下的"地狱"带给我们最直接的感受，这是一个有着佛教气息的地狱的图景。对于这死后的世界，鲁迅的想象是宏伟雄壮的，虽然阴森但不缺气魄，虽然荒凉但并不萧条。鲁迅的审美存在着一种热烈与极端，他最爱的是黑、白、红这三种强烈的颜色。游魂一向是难描画的，是飘荡的幽灵，是不可把捉的幻影，而坟中的死尸要不衣冠安然，要不化作白骨一副。但是鲁迅在《墓碣文》创造的游魂有了具体的形象，这形象是极为恐怖奇异的——以口中毒牙自啮的蛇，将死尸描绘为胸腹破裂、心肝无存、面目如烟也打破了一般的、常识性的写法，而获得了异常强烈的陌生化的效果。李欧梵曾感叹："《墓碣文》应当说是《野草》中或所有中国现代文学中最阴森可怖的一篇"②。诸多研究者对《野草》与"梦"、与厨川白村、与弗洛伊德的关系进行过阐释，《野草》中关于梦的篇章未必就是真实的梦的复制，它更多源自鲁迅对弗洛伊德文艺观的认识，是鲁迅对于自身的潜意识的挖掘再创作。"梦"诚然是鲁迅创造"超现实"的死后世界的重要依托与形式，但是或许我们更应该注意到鲁迅对现实世界与超现实世界的贯通，他以超于常人的想象力，把现实世界不着痕迹地转化为超现实的世界，譬如《秋夜》，铁一般笔直的枣树，窘得发白的满月，鬼的眼子般的蓝色，好似一帧帧电影画面。③

①　鲁迅：《失掉的好地狱》，《鲁迅全集》第 2 卷，北京：人民文学出版社，2005 年版，第 204 页。
②　李欧梵：《铁屋中的呐喊》，尹慧珉译，北京：人民文学出版社，2010 年版，第 110 页。
③　张洁宇在对《秋夜》的细读过程中，就曾利用"摇镜头"这一概念去阐释《秋夜》的"视线"，镜头推进的过程是由远及近、由高到低的，而这正显示了整个"野草式"写作的这样一种"走向内心"的方式。参见张洁宇：《天高月晦秋夜长——细读〈秋夜〉》，《独醒者与他的灯——鲁迅〈野草〉细读与研究》，北京：北京大学出版社，2013 年版。

镜头从枣树笔直冲天的树枝，转到白色的月，最后在影调的变换下，树枝后的蓝天变成异常的蓝色，这蓝色上布满许许多多朦胧隐约的鬼忽闪的眼睛。从现实世界到超现实世界的过渡在鲁迅笔下如此流畅，这是鲁迅独有的笔法与看待世界的方式，他笔下的超现实世界充满各种诡谲的意象，却不显荒诞。余华对死后世界的想象呈现出怎样的特点呢？他在"以死写生"的手法运用上与鲁迅有哪些异同呢？

如果说鲁迅的"死后世界"的特点是奇谲狰狞，那么余华的"死无葬身之地"则是宁静祥和的。余华反复强调在"死无葬身之地"，树枝上结满了果子，树叶是心脏的模样。余华是《圣经》的忠实读者，不知其对"死无葬身之地"的构想是否受到《圣经》中伊甸园的影响呢？伊甸园里水源充足、植物茂盛，有生命树和无花果树，无花果有巨大的叶子，余华以"夜莺的歌声"比喻婴儿的歌声，写婴儿躺在宽大的叶子里唱歌，这些叙述似乎都中规中矩。

存在于"死无葬身之地"的骨骼是我们关注的重点，他们是"死无葬身之地"的主人，更是《第七天》所叙述的一系列事件的主角。不论他们生前是何种样貌，死亡是出于何种原因，他们来到"死无葬身之地"后都化为骨骼，这些骨骼没有表情，只能依靠"空洞的眼睛"传递情感。试想一具具骨骼往来行走的画面，这是曾经做过牙医的作家对死后世界的想象啊！

但是，余华毕竟把鲁迅奉为导师，他在描写这些骨骼的动作、行为时或许袭用了鲁迅的表达方式。《影的告别》中有两个人物，一个是"影"，一个是"我"（形），鲁迅书写二者的离别，有这样一句：

> 然而我终于彷徨于明暗之间，我不知道是黄昏还是黎明。我姑且举灰黑的手装作喝干一杯酒，我将在不知道时候的时候独自

远行。[①]

从"形式"层面来看，鲁迅寥寥数语已经对"影"的形象做了生动的描绘。在常识中，"影"是无形的，或者说介于有形和无形之间，是一团漆黑，所以鲁迅用"灰黑的手"，此乃实写。但是，影子如何举起酒杯喝酒呢？鲁迅用了"装作"一词，仿佛影子只徒有举起酒杯的姿势，而并无也不可能真的喝酒，这便是虚写。"装作"一词实际上是一个连接，把鲁迅的"实写"与"虚写"不动声色地勾连在了一起。这种虚实相间、以实写虚的写法在《第七天》中成为余华描写"骨骼"的法宝：

> 他们的身体纹丝不动，只是手在不停地做出下棋的动作。我没有看见棋盘，也没有看见棋子，只是看见骨骼的手在下棋，我看不懂他们是在下象棋，还是在下围棋。

> 我做出把那碗面条放在草地上的动作，感觉像是放在桌子上。然后我的左手是端着碗的动作，右手是拿着筷子的动作，我完成了吃一口面条的动作，我的嘴里开始了品尝的动作。我觉得和那个已经离去世界里的味道一样。[②]

没有棋子、没有面条，骨骼们有的只是下棋、吃面条的动作，一切都只是动作，并无实体，借用鲁迅的"装作"一词，那些骨骼是在"装作"下棋、"装作"吃面条。"死无葬身之地"是死后的世界，在这个世界里，骨骼是"实体"，其他一切"生之世界"的物体都是无法存

---

① 鲁迅：《影的告别》，《鲁迅全集》第2卷，北京：人民文学出版社，2005年版，第169页。
② 余华：《第七天》，北京：新星出版社，2013年版，第140、155页。

在的。余华仿佛从《野草》那里获得了启发，甚至有可能直接使用《野草》中的表现手法，将"虚"与"实"结合，使"死无葬身之地"这个死后世界成为现实世界的"投影"。

　　"以死写生"的写作手法在中国的文学作品中并不鲜见，鲁迅的《野草》将"以死写生"的手法发展到颇为精妙且具有强烈艺术性的程度。鲁迅对死后世界超乎寻常的想象影响着后来的作家。《第七天》时期的余华已经是鲁迅的忠实读者，虽然余华并没有在公开场合表示过《野草》在形式、创作技法上对《第七天》的影响，但是我们不难看出，余华对"死无葬身之地"的想象、对"骨骼"行动的描述，明显接续了《野草》"以死写生""虚实相间"的技法传统。然而，也不得不承认余华技法的生硬，他对"死无葬身之地"的描述稍显平庸，写到骨骼的行动时全然没有《影的告别》的流畅与圆融，呈现出一种匠气。我们试着分析一下个中缘由。《野草》是鲁迅个人感受的汇聚，所以不论是写影、写梦、写死后的世界，都来自鲁迅对身陷其中的现实的感受，军阀混战、青年人的鲜血都让他深刻地感受到世界的黑暗，鲁迅在忧虑，在思索，在忧虑这人世的黑暗，思索怎样打破这种黑暗，所以《野草》中的情感是极为深挚、真切而澎湃的，是来自作家心灵、思想、意识最深处的声音。而在《第七天》中我们看到的只是徒有其形的"死无葬身之地"，游荡的、有气无力、满是中年人的落拓与无奈的"杨飞"和那些只能在死后世界诉苦的骨骼。这种"无力""游荡"与"彷徨"正暗示着作家面对现实的态度，对于作家、对于普通人而言，现实是荒诞的，我们无法找到"往何处去"的道路，无法解决"怎么办"的问题，在这种态度导引下的余华或许无法在《第七天》中传递出鲁迅《野草》的大欢喜、大悲伤，只是"小"的、"平缓"的、"无力"的，归根究底是"彷徨"的。程光炜曾指出："鲁迅在《呐喊》时期相信的是入世的态度，但是到了《彷徨》时期，他小说下面的支点全部崩塌了，出现了大茫然，甚至有点手足无措的感觉。《第七天》的灵魂就在这里。"①

如果非要给《第七天》一个关键词的话，就是"彷徨"。鲁迅引用《楚辞》中的诗句解释自己的"彷徨"："路漫漫其修远兮，吾将上下而求索。"鲁迅为《彷徨》题写诗句："寂寞新文苑，平安旧战场。两间馀一卒，荷戟独彷徨。"关于《彷徨》这部小说集的由来，鲁迅是这样记述的："得到较整齐的材料，则还是做短篇小说，只因为成了游勇，布不成阵了，所以技术虽然比先前好一些，思路也似乎较无拘束，而战斗的意气却冷却得不少。新的战友在那里呢？我想，这是很不好的。于是集印了这时期的十一篇作品，谓之《彷徨》，愿以后不再这模样。"②《祝福》是《彷徨》的首篇，笔者认为并不全然是写作时间的缘故，而是因为它最能反映这一时期鲁迅彷徨的心态。《祝福》使用第一人称写作，在某种程度上，小说中的"我"与作者是重合的，"我"面对祥林嫂的悲剧所经历的内心的矛盾与纠葛，也是鲁迅对中国社会"吃人"的礼教、害人的迷信以及人与人之间的冷漠的忧虑与思考，在思虑社会现实的同时，鲁迅也在深切地自省，他无法挣脱内心的缠斗以及无解的困惑。小说开篇写到"我"与祥林嫂在河边相遇，祥林嫂问了"我"三个问题："一个人死了之后，究竟有没有灵魂的？""那么，也就有地狱了？""那么，死掉的一家的人，都能见面的？"对于这三个问题，"我"的反应分别是悚然、犹豫不决、"说不清"。此时的

---

① 张清华、张新颖等：《余华长篇小说〈第七天〉学术研讨会纪要》，《当代作家评论》2013年第6期。

② 鲁迅：《〈自选集〉自序》，《鲁迅全集》第4卷，北京：人民文学出版社，2005年版，第469页。

鲁迅已经丧失了"毁坏这铁屋"振奋和"奔驰的猛士"的战斗力，迷惘困惑，在中国黑暗的现实面前，一时无法寻得"疗救"的药方，只能踟蹰彷徨。"我"面对故乡的黑暗、面对农民愚昧的现实，"我"不知道该怎样做才能挽救他们的悲剧。鲁迅在小说的结尾描述了这样的场景，在一片鞭炮声中，"祝福"的仪式开始了。一个与四叔家、与鲁镇有着千丝万缕的关联的穷苦妇人就这样死了，她的死已经被这个小镇上的所有人，被这个小镇遗忘了，鲁迅着意描画的升平祥和的节庆气氛自然是对人与人之间这种无边的冷漠的反讽。我们还应该注意，"我"被爆竹声惊醒，从屋内观看窗外节日的景象，爆竹的浓烟、飞舞的雪花构成一片混沌的景象，或许正暗示着"我"身处天地的混沌之中。这混沌将"我"这个个体与外部世界隔开，"我"这个从异地归来的知识分子已经与曾经熟悉的乡土产生了隔膜。透过《祝福》，我们看到的是一个彷徨于混沌天地之间的孤独者的形象，面对生命中穷苦人的悲剧、面对黑暗的现实，路在何处，无所知，怎么办，亦无所答……

与《祝福》相比，《彷徨》中的另一篇——《伤逝》带有更为强烈的抒情色彩，李长之评价它"有以那最擅长抒情的笔，所写了的最真实的'寂静和空虚'之感"①。《伤逝》的副标题为"涓生的手记"，文中反复出现的是"寂静和空虚"这般字眼，涓生身上有鲁迅的投影，"寂静和空虚"也正代表了鲁迅那时的心境。在爱情悲剧的背后，隐藏的是鲁迅对时代、对现实、对自身的慨叹，他将自己淹没在无边的"空虚和寂静"的黑暗中，挣扎于情感与理智之间、希望与绝望之间。在情感上，鲁迅是暗色的，他感到自己心中正爆发着无路可走的恐惧，

---

① 李长之：《鲁迅批判》，北京：生活·读书·新知三联书店，2013年版，第91页。

因为这恐惧，所以格外空虚。但在理智上，又感到在这茫然的黑暗中隐隐地有些光亮，所以他寻找着"新的生路"，甚至看见那生路就像一条灰白的蛇蜿蜒而来，可是矛盾与曲折再次袭来，不知道跨进去的方法，即便生路在眼前，亦是无法走的。《伤逝》背后的鲁迅挣扎着，矛盾着，焦灼着，以至于有些手足无措。"路"是鲁迅文学世界中非常重要的意象，可以视作"希望"的象征。《故乡》中，"我"虽然有感于闰土的悲剧，但是从水生和宏儿的身上似乎又看见了希望。《呐喊》时期的鲁迅有着较为明亮的想法——"希望是本无所谓有，无所谓无的。这正如地上的路；其实地上本没有路，走的人多了，也便成了路"①。这一时期的鲁迅相信希望，相信疗救的可能，所以"不恤用了曲笔，在《药》的瑜儿的坟上平空添上一个花环，在《明天》里也不叙单四嫂子竟没有做到看见儿子的梦"②。在《野草·过客》中，"我单记得走了许多路，现在来到这里了。我接着就要走向那边去，（西指，）前面！"③经历了无边的彷徨之后，《野草》中流露出"大黑暗"之后的"大光明"，无论路究竟通向何处，"我"终究要义无反顾地继续前进，即便这条路没有终点、没有尽头。这时的鲁迅展现出前所未有的超脱姿态，对于希望的信念，终有所恢复了。当我们由《呐喊》《野草》反观《彷徨》，就会发现鲁迅处于无所依傍的时期，他怀疑着希望，怀疑着疗救世界的方法，新的路、新的方法还未出现，或未曾寻得。这是鲁迅深感"无解"的时期，"无解"是鲁迅对现实的态度。"彷徨"是一种情绪，一种心境，更是面对巨大的无边的黑暗现实的态度与方式，

---

① 鲁迅：《故乡》，《鲁迅全集》第1卷，北京：人民文学出版社，2005年版，第510页。

② 鲁迅：《呐喊·自序》，《鲁迅全集》第1卷，北京：人民文学出版社，2005年版，第441页。

③ 鲁迅：《过客》，《鲁迅全集》第2卷，北京：人民文学出版社，2005年版，第195页。

当我们不知希望是否有，是否在，新生的路是否可行的时候，彷徨是最无奈却也最真实的姿态。可以说，"彷徨"是鲁迅为中国白话文学树立的独特而复杂的传统，余华的《第七天》正是在当代文学领域对这个传统进行的续写或曰重写。

余华在《第七天》中所展现的是一个"天地混沌"的世界。《第七天》开篇便写道："浓雾弥漫之时，我走出了出租屋，在空虚混沌的城市里子子而行。"① 余华曾调侃这写的是北京的雾霾天气，作为研究者的我们有必要去发掘余华竭力营造浓雾弥漫的外部环境究竟暗含怎样的苦心。余华反复写到杨飞身处的世界昼夜模糊、日夜难辨，乍看之下，这是余华塑造的雨雾氤氲的冬日城市的景象，但是往深处掘进我们会发现，这是一个混沌阴郁的"阳间世界"，在这迷雾遮蔽一切的世界中，发生了诸多悲惨之事，"我"死于一场意外，又目睹了一场车祸，郑小敏的家遭遇了强拆……余华在回答《纽约客》提问时坦言，"生者的世界充满悲伤，死者的世界却是无限美好。这是一部用借尸还魂的方式来叙述现实的小说，我自己觉得写得很有力量"②。被"雾霾"笼罩的生者的世界凄惨阴暗、真相不见天日，与清净明亮的、作为发现真相之地的死者的世界产生了强烈的对照。余华用一片混沌隐喻现实世界，一个个小人物置身其中，面对悲惨的人生，看不清亦冲不破，除了彷徨，实在别无他法。"彷徨"或许也代表了余华面对现实的态度。杨飞在某种程度上代表着余华的视角，在《第七天》的死亡人群中，杨飞死于意外，这就决定了他相对客观与冷静的视角：在游荡、寻找父亲的过程中，他记录下那些"死于非命"的真相。身为

---

① 余华：《第七天》，北京：新星出版社，2013年版，第3页。
② 余华：《答〈纽约客〉小说主编德博拉·特瑞斯曼》，《米兰讲座》，上海：上海文艺出版社，2020年版，第116页。

作家的余华，面对现实中的"怪现状"，一直冷静地观看、书写，如身陷浓雾中的杨飞一般被这些"怪现状"震惊、包裹、纠缠，苦无出路，充满焦虑。带着这种心情，杨飞自然是无力的，在他身上，我们看不到李光头对时代的占领与嘲讽，看不到许三观利用卖血去反抗绝望的执着，看不到福贵对死亡、绝望的近乎愚鲁的忍耐。我们看到的杨飞活着时如游魂一般，懦弱、胆怯，面对妻子的离开、父亲的病重都束手无策，死后化为鬼魂，也只是在一旁听着、看着。杨飞的无力透露出的是作家的无力，作家难以改变现实的无力。作家应该如何书写现实。《第七天》时期的余华一如《彷徨》时期的鲁迅，被黑暗包裹着，在无尽的黑暗中新生的路是怎么也看不见、怎么也走不通的，只能"彷徨于无地"。读者往往对作家提出颇高的要求，要求他们书写现实，批判现实，解决现实中的问题。在这种期待心理的驱使下，面对"无力"的《第七天》，读者失望了，不满余华只停留在书写现实的层面。可是《第七天》中隐藏的是彷徨的余华，缠绕在"无路可走"的困境中的余华，这样的余华如何开出疗救的药方呢？杨飞是无力的，余华却言自己"写得很有力量"，其中是否蕴含着"举重若轻"的绝妙呢？

回看余华的创作历程，特别是长篇小说《活着》《许三观卖血记》《兄弟》，我们会发现，余华深谙举重若轻的绝妙。1999年9月3日的《中国青年报》刊登了题为《余华——有一种标准在后面隐藏着》的访谈，记者问余华："九十年代的短篇，为什么会是一种避重就轻的风格呢？"余华回答："我在这点上有明确追求，我觉得我以后要越写越轻。这很重要：我觉得用轻的方式表达重比用重的方式表达重更好。

像《许三观卖血记》就可以用一个轻的方式表达。"① 余华进而阐述了
自己热衷于"举重若轻""以轻写重"的原因——"我觉得作为一个作
家来说，尤其是我们这种不在大学里当教授的作家，最重要的一点就
是必须放下自己所谓知识分子的身份，这是非常重要的。不要认为你
高人一等。有的人跟我说，最近有一本书写得怎么好，是嘲笑小市民
的。我一听就反感，不愿读，因为觉得这是个立场问题。我觉得现在
我把自己放在起码不是知识分子的立场"② 。这是余华看待历史、进入
历史的方式，他习惯于从一个小人物、一个家庭的悲欢纷扰进入"大
跃进""文革"等"大历史"语境。而且，余华在进入历史的时候，总
体上保持节制（虽然这种"节制"在《兄弟》中被打破）。他写福贵一
生中接二连三地遭遇亲人的死亡、写许三观一次又一次卖血，他总是
提醒自己在言说历史与滥情呼喊之间保持平衡，所以，在这些被批评
家贴上"悲情""悲悯"标签的作品中，可以看到讽刺、自嘲。在《第
七天》中，余华用了一种新的"举重若轻"的方式，这种"轻"是杨飞
的无力，作家的彷徨，而"重"则是现实社会的沉重与残酷。"彷徨"
或可视作"轻与重的辩证"，就像《彷徨》中的"我"、《彷徨》时期的鲁
迅那样，一方面表现个体面对现实的无能为力，另一方面从个体的无
力中反映现实的黑暗与重压。可以说，余华以一种消极的、无力的方
式进入我们正在经历着的现实。

　　综上所述，余华通过《第七天》在当代文学领域续写了鲁迅《彷
徨》深刻的主题，更重要的是，他是以《野草》那种"以死写生"的方

---

① 王永午、余华:《余华——有一种标准在后面隐藏着》,《中国青年报》1999 年 9 月
3 日。

② 王永午、余华:《余华——有一种标准在后面隐藏着》,《中国青年报》1999 年 9 月
3 日。

式续写了《彷徨》。"彷徨"是鲁迅树立的一种非常独特的传统，似乎与作为战士的鲁迅不符，它其实更贴近作为诗人、作为思想者的鲁迅，它向我们展示了鲁迅的"真"。通过《第七天》，余华似乎呈现了作家面对现实时一种"真"的态度：当作家敢于睁了眼直面现实的时候，同时也应该直面自己的内心，在荒诞的、令人深感惊惧的现实面前，我们的内心是多么地无力、彷徨与迷惘。

第三节 《第七天》的"试验性"

将《第七天》纳入鲁迅"传统"的视域中进行考察或许对我们将其"历史化"有所助益，但与此同时，这也让我们发现了余华小说创作特别是进入 21 世纪之后小说创作中的一些不足，也就是作家如何将这种"传统"进行内化，并不断发展自己的问题。

当代作家在面对"现代文学传统"① 这一议题时大多采取了否定或回避的态度，余华则追认鲁迅为自己的"精神导师"，并且这次追认

---

① 关于"现代文学传统"这一提法的系统研究可参见《现代文学新传统及其当代阐释》一书（温儒敏、陈晓明等著，北京：北京大学出版社，2010 年版）。第七章第二节《伟大传统的展开与变异：从鲁迅到余华》就集中讨论了余华与鲁迅传统的同与异，并梳理了余华与鲁迅关系的研究史。目前在讨论当代文学中的现代文学传统时，除了鲁迅传统之外，还有张爱玲传统、沈从文传统。王德威以一篇《海派文学，又见传人——王安忆的小说》为张爱玲、王安忆这两位"到底是上海人"的名女作家"正名"并建立了跨越时空的谱系关系，自此，张爱玲成了"祖师奶奶"，王安忆成了不折不扣的"海派／张派传人"。但另边厢，王安忆却在竭力高呼"我不是张派传人"，在一次于香港举行的"张爱玲与现代中国"国际研讨会上，王安忆明确否认了"传人"的提法。之于沈从文传统，请见张新颖所撰《中国当代文学中沈从文传统的回响——〈活着〉〈秦腔〉〈天香〉和这个传统的不同部分的对话》一文（《南方文坛》2011 年第 6 期）。在张新颖看来，沈从文传统大致可以在三个向度上展开，一是人与命运之间的关系问题，二是个人乡土经验的书写，三是物的通观、文学和历史的通感、"抽象的抒情"，而《活着》《秦腔》《天香》正代表着当代文学作品在这三个向度对于沈从文传统的回应。

发生在他的创作取得颇为引人注目的成绩之后，这显示出一位成熟作家对自身的一次"重新发现"，并暗示着他对自身创作的"自觉要求"以及一种不断寻求发展与超越的决心。为何被余华自己形容为"很有力量"的《第七天》却被批评家给予"'轻'和'薄'""小处精彩，大处失败"①的评价呢？当我们将《第七天》纳入鲁迅《彷徨》的谱系中进行观察的时候便会清晰地发现，余华处理当下现实时产生了一些问题，而这些问题正是他想要把鲁迅"传统"进行"内化"时必须克服的"疼痛"。

　　日本学者竹内好为鲁迅的文学世界和思想世界总结了一条"回心之轴"，在《何谓近代——以日本与中国为例》一文中，竹内好是这样解释"回心"的："为了我之为我，我必须成为我之外者，而这一改变的时机一定是有的吧。这大概是旧的东西变成新的东西的时机，也可能是反基督教者变成基督教徒的时机，表现在个人身上则是回心。"②"回心"意味着"通过内在的自我否定而达到自觉或觉醒"，正是"回心"这个时机的显露成就了鲁迅的文学创作。基于对"回心"的思考，竹内好将鲁迅的文学世界定义为"赎罪文学"，另一位日本鲁迅研究者伊藤虎丸在分析《狂人日记》时，对"回心"与"赎罪"做出

---

① 吴越：《郜元宝：余华新作〈第七天〉为何"轻"和"薄"》，《文汇报》2013年6月21日。杨庆祥：《小处精彩，大处失败》，《新京报》2013年6月22日。郜元宝认为《第七天》是一部有新的探索但未能有所超越之作，虽有可读性但总体上显得"轻"和"薄"，造成"轻"和"薄"的原因在于作家完全以市场为主导，而且《第七天》盲目引用《圣经》也体现了这种"轻"和"薄"。杨庆祥则坦言《第七天》可读性很强，容易看得进去。小说中的一些细节，特别是对父子之情的描述令人触动，但是整体上看，在探索内在精神向度方面，小说又是失败的。它缺乏一个长篇应有的结构，也缺乏一个长篇应具备的精神深度，它更像一部仓促而成的作品。
② ［日］竹内好著、孙歌主编：《近代的超克》，李冬木、赵京华、孙歌译，北京：生活·读书·新知三联书店，2005年版，第212页。

了更为细致的读解：伊藤虎丸把《狂人日记》看作"自传性的告白小说"，小说第十二章末尾写到的"当初虽然不知道，现在明白，难见真的人！"正体现了鲁迅"罪的意识"——"鲁迅在此知道自己也是加害者的同时，也就从独醒的'精神界之战士'的'血气'、当然也从'被害者意识'当中解放出来了，他终于成为一个既不是'英雄'也不是'被害者'的普通人①。伊藤虎丸认为，狂人"我也吃过人"的认识代表了鲁迅"罪的告白"，而这就已经是救赎的证明，这种对自己也是"吃人的人"的认识正是"回心"的体验，成为"个的自觉"。笔者关注日本学者提出的"回心"与"赎罪"，是因为笔者察觉到鲁迅的文学世界虽然是"暗"的、"冷"的，但是鲁迅的"暗"与"冷"背后所包蕴的是光亮与热，这似乎正来源于鲁迅的"罪己意识"，他在批判现实的同时回转到自己的内心，时刻在深重地否定着、反省着自己，就像《祝福》中的"我"一样，鲁迅始终深陷在"我"或许是他人悲剧的制造者的愧疚与自我思考之中。学者孙郁在接受《三联生活周刊》访问时谈到鲁迅身上的"大爱"：

> 他冷的背后是炽热。这与张爱玲不一样。张爱玲站在阳台上看人看得很深刻，很精彩，但是别人的痛苦与我无关。鲁迅却觉得无穷的远方、无数的人们都和我有关。他和耶稣、释迦牟尼有一点相似。他要度己度人，可是又不知道怎么办，只能是彷徨、反抗。他要寻找同路人，但有时候找错了。包括自己走的路未必全都走对，可是他一直在寻路的途中。②

---

① ［日］伊藤虎丸：《鲁迅与终末论：近代现实主义的成立》，李冬木译，北京：生活·读书·新知三联书店，2008年版，第175页。

② 孙郁：《走向十字街头——答〈三联生活周刊〉问》，《鲁迅忧思录》，北京：中国人民大学出版社，2012年版，第311页。

我们发现，鲁迅绝不是冷眼旁观的"这一个"，他把自己放在"普通一人"的位置，在这样的位置上思考自己、思考着千千万万人的途路。世界是黑暗的，现实是黑暗的，鲁迅不惮将自己沉浸在这黑暗中，并在这黑暗中思索自己，以赎己罪，并探寻打破这黑暗、创造新世界的路。当我们从"黑暗中的鲁迅"去反观余华的时候，不难发现：余华与当下的现实世界存在一种"隔"，正是这种"隔"导致了作家面对当下现实、书写当下现实时会遭遇困境。

余华初登文坛时对自己有过这样的评价——"生活如晴朗的天空，又静如水。一点点恩怨、一点点甜蜜、一点点忧愁、一点点波浪，倒是有的。于是，只有写这一点点时，我才觉得顺手，觉得亲切"①。结合余华的创作经历来看，"这一点点"既促成了余华在写作上的成功，同时也为他在写作上的困境埋下了伏笔。余华对内心体验尤为敏感，十分擅长描画人与人之间的情感，《第七天》中杨金彪、杨飞父子之间的深情就是力证。可就是这样努力开掘自己的"一点点"的巨大能量的余华在书写现实、言说当下时却显示出了难以避免的无力。当被问及"你通常是怎么构思一篇小说的"，余华的回答是这样："我写作的开始五花八门，有主题先行，也有的时候是某一个细节、一段对话或者某一个意象打动了我，促使我坐到了写字桌前。"②可见，"感受"是驱动余华写作的初始动力，正是对内心、感受的过度关切，使余华与真正的现实之间隔着一层巨大的屏障。当余华书写"历史"之时，那些"历史"渗透着他童年、少年时期的感受，"大跃进""文革"在《活着》《许三观卖血记》中被作为背景而存在，对"感受"的专注以及对"文革"岁月的记忆使余华这些书写"历史"的作品成为当代中国文学

① 余华：《我的"一点点"——关于〈星星〉及其它》，《北京文学》1985年第5期。
② 余华、杨绍斌：《"我只要写作，就是回家"》，《当代作家评论》1999年第1期。

史上的经典。但是，余华对当下的感受或许有些"隔"，他似乎把自己封闭在只属于作家个体的空间之中，通过报纸、电视、网络去触碰当下。余华是中国最早上网的作家之一，他对网络这个虚拟世界有着极大的热情，"迷上了网络的世界"的余华认为网络"正在迅速地瓦解着我们固有的现实"，"网络的世界很像是文学和信用卡的结合"，"它建立了一个虚幻的世界，像文学那样去接受人们多余的想象和多余的情感，与此同时它又在改变我们的现实，就像信用卡虚拟了钱币一样，它正在虚拟我们的现实"。① 当余华想要去发现现实、与现实发生关系的时候，他不是走出个体的封闭空间，让自己沉浸在社会、现实之中，而是坐在桌前、登录网络。网络这个虚拟世界成为他进入现实的通道，现实带给他的荒诞感往往是通过网络传递的。新媒体（比如微博、微信）的出现增加了网络世界的丰富性，每一位用户都有可能成为一段"故事"的作者，这些"故事"是否意味着真正的现实？作家是否能够从他获取的所谓"现实"中进行再创造呢？这是新媒介社会带给作家的极为重大的挑战。同时，也是更为重要的一点，作家通过网络这个虚拟世界去连通现实，往往会造成作家对现实缺乏深度的思考，缺乏自我反省的意识，这就是鲁迅身上被称为"回心"的东西。当我们在《第七天》中再次读到那些早已出现在网络上的新闻事件时，难免会感到余华只是现实的"言说者""旁观者"。现实是荒诞的，这荒诞的现实带给作家震慑，余华是沉重的、彷徨的、无能为力的，他找不到冲破这荒诞现实的路径。对外部世界触角敏锐的余华善于将个人的感受化作自己的写作资源，但是这些感受或许也成为对作家的限制。在作家的身份之下书写现实，在"普通一人"的身份之下思考现

---

① 余华：《网络与文学》，《没有一条道路是重复的》，北京：作家出版社，2012 年版，第 124 页。

实、反省自我，这二者之间的贯通以及 "回心" 的发生或许是余华将鲁迅 "传统" 内化的关键所在。其中饱含着对余华这样一位出色的、经历了文学史检验的作家的深挚的期待。讨论作家是否应该冲破媒介的迷障，作家应该如何认识现实、书写现实的议题，期待作家 "回心" 的发生，都饱含了我们对于中国当代文学的期待，尤其是在面对余华这样一位经典作家的时候。

　　艾略特在《传统与个人才能》一文中提出，艺术家想要不断地前进，就要 "不断地牺牲自己，不断地消灭自己的个性"[①]。这样看来，对余华而言，鲁迅 "传统" 就是促使他不断前进的催化剂，但是这个发生化学反应、牺牲自己、消灭个性的过程却是非常艰难并且需要付出代价的，《第七天》的意义正在于此。《第七天》在书写现实的层面缺乏深刻性，缺乏鲁迅作品中深重的 "赎罪" 意识以及 "大爱"，但是不可否认，它是在当代文学领域对《彷徨》的一次 "重写"，是鲁迅思想、作品中的 "彷徨" 的传统在当代的一次延展，如此看来，"不那么余华" 的《第七天》正是余华 "牺牲自己"、将鲁迅的传统化为自己的特点并发展这个传统的一次尝试，它所具有的是 "起点" 的意义。以《第七天》为起点，我们似乎可以期待余华创作更多书写现实的力作，但是 2021 年出版的《文城》却让我们惊讶地发现，在这个数字时代、新媒介时代，向 "后人类" 敞开的时代，余华却将目光转向了百年前的中国。

---

① ［英］托·斯·艾略特：《传统与个人才能：艾略特文集·论文》，卞之琳、李赋宁等译，上海：上海译文出版社，2012 年版，第 6 页。

第四节　《文城》：以"传奇"造访鲁迅的时代

2021 年 3 月，《文城》问世，距离《第七天》出版已过去八年。《文城》甫一面世便引起众声喧哗，足见余华在读者中热度之高。携《文城》而来的余华，可谓既熟悉又陌生。在《文城》里，我们看到了暴力叙事等强烈的余华风格，同时也惊讶地发现，《文城》离开了当代中国，转向对近代中国的书写。清末民初正是鲁迅身处并着力书写的时代，或许可以认为，余华是用小说创作的方式造访鲁迅的时代。

2014 年第 9 期《上海文化》发表了一篇余华的访谈，题为《我一直努力走在自己的前面》。在这篇访谈中，余华提到自己想写一个巨大的长篇，这个长篇想要"反映一个江南小镇上一个家庭里的四代人在一百年里的生活变化"①。但是这个长篇的写作总是让余华感到困难。余华的老朋友朱伟在 2018 年出版的《重读八十年代》中写下了自己的期待："现在，余华还在写那部新作，写写停停。'一部写了近二十年的小说，清末民初时的故事'，他说。清末民初，他如何形成自己独到的叙述呢？我好奇，我期待着。"②关于《文城》的写作过程，余华坦言，开始于《活着》写完之后，并出于一种"挥之不去的抱负"——希望在作品中搭建出一部百年史的版图，结果发现越写越困难。从写作时间上看，《文城》的写作经历了 90 年代的尾声、《兄弟》以及《第七天》。值得注意的是，《文城》的写作与余华对鲁迅"传统"的追认、思考是交织在一起的。在 2017 年的一次演讲中，余华细致解读了鲁迅的短篇小说《风波》，他认为《风波》是"涉及社会巨变，仅用一部短篇小说就把它表现出来"的好例子，《风波》"有一个社会文本，还有

---

① 余华、张英：《我一直努力走在自己的前面》，《上海文化》2014 年第 9 期。

② 朱伟：《重读八十年代》，北京：中信出版社，2018 年版，第 285 页。

一个历史文本"[1]。那么，《文城》是关于清末民初的怎样的文本呢？这要将《文城》置于余华个人创作的脉络中进行考察，写作时间长达20余年的《文城》呈现了余华小说创作的诸多要素。

其一，《文城》延续了余华小说中常见的 "寻找" 主题。向南而行，去找一个叫 "文城" 的地方，"寻找" 是《文城》的主题，也是小说情节展开的主要线索。林祥福在寻找 "文城" 的过程中渐渐陷入迷惘、游荡的状态，面对 "文城在哪里" 的困惑，他逐渐领悟到 "溪镇最像阿强所说的文城"[2]，文城是假的，阿强和小美的名字也是假的。抽空 "寻找" 的意义，遁入 "虚无" 是余华一直以来对 "寻找" 的理解。《十八岁出门远行》中，始终找不到旅店，对 "旅店" 象征意义的多重解读成就了小说的 "先锋性"。《一九八六年》是一个寻妻的故事，研究刑罚的历史教师回到小镇时已成疯人，余华正是通过疯人寻妻寻女的过程刻画人性中的 "冷漠" 与 "恶"。《第七天》里，亡灵游荡的过程亦是寻找死后乐土的历程。余华在《鲜血梅花》中将 "寻找" 主题表现得极为精妙，对 "寻找" 这一主题的刻画使小说呈现出寓言的色彩。余华将阮海阔的旅程设计为 "环形"，利用 "环形" 消解了复仇的古典意义，导向后现代式的 "虚无"。在《文城》中，余华利用真实存在的 "溪镇" 与虚无缥缈的 "文城" 所产生的叠影使林祥福的 "寻找文城" 好似一个命运的玩笑，"文城" 宛如苦等不来的戈多。余华借用批评家杨庆祥的话表示，"文学寻找的都是有意思的，哲学可能寻找的是有意义的。文学不要把哲学的饭碗给抢了，我们大家吃自己的饭"[3]。在一

---

① 余华:《我想这就是人类的美德》,《我只知道人是什么》, 南京: 译林出版社, 2018 年版, 第169页。

② 余华:《文城》, 北京: 北京十月文艺出版社, 2021年版, 第61页。

③ 张英:《余华说〈文城〉: 不要重复自己》,《新民周刊》2021年第19期。

次与洪治纲的访谈中余华表示："《文城》里林祥福的寻找是这个故事的起因，也是没有结局的结局，这是有血有肉的寻找，不是哲学上的寻找。"① 同时，余华也认同洪治纲的观点——"寻找"构成了自己"写作中重要的故事内驱力"②。笔者认为，将"寻找"的意义指向"虚无"，恰恰赋予《文城》一种哲学意味。

其二，《文城》延续了余华对人伦问题的探究。《文城》写的是一个寻妻的故事，其中存在着对传统伦理的反叛，特别是对血亲关系的重写。《文城》开篇便刻画含辛茹苦的父亲形象，嘴唇干裂、手被冻得满是伤痕的林祥福在向溪镇哺乳的妇女讨几口奶水以养育没有母亲喂养的女儿。《活着》里，凤霞死于难产，二喜一个人拉扯苦根长大，也只能找奶孩子的女人讨上几口奶水。但余华的小说中仍旧会出现母亲的替代者这类形象，《第七天》中的李月珍来到《文城》，成了李美莲，李美莲让儿子陈耀武去顶替林百家，是因为在她心里"儿子有两个，女儿只有一个"③。余华对伦理进行颠覆的核心还是在于"非血缘兄弟"的设置，这称得上余华创作的一大特色，比如《在细雨中呼喊》中的孙光林和苏宇、《兄弟》中的李光头和宋钢。《文城》中林祥福和陈永良肝胆相照，林祥福死后，陈永良为报血仇，手刃土匪头子张一斧。林、陈二人虽然没有血缘关系，却是一对情义深厚的兄弟。在下一代的故事中，林百家与陈耀武之间的关系也可视为兄妹，恰如《第七天》

① 余华、洪治纲：《〈文城〉内外》，《收获·长篇小说》2021 夏卷，上海：上海文艺出版社，2021 年版，第 416 页。
② 余华、洪治纲：《〈文城〉内外》，《收获·长篇小说》2021 夏卷，上海：上海文艺出版社，2021 年版，第 415—416 页。洪治纲认为"寻找"在余华近期的小说中成为一种很重要的故事内驱力，余华肯定了这种观点并补充到"寻找确实成为了我写作中重要的故事内驱力"，但这些故事已经伴随他多年了。
③ 余华：《文城》，北京：北京十月文艺出版社，2021 年版，第 96 页。

中的杨飞和郝霞。对家庭伦理的颠覆折射出的是作家对历史的理解，在“文革”中度过童年、少年时代的余华亲眼见识了亲情伦理被破坏，血缘亲情被革命暴力所摧毁，其作品中反复出现的“非血缘兄弟”隐喻的是“文革”之“乱”。在《文城》里，伦理的破坏与重构发生在另一个“乱世”——清末民初。

其三，《文城》延续了余华擅长的以“暴力”书写历史的方式。书写清末民初这一历史阶段仿佛是余华寄托在《文城》中的宏愿。主人公林祥福虽然寻妻不得，但是寻找的过程却洋溢着温情，陈永良、李美莲乃至整个溪镇都以宽厚无私接纳他这个来自北方的外乡人。但是，如果《文城》止步于“温情”“悲悯”，那么它显然无法实现作家“书写百年”的宏伟计划，余华还要在林祥福发家致富的个人史与动荡不安的社会史之间建构一种张力。《文城》所要处理的是“世乱”与“己安”的关系。林祥福到溪镇时举目无亲，在亲如兄弟的陈永良的帮衬下，凭借着木匠手艺在溪镇安身立命，拥有丰厚田产后开始兴办教育，甚至迷恋起了教育。但匪祸给林祥福以及陈永良、顾益民这班乡绅的富足生活带来了巨大冲击。“匪祸”是余华进入清末民初这段历史的一个切口。他在处理“匪祸”时，运用的是他得心应手的暴力书写。

20世纪80年代，余华在文坛声名大噪的原因之一便是他冷静、细腻的暴力书写。《现实一种》有条不紊地呈现尸体被肢解的过程，《一九八六年》冷静地描绘了一个疯人如何将古老的酷刑实施在自己身上。余华对暴力的迷恋以及面对暴力时的冷静源于“文革”对他的深刻影响。在《兄弟》中，我们看到大篇幅的以各种细节编织而成的对刑罚的书写。在《文城》中，余华以“暴力”作为理解乱世、理解历史的途径，清末民初的巨大动荡化作反复出现的“摇电话”“拉风箱”以及土匪使用的各式各样的折磨人质的手段，连主人公林祥福也难逃一死。

余华不动声色地书写杀戮、血腥与死亡，《文城》中花样迭出的暴力方式和林祥福的仁义、溪镇人的良善形成了强烈的反差，极端的善恶是余华注解清末民初的方式。《文城》似乎无意成为清末民初的一种历史文本而被余华定义为"非传统的传奇小说"，所谓乱世，只是一个遥远甚至模糊的布景板，作家安排了一出出善恶对决的大戏。

"传奇"是余华经由《文城》返回鲁迅的时代的方式。这一次，余华从江南小镇的经验中出走，走到辽远的北方。余华时常提及，"我只要写作，就是回家"，江南水乡构成了余华的经验来源，同时，余华的小说创作也构筑了文学意义上的江南。《文城》中对江南小镇的书写更显具体、细腻，"出门就遇水，抬脚得用船"，年轻姑娘穿着的木屐踏在石板路上的声音像是敲打木琴的声响，小美是"南方"的象征，"南方"显现在小美说话的腔调里、蓝白分明的头巾上、湿润的面容上。值得注意的，如此具体、细腻的南方在与"北方"的对比、互涉中更显其特色。透过《文城》，我们在余华的文学世界里看到了"北方"，如果说小美是南方的象征，那么林祥福这个北方汉子是余华所理解的"北方"的化身。余华十分关注南北的差异，对北方的书写，譬如白色粗布，是在与南方（蓝色图案的细布）的对比中展开的。余华写北方的自然环境与风物，写高粱、玉米、麦子，还有茂盛的青纱帐，北方的土地和这土地上的人都是如此宽厚。《许三观卖血记·意大利文版自序》中有这样一段文字：

> 我们北方的语言却是得益于权力的分配。在清代之前的中国历史里，权力向北方的倾斜使这一地区的语言成为统治者，其他地区的语言则沦落为方言俚语。于是用同样方式书写出来的作

品，在权力的北方成为历史的记载，正史或者野史；而在南方，只能被流放到民间传说的格式中去。①

余华讨论的虽然是南北方语言的差异以及形成这种差异的原因，但这传递出余华对北方、南方的理解——北方与南方构成了中心与边缘、庙堂与江湖的关系。南方是存在于史书特别是正史之外的民间社会，这里充满了秘闻、流言与传奇。小美的身上蕴含着谜一般的力量，引导着林祥福离开北方，一路向南而行，也只有到了南方小镇，林祥福才能走进传奇。只有在溪镇这样的民间社会，林祥福与小美的错过、土匪各种残杀的闹剧似乎才具有合理性。从这个意义上看，"文城"既不是乌托邦，也不是异托邦，它只是一个存在于叙述中的虚构空间，正是这个空间包容了蕴含着巨大能量的传奇故事。如果缺少"寻找文城"的过程，那么江南小镇的民间性、传奇性都无法得到最大程度上的展现。正是由于林祥福及其所指征的北方的参照，"文城"才具备了叙事的功能。南北方的交互、对话则是由《文城·补》完成的。补篇的设置不仅第一次出现在余华的写作中，在整个中国当代文学里也并不常见。为何要有《文城·补》，大概很多读者、研究者表示疑惑，在笔者看来，网络文学中"番外"的设定可以帮助我们去理解《文城·补》。"番外"最初是日文词，进入中文后固定下来，一般指对正文的补充，可以是正文中某一情节的细化，也可以是以正文中某个人物为中心展开的故事，"番外"一般是可以单独阅读的。《文城·补》共36个章节，体量大致是正文的一半，相当于一个中篇小说，即便没有读过正文也不影响对它的阅读。补篇以小美的身世背景为开篇，以墓碑

---

① 余华：《意大利文版自序》，《许三观卖血记》，北京：作家出版社，2012年版，第9—10页。

上小美的名字与棺材里林祥福的尸身相隔咫尺为结束，整个补篇可以视作是纪小美的"个人史"。

　　纪小美足以称得上余华迄今塑造的女性人物中最为饱满、精彩的一个。《活着》里的家珍，虽然善良坚忍，有着中国传统女性的美德，但作为一个文学人物未免平淡。《许三观卖血记》里泼辣的油条西施许玉兰本可以成为一个更加立体的人物形象，遗憾的是，许三观开启卖血旅程之后，她便退到了男性形象身后。在纪小美身上，可以看到人性的多个侧面，在一众"好人极好，恶人极恶"的人物里，小美因其难言善恶的复杂性而显得夺目。发生在纪小美、林祥福、沈祖强三人之间的故事没有堕入"仙人跳"的套路，如洪治纲所言，《文城》"既延续了余华在亲情与温情上的叙事魅力，又拓展了情感背后巨大的人伦空间"[①]。"典妻"是中国现代乡土文学中的重要题材，许杰的《赌徒吉顺》和柔石的《为奴隶的母亲》是书写"典妻"的名作，但余华并未沿着这两位浙江先贤的道路来塑造纪小美，而是凸显了纪小美身上的独立、坚韧与善良。少女时期的纪小美因为天性活泼被当家的婆婆视为淫荡，余华用一件收在衣橱里的花衣裳表现女孩爱美的天性以及两代女性的角力。"衣橱"这个物件或曰空间的巧妙使用与张爱玲的《沉香屑·第一炉香》有异曲同工之妙，女学生葛薇龙就是从挂满各色华服的衣橱中窥见到物质世界的巨大诱惑，打开衣橱的那一刻就是她人生的转折点。而且，衣橱也将葛薇龙、姑妈两代女性联系在一起，姑妈引诱并带领葛薇龙进入交际花的行列，两代女性又暗自较劲。从故事的结尾来看，葛薇龙忙着给乔琪乔弄钱，这其实是另一种形式的"典妻"。彼时，葛薇龙沉醉在衣橱里的世界，乔琪乔尚未正式踏足她的

---

① 洪治纲：《寻找诗性的正义——论余华的〈文城〉》，《中国现代文学研究丛刊》2021年第 7 期。

生活，但在《文城》里，当小美在衣橱前换衣服，在镜子前做出各种天真烂漫的动作时，正接受来自异性（阿强）的凝视。"凝视"是阿强与小美之间情欲的开端，但婆婆的介入又逼得小美不得不将女人的天性、欲望悉数收敛。

小美与阿强逃往北方，与林祥福相遇后又分离，这些"奇遇"被余华处理得舒缓而柔和。纪小美最大的痛苦依然存在，来自于她的女儿。小美被失去女儿的痛苦、对女儿的歉疚反复折磨、撕扯，她默默地在心里为女儿起名字，"想出来一个，放弃一个，再想出来一个，再放弃一个，她想了一个又一个名字，每个名字她都在心里叫上几声"①，这场景触人心弦、催人泪下。最终，小美死在城隍阁前的祭天仪式中，死在冰雪里，死前她忏悔自己的罪，祈求来世可以得到林祥福的宽恕，在生命的最后时刻，她看见长出两颗乳牙的女儿在对着她笑。余华为小美安排的死亡结局充满戏剧性，祭祀中的死亡充满了神圣的意义，意味着忏悔、救赎与解脱。余华竭力将小美写成一个好人，并想方设法用"补"告诉读者"小美的所有选择，不是她要去做的，是命运驱使她去做的，同时她也被命运撕裂了"②。

如果说《文城》的正篇是一种"阳性"叙事，那么补篇则是一种"阴性"叙事。正篇由"匪祸"进入历史，以充满血腥、暴力的雄性视角书写乱世起伏，而补篇则书写了历史的"阴面"，将清末民初的波澜浓缩在一个由专制的婆婆、和善的赘婿公公、软弱的儿子组成的家庭中，童养媳小美恰是冲破这个沉闷、晦暗的家庭的一股力量。余华强调《文城》传奇特征中所包含的社会性，他认为"正篇是用动荡不安的

---

① 余华：《文城》，北京：北京十月文艺出版社，2021 年版，第 335 页。

② 张英：《余华说〈文城〉：不要重复自己》，《新民周刊》2021 年第 19 期。

方式写下了社会性，补篇是以封建压抑的方式写下社会性"①。《文城》正篇、补篇的结尾都是风景描写，也都发生在林祥福死后落叶归根的路上。只是两段风景描写呈现出截然不同的色调。正篇结尾写萧条凋敝的田地、散发着腥臭气味的河水，补篇结尾写西山溪水叮咚、鸟鸣阵阵。正篇结尾是满目疮痍，补篇结尾则安详宁静，其中的关键点在于西山是小美的长眠之地，小美在墓碑上的名字与棺材中林祥福的尸身相隔咫尺，也算是完成了一次"重逢"，阳光和煦、水流潺潺的西山是灵魂的安息之所。透过这两处风景描写不难看出，《文城》的正篇、补篇充满了作家的精心设计，在互文中展开对历史的叙述，这既是北方与南方的"互文"，也是阳性与阴性的"互文"。余华自己是看重《文城》所承载的社会性的，让林祥福历尽艰辛来到江南小镇，是试图通过民间视角呈现历史图景，历史不仅由史册在录的大人物构成，乡绅、农民、土匪这些小人物亦构成了历史的细节。

"先锋作家"可谓是贴在余华身上的一张标签。先锋小说与现实主义小说的争辩、先锋小说中西方叙事资源与中国叙事资源的争辩已经成为余华研究中的重要议题。尽管《文城》有瑕疵，比如，将人物所做的每一次选择都归咎于"命运"，极端的善恶对立以及充满戏剧性的情节铺排稀释了作家对历史的复杂性的刻画，但是《文城》的出现让我们看到了余华创作的又一次新变。

"《文城》2月22日全网预售第一天，即登上当当新书销量榜的第一。第二天，出版社根据预售情况，宣布加印10万册。"②如此火爆的销售场面和出版商们的销售策略不无关系。从预售阶段开始，出版

---

① 余华、洪治纲：《〈文城〉内外》，《收获·长篇小说》2021夏卷，上海：上海文艺出版社，2021年版，第417页。

② 张英：《余华说〈文城〉：不要重复自己》，《新民周刊》2021年第19期。

商便开始制造余华"归来"的语境，小说的腰封上赫然印着"暌违八年 余华全新长篇"。在各大电商的宣传推介中，几乎也都使用这样的语句——"余华新书，时隔 8 年重磅归来，《活着》之后又一精彩力作！""写《活着》的余华又回来了！"随《文城》附赠的由张晓刚绘制的余华珍藏肖像漫画①上，头发蓬乱的余华穿着一件蓝色夹克，夹克上印着"活着"。可见《活着》已经成为余华的标签。埃斯卡皮在《文学社会学》一书中提醒我们，"出版商以引导养成新习惯来左右读者大众"，这些习惯可以表现为"一窝蜂地迷恋某个作家的个性"，或是表现为"忠实于某种思维形式、某种风格、某类作品"②。将《文城》与《活着》对接的做法，遮蔽了《十八岁出门远行》《现实一种》《一九八六年》等余华 80 年代的创作，也遮蔽了《在细雨中呼喊》《许三观卖血记》《兄弟》《第七天》四部长篇。这样的对接中也包含了潜台词——《活着》是余华的巅峰之作。《活着》是否足以代表余华创作的最高峰仍然是一个有待商榷的问题，比如从创作技法上看，《许三观卖血记》似乎比《活着》更加成熟。出版商将《文城》与《活着》进行对接，在刺激销量的同时，也限制了读者对《文城》的理解。

通过余华的自述不难看出，他严格地区分着《文城》与《活着》，他强调"《活着》是写实主义的叙述，《文城》借助了传奇小说叙述方式，它的叙述是戏剧性的"③。《文城》呈现出的特征让余华回忆起自己

---

① 张晓刚，著名当代艺术家，代表作有《全家福》系列等。《文城》封面插画来自张晓刚作品《失忆与记忆：男人》。在张晓刚为余华所绘肖像漫画中，余华的身后有一只鼠尾（余华出生于 1960 年，生肖鼠），鼠尾上有着血迹。漫画形式下的余华在身着蓝色夹克之余，还戴着一只白围巾，围巾上也沾有血迹。整个漫画可以视为余华创作特色的一个概括，《活着》、血腥、底层视角均蕴含其中。

② [法]罗贝尔·埃斯卡皮著：《文学社会学》，于沛选编，杭州：浙江人民出版社，1987 年版，第 44 页。

③ 张英：《余华说〈文城〉：不要重复自己》，《新民周刊》2021 年第 19 期。

曾写过的一个侦探小说《河边的错误》、一个武侠小说《鲜血梅花》、一个才子佳人小说《古典爱情》，"当时还想写一个传奇小说，后来放弃了，没继续下去。等到开始写《文城》的时候，尤其是这次修改的时候，我突然发现这就是一个传奇小说"[1]。《河边的错误》（《钟山》1988 年第 1 期）、《古典爱情》（《北京文学》1988 年第 12 期）、《鲜血梅花》（《人民文学》1989 年第 3 期）是余华在 80 年代末发表的，风格较之前的创作有较大区别的三部作品。赵毅衡在《非语义化的凯旋——细读余华》（《当代作家评论》1991 年第 2 期）一文中将这三个作品定义为"文类性颠覆"，《河边的错误》是反公案—侦探小说、《古典爱情》是反才子佳人小说、《鲜血梅花》可视为对武侠小说的颠覆。赵毅衡更指出，"这三种都是中国俗文学中有悠久历史的文类"，余华这三个小说"成为这些亚文类的颠覆性戏仿"[2]。而余华在 1989 年给编辑程永新的信中谈到对先锋小说的一些看法，"现在用空洞无物这词去形容某些先锋小说不是没有道理"[3]。由此看来，余华这一时期所写的他所认为的侦探小说、武侠小说、才子佳人小说可以说是对先锋文学的反思，亦开启了 90 年代以《在细雨中呼喊》《活着》《许三观卖血记》为代表的向现实主义文学的"转型"。更值得注意的是，余华在"转型"的过程中借助了中国古典小说的资源，譬如《鲜血梅花》可以追溯至鲁迅的《铸剑》以及《搜神记》中的《三王墓》；《古典爱情》可以追溯至汤显祖《牡丹亭》。值得一提的是，志怪小说集《搜神记》的编撰者干宝是余华的同乡，干宝幼时随父南迁，后定居海盐。当我们审视《文城》的"传奇性"时，其实也是在审视余华小说中丰富而多元

---

[1]　张英：《余华说〈文城〉：不要重复自己》，《新民周刊》2021 年第 19 期。

[2]　赵毅衡：《非语义化的凯旋——细读余华》，《当代作家评论》1991 年第 2 期。

[3]　程永新编著：《一个人的文学史》，天津：天津人民出版社，2007 版，第 45 页。

的创作资源。

《文城》让我们看到余华对中国传统文化以及方志典籍的关注。余华这样讲述自己为写《文城》所做的功课:"为了写这个小说,我读了好多好多书,那些书现在网上一搜就有了,但是当年我都是去北京琉璃厂,我在那儿买到了很多书当资料。""包括木匠的知识,我也看木匠的书。""还有中医,我也知道一点。但真正开始写的时候,是要寻找资料的,因为知识的准确性很重要。像顾益民怎么把身上的腐肉去掉,我都是在中医书上去摘抄下来的"。① 为了写小说里的那场雪冻,余华还去看了关于灾荒的资料。长期以来,余华更偏爱谈及川端康成、卡夫卡、福克纳等外国作家对其创作的影响,但在《文城》里,余华让我们看到了他对中国古典小说、中国传统文化的关注。《文城》第九章借技艺高超的木匠师傅陈箱柜、徐硬木之口将木工活的门道娓娓道来;第七十章中花了两百余字的篇幅描写顾益民刮腐肉的细节,细述何为去腐肉的升药;第二十七章写林祥福给孩子们设立的课室里贴着雍正帝的《圣谕广训》。不难看出,余华对中国传统文化的关注、对古籍的爬梳丰满了《文城》的肌理。与此同时,《文城》也继承了中国古典小说的教化功能。在数字时代,余华却孜孜不倦地讲一个老故事,重新诉说中国人自古以来的行事准则与道德规范——"以德报怨""惩恶扬善""侠义忠信",这是余华通过《文城》传递的朴素的信念。

《文城》写匪祸对乡土社会的破坏,写乡绅阶层的乱世百态,更以纪小美波折的一生去透视女性的"出走"问题。余华选择以自己的方式造访鲁迅所身处并书写、思考的时代,以"传奇"的方式重塑清

---

① 张英:《余华说〈文城〉:不要重复自己》,《新民周刊》2021 年第 19 期。

末民初的历史。为此，余华调动他擅长的创作要素，又在方志典籍中精心搜集创作资源，甚至别出心裁地设置了"补篇"这样一个叙事迷宫。《文城》或许不是完美的作品，但这部作品显示了余华创作实践的先锋精神——永远尝试，永远自我反叛。

目前我们似乎还难以给《兄弟》《第七天》《文城》三部长篇下明确且清晰的结论，毕竟它们还没有经过足够的时间考验。在笔者看来，《兄弟》是一部"恢复之作"，代表了余华从长期的随笔写作重回小说创作的过渡状态；《第七天》是一部"试验性"作品，余华尝试以一个虚构的死亡世界去映照变化中的现实世界，同时这也是一次与新闻、与新媒体叙事的对抗；《文城》则是一次"远行"，余华继续着多年来"书写百年"的宏愿，回溯至中国古典文学的叙事资源中。重要的是，余华正是在不断地"出走"与"试验"中调整自己的创作方向。

第五章 从"小世界"到"大世界"——余华文学地图中的鲁迅"传统"

纵观余华的文学道路，其在 80 年代初以小镇文学青年的身份度过了自己的"阅读和写作的自我训练期"。1987 年《十八岁出门远行》的发表使余华在文坛崭露头角，整个 80 年代既是余华中短篇小说创作蓬勃旺盛的阶段，亦是作为先锋作家的余华迅速被经典化的阶段。进入 90 年代之后，余华接连推出了《在细雨中呼喊》《活着》《许三观卖血记》三个长篇，成就了独特的个人写作风格。进入 21 世纪之后，伴随着《兄弟》《第七天》的问世，余华从书写历史转向了书写当下。2021 年，《文城》的出版意味着余华进行了一次新的尝试。在余华的创作生涯中，"海盐"和"北京"构成了余华文学地图中最为重要的两个坐标。伴随着人生道路的变动，余华的文学世界经历了从"小世界"到"大世界"的拓深，贯穿余华人生与文学道路的一条线索是他以"重新发现"的方式确立鲁迅"传统"。

第一节 从海盐来

1987 年第 1 期《北京文学》在小说栏目首篇的位置刊发了余华的《十八岁出门远行》。这篇小说源于从报纸夹缝里看到的一条关于抢苹果的消息，被余华认为是"成功的第一部作品"，"在当时，很多作家和评论家认为它代表了新的文学形式，也就是后来所说的先锋文学"。①《十八岁出门远行》的发表距离余华开始小说创作差不多已有五年，1984 年到 1986 年余华发表在文学杂志上的作品一直没有收录到各种集子中去。对此，作家本人给出的解释是，这个阶段"是我阅读和写作的自我训练期"②。如果说《十八岁出门远行》是余华作品经典化的起点，那么这些"自我训练期"的作品则无疑是余华个人写作史的起点。

海盐县文化馆至今还保留着自编的《作品年鉴》，将海盐籍作者的发表情况记录在册，80 年代初的《作品年鉴》虽是油印而成，但排版精良、字体清晰，不仅记录了作者、作品名称，亦有发表刊物的刊名及期号。③ 余华"自我训练期"的少作基本上篇幅不长，大多发表在以扶持青年作家为宗旨的地方刊物上，如《西湖》《丑小鸭》《小说天地》《东海》等，但也不乏发表在上海、北京等地刊物上的作品，如《三个女人一个夜晚》发表在《萌芽》1986 年第 1 期，《星星》《看海去》《月亮照着你，月亮照着我》《竹女》《我的"一点点"——关于〈星星〉及其它》发表在《北京文学》。

余华的处女作《第一宿舍》发表在杭州的文学刊物《西湖》1983

---

① 余华:《我的写作经历》,《没有一条道路是重复的》, 北京: 作家出版社, 2012 年版, 第 106 页。

② 余华:《我的写作经历》,《没有一条道路是重复的》, 北京: 作家出版社, 2012 年版, 第 105 页。

③ 据海盐县文化馆编《作品年鉴 1986、1987 年》所载, 余华于《萌芽》1987 年第 11 期发表了一篇题为《小镇很小》的小说, 于《西湖》1987 年第 8 期发表了一篇题为《阿凌死后》的小说。但当笔者在浙江图书馆翻看 1987 年第 11 期《萌芽》时发现,《小镇很小》的作者署名为"寒冰", 且附注了"浙江 寒冰"。笔者后又查阅《西湖》1987 年第 8 期, 作者署名为"寒冰"。笔者从写作风格推断,"寒冰"很有可能系余华笔名, 但亦有学者持不同意见。为谨慎起见,《小镇很小》《阿凌死后》在此不纳入讨论范围。笔者认为, 此 2 篇疑为余华作品, 下一阶段会就此问题做进一步考证, 即便"寒冰"非余华笔名, 亦要求证此文真实作者与余华之间有何关联。

年第 1 期，是一篇一万多字的小说。故事围绕着只有八平方米的宿舍中的四位年轻医生展开，寡言的毕建国是故事的主人公。对病人十分尽责，以至于被身边人戏称为傻瓜的毕建国被检查出患有癌症。此时“我”才知道毕建国偏爱海棠花，是因为她的妹妹乳名叫小棠，自己的乳名叫小海，合起来就是小小海棠。而且小棠身世曲折，她是毕建国父亲已故战友的女儿。毕建国病逝后，他的父亲———一位考察归国的老干部赶到宿舍，将儿子的骨灰带走，想要把他葬在小棠走失的大兴安岭。小说的结尾，“我”心中充满哀伤，眼含热泪地望向窗外，“外面开始下雨了。不知大兴安岭也在下雨否？”^① 连同文章一起刊出的还有编辑的“编后”，编辑称赞这篇小说“关键还是比较注意写人物”，但作品还稚嫩，“最明显的不足也许是焦点人物毕建国尚欠丰满、厚实，若干情节、细节较常见；后半部分，哀伤味过浓一些”。^② 同年，《海盐文艺》第 1 期刊出了余华的《疯孩子》，这是后来发表在《北京文学》的《星星》的前身。“儿童”是余华这些“习作”中重要的书写对象。1989 年作家出版社出版的小说集《十八岁出门远行》收录了题为《萤火虫》的短篇小说。小说并不复杂，萤火虫对于小林、小慰两个孩子而言是故去的外公的化身，整篇小说将孩童的单纯天真与死亡的阴郁神秘糅合在一起。《萤火虫》是整个小说集中唯一没有标注写作时间的作品，而且这个短篇虽然发表在《岁月》1988 年第 4 期，但它在余华之后的各种作品选集中再未出现过。因此，笔者认为，《萤火虫》也属于作家自己认定的“自我训练期”作品。《甜甜的葡萄》发表在江西《小说天地》杂志 1984 年第 4 期，后被《儿童文学选刊》转载。这篇小说篇幅很短，主题是赞扬一个小男孩以德报怨的品质，读来有些

① 余华:《第一宿舍》,《西湖》1983 年第 1 期。
② 余华:《第一宿舍》,《西湖》1983 年第 1 期。

拙稚，语言较为口语化，结尾或许是为了点题，缀上了这样一句——"听说，被泪水滴过的葡萄，特别好吃。"①，有煽情之嫌。发表在《北京文学》1986 年第 5 期的《看海去》是一篇描写少年心绪的作品，重点讲述了我还有哥哥与海的故事，字里行间弥漫着淡淡的忧伤。《看海去》刊发在散文栏目，同期刊发的有汪曾祺的《桥边散文》（两篇），足见《北京文学》对青年作者的扶持。《看海去》最初由编辑推荐给副主编李陀时，李陀看了之后，觉得一般，没什么特别之处。② 同样是以"海的故事"为框架的《白塔山》（《东海》1986 年第 6 期）则在儿童故事中嵌入了青春期的懵懂情愫以及阴森的气氛。

　　这一时期，"爱情"是余华着重描写的对象，《鸽子，鸽子》《月亮照着你，月亮照着我》两篇小说都带有青年人在爱情中怅然若失的情调。《鸽子，鸽子》（《青春》1983 年第 12 期）沿袭传统小说"两男一女"的模式，主人公是"我"、舍友小左和一位"斜眼姑娘"。"我"，姓李，是一名年仅 20 岁的眼科医生。因为进修的缘故，"我"离开家乡，来到小城的第一人民医院，和同来进修的同龄军医小左住在同一间宿舍。"我"和小左经常结伴在黄昏时分去海滩散步，我们在海滩遇见了一位姑娘，她来放飞驯养的鸽子。我们发现这位姑娘患有斜视，于是借机暗示姑娘，可以通过手术矫正。三个月之后，我们突然在小城里又遇见放飞鸽子的姑娘，她已经做了矫正手术，变得十分漂亮。秋天的时候，姑娘成为小城的报幕员，并有了男伴。"我"觉得她的眼睛不再是过去的那双眼睛了，她也不再是过去的她了。有一天，"我"和小左在海滩散步时又遇见了姑娘，她却认不出我们了。鸽子一

---

① 余华：《甜甜的葡萄》，《儿童文学选刊》1984 年第 4 期。
② 付锋、李雪：《八十年代是热衷创新的年代——关于余华的〈十八岁出门远行〉》，《长城》2011 年第 5 期。

飞走便再也没回头。姑娘独自一人坐在大石上垂着眼等待鸽子飞回的模样让"我"和小左回忆起初次见她的情景。在小说的结尾，余华尝试和读者展开对话："亲爱的读者，当那两只鸽子向茫茫天际飞去的时候，也把这个故事带走了。"① 相较而言，发表在《北京文学》1984 年第 4 期的《月亮照着你，月亮照着我》流畅圆熟不少，这个短篇小说经过两稿才得以完成。"月亮照着我，月亮照着我"取自苏小明演唱的《等到月儿圆》，是 20 世纪 80 年代的流行金曲，同时也是小说男主人公经常吹出来的一段旋律。小说描写了爱情中的"错过"。19 岁的工厂女工兰兰为了得到男主人公的青睐，学着穿时髦的衣服，把辫子剪掉，换成张瑜（笔者注：当时的电影明星）那样的短发。可是男主人公一直深爱的是兰兰从前那两根披在肩头的 50 年代式样的长辫子。小说虽然缺乏深度，细节描写也有些烦冗，但是对青年人心理的刻画却颇为生动。

虽然余华这一阶段的写作深受日本作家川端康成的影响，但他这一阶段的不少作品与 20 世纪 80 年代的文学环境有着深刻关联。《第一宿舍》中加入了"伤痕文学"的桥段，《竹女》则带有浓厚的汪曾祺气味，《男儿有泪不轻弹》《男高音的爱情》无疑是顺应了"改革文学"的潮流。《竹女》（《北京文学》1984 年第 3 期）充满朦胧的诗意，整个小说仿佛一个被氤氲水汽笼罩起来的梦。竹女和丈夫鱼儿、婆婆一同生活在静水湖上，以捕鱼为生。竹女是在五岁那年和父亲逃难来到静水湖的，婆婆一家好心收留了她，并认她做儿媳妇。在女儿被收留的第二天一早，父亲便悄然离开了。十多年来，竹女和婆婆互相体贴关爱，竹女经常梦见小鸟在家乡屋前的两棵老榆树上玩耍，掉下和竹

---

① 余华：《鸽子，鸽子》，《青春》1983 年第 12 期。

叶一样青翠的羽毛。一日，竹女突发高烧，丈夫鱼儿和婆婆尽心伺候。有位老者于此时来到竹女家中，他很有可能就是竹女十多年未见的父亲。最终，老者虽然离开了，但竹女的梦里出现了一对美丽的鸟儿，是那位慈爱的老者送给她的。《竹女》的笔调十分温柔，将竹女的身世、经历娓娓道来，虽然竹女遭遇了苦难，但余华将这些苦难包拢在幽远的牧歌情调之下，带有沈从文、汪曾祺一脉京派文学的遗风。《男儿有泪不轻弹》（《东海》1984年第5期）遵照的是"改革文学"模式，小说的主人公"新厂长"很容易让我们联想到20世纪80年代在全国赫赫有名的海盐衬衫总厂厂长步鑫生。这篇小说被选入浙江文艺出版社1984年出版的《生日的礼物——浙江作者短篇小说新作选》，这部小说新作选是庆祝新中国成立35周年的献礼之作，在《编后》中有这样一句评价——"整本集子也还缺乏正面描写改革形象者的力作"①，这似乎也是对《男儿有泪不轻弹》的一种评价。

　　余华这一时期的作品格局不大，大多是从生活中的小细节、小感触入手，但是，也尝试着对重大历史记忆（譬如"文革"）进行书写。发表在《西湖》1983年第8期上的《"威尼斯"牙齿店》表面上看是一则以江南水乡为背景的乡土小说，但是余华在小说的后半部分嵌入了"武斗"故事，牙医诗人老金摇身一变成了"革命头子"，带领一众红卫兵对村里的阿王进行严刑拷打，阿王最终被打死，老金在之后的另一场"武斗"中也被打得遍体鳞伤。可是阿王的养女小宝并没有嫌弃爱人老金，反而对爱人不离不弃。这个故事虽然有些生硬，结局也有些突兀，但是能看出余华在努力将自己脑海中的"文革"记忆诉诸笔端。发表在《萌芽》1986年第1期上的《三个女人一个夜晚》对"文革"

---

① 浙江文艺出版社编：《生日的礼物——浙江作者短篇小说新作选》，杭州：浙江文艺出版社，1984年版，第332页。

记忆的处理则显得流畅自然许多，整个小说也流露出一点先锋意味。余华将小说中唯一的男性角色，三个女人都在等待的同一个男人符号化为"顽固"。三个女人在车站等待"顽固"的过程中不断诉说着与"顽固"的回忆，但真假难辨。小说最终的落脚点是三个女人回忆起十多年前去杭州的经历，大家都是偷跑出去的，坐车不用钱，住宿也不用钱，杭州到处都是红卫兵，她们住在红太阳广场。那次虽然没有去成北京，可是六和塔太好玩了。这个小说篇幅很短，但有限的篇幅中却交织了现实、回忆、梦境，虽然难免匠气，但是在写法上有一定的新意。从文学性的角度看，余华的这些少作只停留在练笔的阶段，拙稚生硬，主要是描摹生活的表象。但对于余华的"个人文学史"而言，这些作品的意义不容小觑。

以回望的眼光看余华早期的作品，很难将其与"血管里流着冰碴子"的余华联系在一起，这些短篇小说虽然粗糙、稚嫩，但其中却充溢着温馨、忧伤、幽默的情调。《表哥和王亚亚》(《丑小鸭》1986年第8期)被当期《编者的话》评价为"写出了一双哑人对幸福的追求，对美好生活的向往，写出了这双情人的纯洁心灵"①。小说中的表哥在绍兴外公外婆身边长大，能够与他促膝长谈的外公去世后，表哥在寂寞中找到了爱情。表哥与王亚亚的爱情并非一帆风顺，但好在有情人终成眷属。整篇小说虽然没有紧张曲折的情节，但是余华将细节处理得相当细腻，"我"教表哥说"王亚亚，我爱你"，表哥虽然口齿不清，但还是轻声说了出来；表哥和王亚亚虽然都是哑巴，但是他们从电视中得到的乐趣竟多过普通人；"我"在表哥的新房里，看着表哥吃饭舔碗的模样，怀念起已经过世的外公，在表哥身上仿佛看到了外

---

① 《编者的话》，《丑小鸭》1986年第8期。

公的身影。《表哥和王亚亚》传递出的不仅是一对哑巴之间的爱，更有"我"和表哥之间真挚的兄弟之情，外公对表哥的牵挂怜惜之情，拙朴中透着温暖。《几时你能再握这只手》（《小说天地》1985年第3期）是一篇散文体小说，写的是青年人在爱情中患得患失。《老邮政弄记》《男高音的爱情》则难掩幽默诙谐的味道，《老邮政弄记》发表在《青年作家》1984年第12期时被纳入"刺梨儿"栏目，并被标注为"幽默小说"，同栏目发表的有两篇讽刺小说、一篇讽刺小品。《老邮政弄记》看似是记述弄堂琐事，实则是以刻画人物为中心。小说的主人公老张是一个身高一米六五，体重九十公斤，有着显眼啤酒肚的大胖子，他的特长是拉二胡，曾经凭着一把二胡吸引了老邮政弄的男女老少。可是，当吉他随着三位大学生闯进弄堂之后，老张的二胡便失了宠，待暑假结束，大学生们返校，老张本以为可以重获弄堂里孩子们的欢心，可没想到，在他演奏完二胡之后，孩子们只是唱着儿歌取笑这位他们曾十分喜爱的胖子。小说读来颇为轻松，语言也较为口语化，幽默十足却并不油滑，人物性格展现得十分细腻。《男高音的爱情》（《东海》1984年第12期）则将幽默元素嵌入改革小说的框架之中，小说主人公并不是歌唱演员，而是一位年轻厂长。余华在《东海》1984年第5期、第12期发表了两篇以书写工厂改革者为中心的短篇小说，《男儿有泪不轻弹》（《东海》1984年第5期）略胜一筹，在《刊前絮语》中被特别介绍，"构思精巧，文字晓畅、凝练，在艺术上也颇有独到之处"[①]，并且被安排在当期刊物的首篇。《男高音的爱情》则没有享有这份优待，被安排在"短篇小说"栏目的第六篇。余华为了突出主人公史明成雷厉风行、风风火火的实干家性格，将人物特点概括

---

① 《刊前絮语》，《东海》1984年第5期。

为嗓音嘹亮，不但面对厂里同事如此，面对恋人亦如是，但是，"男高音"这个人物特点在小说中被反复使用，难免显得轻浮、拖沓。

这些短篇小说，难掩稚嫩与青涩，但让我们看到了这个阶段属于余华的关键词——"小镇""弄堂"。余华剖白道："我们住在胡同底，其实就是乡间了"①。徐勇将余华的小说定义为"乡镇小说"，并强调"乡镇时空"是介于城市时空与乡村时空之间的"过渡状态和'中间地带'"②。的确，很多情况下小镇和乡镇是通用的概念，但是，在这里，笔者更愿意用"小镇"来指称余华作品内外的空间。

海盐历史悠久，秦王政二十五年置县，距离杭州约100公里。余华母亲从杭州迁居海盐时的感受是"连一辆自行车都看不到"，余华记忆中的海盐街道是石板铺成的，比胡同还要窄。但有一点值得注意的是，余华自小生活、学习的地方是海盐的中心。从唐代起，武原镇就是海盐的县城。余华童年时代生活的旧居现址为武原镇海滨东路杨家弄84号，这处宅邸又称"汪宅"，是汪氏四代的祖居，建于清代，二层砖木阁楼式建筑。关于这个家，余华在《最初的岁月》里写道："我把回家的路分成两段来记住，第一段是一直往前走，走到医院；走到医院以后，我再去记住回家的路，那就是走进医院对面的一条胡同，然后沿着胡同走到底，就是家了"③。循着作家的提示，笔者翻阅了1992年出版的《海盐县志》，试图勾勒出医院、家、学校之间的地图。余华父亲所在的医院是海盐县人民医院，1956年由县人民政府卫

---

① 余华:《最初的岁月》,《没有一条道路是重复的》, 北京: 作家出版社, 2012 年版, 第 58 页。
② 徐勇:《余华小说: 古典气质与乡镇叙事》,《中国现代文学研究丛刊》2017 年第 7 期。
③ 余华:《最初的岁月》,《没有一条道路是重复的》, 北京: 作家出版社, 2012 年版, 第 58 页。

生院易名而来，并迁至杨家弄口陆宅，直到 1977 年 5 月才迁出①。余
华就读的小学是向阳小学，前身为武原镇中心小学，1967 年才有了这
个颇具"文革"特色的名字，地址为海滨东路 66 号②。虽然余华在小学
四年级时搬到了医院的宿舍楼，但童年余华的生活轨迹却未偏离"海
滨路"。特别提到这条道路，是因为它构成了武原镇的中心街区。据
县志记载，1970 年，西大街、中大街、东大街三段延伸拓宽为海滨路，
以五星桥为界分海滨东路、海滨西路③。海滨路、朝阳路区域是全镇乃
至全县最热闹繁华的地段，余华就读的海盐中学、工作过的武原镇卫
生院以及海盐县文化馆也都不曾脱离这个区域。从"小镇"聚焦至"小
镇中心"，目的并非停留在单纯的地理空间的缩小，而是想要讨论"小
镇中心"这样一个独特的文化、社会空间与作家创作之间的关联。

　　余华在《老邮政弄记》里写道："老邮政弄是条死弄，人从这儿
进去，还得从这儿出来。县志上记载着城里有七十二条半胡同，那
半条胡同就是指老邮政弄。"④《河边的错误》中也写到老邮政弄，老
邮政弄里住着么四婆婆和疯子，它距离杨家弄有四百米。海盐素来
有"七十二条半弄"的说法，这一点在 1992 年出版的《海盐县志》中
亦有提及，"城内外水多桥多巷多，有大小桥梁 38 座，街巷 60 多
条，素有'七十二条半弄'之称"⑤。明代《海盐县图经》梳理城内街
巷，数目虽多，但还没有七十二条半这么多。清代《海盐县志》对《海

① 《海盐县志》，杭州：杭州人民出版社，1992 年版。其中《卷二十五 卫生 体育》介
绍了海盐县人民医院的历史沿革。
② 《海盐县志》，杭州：杭州人民出版社，1992 年版。其中《卷二十二 教育》"武原镇
中心小学"条目介绍了向阳小学的名称由来、地址与规模。
③ 《海盐县志》，杭州：杭州人民出版社，1992 年版。其中《卷四 城乡建设》武原镇部
分介绍了镇内主要街道的由来与范围。
④ 余华：《老邮政弄记》，《青年作家》1984 年第 12 期。
⑤ 《海盐县志》，杭州：杭州人民出版社，1992 年版，第 46–47 页。

盐县图经》中提及的街巷情况进行了修订，但未明确指出数量。直至今日，这"七十二条半弄"究竟对应着哪些具体的巷弄也没有确定的说法。但是这条"半弄"是余华所熟悉的，又是有着传奇色彩的，这促使作家将老邮政弄塑造为一个与别处不同的空间，一个淡然、有礼的世界："弄口有个角落，为了提醒夜里喜欢随地小便的人，墙上这么写着：'君子自重，小便远行。'这一点，老邮政弄也不像别的胡同。别的胡同大多这么写：'小狗在此小便。'或者'在此小便者，王八也。'"① 余华是熟悉弄堂生活的，将小说中的时间安排在夏日夜晚，此时弄堂成为一个充满各类社会话题、小道消息以及流言的"公共空间"。余华为了刻画老张的性格费了不少苦心，写他因为有个啤酒肚而忌讳"啤酒"这个词，只以"十二度"代替。这里很容易让人联想到鲁迅《阿Q正传》的笔法，阿Q头上有几处癞疮疤，便讳说"癞"及一切近于"赖"的音，甚至连"光""亮""灯""烛"都讳了。我们可以看出余华这些努力的意图，他想写的是改革开放带给一个小县城的小弄堂的影响或曰从一个偏远的微小的弄堂世界观察中国经历的巨变，如同他在小说开头直接点明的那样——"八三年七月中旬，吉他闯进老邮政弄里来了。它顺顺当当地从西洋闯进中国，又顺顺当当地从大城市闯进小县城。现在，闯进了老邮政弄"② 吉他与二胡、大学生与民间艺人之间的对立或许有些直白，但暗示了小镇青年余华对西方与东方、现代与传统的思考。

　　"小镇中心"是余华的"小世界"，这里不仅有弄堂，更有政府楼房、电影院、派出所等等。作家曾回忆七岁那年，"心惊胆战地站在

---

① 余华:《老邮政弄记》,《青年作家》1984年第12期。

② 余华:《老邮政弄记》,《青年作家》1984年第12期。

一棵柳树的下面，看着河对岸的政府楼房里上演的革命夺权"①。这是刻在余华记忆中的小镇的"一月革命"，在《海盐县大事记》里有这样一条："1967 年 1 月 24 日 上海反革命'一月风暴'波及海盐，造反派组织篡夺全县各级党政机关的领导权。"② 影剧院门前的空地被余华赋予了"广场"的意义，对于疯子的书写需在这样的空间中。《一九八六年》中，这块空地上人头攒动，人群为了残余的电影票争抢不已，人们的脚下躺着散落的纽扣。疯子在抢电影票的人群中对着空气手舞足蹈，做出砍、削的动作。影剧院通常处于小镇中心的位置，"往往是这样，所有地方尚在寂静之中时，影剧院首先热烈起来了"③。余华对他"小世界"里的一切了如指掌，于是影剧院这个人群汇集的空间成了疯子被"示众"的场所。

视线从小镇中心延伸，余华最先注目的是乡村、田野：

> 那时候我家在一个名叫武原的小镇上，我在窗前可以看到一片片的稻田，同时也能够看到一小片的麦田，它在稻田的包围中。这是我小时候见到的绝无仅有的一片麦田，也是我最热爱的地方。我曾经在这片麦田的中央做过一张床，是将正在生长中的麦子踩倒后做成的，夏天的时候我时常独自一人躺在那里。④

这张麦子做成的床成了童年余华躲避父亲追打的乐园，他会一直躲在这个"避难所"里直到父亲的叫喊声在渐暗的天色中越来越焦急。余华选在这个时刻偷偷爬出麦田，在田埂上放声大哭，好让父亲

① 余华：《革命》，《十个词汇里的中国》，台北：麦田出版公司，2011 年版，第 199 页。
② 《海盐县志·大事记》，杭州：杭州人民出版社，1992 年版，第 32 页。
③ 余华：《一九八六年》，《现实一种》，北京：作家出版社，2012 年版，第 127 页。
④ 余华：《麦田里》，《没有一条道路是重复的》，北京：作家出版社，2012 年版，第 39-40 页。

发现他。在这种情况下，身为人父的担忧通常会取代怒意，这让余华不但能逃过父亲的拳头，甚至还能得来一餐梦寐以求的包子。这段童年琐事让我们看到了余华观察世界的角度——"窗口"以及他与乡村的"距离"。对于扑在窗口的余华而言，农民收工、农家孩子们在田埂上晃来晃去的情景是"外面的景色"。雷蒙·威廉斯在《乡村与城市》中提醒我们："劳作的乡村几乎从来都不是一种风景。风景的概念暗示着分隔和观察。"① 或许正是这种与乡村的"分隔"使得余华赋予了它遥远的、安全的甚至是温馨的涵义。"楼上的窗口"给余华带来了优越感，也让他可以从一种"居高临下"的视角去观看乡村，这是一片整体的风景：炊烟从农舍的屋顶出发，"缓慢地汇入到傍晚宁静的霞光里。田野在细雨中的影像最为感人，那时候它不再空旷，弥漫开来的雾气不知为何让人十分温暖"② 作家的这一段描述好似铺开了一幅田园画卷，乡村如同充满牧歌情调的桃花源，这可以被理解为一种因为与乡村的"距离"而产生的诗意想象。同时，在作家的回忆和叙述中，超越自己视野的乡村又和"死亡"联系在了一起。余华将他八岁时拐七拐八去往目不可及的村庄的经历形容为"一次冒险的远足"，这次远行的目的是陪一个比自己大几岁的农村孩子去看他刚刚死去的外祖父，这是余华第一次看到什么是葬礼，看到死去的老人脸上涂抹着劣质的颜料，被一根绳子固定在两根竹竿上，面向耀眼的天空。从熟悉的亲切的小镇中心，到从窗口眺望的乡村，再到不知名的村庄的老人的葬礼，"远行"对于敏感又有些胆小的少年余华而言是令人恐惧的，文本中

---

① ［英］威廉斯：《乡村与城市》，韩子满、刘戈、徐珊珊译，北京：商务印书馆，2013年版，第167页。
② 余华：《土地》，《没有一条道路是重复的》，北京：作家出版社，2012年版，第42-43页。

的"远行"被增添了阴郁甚至恐怖的色彩。《疯孩子》写星星因为酷爱拉琴而被邻居、父母怀疑疯了，被送到乡下外婆家，在那里，他只能与大自然做伴，在高山、流水、狂风间创作自己的"田园交响曲"，而事实上他无琴可拉，用的是两根木棍。乡下的山野成了"疯人院"一般的存在，是小男孩星星的放逐之地。当年《疯孩子》被《北京文学》看中，但要经过修改才能发表——《北京文学》希望小说能有一个光明的结尾，可见《疯孩子》的结尾是略显阴暗了。与乡村的距离、对远行的恐惧，余华就是这样一个小镇中心长大的内心敏感的胆小的孩子。这种独特的体验也使得余华的小镇经验显得如此有限。余华的文学道路正是从"小镇"这样一个"小世界"开始的。

小镇上的高考落榜生是余华踏上文学创作道路的最初面貌。作为1977年的高中毕业生，余华是名副其实的应届生，可正因为是应届生，所以与那些在农村、工厂待了几年、十几年的往届生相比，一时间尚认识不到高考是改变命运的重要机会。况且这一拨应届生是在"文革"中度过了小学到高中的时光，因此几乎没有认真学习过，连填志愿都闹出了大笑话。虽然海盐县武原镇卫生院的牙医工作算是解决了余华的"前途"问题，但余华将医院称为"牙齿店"，自己是一名学徒，每日做些重复性劳动。在余华的描述中，中国过去的牙医不是现今的体面职业：

> 在我们中国的过去，牙医是属于跑江湖一类，通常和理发的或者修鞋的为伍，在繁华的街区撑开一把油布雨伞，将钳子、锤子等器械在桌子上一字排开，同时也将以往拔下的牙齿一字排开，以此招徕顾客。这样的牙医都是独自一人，不需要助手，和

修鞋匠一样挑着一副担子游走四方。[①]

20 世纪 70 年代末，伴随着知青返城，青年如何就业成为社会焦点，为了解决"待业青年"的问题，国家允许年轻人自己找出路，做"个体户"。80 年代初，"个体户便如雨后春笋般涌现出来，城镇里出现了各种小摊：理发的、修鞋的、磨刀的、修自行车的、卖饮料小吃和各种手工艺品或小商品的"[②]。余华没有体会到找到出路的快乐，反而生出忧伤甚至自卑的心情，他羡慕那些在文化馆工作的人——可以整日在大街上游手好闲地走来走去。

余华决定以写作为途径进入文化馆。据当时与余华相交甚密的好友蔡东升回忆，一群文学爱好者聚在一起聊天的时候，"余华突然有了灵感，就一个人回去写小说了。夏天的晚上，天热，蚊子多，余华会穿上高帮雨鞋（防止蚊虫叮咬）坚持写文章"[③]。余华积极参加各种文学活动，到 1982 年，余华已然是县文化馆的名人了，经常出现在各种创作会上。而且，此时的余华已经有了明确的"出走"意识。余华劝蔡东升把工作从海盐县沈荡镇调到县城武原镇来，并且为他调动工作做了许多事，"县城文学氛围好，你一个人在沈荡要'死'掉的"[④]。沈荡与县城构成了边缘与中心的差距，这种迫切的不想"死"掉的心情暗示了余华想要进入以北京、上海为代表的文学中心的打算。尚是小镇文学青年的余华显然已经具备了"全国性"的眼光。2020 年 8 月，笔者在海盐采访了蔡东升，谈起当年种种，最令笔者惊讶的是，

---

① 余华：《我为何写作》，《没有一条道路是重复的》，北京：作家出版社，2012 年版，第 108 页。
② [美] 傅高义：《邓小平时代》，冯克利译，北京：生活・读书・新知三联书店，2013 年版，第 437 页。
③ 王争艳、朱逸平：《写小说的小吃店主和余华的故事》，《南湖晚报》2006 年 5 月 16 日。
④ 王争艳、朱逸平：《写小说的小吃店主和余华的故事》，《南湖晚报》2006 年 5 月 16 日。

海盐虽然只是一个坐落在杭嘉湖平原的小城，但当时海盐的文学氛围并不保守，相反，海盐的文学爱好者们的阅读偏好相当"西化"。余华对自己在海盐时期的阅读颇有些信心。1986年，李陀看了《十八岁出门远行》后问余华，在海盐那么一个小县城里拔牙，怎么会写出这样的作品？又问余华读过什么书。听了余华的回答，"他（笔者注：李陀）说我明白了，他读过的书，我都读过，他以为我在海盐读书比他们在北京的作家读得少。不，不比他们少"①。友人回忆起80年代的海盐，亦充满自豪。1982年前后，海盐热爱写小说的文学青年们看的书都是比较偏向国外的。用蔡东升的话说，"当全国的业余作者还在看国内小说的时候，我们已经接触到许多外国的优秀的东西了"。②当时，包括余华在内的小镇文学青年能够读到外国文学作品的途径大致有二：一是捡漏，一是代购。海盐不像上海、杭州那样发达，所以有些外国作品在海盐是卖不出去的，只有爱好写作的文学青年才会买。此外，当时海盐有一位厂里的采购员，借着去上海出差的机会时常为大家代购新书，其中很多都是世界名著。在这样一种阅读氛围的影响下，文学青年们经常聚在一起讨论。据蔡东升回忆，大家经常聚在一起讨论博尔赫斯、纪德、黑塞，讨论康拉德、福克纳等，还有很多其他欧洲作家、拉美作家。有时争得脸红脖子粗，但争论的结果往往谁也说服不了谁。80年代初期，加西亚·马尔克斯、君特·格拉斯、博尔赫斯等作家是经常串在嘴上的，大家要学习的就是他们的写作技巧、叙述语言等。到最后，叙述语言带动了故事。③如今回望80年代小镇文学青

---

① 余华：《我的文学道路——在苏州大学"小说家讲坛"上的讲演》，《当代作家评论》2002年第4期。

② 访谈具体内容见本书附录三《和余华共同度过的80年代——访海盐作家蔡东升》。

③ 访谈具体内容见本书附录三《和余华共同度过的80年代——访海盐作家蔡东升》。

年的文学创作之路，令人感动、敬佩。对于包括自己在内的"文革"后开始写作的这一代作家，余华是这样描述的："我们的目标就是在文学杂志上发表。那时候出版成书并不重要，重要的是要在最好的杂志上发表。"① 于是，白天拔牙晚上写作的余华形成了一套投稿策略，"完成一个短篇小说总是先寄往《人民文学》或者《收获》，被退回来后寄给《北京文学》和《上海文学》，再被退回来就再往重要性低一些的杂志寄"②。

　　余华的努力所得到的回报就是寄给《北京文学》的三篇小说都被录用，其中一篇需要修改，编辑周雁如邀请他进京改稿。这次进京改稿是余华真正意义上的第一次出门远行，从海盐坐汽车去上海，再从上海坐火车去北京，一路辗转，余华终于在 1983 年 11 月到达西长安街七号的《北京文学》编辑部。《北京文学》非常体贴地承担了路费和住宿费，余华在京期间另有补助发放。余华花了三天就把稿子改好了。《疯孩子》改名为《星星》，主要是给小说一个"光明的尾巴"：小男孩星星和小姑娘云云合拉一把小提琴，还在六一儿童节的时候登台为小朋友们演奏。再后来，梅纽因音乐学校招了两个中国孩子，一个叫星星，一个叫云云。与原先的结局（小男孩成为"疯孩子"）相比，这个结局过于理想化，也显得生硬。纵观 1983、1984 年间的文学创作，其中影响较大的小说多以反思"文革"创伤、关注严肃社会问题为主题，如路遥《人生》、王安忆《流逝》、阿城《棋王》等。在这样的大环境下，《星星》反倒显得清新活泼。《星星》作为《北京文学》1984年第 1 期"青年作者小说散文专辑"的首篇推出，并入选了"《北京文学》一九八四年小说类优秀作品"，余华的照片被刊登在 1985 年第 5

---

① 余华：《我与东亚》，《我只知道人是什么》，南京：译林出版社，2018 年版，第 43 页。
② 余华：《我与东亚》，《我只知道人是什么》，南京：译林出版社，2018 年版，第 43 页。

期封面内页上，这期还刊发了余华的创作谈《我的"一点点"——关于〈星星〉及其它》。这次"改稿"给余华带来的重大转折已经广为人知，一纸改稿证明轰动了小小的海盐，在返回海盐一个月之后，余华不再拔牙，去了文化馆上班。笔者在海盐县文化馆查阅资料时，发现1983年第1期《海盐文艺》目录上的《疯孩子》旁标识了一个醒目的圆圈，旁边是四个苍劲有力的铅笔字"北京文艺"。在文化馆，余华经常收到县里文学爱好者的来稿，并以通信的方式与作者进行交流。遇到好的作品，余华会将它们发表在《海盐文艺》上。"编辑"是余华在海盐时期的另一个侧面，他的评论功底和批评眼光或许就是从《海盐文艺》开始的。翻阅当年余华与海盐县文学爱好者的通信，不难看出他在文学评论方面的敏锐。读了文学青年俞士明的一篇稿子后，余华指出："这稿比起你以前此类题材的稿子，进步实大。关键在于你写人时开始应用一些生动的细节了。但在立意上欠缺了点，嫌实了点，缺乏空灵感。"[1] 在面对另一个作品时，余华表示："这是一个怪题材，处理时也要怪一些，尤其应该是要表现出一般题材不应具有的那种深度来。"[2] 1984年，《海盐文艺》停刊。余华仍不遗余力地将身边的文学青年的稿子推荐给相熟的杂志编辑。

余华在北京住了差不多半个月，改稿之外的日子，余华"独自一人在冬天的寒风里到处游走"[3]，直到实在不想玩了才决定返回海盐。发表于《东海》1985年第2期上的散文《古典乐与珍妃井，铃声》记述的极有可能就是余华初次在北京游玩的经历：

---

① 俞士明：《余华在海盐文化馆》，《山西文学》2005年第1期。
② 俞士明：《余华在海盐文化馆》，《山西文学》2005年第1期。
③ 余华：《回忆十七年前》，《没有一条道路是重复的》，北京：作家出版社，2012年版，第98页。

《北京文学》一位编辑告诉我：颐和园去了，北京的其他公园不去也可以。

从北京回来后，我曾将这一切诉说给了一位朋友。不久这位朋友也去北京了，也是头次去。

他这一解释，倒使我害怕了起来，害怕自己若再去北京，再去颐和园，再去倾听那铃声，是否会无动于衷了？[①]

23 岁的余华终于走出了他的小世界，带着对北京的憧憬、想象站在了天安门前，"天安门小时画过，画的时候总在其背面涂一幅红旗，大天安门一倍。而今见了天安门，觉得画大其一倍的红旗，非大我一百倍的人不可"。[②] 面对午门时，"心里不由'呀'了一声，这'呀'倒不是城门高大，而是故宫蓦然撞来"。[③] 先前余华是不知道故宫就在天安门后的。这样的感官冲击，相信不单是余华，初到北京的人大多都会有，连上海、南京等大城市长大的孩子在面对天安门、故宫的恢宏与古老时也会感到极大的震动。余华的描述让我想起本雅明对游手好闲者游荡在巴黎的形容："令游手好闲者在城里闲逛的对既往的陶醉不仅在他眼前充实了感官数据，而且本身拥有丰富的抽象知识——关于已死的事实的知识，将其当作了经验过的和经历过的东西。"[④] 这次北京之行给余华提供的正是一种"感官数据"。天安门对余华而言，曾经只是小镇照相馆里的画在墙上的布景，站在广场前拍一张照是"少

---

① 余华：《古典乐与珍妃井，铃声》，《东海》1985 年第 2 期。着重号引者所加。

② 余华：《古典乐与珍妃井，铃声》，《东海》1985 年第 2 期。

③ 余华：《古典乐与珍妃井，铃声》，《东海》1985 年第 2 期。

④ [德] 本雅明：《作为生产者的作者》，王炳钧、陈永国、郭军、蒋洪生译，郑州：河南大学出版社 2014 年版，第 100 页。

年时代全部的梦想"①，从小镇闯入北京的文学青年不仅游荡在城市的街道、古建筑之间，更是游荡在自己以往的体验与真实的北京之间。有意思的是，余华的感官体验不只在视觉，反而更多在听觉上，在故宫他听见悠悠然、飘飘然的中国古典乐，在颐和园他听见了奇妙的铃声。笔者认为，《古典乐与珍妃井，铃声》不应只当作一篇游记来读，这篇篇幅不长的小文可以视作余华的一种"自我批评"。

　　余华观察北京的视角颇值得玩味，他不单纯是从小县城的角度去观察北京，将现实的北京与自身经验中的北京进行对比、映照，而更多是将北京当作一个象征，象征着古典的、传统的、中国式的文化特性。与故宫中的古典乐作对比的是外国古典乐——"我是很喜欢上海音乐厅内，壁上蜡烛状灯的。在那里，外国古典乐曾撞击过我似懂非懂的心。虽说是似懂非懂，却也领略到了一点情绪，而这情绪大约又与蜡烛状壁灯有关，壁灯产生一种氛围，氛围帮助我去感受音乐中的情绪"②继而，他又谈到壁灯的效用，"李斯特也好，肖邦也好，演奏钢琴时，只在上面燃亮一支蜡烛。音乐是很需要有个和谐的氛围的"③。余华不愧是内心细腻、对音乐格外敏感的作家，他察觉到的是"形式"所发挥的作用，与西方古典乐相联系的是蜡烛状壁灯，与中国古典乐相关联的是楼檐与蜘蛛网，"在故宫听一支中国古典乐曲，和在其它地方听，效果恐怕不会一样。那支古典乐是从高高的楼檐那里飘起的，一阵轻风推过来的。楼檐那里是一只普通的喇叭箱，或许日久了，周围已有些蜘蛛网，依稀可看出。虽如此，却无妨"。④在故

---

① 余华：《国庆节忆旧》，《没有一条道路是重复的》，北京：作家出版社，2012年版，第53页。
② 余华：《古典乐与珍妃井，铃声》，《东海》1985年第2期。
③ 余华：《古典乐与珍妃井，铃声》，《东海》1985年第2期。
④ 余华：《古典乐与珍妃井，铃声》，《东海》1985年第2期。

宫与古典乐的偶然相遇，让余华"始尝了中国古典艺术的魅力"："我一向是瞧不起本国艺术的，而对外国现代派作品则如醉如痴，如醉如痴到了盲目。虽说先前也曾多次听过中国古典乐，可由于没有故宫造成给我的氛围，总使我无法领受其中的魅力。现在领略到了一点，也是值得高兴的"。[①] 余华曾回忆自己在"文革"结束后于晨曦中揣着五元巨款奔向书店的情景，面对浩如烟海的文学作品，在外国文学、中国古典文学和中国现代文学中失去了阅读的秩序，最终选择了外国文学。作家这份对外国文学特别是现代派文学的偏爱可以被理解为在写作选择上的自觉，也可以被理解为因为身处小县城而形成的封闭，余华能够察觉到自己的"盲目"似乎正是古老的北京带给他的启示。事实上，这里所设置的一系列对立——蜡烛状壁灯与蜘蛛网、上海与北京、外国古典乐与中国古典乐、西方现代派作品与中国古典艺术透露出的是作家对时代命题的思考，80年代中西之争的本质是传统与现代之间的对立，余华虽然生在小县城，没有接受过大学教育，但是"游荡"在北京的感官上的直接体验让他从一个具体的朴素的角度对时代进行了探索。《古典乐与珍妃井，铃声》写的是留在北京的三处羁痕，通篇并没有一个贯穿的主题，仿佛是余华在北京游荡时的断断续续的"梦呓"，但或许我们正可以从中窥见作家这一时期的创作状态。

　　《我的"一点点"——关于〈星星〉及其它》可以说是余华对"自我训练期"的一次检视和反思。或许是为了感激《北京文学》的提携，余华将自己定位为来自最基层的无名小辈，对自己的创作习惯进行了一个总结——只有写生活中的"一点点"时才觉得顺手、亲切。作家对自己的"没出息"直言不讳，虽然渴望有曲折的生活，有把握世界、

————————

① 　余华:《古典乐与珍妃井，铃声》,《东海》1985年第2期。

解释世界的魄力，但是所见所闻只有身边人的一件件小事。余华并非不知道自己的"小世界"是何等局促，并且也意识到了这"小世界"对创作的限制，他迷茫并且忧虑着，这种情绪从他的散文《人生的线索》（《文学青年》1985 年第 12 期）中可见一斑。这篇小文从文友杨小凌谈起，他是一个才 25 岁的雷达兵，热爱文学创作，在对越自卫反击战中还上过前线。余华和这位雷达兵通过信件来表达对文学的看法，不时还相互批评对方的创作。余华说雷达兵的诗像小女孩子一样虽然可爱，却尚未发育，雷达兵反击说余华的小说"也没有发育"①。上前线后不久，雷达兵就发表了新小说，余华读了之后发现"是战争改变了他"。余华通过自己和杨小凌之间的对话所表达的东西十分重要。在余华的描述中，曾经只能写出"晨雾揉湿了太阳的眼睛"这类看似美妙却难掩空洞的诗句的杨小凌通过战争这样重大事件的洗礼而丰富了自己的经验，提升了自己的创作，雷达就是贯穿他创作过程的线索。面对友人的成长，余华甚至孩子气地也去找寻自己与军队的缘分，可想来想去终究无果。余华在杨小凌身上看到"人生都有一根线索，贯穿一生"，他苦苦思索后感慨，"我想或许我的那根线索隐藏得更深，不易发现；或许今后我的生活出现转折，那根线索才显露出来。于是我现在不再寻找，而是等待。我也开始相信小凌的那句话了：'一定会有的。'"②。"发育""转折"这样的字眼无不透露出余华想要冲破创作困境的心情，怎样发育、何时转折，余华或许曾经将契机寄托在像战争那样的重大事件上。这个契机只能由作家自己去发现甚至制造。

　　按照余华的说法，将他从越来越闭塞的灵魂中解救出来的是卡

---

① 　余华:《人生的线索》,《文学青年》1985 年第 12 期。

② 　余华:《人生的线索》,《文学青年》1985 年第 12 期。

夫卡,卡夫卡教会他“自由的叙述可以使思想和感情表达得更加充分”①。但仅有这一点是不够的。《十八岁出门远行》被作家视为“自我训练期”的结束,因为它的完成让余华“隐约预感到一种全新的写作态度即将确立”②:“不再忠诚所描绘事物的形态”,“开始使用一种虚伪的形式”,“这种形式背离了现状世界提供给我的秩序和逻辑,然而却使我自由地接近了真实”③。以往我们更多地将余华的这种转变或曰成长归结于他的阅读,譬如对西方现代主义文学的阅读,笔者则更倾向于将这种转变视为源于作家的“自我发现”或曰“自我批判”:“当我们抛弃对事实做出结论的企图,那么已有的经验就不再牢不可破。我们开始发现自身的肤浅来自经验的局限。这时候我们对真实的理解也就更为接近真实了。”④当余华的这些“习作”越来越多地呈现在我们眼前,我们就能体会到作家所言的“经验的局限”。作家认为《十八岁出门远行》让自己“开始了一次非经验的写作”⑤,笔者更愿意将这种“非经验”看作是经验的“抽象”与“升华”。

《十八岁出门远行》发表之后,作家王蒙很快便对这篇小说做出了评论,写下了《青春的推敲——读三篇青年写青年的短篇小说》,这篇文章发表在《文艺报》1987年第2期上。王蒙对小说的整体评价

① 余华:《我的写作经历》,《没有一条道路是重复的》,北京:作家出版社,2012年版,第106页。
② 余华:《虚伪的作品》,《没有一条道路是重复的》,北京:作家出版社,2012年版,第164页。
③ 余华:《虚伪的作品》,《没有一条道路是重复的》,北京:作家出版社,2012年版,第165页。
④ 余华:《虚伪的作品》,《没有一条道路是重复的》,北京:作家出版社,2012年版,第164页。
⑤ 余华:《语文和文学之间》,《我只知道人是什么》,南京:译林出版社,2018年版,第88页。

是："十八岁出门远行，青年人走向生活的单纯、困惑、挫折、尴尬和随遇而安，在这篇小说里写得挺妙。""青年作者写青年的理想的失落与追寻，骄傲与困惑，表现出的新意与意中的幼稚，都使笔者觉得亲切。对这样的作者与作品笔者是又理解又不理解"。① 不难看出，王蒙察觉到了《十八岁出门远行》在叙事形式上的巧妙之处，但是仍然在现实主义文学、青春文学的框架中对其进行解读。值得注意的是，评论界对《十八岁出门远行》的关注是通过"回溯"的方式展开的——《一九八六年》(《收获》1987 年第 6 期)、《现实一种》(《北京文学》1988 年第 1 期)等带来的强烈的阅读冲击使评论家们回看《十八岁出门远行》。《当代作家评论》1988 年第 4 期发表了《余华的隐蔽世界》，这篇文章是对《十八岁出门远行》《四月三日事件》《一九八六年》《现实一种》《河边的错误》的综论，目的是对余华小说的主题进行阐释，作者认为余华小说的真正价值在于，他"富于勇气地将他的笔触深入地探寻到了人生的深层结构中"②，而这一深层结构正是人性中的罪恶。文章对《十八岁出门远行》的论述并不多，只强调了"十八岁"作为一个特殊的时间点，成就了见证恐怖、丑恶的成人世界的仪式。但是，文章当中写明《十八岁出门远行》"是目前所见到的余华唯一的短篇小说"③。而樊星发表在《当代作家评论》1989 年第 2 期的《人性恶的证明——余华小说论（1984—1988）》则难得地梳理了余华《十八岁出门远行》之前的作品，赞美这些作品"都写得精致、写得优雅、写得

---

① 王蒙：《青春的推敲——读三篇青年写青年的短篇小说》，《王蒙文集第七卷》，北京：华艺出版社，1993 年版，第 417 页。
② 王斌、赵小鸣：《余华的隐蔽世界》，《当代作家评论》1988 年第 4 期。
③ 王斌、赵小鸣：《余华的隐蔽世界》，《当代作家评论》1988 年第 4 期。

美"①，并且指出《星星》的艺术成就不在《雨，沙沙沙》等篇之下，但影响却远不及这些作品的原因在于"1985 年前后，冷漠之雾弥漫开来"②，王安忆、贾平凹、莫言等以往写作温馨小说的作家们纷纷开始写冷漠之作。《十八岁出门远行》虽然仍是写实的笔法，但格调、主题都变了，"'恶'主题取代了原来的'温馨'主题，余华的笔也从表现诗意转向了冷酷描绘恶行"。③ 在今天的文学史叙述中，《十八岁出门远行》是先锋文学的重要标志已经成为共识，但是当时对《十八岁出门远行》的讨论并不怎么热烈。提起这部作品，李陀表示："我很难忘第一次阅读《十八岁出门远行》时的种种感受""然而《十八岁出门远行》的阅读却一下子使我'乱了套'——伴随着那种从直觉中获得的艺术鉴赏的喜悦是一种惶惑：我该怎样理解这个作品，或者我该怎样读它？""当我拿到刊物把它重读一遍之后，我有一种模模糊糊的预感：我们可能要面对一种新型的作家以及我们不很熟悉的写作"。④ 对《十八岁出门远行》的解读是存在多种可能性的，它可以当作一篇现实主义小说来进行解读，亦可以放在余华短篇小说创作的脉络中加以理解。文学史叙述多将《十八岁出门远行》视为余华文学创作的起点，余华也选择将《十八岁出门远行》之前的作品排除在自己的文集之外。

　　这样的"断裂"与"遗忘"暗合了"制造"先锋文学的外部规则。笔者注意到，李陀在《雪崩何处》一文中用到"年纪轻轻的作家""青

---

① 樊星：《人性恶的证明——余华小说论（1984-1988）》，《当代作家评论》1989 年第 2 期。

② 樊星：《人性恶的证明——余华小说论（1984-1988）》，《当代作家评论》1989 年第 2 期。

③ 樊星：《人性恶的证明——余华小说论（1984-1988）》，《当代作家评论》1989 年第 2 期。

④ 李陀：《雪崩何处》，北京：中信出版社，2015 年版，第 110 页。李陀《雪崩何处》一文写于 1989 年 4 月 28 日，刊于《文学报》1989 年 6 月 5 日。

年作家们""不足三十岁"等词语，将"新的作家"与"新的写作方式"进行对接，这无疑使先锋文学呈现出新鲜的、激进的、横空出世的面貌，但是却割断了先锋文学中隐藏的历史脉络。余华清理了《十八岁出门远行》之前的创作，实际上是清理了自己的写作与"十七年文学"、现实主义文学以及 1985 年以前文学发展的内在关联。这样的清理亦可见于余华的阅读史中。程光炜在《余华的"毕加索时期"——以一九八六到一九八九年写作的〈十八岁出门远行〉等小说为例子》一文中曾谈到："这种从'传统个人'转移到'现代个人'、从'非作家'转移到'作家'的人生经历和'个人'重建之路，几乎涵盖了一九八〇年代大多数作家社会身份转型的过程"，"这些作家与其说在小说中探讨了'个人价值'，不如说他们在探讨中以'文学想象'的方式印证了自己生活道路的正确选择"[①]。对余华而言，将 1983 年至 1986 年间的作品排除在文集之外正是指向了从牙齿店技工、小镇文学青年到青年作家的转变，这不仅具有"个人史"的意义，更是一种被赋予了"文学史"意义的行为；对批评家而言，先锋文学的兴起需要的正是这一股具有象征性的"十八岁"的力量。

　　余华的这些"少作"，虽然稚嫩，而且模仿痕迹严重，但难掩其特殊气质，充满了南方的潮湿、阴郁与恐惧。余华曾苦恼受限于生活中的"一点点"，然而，在某种意义上，作家也在不断重温、消化、升华这些"一点点"。在《十八岁出门远行》之后的创作中，作家不再拘泥于事物的表象，而开始着眼于表象之下的精神内涵，譬如欲望、人性、历史意识等，这是作家竭力想要抵达的"大世界"。余华曾多次强调，决定自己生活道路和写作方向的主要因素在海盐、在童年和少年

---

① 程光炜：《余华的"毕加索时期"——以一九八六到一九八九年写作的〈十八岁出门远行〉等小说为例子》，《东吴学术》2010 年第 2 期。

时已经完成了，“接下去我所做的不过是些重温而已，当然是不断重新发现意义上的重温”①，这种不断发现正是余华从“小世界”迈向“大世界”的过程。不少中国当代作家都经历过与自身“经验”角力的阶段，但对内心敏感的余华而言，他的经验过早地停滞了，在经验深度上的掘要远胜于在广度上的拓展。为了抵达“大世界”，余华寻找了众多援手，包括音乐、外国作家、中国现代作家等等。触发这一切的根源在于作家对自己“小世界”的批判，这是余华创作的一根红线。

第二节　上北京去

　　无论在作家自述中，还是在文学批评、文学史叙述中，与余华紧密相连的是他的家乡海盐，而面对北京这座居住了 30 多年的城市，余华却觉得它“是一座属于别人的城市”。在 1983 年、1986 年，余华有过两次对他的人生影响至深的北京之旅。继 1983 年“改稿”之旅后，1986 年余华又一次进京，参加《北京文学》举办的笔会。经过编辑付锋转交，李陀在改稿会上看到了《十八岁出门远行》，对其推崇备至。关于《北京文学》举办的这次笔会，作家潘军在《光着脚丫上路》中的回忆另有一番滋味。潘军的《教授和他的儿子》和余华的《星星》同时发表在《北京文学》1984 年第 1 期，《星星》是首篇，《教授和他的儿子》是第二篇。据潘军回忆，负责笔会的是周雁如和陈世崇，具体奔波的人包括当时正在上电大、业余写小说的刘恒。笔会安排的活动很多，譬如知名作家接受采访等，从小城走出来的潘军和余华就显得有些受到冷落。

---

① 　余华、杨绍斌:《“我只要写作，就是回家”》，《当代作家评论》1999 年第 1 期。

友人、编辑以及作家自己的回忆构成了彼此映照的参照系,从中我们得以触摸《十八岁出门远行》时期余华的一些心境:虽然挣脱了《星星》时期,书写令自己感到亲切的"一点点"的桎梏,开始一种被作家自己概括为"非经验写作"的全新的写作方式。但是,能否在接受自己由写作过程中的"不确定性"带来的欣喜的同时,深化这种"不确定性",或许又是摆在余华面前的一道难题。在此有一个无法回避的要点——余华从未接受过规范的"中文系"本科教育。虽然作家自己戏称北师大和鲁迅文学院合办的创作研究生班是个"野鸡班",但是从这个创作研究生班的点滴痕迹中我们可以深切体会到北京这个余华文学地图中不容忽视的一站对于他的创作、他的人生所产生的重要意义。在鲁迅文学院和北京师范大学联合举办创作研究生班学习的经历使余华实现了真正意义上的"到北京去"。

在正式进入创作研究生班之前,余华已于1987年2月进入鲁迅文学院所办的文学讲习班学习。鲁迅文学院教授、时任创作研究生班总导师的何镇邦在《鲁院首届文学创作研究生班的前前后后》一文中详细讲述了创作研究生班的设立经过、课程设置以及学员们的学习情况。当时同为总导师的还有童庆炳,两人为这个班着实兴奋了一阵,也忙活了一阵。鲁迅文学院与北京师范大学研究生院联合举办的首届文学创作研究生班能够设立颇费一番周折。在此之前,鲁迅文学院的师生一直为学历问题苦恼,多番奔忙却无果。于是,鲁迅文学院转而谋求同高校联合招生以解决学生的学历问题。何镇邦与童庆炳既是好友,也是福建同乡,合力促成此事。关于两院合办首届文学创作研究生班的事宜于1988年4月开始商议,预备班于同年9月21日正式开学,1989年4月举行正式入学考试,5月8日举行开学典礼。

据何镇邦回忆,20世纪70年代末80年代初,青年作家学者化是一种迫切需要，鲁迅文学院曾与北京大学联合创办作家班，但是本科程度的教育无法满足作家学者化的需求，因此出现了更高层次的创作研究生班。北京师范大学研究生院在 1988 年 6 月向国家教委研究生司呈送了《关于试办在职人员"文艺学·文学创作"委托研究生班申请报告》，报告中特别提出莫言、余华、迟子建这一批已有些成绩的青年作家的通病——"先天不足，文化专业水平偏低，知识根底浅，门类单一，呈一种贫血状态"①，可见研究生班成立的初衷是为了提升青年作家的理论水平。除此之外，更有着一种"走向世界"的急迫与焦虑，有感于外国来访的作家大多有硕士、博士头衔，而我国作家在学术、学位上却是"白丁"。因此，《申请报告》中明确表示设立研究生班的目的是实现部分作家学者化。在得到国家教委研究生司的同意后，1988 年 7 月，创作研究生班发布《招生简章》，写明"为青年作家的学者化创造有利的切实的条件，培养一批具有较高文化水平的青年作家"②。当时，余华已经结束了在鲁迅文学院进修班的学习，回到海盐，何镇邦专门捎信让他报名，收到这份特别通知的还有迟子建和王刚，他们在何镇邦眼中是"可以造就的好苗子"③。

经过严格有序的招生环节，共有 40 余名学员进入文学创作研究生班预备班学习。预备班于 1988 年 9 月 21 日开学，1989 年三四月间进行入学考试，在四个月的学习时间里，学员们需要学习的课程包括政治、文学概论、中国当代文学、写作等。入学考试科目与辅导课科

---

① 何镇邦：《鲁院首届文学创作研究生班的前前后后》，《昔日风景看不尽》，成都：四川人民出版社，2018 年版，第 5 页。
② 何镇邦：《鲁院首届文学创作研究生班的前前后后》，《昔日风景看不尽》，成都：四川人民出版社，2018 年版，第 6 页。
③ 何镇邦：《鲁院首届文学创作研究生班的前前后后》，《昔日风景看不尽》，成都：四川人民出版社，2018 年版，第 6 页。

目对应，比如写作，考命题作文，写个人创作自述。何镇邦在回忆文章中细数了出席开学典礼的受聘创作导师，包括秦兆阳、林斤澜、从维熙、谢冕、牛汉等。聘请这些在文坛地位非凡的作家、诗人、评论家为创作导师，是因为在《创作实践与研讨》课程中采用了传统的"拜师带徒"的方式。虽然余华的创作导师不得而知，但是根据记载，不少学员都到各自导师家中接受辅导，后来成为余华妻子的陈虹就曾到谢冕家中求教。创作研究生班的培养流程有很强的特殊性，领取毕业文凭和获颁学位证书之间间隔两年时间，这两年是让学员撰写学位论文并进行答辩的。研究生班的教学时间是从 1989 年 4 月到 1991 年 1 月，两年（四学期）内要学习 7 门学位课程及 7 门专题选修课，修满至少 30 个学分才能获得毕业文凭。学位课程包括《马列文论专题》《创作美学》《西方文论专题》《中国当代文学专题》《〈史记〉研究》《英语》《创作实践及研讨》；专题选修课包括《文学鉴赏论》《西方当代文艺思潮》《中国古代文化研究》《民俗学》《中国三十年代小说研究》《中西文化比较》等。[1] 授课教师都是北京高校、研究单位的知名学者，如北京师范大学韩兆琦教授讲《〈史记〉研究》，中国现代文学馆副馆长吴福辉研究员讲《中国三十年代小说研究》，鲁迅文学院教授何镇邦在《中国当代文学专题》中讲现代文体学研究的最新成果，北京师范大学童庆炳教授讲《创作美学》，讲稿经过充实、整理，2001年作为专著出版（《维纳斯的腰带——创作美学》）。[2] 童庆炳在课上兼顾中西方文论，在讲授理论的同时也进行作品分析，特别是对学员已经发表的作品进行分析，令迟子建印象颇为深刻的正是这一点。作

---

[1] 何镇邦：《鲁院首届文学创作研究生班的前前后后》，《昔日风景看不尽》，成都：四川人民出版社，2018 年版，第 8 页。

[2] 何镇邦：《鲁院首届文学创作研究生班的前前后后》，《昔日风景看不尽》，成都：四川人民出版社，2018 年版，第 9 页。

家刘恪对这门课的回忆更为细致，1990年3月课程开始，共十六次课，童老师讲了十五章内容，既涉及基本的文学理论，亦涵盖了西方思想理论的前沿。在余华的记忆中，童老师的课座无虚席，童老师用一种与学生讨论的方式上课。

余华关于这段学习经历的回忆总是嘻嘻哈哈的，大家白天不去教室上课，教室基本上是空的，晚上看电视、下棋的反倒把教室占满了。但从结果来看，余华的考试成绩还挺不错。据海盐籍诗人李平在鲁迅文学院校史展览上看到的资料，余华的学号是89014376，毕业成绩单上记录的各科目成绩为政治92分，外语77分，写作94分，中国当代文学史97分，文学概论88分，史记研究87分。[1] 余华的评委是林斤澜，他给余华打出了90分的总评分，给出的评语如下：

> 八十年代出现的青年作家之一，勇于探索，力求创新，前人说过，创新是艺术的生命。但每有创新，同时就带来失败的可能，毁誉参半，更是正常的事。因此，对各种改革精神，应慎重评价。
>
> 余华的作品，自《十八岁出门远行》以后，有了自己的面貌，以后写出了不少引人注目的短篇、中篇。他是努力的，有才华的。他掌握语言方面还有缺陷，例如：有时运用"半文半白"就不自如。[2]

从今天大学的课程设置反观创作研究生班，两年的学习时间不能算短，对于未接受过中文系本科教育的余华而言，不能不说是一种弥补。虽然余华对创作研究生班的学习经历所述不多，但是通过现有

---

① 李平:《鲁院时期的余华》,《嘉兴日报》2014年9月25日。
② 李平:《鲁院时期的余华》,《嘉兴日报》2014年9月25日。

材料不难发现，这段学习经历带给余华的无疑是一种难得的开拓。如果说在海盐时对外国文学的醉心是一种小镇文学青年的偏执甚至于狭隘，那么创作研究生班的一系列课程给予他的是文学素养与理论知识的补充与平衡，这一段学习经历使得余华有机会接受系统的文学知识，使他能够理论化地"自我阐释"。从 1989 年到 1991 年，余华接连发表了《我的真实》《虚伪的作品》《走向真实的语言》三篇学术随笔，奠定了硕士学位论文《文学是怎样告诉现实的》的基础，其中"精神的真实""不确定的语言"等成为理解先锋文学的关键词。批评家王干初识余华正是在创作研究生班时期，在他的记忆中，1988 年和余华在鲁院食堂吃饭时，余华对他说，"你们这些批评家干什么的，苏童小说写那么好，你们不写，我要写评论，我把题目都想好了，《苏童在1988》《苏童在 1987》"。[①] 王干赞叹余华的理论文章都是真知灼见，他建构文学理论的能力非常强。可见，创作研究生班的学习与训练使余华在虚构作品之外找到了一条表达"自我"的路径。当回看《虚伪的作品》等文论时，会发现余华对先锋文学的理论阐释是颇为强势的，这些理论引导着批评家、研究者对先锋文学的理解。

　　这段在创作研究生班的"北京生活"带给余华的影响不只在知识结构的层面，更重要的在于，借由这段经历，余华进入了一个不同以往的"文人圈子"。与余华同期进入创作研究生班的学员有 40 多名，包括许多如今在中国当代文学史中有着重要地位的作家，如莫言、刘震云、迟子建等。80 年代末 90 年代初，这群青年人聚在一起，彼此观察，彼此批评，进行着激烈的讨论。在同学兼室友莫言眼里，余华是个"令人不愉快的家伙"：他说话期期艾艾，双目长放精光，不会

---

① 王干:《余华的三个贡献》,《笔走羊马蛇》, 济南: 山东人民出版社, 2017 年版, 第159 页。

顺人情说好话，尤其不会崇拜 "名流"。^① 在女作家海男的印象中，余华 "说话的速度跳得极快，可以从桌上的香蕉皮跳到大地上的一具美丽女尸……互不关联的语调时冷时暖"。^② 这些对余华的个人印象，其实也源自同期作家们对于余华文学世界的理解，作家亦充当起批评家的角色。莫言的《清醒的说梦者——关于余华及其小说的杂感》写于1989 年，是创作研究生班的一次课堂作业，是他对余华做出的文学批评，莫言在文中将余华的小说称为 "仿梦小说"。多年后，余华回应了莫言在其中对《十八岁出门远行》的解读，称赞莫言从一个作家的角度出发，对他的理解是如此简明扼要。出于女作家的纤细与敏感，海男注意到余华在阳光下小小的肩膀、格外醒目的红衣服，在这些细节里，体味出 "忧郁或许是他脱出母胎时就携带的一种疾病"。^③ 从文学批评的方法来看，从与批评对象的交往入手，观察其言行，揣摩其性格，与其创作特点联系在一起，是一种 "知人论世" 的方法。倘若没有创作研究生班的 "小圈子"，没有 "作家学者化" 的训练，这种作家之间的相互批评或许是难得一见的。

　　这些年轻作家的视野并不囿于创作研究生班内部，他们关注着更广大的世界——最澎湃的思潮、最新潮的理论以及注视着他们的批评家。1988 年，两场由《文学自由谈》编辑部主持的对话先后在上海、北京展开，主题为 "纯文学与一九八八年"。上海场的时间是 10 月 7日，地点在上海作协西会议室，参加者有吴亮、陈村、孙甘露等人。北京场的时间是 11 月 9 日（笔者注：此时正处于创作研究生班预备班

---

① 莫言：《清醒的说梦者——关于余华及其小说的杂感》，《当代作家评论》1991 年第2 期。
② 海男：《看见或看不见——余华印象》，《文学角》1989 年第 1 期。
③ 海男：《看见或看不见——余华印象》，《文学角》1989 年第 1 期。

阶段），地点在鲁迅文学院作家班宿舍，参加者有洪峰、余华、王刚、路远、肖亦农、汪宗元、迟子建、刘震云。北京场的讨论围绕着"现代主义"这个话题展开，交织着作家、理论家、批评家的对话。洪峰认为将自己和马原、苏童、余华等都划进现代主义的归类是过分省力的，缺少建构理论所需要的治学态度。余华同意洪峰的观点，除此之外，面对创作的本质，余华认为这是"模仿的时代"，但这种模仿的本质是创造，是对中国传统小说模式的反叛。当刘震云表示一个作家做人的和创作的心态往往不能一致时，余华却袒露自己的心迹："写作也是我做人的心态的表现。把写作和做人那么果断地分开似乎不行。"[①]作家与批评家之间总是存在着一种角力，无法相互说服，作家与作家之间也是千差万别，但是通过这种讨论，让我们看到作家也正借助批评家的观点进行着自我表达，在对抗"影响的焦虑"过程中一次又一次地自我剖析，自我阐释。

在创作研究生班的日子，余华的触角不只限于鲁迅文学院的课堂、宿舍，更是延伸到了文学之外的领域。相比所述甚少的课业，余华对"看电影"的经历津津乐道，甚至用"刻骨铭心"一词形容第一次看英格玛·伯格曼（Ingmar Bergman）《野草莓》（*Smultronstället*，1957）时的感受。1988年的一天，余华在作家吴滨位于北京双榆树的家里第一次看了电影《野草莓》。录像带因为多次转录画面模糊，大部分也没有翻译，但是那些画面、情节却使余华全神贯注。《野草莓》男主人公伊沙克·伯格（Isak Borg）其实是导演伯格曼的自我投射，伯格曼通过"梦"来呈现对现实世界的叙述。那时的余华不曾看过伯格曼的电影理论，甚至听不懂《野草莓》中的对白，但是电影中的梦境引

---

① 赵玫:《纯文学与一九八八年》,《文学自由谈》1989年第2期。

起余华的强烈关注。伊沙克在旅程开始之前做了一个噩梦,梦里他路过一个钟表眼镜店,但是作为招牌的大钟钟面是空白的,没了指针,大钟下两只眼睛状的装饰也被打烂了。伊沙克掏出自己的怀表时,发现怀表也没了指针。不多时,一辆巨大的由马匹牵动的灵车从街角驶来,灵车经过一盏路灯时突然剧烈地晃动起来,一具棺材从马车跌落,伊沙克俯下身,棺材内的尸体伸出手抓住了他的手,伊沙克看见这具死尸正是穿着燕尾服的自己。时间、死亡、梦境、现实,这些恰好是余华的创作要素,更是他在 80 年代热衷的话题,譬如他提出的背离现状世界所提供的秩序和逻辑的"虚伪的形式"、随时可以重新结构世界的"时间的意义",与伯格曼的电影有一脉相承之处。《野草莓》带给余华极大的震撼,让他第一次知道电影可以拥有这样的表达方式,热血沸腾的余华深夜从双榆树走回鲁迅文学院所在的十里堡。

在体验了"一部真正的电影"之后,对现代主义影片的热情使余华和朱伟成为密友,朱伟常打电话去鲁迅文学院宿舍,邀请余华去他位于白庄的家里看电影。当时朱伟在《人民文学》做编辑,与创作研究生班的徐星、刘震云等都是熟人,经他们介绍与余华相识。在朱伟的印象中,"刚到鲁院时,余华还带着海盐的习气:手插在牛仔裤口袋里,耸着肩、叉着腿,头发中分,说话声响亮。他带我去食堂,就算是请了饭"。① 作家吕梁从秦皇岛的家里带来很多翻录的录像带,余华最赞叹的是《野草莓》,最讨厌威斯康蒂的《魂断威尼斯》。90 年代,在三联书店主编《爱乐》的朱伟常领着余华去买 CD。朱伟在《钟山》1989 年第 4 期上发表的《关于余华》,细致摹画余华的成长经历与性格,并且深入讨论了余华从《星星》到《现实一种》《世事如烟》等多

---

① 朱伟:《重读八十年代》,北京:中信出版社,2018 年版,第 260 页。

部作品。"看录像带电影"这样一项带着文人雅集性质的活动吸引着越来越多的年轻作家，当格非来北京时，也和余华、朱伟一起看电影，1989 年年底，余华第一次与苏童相见也是在朱伟家里。

从《古典乐与珍妃井，铃声》中就可以读出余华对文学之外的其他艺术形式的兴趣与敏感。1988 年年底，"徐冰版画艺术展"在中国美术馆开幕，《天书》震动了艺术界、知识界。余华虽然无缘在展厅中欣赏徐冰的《天书》，但是他已经在徐冰的卧室里先一步看到了作品。徐冰曾谈起创作《天书》的原则是"抽空"，《天书》中的文字是错误的文字。这些造出来的假字似乎让余华联想到了自己所提出的"不确定的语言"，这种语言是世界的表达方式，"能够取消经验世界和超验世界的界线"。[1] 在发表于 1990 年初的《走向真实的语言》一文中，余华指出，在现状世界之上凌驾着另外一个世界，徐冰作品的语言正是属于这个世界的语言，而且这个世界针对人类而存在，"它对付人类的办法是：左手给人类一颗奶糖，右手给人类一记耳光"。[2] 20 世纪 80 年代的思想变革不仅发生在文学界，美术界也在异常激烈地进行着"传统"与"现代"的对话，讨论着关于"真实"的问题，新潮美术家反叛的是"深入生活"的创作方式，试图直面自己身边的现实，这和余华所言的反对"就事论事的写作态度"，使用"虚伪的形式"，"使传统更为接近现代"不谋而合。

除了徐冰，画家米罗（Joan Miró）也吸引了余华的注意。余华在鲁迅文学院学习时，宿舍里满墙都是米罗风格的画："他吸烟很多，去鲁迅文学院，经常见他一个人躺在床上吸烟，满墙是一大幅描摹米

---

① 余华：《走向真实的语言》，《文艺争鸣》1990 年第 1 期。
② 余华：《走向真实的语言》，《文艺争鸣》1990 年第 1 期。

罗风格的画……"① 这是好友朱伟勾勒出的余华的一个侧面。1920 年冬天，米罗来到巴黎，四年后，这位年轻的画家带着骚动的情绪加入到巴黎的超现实主义诗人和艺术家的群体中，他十分赞同超现实主义者"坚持把诗歌和视觉形象融合在一起的创见"②。《星座》组画是米罗一生中最重要的几个系列之一。《名作欣赏》1986 年第 5 期刊登了一篇题为《我是星王子：介绍一位载歌载梦的现代艺术大师——米罗》的文章，其中出现了这样的表述——"对于我国正在开创新貌的艺术家具有极好的借鉴作用""现代派的思潮造就了米罗独特的艺术语言"③。1987 年，湖南美术出版社出版了一套《国外现代画家译丛》，其中便包括了米罗、达利、蒙克等多位著名现代画家。在这里，讨论的重点并非从影响论的角度去强行建立米罗的画作与余华文学创作之间的关联，而是试图挖掘米罗及其他发生于 20 世纪 80 年代中国的浪潮式的文艺"风景"对余华的写作究竟意味着什么。

柄谷行人在《日本现代文学的起源》一书中将对文学的观察比喻为"风景之发现"，我们可以从这个意义上理解米罗对余华的吸引——"现代派""抽象""超现实主义"是经由米罗的线条、色块传递给余华的 80 年代的"风景"。而余华把这种"风景"转化到了他的文学观念中。在《虚伪的作品》中，作家向我们展示了他所"看见"的世界："那个时期，当我每次行走在大街上，看着车辆和行人运动时，我都会突然感到这运动透视着不由自主。我感到眼前的一切都像是事先已经安

---

① 朱伟：《关于余华》，引自洪治纲编《余华研究资料》，天津：天津人民出版社，2007年版，第 250 页。
② ［英］罗兰德·彭罗斯：《米罗》，李方林译，长沙：湖南美术出版社，1987年版，20 页。
③ 卜维勤：《我是星王子：介绍一位载歌载梦的现代艺术大师——米罗》，《名作欣赏》1986 年第 5 期。

排好，在某种隐藏的力量指使下展开其运动。"① 余华把"透视"和"世界自身的规律""必然性"联系在一起似乎是与现代派绘画达成了共识。当余华想要在作品中展现事实的时候，他所关注的已不再是必然因素，而是偶然因素，"研究偶然性"正是超现实主义者的主张。在余华的眼中，行人、车辆、街道、房屋、树木所构成的是一幅现代派的"风景画"。不论是余华的创作谈，还是他所注视的米罗风格的画，80年代的文学与艺术都被"文化的现代化"潮流统领。余华在鲁迅文学院的宿舍里对着米罗风格的画孤独地吸烟构成了一个典型的80年代剪影。

北京给余华提供了一个充满"复调"的圈子，在这个圈子里，不仅有作家与批评家、作家之间的对话，更有文学与电影、绘画、装置艺术的对话。余华与众多知识分子、青年作家、编辑、艺术家往来交游，这不仅意味着视野的拓展，更是思想之间的碰撞与激荡，蕴含其中的活力刺激着余华不断地自省与反思，正如他在硕士论文中所写下的，"先锋派在人和时代，任何领域里都只能是一个过程，一次行动"。②

"到北京去"可以被视为众多50后、60后作家注目的命题，他们或在人生道路上完成了"到北京去"的转折，或在文学世界中书写"进城"的悲欢种种。与其他作家相比，余华鲜少表达自己对北京的强烈感情。在结束创作研究生班的学习之后，1993年余华调离嘉兴市文联，正式定居北京，开始职业作家的生涯，为此放弃了有事业编制的工作和嘉兴的一套30平方米的住房。余华时常感慨"我只要写作，就是

---

① 余华：《虚伪的作品》，《没有一条道路是重复的》，北京：作家出版社，2012年版，第173页。

② 余华：《文学是怎样告诉现实的》，《北京青年报》2014年3月21日。

回家",但是"返回"这一行动本身就蕴含了"出走"与"远行",一次次对海盐经验的重温、重新发现,实际上是在远行的视角下发生的,"北京"可以被视为远行路途之中一个最为重要的坐标。创作研究生班的经历给予了余华进入文学"中心"的契机与途径,促使他在创作风格、文学观念上突破小镇文学青年的局限。从海盐到北京,余华完成了从"边缘"到"中心"的迁移。从余华的文学地图上看,海盐时期的余华写作了多个中短篇小说,而与北京相缠绕的余华在90年代完成了其创作生涯中重要的长篇作品。

第三节　鲁迅"传统"作为线索

根据余华的自述与创作实绩,鲁迅可以被视为贯穿余华人生地图、文学地图的一条线索。鲁迅"传统"是进入余华小说创作的一条隐秘却关键的通道。

余华常后悔自己读鲁迅读得太晚,直到1996年才真正认识到作为作家的鲁迅的伟大。事实上,余华是读着鲁迅的作品长大的,小学、中学的课本里有不少鲁迅的作品,余华将这种状态形容为"天天接触鲁迅,好比天天吃一样的饭菜"[1],不仅读了几遍鲁迅的作品,还小和尚念经有口无心地背了几遍,甚至还将《狂人日记》谱成曲。这种对鲁迅的"厌恶"甚至一直持续到进入海盐县文化馆工作之后,当他看见文化馆的乒乓球桌下堆满了"文革"时期出版的《鲁迅全集》时幸灾乐祸地想"这个作家终于过时了"。可在1996年之后,余华则时常表达自己对鲁迅的崇敬之情,并反复阅读鲁迅的作品,将鲁迅视为

---

[1]　余华:《读拜伦一行诗,胜过读一百本文学杂志》,《我只知道人是什么》,南京:译林出版社,2018年版,第121页。

自己唯一的精神导师。

笔者在这里强调鲁迅"传统",因为"传统"本身包含了一种历史意识,可以被认为是一种历史的力量。在经历了拙稚的"自我训练期"以及"十八岁出门远行"带来的新刺激之后,余华在文坛备受瞩目的重要原因之一便是他和鲁迅极强的相似性,这种相似性也构成了余华作为"先锋作家"的特性。余华对"看"与"被看"的领悟、对人性中的冷漠与残酷的观察提醒了我们,余华在精神向度上、在对世界的理解上是接续在鲁迅"传统"之中的。鲁迅"传统"构成了余华的精神内核。余华对暴力的格外关注与精彩书写构成了他小说创作的一大特点,并且对于余华而言,最强烈的暴力并非存在于世界的表面,而是直指人性深处的冷漠与残酷。余华表达这样一种对于人性、对于世界的理解时采用了将其置于"看"与"被看"的形式中,而"看客文化"正是鲁迅"传统"的一个重要方面。譬如,《一九八六年》中的历史教师成为小镇居民观看的对象,甚至他的妻子、女儿都成了"看客"中的一员。然而,余华曾经将其对暴力、对人性中的冷漠与残酷的偏爱视为外国文学,现代主义文学,尤其是卡夫卡的馈赠,这样的"偏爱"与其80年代自言"瞧不起本国艺术"在本质上是一致的——这是基于"文化的现代化"这一整体性思潮的选择。但是,余华小说中所写到的"国民性问题"、写到的人性中的冷漠与健忘则都是鲁迅式的,可以这样认为,卡夫卡是在写作技巧、写作方式的层面启发了余华的小说创作,而余华小说的主题与思想内涵则是接续在鲁迅"传统"之中。

值得注意的是鲁迅"传统"以"历史之力"的方式影响了余华的小说创作。鲁迅构成了余华文学道路初始之时的"语境"或曰"场域":20世纪80年代的思想主潮是"反封建",鲁迅则是"中国反封建思想革命的镜子"(笔者注:王富仁语)。而余华在80年代所推崇的"精神的真实""不确定的语言""二十世纪的传统"以及反对就事论事的写作态度则是明确指向了文艺反映社会现实、文学与政治紧密联系的写作方式,以及其所指征的"文革"中盛行的"极左思潮"。因此,余华创作观念中的"反封建"在根本上与鲁迅在80年代的"归来"是一致的。此外,余华与鲁迅分享了共同的地域经验,这也是余华小说中得以存在鲁迅"传统",鲁迅"传统"能够以"历史之力"的方式影响余华的小说创作的重要原因。丹纳早在《艺术哲学》中就提示了我们地域环境对于一位艺术家的影响,而同为浙江人的余华与鲁迅分享了相似的地域经验,这种"越人气质"、这份根植在地域中的精神亦使得余华的创作中存在鲁迅"传统"成为可能。对于余华而言,无论是"自我训练期"青涩的他,还是80年代闪耀着先锋特征的他,海盐以及围绕着海盐的生活都构成了余华非常重要的经验来源。只是,这些经验是需要不断处理,不断深化的,那些身边人身边事、"一点点"的经验是直接的表象的,而更多的地域经验深藏在历史积淀之中。余华在《人民文学》1989年第3期发表的《鲜血梅花》正体现出作家对深层次的地域精神的把握,并且《鲜血梅花》可以视为余华在八九十年代之交的历史情境中对于鲁迅《铸剑》的一次重写。

鲁迅《铸剑》可谓是对干宝《三王墓》的"新编",而干宝也称得上是余华的一位"同乡",轻死易发、报仇雪耻可视为越地之精神,《铸剑》和《鲜血梅花》构成了复仇的"传统的延传变体链"。如果说鲁迅经由《铸剑》思考的是"复仇之后怎么办"的问题,以戏谑的方式对古典的复仇故事进行了现代性的改写,那么余华的《鲜血梅花》则是在《铸剑》这个"前文本"或曰"潜文本"的基础上,将"复仇"的意义归结至后现代式的"虚无"。"虚无"是余华对世界进行智性思考而得出的一个极富哲理性的结论。为何他在1989年写下的《鲜血梅花》会充满"虚无"之"情"呢？这份"情"与八九十年代之交的"势"之间又存在着怎样的关联？随着商品经济的发展，社会结构也在悄然发生变化。"知识分子"在社会中的地位受到动摇，"普通人"在社会生活中的角色越来越重要，所进行的社会活动也越来越活跃。具体到读者市场，"知识分子""知识精英"不再是读者市场的绝对主导，越来越多的"普通人"纷纷涌入读者市场。他们在对文学作品的可读性上提出要求的同时，也迫切需要在文学作品中看见自己的身影。但先锋文学在这两个方面都与普通读者的需求背道而驰。其一，先锋小说常使用叙事圈套，构建叙述迷宫，普通读者较难理解，亦难以产生阅读的快感。先锋文学的读者一般是大学生、知识分子，先锋文学可谓将"知识分子文学""精英文学"推到了极致。其二，先锋小说基本上抛弃了传统意义上的对人物的描写，很少着墨于具体的外貌、职业、行动，而强调"符号化"的"个人"，着重书写个体的内心、欲望等精神活动。但是，过度钻营写作技巧、过度坚持文学的精英性必然会损失一定的读者群体。而且，向"普通人"开放自己的创作并不意味着一种"后退"。余华在历史变动的时刻敏锐地察觉到了先锋文学存在着"空洞无物"的隐忧，作家借《鲜血梅花》所表达的"虚无"之情可以具体化为一种迷惘，这是对个人未来创作的迷惘，也是对整个先锋文学发展的迷惘。小说主人公阮海阔寻父无果，作家又如何寻找自己的"文学之父"，如何表达并消除自己的迷惘呢？余华选择了"回归"的方式，回到自己深层的地域经验中去，回到和鲁迅共享的越文化传统中去。在经历了"虚无""迷惘"之后，余华一口气拿出三个长篇，这是作家对自己的文学世界、创作世界所进行的一次拓展与深化。

余华90年代接连推出的三部长篇小说《在细雨中呼喊》《活着》《许三观卖血记》有着共同的特征——以现实主义的方式呈现了"小

镇"。余华回到了他的"小镇"经验之中。但是，此时的"小镇"并非那个曾让他既感到亲切又感到困扰的"一点点"的具象的"小世界"，而是升华为一个足以容纳中国历史变迁的深广而独特的空间。如果说早年的"小镇"是属于余华个人经验的小镇，那么这三部长篇所呈现的小镇则开阔了许多，被作者安插了"大跃进""文革"等重大历史事件。在孙光林、福贵、许三观等人物的身上，我们看到的是余华对人性、历史的深刻理解。李欧梵将鲁迅从他的家乡的经验中获取创作素材解释为鲁迅有意安排在他艺术中的一种"局限"——在有限的家乡世界中寄寓更深广的意义。这一点正可以帮助我们加深对余华的理解。如果说 80 年代的余华无论在人生经验还是文学创作方面尚且囿于自己的"小世界"，那么 90 年代的三部长篇则真正展现了作家如何将自己的"小世界"开拓为"大世界"，如何从一个"小镇"出发窥探当代中国历史发展进程。这是一种与鲁迅相似的，在审美上、艺术上有意为之的"局限"。对于余华而言，他最熟悉的莫过于他的家乡海盐，家乡人与事、家乡的历史与文化构成了他主要的创作来源，对于一位作家而言，这样的经验或许是较为有限的，但是，余华正是从如此"有限"的经验、从他的"小世界"出发去思考关于人性、关于历史的深刻命题。

在《鲜血梅花》里，余华尚且需要借助"文化共同体"去贴近鲁迅"传统"；在《活着》《许三观卖血记》中，余华在更为深刻的层面继承了鲁迅"传统"，它所表征的是一种个体与世界沟通的方式。余华与鲁迅相似，在人生中皆遭逢了重大的历史事件，他们的文学创作，他们的精神世界都受到重大历史事件的深刻影响。"文革"之于余华的意义，恰如辛亥革命之于鲁迅。这可以视为余华小说中得以存在鲁迅"传统"的一个深层因素。"绝望"代表了余华对世界极为深切的感受，这正是

"文革"带给余华的体验。在《活着》《许三观卖血记》等作品中，余华试图表现他对于绝望的理解。在余华的思考中，死亡是绝望的极端表现形式，对于死亡的接受正暗示了对于绝望无穷的忍耐。余华是擅于描写小人物的，特别是乡村中的贱民，他看到了这个可笑亦可怜的群体的灵魂——"精神胜利法"。在这个层面上，余华已经深入到了鲁迅"传统"的深处，这是在精神、思想上的回应。但是，余华与鲁迅的相异之处在于，他将"精神胜利法"转化为"反抗绝望"的武器，"精神胜利法"被余华设置为许三观成为"英雄父亲"，"肩住了黑暗的闸门"的前提。当我们在思考阿Q有无革命的可能的时候，余华却让许三观成为"独异"的牺牲者，以"卖血"为行动，对绝望进行了一种不同于"猛士"却专属于小人物的反抗。这样的反抗诚然是不彻底的，但正是这一点暗示了余华在继承鲁迅"传统"时的复杂性。余华利用自己对生命、人性以及历史的体悟创造性地发展了鲁迅"传统"。这三部长篇标志着余华已经从他的关乎一己悲欢的"小世界"远行至具有历史深度的"大世界"。正如程光炜所评价的那样，"他（笔者注：余华）不再以'自我'的视角看世界，而是换作许三观的视角看世界了。这个全新的视角，真的使余华小说的视野阔大、雄浑了很多"①。

　　三部长篇小说的完成正契合了余华对鲁迅的"重新发现"，1996年对鲁迅的"重读"是余华个人文学史中的重要事件。这个契合绝不是偶然的，这是余华创作道路上的一个必然选择，因为此时的余华已经度过了创作上的不成熟的阶段，完成了从"小世界"到"大世界"的远行。36岁的"成熟作家"余华树立了一种自觉的自我反思与自我发现意识。"重读"事件与其说是对鲁迅的重新发现，不如说是余华对自

---

① 程光炜：《论余华的三部曲——〈在细雨中呼喊〉〈活着〉〈许三观卖血记〉》，《中国现代文学研究丛刊》2018年第7期。

我的重新发现，此时的"自我"不再是 80 年代那个想要挣脱牙齿匠命运的"自我"，而是力求在创作上百尺竿头更进一步的作为作家的"自我"。在写作上步入成熟亦无须以所谓"潮流"来支撑自己的余华开始思考如何才能让自己"走得更远"。他发现只有鲁迅可以成为自己的支柱，因为鲁迅的视线是深入到了国民灵魂的最深处，想要书写中国故事、中国人的灵魂，鲁迅是无法越过、必须相遇的制高点。余华对鲁迅所展开的"追认""追悔"让我们看到余华是这样一位作家：他敏感于文学潮流的变化，却不被潮流所束缚；他看似在反叛世界，事实上，他最大的反叛对象正是自己。

　　《兄弟》是我们所读到的，余华对鲁迅进行"追认"之后的第一个长篇，《兄弟》（上下两部）的篇幅远超过作家之前的三部长篇，展现了余华对现实、对当下生活发起"正面强攻"的雄心。《兄弟》上部仍然是以书写"文革"时代为主，这是余华一贯所擅长的，对"文革"的深刻观察使得《兄弟》（上）堪称一部厚重的作品，而且对李光头、宋钢两人之间兄弟之情的描写非常细腻动人。《兄弟》（下）则将视线转向了改革开放之后的社会生活，余华的写作从书写历史转向了书写当下，在小说的语言风格上，作家也特意融合了生活中的流行语。相对《兄弟》（上）而言，《兄弟》（下）的叙事节奏显得有些随意。《活着》《许三观卖血记》体量的小长篇最能体现余华的叙事功力，《兄弟》特别是下部失去了叙事的节制。《兄弟》出版后引来了一些争议，但是围绕着对《兄弟》展开的各种批评抛出了这样一个叩问——中国当代作家究竟该如何书写当下现实？这是一个异常复杂并且极难作答的问题，不仅困扰着作家，也困扰着研究者、批评家们。2013 年，余华通过《第七天》对这个难题做出了回应："从一个死者的世界来对应一个活着的世界"①。

《第七天》的意图在于言说当下现实，方式却是"以死写生"，余华创造了一个死者的世界——"死无葬身之地"，这是一个有着乌托邦意味的存在，但是这个虚幻的"超现实"世界折射出的却是现实世界的苦难与残酷，这体现了余华思考当下现实的方式与途径。"以死写生"足可视为鲁迅在白话文学中以《野草》树立的传统，余华在描写骨骼活动时"虚实相间"的笔法一如《影的告别》中对"影"的处理。《第七天》在形式上接续在鲁迅"传统"中，同时《第七天》在思想内容的向度上却是在当代文学领域"重写"了《彷徨》。整部小说中都充溢着一股虚空之感，这是《第七天》中各色人物的虚空无力，更是余华在面对当下现实时的无力，恰如《彷徨》时期的鲁迅，被极大的"寂静和空虚"笼罩着，甚至是手足无措。《第七天》或许是一部不够圆熟的作品，但是，这部让人们感叹太不像余华的作品却具有另一重的"起点"意义。艾略特曾言，一个艺术家想要不断地前进，就要"不断地牺牲自己，不断地消灭自己的个性"，如果说鲁迅"传统"是促使余华再前进的催化剂，那么《第七天》就是一个正在起着化学反应的试验品，虽然这个试验品有其瑕疵，但是它意味着质变已然开始。

从更为广阔的视角看，《第七天》的出现使一个具有普遍意义的问题浮出历史地表——多媒介、新媒介时代的到来，是否对中国当代作家的创作提出了更为苛刻的要求？当代作家是否失去了对时代、社会、现实的发言权？作家们是与其和解还是角力，抑或是从中获取新的创作灵感？笔者认为，直到此刻都尚无一个明确的结论。微博、微信、短视频等新媒介的出现使当下中国的读者有着异常丰富的渠道去

---

① 余华：《永远不要被自己更愿意相信的东西所影响》，《我只知道人是什么》，南京：译林出版社，2018年版，第232页。

接收信息或者说故事，当通过新媒介接收到的故事足够精彩，足够离奇，足够震慑人心的时候，文学的意义在何处？如此一来，读者难免会对传统作家的文学创作提出质疑，就如同面对《第七天》时所思考、所怀疑的那样，余华带给我们的是否能比社会新闻更多？这是作家个人的困境，亦是当代作家这个群体所面对的新的变局，但是我们又不得不悲观地猜测，在新媒介时代，文学作为社会媒介的功能或许正面临着丧失。作家、知识精英在80年代所充当的思想者、引路人、启蒙者的角色在今天亦经历着失落。但是，有使命感的作家仍旧抱持着心中的火种，寻求写作的出路。如何书写现实这个问题仍可以在鲁迅那里找到提示。鲁迅一生辗转多地，经历过血的考验，因此他的所写所感无不是踏实而极具个人特征的。这是对包括余华在内的当代作家的一种启示甚至警示——通过信息所接触到的现实并非真正意义上的现实，作家所要做的是冲破虚拟的迷障，脚踏实地深入可见可感、血肉丰满的现实之中。

当读者仍停留在《第七天》的语境中，满心期待着余华接下来对当下现实发起更猛烈的强攻时，余华却转身回到了近代中国的历史波澜中，2021年出版的《文城》讲述了清末民初发生的故事。《文城》的写作时间非常漫长，始于20世纪90年代末，前后断断续续有20年。在《文城》中多少可以见到余华的一些"重复"，如巨细无遗的暴力书写、对血缘伦理的颠覆。但是，《文城》将余华的文学地图拓展至辽远的北方。以往，江南小镇构成了余华的经验来源，余华也以自己的创作在文学维度中重构"江南小镇"。但是，《文城》描写了大量的北方的风物与景致，小说的主人公林祥福更是一位北方汉子，林祥福寻找文城的旅程便是小说叙事推进的过程。这一次，溪镇、文城、南方是作为北方的参照而存在的，相对于北方，南方被余华塑造为一个民间社会，充满了各式各样的传奇。余华曾盛赞鲁迅用一个短篇小说《风波》便表现了社会的巨变，用七斤、赵七爷头上的一根辫子便写出了时代的大变革。但《文城》中的余华显然更醉心于军阀、土匪、乡绅各方势力之间的杀戮事件，所以选择以一种"传奇小说"的方式进入清末民初的历史，包括《文城·补》的设置都可以视为为实现这种"传奇性"而做出的在叙事形式上的设计。余华可谓是以"传奇"的方式造访了鲁迅的时代。而且，《文城》中关于天灾、医药、工匠技艺的细致描述，流露出的"惩恶扬善""行侠仗义"的叙事伦理又让我们看到了余华对中国古代传统文化、方志典籍以及中国古典小说教化功能的借重。《文城》的创作初衷来源于余华立下的搭建一部百年史版图的抱负，从这个层面上看，《文城》或许只是一个开端，是余华新一场"远行"的起点。

自 80 年代以《十八岁出门远行》被文坛正式接纳，余华便一直与"先锋"联系或曰捆绑在一起，"先锋作家"成为余华的巨型标签。必须要指出的是，狭义的"先锋"只能描述文学史中特定阶段的余华，并不能概括余华创作的全貌。但广义的"先锋"却代表了一种精神，一种不断尝试、不断反叛，充满试验性、具有突破意识的精神。余华最大的"先锋性"就是不断地自我反思、自我反叛，不断地进行试验。2021 年 9 月，贾樟柯导演的纪录片《一直游到海水变蓝》在中国大陆上映，片名正是源于余华在影片中的一段自白——"在我小的时候，看着这个大海是黄颜色的，但是课本上说大海是蓝色的，我们小时候经常在这儿游泳，有一天我就想一直游，我想一直游到海水变蓝"①。

① 贾樟柯导演影片《一直游到海水变蓝》（中国大陆 2021 年上映）。

贾樟柯在影片中用小吃店，用海盐老百姓的日常生活场景强化着"家乡"对作家的影响，但站在鱼鳞石塘边面对海水的余华似乎更乐于表达"出走"的意义。余华的人生轨迹经历了从海盐到北京的迁徙；余华的创作轨迹、文学世界经历了从"小世界"到"大世界"的拓展与深化；余华的作品更是被翻译为多种语言，在世界范围内旅行。余华利用各种创作资源来丰满自己的创作却不被特定的某种"主义"所束缚。在发表于 1985 年的散文《人生的线索》中，余华表示贯穿自己人生的那根线索隐藏得很深，但总有一天会显露出来。时至今日，我们或许可以这样回应余华当年的等待，如果要为他整理出一条贯穿始终，贯穿了创作、思想、人生各个维度的线索的话，那这个线索，也许正是鲁迅。鲁迅激发了余华对自身创作的反思与反叛，找到属于自己的"独创性"。这是作为"传统"的先辈作家的力量，亦是鲁迅"传统"所承载的历史的力量。

结语：余华与文学史

从在《北京文学》1987 年第 1 期发表《十八岁出门远行》算起，余华正式被文坛接纳已逾 30 个年头，若算上其"阅读和写作的自我训练期"，余华的个人文学史已逾 40 年。可以这样认为，余华的个人创作史是与 80 年代，特别是 1985 年以降的中国当代文学史、思想史紧密交织在一起的。毫无疑问，从作为个体的作家余华身上可以窥见到 80 年代中期至今，中国当代文学史、思想史发展的潮汐与印迹，而对于鲁迅"传统"的重新发现与追认无疑是余华个人阅读史、个人文学史中一个至关重要的事件。

继《十八岁出门远行》之后，余华又陆续在《北京文学》《收获》等颇具分量的文学刊物上发表了《西北风呼啸的中午》《四月三日事件》《一九八六年》等中短篇小说，对于余华创作风格进行解析、阐释的文章亦紧随其后地出现。在通行的文学史叙事中，余华此阶段的小说连同苏童、格非等人的创作被指认为中国当代文学史中的"先锋小说"。1993 年出版的《无边的挑战——中国先锋文学的后现代性》（陈晓明著）以及 1997 年出版的《中国当代先锋文学思潮论》（张清华著）更是将余华作为一位极具典型意义的先锋作家进行讨论。从某种程度上而言，余华"先锋作家"的身份是被命名的，而且，批评话语的强势介入使得这一命名过程相当迅速，几乎与作家的创作保持了同步。在批评家、刊物、编辑的共同作用下，马原、余华、苏童、格非、孙甘露等等被迅速集结为先锋作家的队伍，新潮、迅猛、锐利、反叛是这支文坛"异军"的面貌。纵览 80 年代的整体思潮，"反思文革"与"思想启蒙"构成了时代的主题，"走向世界"亦成为迫切的时代需求。1985 年之后的中国文学成为"世界文学"的一部分，这不仅指 1985 年之后的中国当代文学更多地受到了世界文学的影响，同时也意味着 1985 年之后中国当代作家的创作越来越受到世界的关注。"文学性""纯文学"可以被视为理解 80 年代，尤其是 80 年代中后期文学的关键词，而先锋文学可谓是将对"文学性"的追求推向了一个极致。同时，先锋文学也呼应了"现代化"，特别是"文化的现代化"的时代追求。在这样的历史情境之中，余华坚定地表达了自己在阅读上的取舍，将自己对外国文学的选择称为"是一位作家的选择"。诚然，余华的创作的确是受到了川端康成、卡夫卡、福克纳等多位外国作家的影响，但是，更具有问题意义的是，余华将其对外国文学特别是现代派文学的选择作为一种"提法"。这一"提法"可以被视为一种有意味的"偏爱"甚至"偏执"，但是另一方面，作家对这种"偏执"的挣脱构成了日后对先锋文学整体进行反思以及向现实主义文学回归的基础。

学者刘康曾指出，对余华而言，"想象不仅在写作中弥补了现实世界，而且还作为另一种更强烈的人生而替代了现实的人生"[①]。中国的先锋作家关心的主要问题还是"写作、现实与想象的关系"[②]。刘康敏锐地察觉到了余华现实经验的匮乏，并且指出作家用以弥补这种不足所采取的方式是"想象"，译介而来的西方现代主义文学、现代主义

① [美]刘康：《余华与中国先锋派运动》，引自洪治纲编：《余华研究资料》，天津：天津人民出版社，2007 年版，第 163 页。
② [美]刘康：《余华与中国先锋派运动》，引自洪治纲编：《余华研究资料》，天津：天津人民出版社，2007 年版，第 161 页。

理论成为构筑这种"想象"世界的援手。《哈佛新编中国现代文学史》在叙述 1987 年时选用了余华所撰写的《制造先锋》一文，文中余华坦诚地回溯了自己 80 年代的阅读："我们的阅读里没有文学史，我们没有兴趣去了解那些作家的年龄和写作背景，我们只是阅读作品，什么叙述形式的作品都读。当我们写作的时候，也就知道什么叙述形式的小说都可以去写。"[①] 在这段简短的回顾中，余华清晰地区分了先锋作家的文学意识与文学史意识，对叙述形式的接受、选择、学习是 80 年代先锋作家自觉的文学意识，而这种文学意识的建立是以牺牲文学史意识为代价的。而且，余华亦深刻洞悉了文学史与阅读史的关联，在《文学和文学史》一文中提出了这样的观点——是"阅读的历史"把握了"文学的历史"的命运。"不同时期对不同文学作品的选择，使阅读者拥有了自己的文学经历"，"每一位阅读者都以自己的阅读史编写了属于自己的文学史"[②]。因此，透过作家的种种自述我们可以看到，对于余华而言，写作、阅读、经验是互相交织、互相作用的，如何处理三者之间的关系问题贯穿了余华的小说创作，而鲁迅"传统"则是贯通三者的一个意义非凡的节点。

当然，一切还得回到"最初的岁月"。近年来，余华的"少作"受到越来越多的关注和重视，透过这些散发着青涩气息的作品，我们似乎可以触摸到"前先锋"时期余华的模样——一个对写作充满热爱并且孜孜不倦地进行各种尝试的小镇文学青年。然而作家本人却选择了与这段个人史进行切割。"悔其少作"自然是人之常情，但其中也暗含

---

① [美] 王德威主编：《哈佛新编中国现代文学史》，张治等译，成都：四川人民出版社，2022 年版，第 1010 页。

② 余华：《文学和文学史》，《阅读有益身心健康》，上海：上海文艺出版社，2021 年版，第 191 页。

了作家个人有意识地进行的"文学史选择"。余华对自己早期的、尚且拙稚的现实主义写作方式进行了断裂与遗忘，类似地，余华将一直存在于自己阅读史中的鲁迅进行了剔除与回避。即便如此，无法忽视并且无法抗拒的是，80年代的整体语境为余华与鲁迅"传统"的相遇提供了历史契机。鲁迅以一种"历史的力量"构成了初登文坛之时余华文学创作的"语境""场域"，鲁迅以"反封建者"的形象归来，而当时余华反对就事论事的写作态度，强调"精神的真实"与"不确定的语言"正是在文学创作层面上所进行的"反封建"。肩负共同的时代使命，使余华的小说中存在鲁迅"传统"成为可能。

然而，余华真正意识到鲁迅之于自己的意义是在90年代，完成三部长篇小说的创作之后。这虽然为讨论鲁迅"传统"与余华的小说创作之间的关系问题设置了一定的障碍，但另一方面，这一所谓"障碍"的存在构成了一个格外具有深度的文学史问题。为何三部长篇小说的完成与对鲁迅的"追认"构成了一个重合？这不仅是余华对于鲁迅的重新发现，更是作家对于自身的一次重新认识。

除了写作、阅读，"经验"是进入余华文学世界的又一个关键词，与自身经验的角力可谓是余华小说创作的一条脉络。早慧而天性敏感的余华出生成长在"小镇中心"，这里的人、事、物构筑了作家的"小世界"，这带给作家熟悉而亲切的"一点点"，同时亦使得作为实践、生活的"经验"对于余华而言是比较有限的。80年代中后期的文学思潮普遍强调"个体""内心""精神世界"，因此，在这样的语境下，有限的"经验"并不会为余华的小说创作带来过多的障碍，反之，正因为对经验的深度挖掘成就了独属于余华的强烈的个人风格。可是，进入90年代之后，当代文学的整体发展步入新的轨道，文学创作越来越多元化，读者群体也发生了巨大的变化，作家自身也不再满足于对于

"个体故事"的书写，奋力转向书写"历史"这一更为宏阔的主题。因此，我们在《在细雨中呼喊》《活着》《许三观卖血记》中看到了来自乡村、小镇的"小人物"群像，看到了跌宕起伏的历史图景。完成了三部长篇小说的余华，选择在这一时刻对鲁迅进行正式的追认，意味着一位成熟作家回到本民族历史中所做出的深刻思索，他已经意识到自己一直以来所提及的以卡夫卡为代表的西方现代派文学的技法无法满足作家想要切实表达属于本民族的历史经验的需要。余华在一篇写艺术家张晓刚的文章里谈到了自己对于中国当代艺术变迁的看法，他认为这是一个"从自我否定到自我肯定的过程"，并用"赤膊上阵"来形容80年代国门打开之后，自己和张晓刚这一代人面对西方思潮、西方艺术的态度——"扔掉了自己的衣服，去试穿他们花样繁多的衣服，开始了很长一段时间的自我否定"①，之后才能在自我否定的基础上建立"自我肯定"，所谓"自我肯定"指的是艺术家知道了"自我"和"深度"究竟在哪里，知道了自己出生、成长、生活在哪里。显然，余华在这里颇有借张晓刚自喻的意味，不论是中国当代艺术还是当代文学，最终的"自我"与"深度"还是回到了具有地域性、民族性，深入国民灵魂的传统之中。余华对于鲁迅"传统"的追认，既是一次个人阅读史中的矫正，也是一次个人文学史上的升华，这一次余华终于从"小世界"迈进了"大世界"，迈进了历史之中。

在对鲁迅进行正式"追认"之后，余华又出版了《兄弟》《第七天》《文城》。《兄弟》和《第七天》的问世让读者看到余华的书写对象由历史转向当下，但这两部作品都引起了不小的争议，争议声中既有对小说较为中肯的批评，也有对余华偏离先锋创作的失望与不满。

---

① 余华：《人生就是几步而已》，《收获》2023年第1期。

《兄弟》《第七天》《文城》还需要留待时间检视，简单地做出好或不好的评判都显得仓促且武断。但是，《兄弟》《第七天》引起的争议提醒了我们：长期以来研究界、批评界是否夸大了先锋文学的意义，忽视了其尚未被正视与反思的缺陷？先锋文学对形式的过度强调最终导致了文学创作在内容层面上的空洞，在形式上的钻营损害了文学作品本应具备的厚度与深度。余华早在20世纪80年代末90年代初就已经意识到先锋文学可能存在的弊端，之后，在一篇发表于2010年的访谈中，他表示"先锋文学没那么了不起，它还是个学徒阶段"①。2015年，在"通向世界性与现代性之路，纪念先锋文学三十年国际论坛"上，余华对先锋文学做出了极为精准的评价，他认为"先锋文学在中国文学所起到的作用就是装了几个支架而已"②。的确，先锋文学所面对的历史遗址是20世纪六七十年代，文艺为政治服务的激进化呈现，先锋文学在80年代所发挥的历史功能就是恢复文学的丰富性、促进文学的"现代化"，这是先锋文学最为重要的"文学史意义"。值得激赏的是，余华以敏锐的目光捕捉到了先锋文学在文学意义甚至思想意义上的局限，正因如此，他得以成为先锋作家中较早进行"转型"，同时也是转型较为成功的一位。余华将自己与"经验"的角力、对先锋文学的反思与对鲁迅的深刻理解有机地交织在一起，鲁迅成为他不断进行自我反叛，一步一步走向宽广的精神向导。

　　长期以来，余华是与"先锋作家"这一标签捆绑在一起的，时至今日，如果再用"先锋作家"一词去形容余华的话，或许我们应该放弃文学流派意义上的"先锋"，回到它原本的哲学意义、思想意义

① 王侃、余华：《我想写出一个国家的疼痛》，《东吴学术》2010年第1期。
② 余华：《"先锋文学在中国文学所起到的作用就是装了几个支架而已"》，《文艺争鸣》2015年第12期。

上——永远在尝试、永远在试验，永远自我反叛的精神。余华在90年代回到写实主义的风格，进入新世纪之后，以《兄弟》强攻现实，在《第七天》中承袭了鲁迅《野草》的笔法，以诗性的笔触构筑了一个死后世界，并在思想意涵的向度上重写了《彷徨》。当来到《文城》之时，余华又将视线上溯至清末民初，可谓是以"传奇"的方式造访鲁迅的时代。这一次余华迈入中国传统的更深处，在中国古典小说、乡邦文献、方志典籍中汲取创作资源，虚构了一个足以容纳各种传奇、流言的具有民间性的叙事空间"文城"，讲了一个善恶有报的朴素故事。余华一直保持着"远行"的姿态，竭力从自己的缺憾与创作习惯中远行，"先锋"本身就意味着一种破坏，而对于余华而言，最大的"破坏"对象或许正是自己。

讨论余华的小说创作与鲁迅"传统"之间的关联，从具体的层面上来说，是走进余华文学世界的深处，走进中国当代文学史的细微之处，在具体的历史情境中，以鲁迅"传统"为参照，对一个作家创作的血管、肌理、关节进行考察，讨论作家创作发生、转型的原因与方式。从更为宏阔和长远的层面上看，是对鲁迅"传统"，特别是鲁迅的精神传统在当代延传的珍视与期待，期待着余华，期待着中国当代作家能够在鲁迅的目光中检视自我、书写自我，书写历史、时代与现实。

浙江海盐的水流最终要奔向大海，少年时代的余华想要一直游到海水变蓝，今天，余华的作品恰如湛蓝的海水一样，在世界各处闪耀着光芒。余华已经成为第一位登上《巴黎评论》（*The Paris Review*）"作家访谈"栏目的中国籍作家。这意味着余华与福克纳、海明威、博尔赫斯等小说家相同，被《巴黎评论》"作家访谈"栏目收录。可以说，余华已经成为一位具有"世界意义"，足以引发"世界思考"的作家，这为今后的当代作家、当代文学史研究提供了更大的空间与可能。

附录一

余华作品发表简目（1983—2023）[①]

1983 年

短篇小说：

《第一宿舍》,《西湖》1983 年第 1 期。

《疯孩子》,《海盐文艺》1983 年第 1 期。

《"威尼斯"牙齿店》,《西湖》1983 年第 8 期。

《鸽子，鸽子》,《青春》1983 年第 12 期。

1984 年

短篇小说：

《星星》,《北京文学》1984 年第 1 期。

---

① 本《余华作品发表简目》囿于篇幅，只编录余华自 1983 年起，至 2023 年 12 月 31 日，于中国大陆发表、出版的简体中文作品，繁体中文作品及外译作品不在此列。如有疏漏，敬请补充指正。1983 年至 2023 年，既是余华创作史、余华个人文学史的 40 年，更是中国当代文学史 80 年代以降高潮迭起、精彩纷呈的 40 年，通过余华的个人文学史足以窥见当代文学史的发展。编写本《余华作品发表简目》主要参考了以下几种著作，在此表示感谢，亦感谢其为余华研究积累的丰厚材料：洪治纲著《余华评传》（郑州大学出版社 2005 年版、作家出版社 2017 年版），洪治纲编《余华研究资料》（天津人民出版社 2007 年版），刘琳、王侃编著《余华文学年谱》（复旦大学出版社 2015 年版），高玉、王晓田编著《余华作品版本叙录》（浙江工商大学出版社 2017 年版）。特别感谢杭州师范大学洪治纲教授在本作品发表简目编写过程中提出的宝贵意见和建议。

《竹女》，《北京文学》1984年第3期。

《月亮照着你，月亮照着我》，《北京文学》1984年第4期。

《甜甜的葡萄》，《小说天地》1984年第4期。

《男儿有泪不轻弹》，《东海》1984年第5期。

《美丽的珍珠》，《东海》1984年第7期。

《美丽的珍珠》，《海盐文艺》1984年第2期。

《男高音的爱情》，《东海》1984年第12期。

《老邮政弄记》，《青年作家》1984年第12期。

1985年

短篇小说：

《几时你能再握这只手》（散文体小说），《小说天地》1985年第3期。

《车站》，《西湖》1985年第12期。

随笔：

《我的"一点点"——关于〈星星〉及其它》，《北京文学》1985年第5期。

散文：

《古典乐与珍妃井，铃声》，《东海》1985年第2期。

《人生的线索》，《文学青年》1985年第12期。

1986年

短篇小说：

《三个女人一个夜晚》，《萌芽》1986年第1期。

《老师》，《北京文学》1986年第3期。

《回忆》，《文学青年》1986年第7期。

《表哥和王亚亚》,《丑小鸭》1986 年第 8 期。

《白塔山》,《东海》1986 年第 6 期。

散文:

《看海去》,《北京文学》1986 年第 5 期。

1987 年

短篇小说:

《十八岁出门远行》,《北京文学》1987 年第 1 期。

《西北风呼啸的中午》,《北京文学》1987 年第 5 期。

《美好的折磨》,《东海》1987 年第 7 期。

中篇小说:

《四月三日事件》,《收获》1987 年第 5 期。

《一九八六年》,《收获》1987 年第 6 期。

1988 年

短篇小说:

《蓦然回首》(含《萤火虫》《酒盅》两篇),《岁月》1988 年第 4 期。

《死亡叙述》,《上海文学》1988 年第 11 期。

中篇小说:

《河边的错误》,《钟山》1988 年第 1 期。

《现实一种》,《北京文学》1988 年第 1 期。

《世事如烟》,《收获》1988 年第 5 期。

《难逃劫数》,《收获》1988 年第 6 期。

《古典爱情》,《北京文学》1988 年第 12 期。

1989 年

短篇小说：

《故乡经历》，《长城》1989 年第 1 期。

《往事与刑罚》，《北京文学》1989 年第 2 期。

《鲜血梅花》，《人民文学》1989 年第 3 期。

《两人》，《东海》1989 年第 4 期。

《爱情故事》，《作家》1989 年第 6 期。

《与史铁生的第四次见面》，《长江》1989 年第 5 期。

《两个人的历史》，《河北文学》1989 年第 10 期。

中篇小说：

《此文献给少女杨柳》，《钟山》1989 年第 4 期。

随笔：

《我的真实》，《人民文学》1989 年第 3 期。

《赵锐勇印象》，《东海》1989 年第 5 期。

《虚伪的作品》，《上海文论》1989 年第 5 期。

《刘毅然的小说》，《文论报》1989 年 11 月 25 日。

小说集：

《十八岁出门远行》，作家出版社 1989 年版。

1990 年

中篇小说：

《偶然事件》，《长城》1990 年第 1 期。

随笔：

《走向真实的语言》，《文艺争鸣》1990 年第 1 期。

《川端康成和卡夫卡的遗产》，《外国文学评论》1990 年第 2 期。

《读西西女士的〈手卷〉》,《当代作家评论》1990 年第 4 期。

1991 年

中篇小说:

《夏季台风》,《钟山》1991 年第 4 期。

小说集:

《偶然事件》,花城出版社 1991 年版。

长篇小说:

《呼喊与细雨》(后改名为《在细雨中呼喊》),《收获》1991 年第 6 期。

1992 年

中篇小说:

《活着》,《收获》1992 年第 6 期。

散文:

《结束》,《芒种》1992 年第 10 期(散文专号)。

小说集:

《河边的错误》,长江文艺出版社 1992 年版。

1993 年

短篇小说:

《祖先》,《江南》1993 年第 1 期。

《命中注定》,《人民文学》1993 年第 7 期。

中篇小说:

《一个地主的死》,《钟山》1993 年第 1 期。

长篇小说：

《在细雨中呼喊》，花城出版社 1993 年版。

《活着》，长江文艺出版社 1993 年版。

1994 年

短篇小说：

《吵架》，《啄木鸟》1994 年第 4 期。

《炎热的夏天》，《青年文学》1994 年第 10 期。

《在桥上》，《青年文学》1994 年第 10 期。

中篇小说：

《战栗》，《花城》1994 年第 5 期。

随笔：

《我·小说·现实》，《今日先锋》1994 年第 1 期。

《自传》，《美文》1994 年第 11、12 期。

访谈：

《重读柴科夫斯基——访著名作家余华先生》，《爱乐丛刊》1994
年第 4 辑。

作品集：

《余华作品集》（1、2、3），中国社会科学出版社 1994 年版。[①]

1995 年

短篇小说：

《我没有自己的名字》，《收获》1995 年第 1 期。

《他们的儿子》，《收获》1995 年第 2 期。

---

① 此套作品集 1994 年 12 月第 1 版，1995 年 3 月再版。两个版本内容相同，封面不同。

《阑尾》,《作品》1995 年第 1 期。

《我为什么要结婚》,《东海》1995 年第 8 期。

《女人的胜利》,《北京文学》1995 年第 11 期。

　随笔:

《传统·现代·先锋》,《今日先锋》1995 年第 3 辑。

《潘凯雄印象二三》,《当代作家评论》1995 年第 6 期。

《希望与欲望》,《东海》1995 年第 8 期。

　长篇小说:

《许三观卖血记》,《收获》1995 年第 6 期。

1996 年

　短篇小说:

《空中爆炸》,《大家》1996 年第 2 期。

《蹦蹦跳跳的游戏》,《大家》1996 年第 2 期。

《为什么没有音乐》,《人民文学》1996 年第 11 期。

　中篇小说:

《我的故事》(后改名为《我胆小如鼠》),《东海》1996 年第 9 期。

　随笔:

《三岛由纪夫的写作与生活》,《作家》1996 年第 2 期。

《强劲的想象产生事实》,《作家》1996 年第 2 期。

《长篇小说的写作》,《当代作家评论》1996 年第 3 期。

《谁是我们共同的母亲?》,《天涯》1996 年第 4 期。

《叙述中的理想》,《青年文学》1996 年第 5 期。

《若即若离的城市》,《青年文学》1996 年第 5 期。

《布尔加科夫与〈大师和玛格丽特〉》,《读书》1996 年第 11 期。

《结构余华》,《北京青年报》1996 年 5 月 7 日。

《简洁有效的金钱关系》,《三联生活周刊》1996年第1期。

对谈:

余华、潘凯雄:《新年第一天的文学对话——关于〈许三观卖血记〉及其它》,《作家》1996年第3期。

黄平、余华、李陀:《从"红高粱"快餐店谈开去》,《三联生活周刊》1996年第6期。

访谈:

余华、陈韧:《余华访谈录》,《牡丹》1996年第4期。

余华、林舟:《叙事,掘进自我的存在——余华访谈录》,《东海》1996年第8期。

张英、余华:《写出真正的中国人——余华访谈录》,《北京文学》1999年第10期。

小说集:

《河边的错误》,长江文艺出版社1996年版。

长篇小说:

《许三观卖血记》,江苏文艺出版社1996年版。

1997年

短篇小说:

《黄昏里的男孩》,《作家》1997年第1期。

随笔:

《奢侈的厕所》,《长城》1997年第1期。

《我所不认识的王蒙》,《时代文学》1997年第6期。

《作家与现实》,《作家》1997年第7期。

访谈:

余华、李哲峰:《余华访谈录》,《博览群书》1997年第2期。

对谈：

余华、格非等:《三重话语之间——作家、编辑与研究生的对话》,《作家》1997 年第 10 期。

1998 年

随笔：

《医院里的童年》,《华夏记忆》1998 年第 1 期。

《包子和饺子》,《华夏记忆》1998 年第 2 期。

《博尔赫斯的现实》,《读书》1998 年第 5 期。

《前言和后记》,《大家》1998 年第 5 期。

《契诃夫的等待》,《读书》1998 年第 7 期。

《我能否相信自己》,《作家》1998 年第 8 期。

《眼睛和声音——关于心理描写之一》,《读书》1998 年第 11 期。

《内心之死——关于心理描写之二》,《读书》1998 年第 12 期。

随笔集：

《我能否相信自己——余华随笔集》, 人民日报出版社 1998 年版。

长篇小说：

《活着》, 南海出版公司 1998 年版。

《许三观卖血记》, 南海出版公司 1998 年版。

1999 年

随笔：

《文学和文学史》,《读书》1999 年第 1 期。

《音乐影响了我的写作》,《音乐爱好者》1999 年第 1 期。

《音乐的叙述》,《收获》1999 年第 1 期。

《高潮》,《收获》1999 年第 2 期。

《父子之战》,《华夏记忆》1999 年第 4 期。

《否定》,《收获》1999 年第 3 期。

《世纪留言》,《北京文学》1999 年第 6 期。

《色彩》,《收获》1999 年第 4 期。

《灵感》,《收获》1999 年第 5 期。

《字与音》,《收获》1999 年第 6 期。

《时差》,《南方周末》1999 年 7 月 16 日。

《温暖和百感交集的旅程》,《读书》1999 年第 7 期。

《卡夫卡和 K》,《读书》1999 年第 12 期。

访谈:

余华、杨绍斌:《"我只要写作,就是回家"》,《当代作家评论》1999 年第 1 期。

《"我不喜欢中国的知识分子"——答意大利〈团结报〉记者问》,《作家》1999 年第 2 期。

《永远活着——答意大利〈解放报〉记者问》,《作家》1999 年第 2 期。

范军、余华:《"我不能对不起读者"——余华访谈录》,《文学报》1999 年 4 月 22 日。

王洪、余华:《传统永远有待于完成——访作家余华》,《中华读书报》1999 年 4 月 28 日。

余华、黄少云:《八问余华》,《女友》1999 年第 7 期。

王永午、余华:《余华——有一种标准在后面隐藏着》,《中国青年报》1999 年 9 月 3 日。

顾振涛、余华:《"我还有另一种才能"——和余华谈随笔写作》,

《文学报》1999 年 10 月 14 日。

长篇小说：

《在细雨中呼喊》，南海出版公司 1999 年版。

小说集：

《黄昏里的男孩》，新世界出版社 1999 年版。

《我胆小如鼠》，新世界出版社 1999 年版。

《世事如烟》，新世界出版社 1999 年版。

《鲜血梅花》，新世界出版社 1999 年版。

《现实一种》，新世界出版社 1999 年版。

《战栗》，新世界出版社 1999 年版。

选编集：

《温暖的旅程——影响我的 10 部短篇小说》，新世界出版社 1999 年版。

2000 年

随笔：

《山鲁佐德的故事》，《作家》2000 年第 1 期。

《我的一生窄如手掌》，《莽原》2000 年第 1 期。

《消失的意义》，《视界》2000 年第 1 辑。

《网络和文学》，《作家》2000 年第 5 期。

《文学和民族》，《作家》2000 年第 8 期。

《回忆十七年前》，《北京文学》2000 年第 9 期。

小说集：

《鲜血梅花》，时代文艺出版社 2000 年版。

随笔集：

《内心之死》，华艺出版社 2000 年版。

《高潮》，华艺出版社 2000 年版。

《读与写》（余华编文；刘小超画），西苑出版社 2000 年版。

2001 年

随笔：

《没有边界的写作——读胡安·鲁尔福》，《小说界》2001 年第 1 期。

《作家不能有太多欲望》，《鸭绿江（上半月）》2001 年第 3 期。

《灵魂饭》，《上海文学》2001 年第 5 期。

《午门广场之夜》，《北京青年报》2001 年 6 月 25 日。

《王齐君和他的〈昌盛街〉》，《作家》2001 年第 10 期。

《我的第一份工作》，"榕树下"网站（http://www.rongshu.com），后收入《2001 年中国年度最佳网络文学》，漓江出版社 2001 年版。

访谈：

余华、张英：《文学不衰的秘密》，《大家》2001 年第 2 期。

熊育群、余华：《文学：走过先锋之后——余华访谈》，《羊城晚报》2001 年 12 月 12 日。

作品集：

《中国当代作家选集丛书·余华卷》，人民文学出版社 2001 年版。

《当代中国小说名家珍藏版·余华卷》，文化艺术出版社 2001 年版。

2002 年

随笔：

《小说的世界》,《天涯》2002 年第 1 期。

《文学与记忆》,《文学报》2002 年 3 月 14 日。

《阳光的颜色是不同的》,《中华读书报》2002 年 5 月 29 日。

《我的文学道路——在苏州大学 "小说家讲坛" 上的讲演》,《当代作家评论》2002 年第 4 期。

《这只是千万个卖血故事中的一个》,《读书》2002 年第 7 期。[①]

《自述》,《小说评论》2002 年第 4 期。

访谈：

汪跃华、余华:《余华: 文学不是 "内分泌"》,《文汇读书周报》2002 年 3 月 8 日。

余华、王尧:《一个人的记忆决定了他的写作方向》,《当代作家评论》2002 年第 4 期。

叶立文、余华:《叙述的力量——余华访谈录》,《小说评论》2002 年第 4 期。

小说集：

《我没有自己的名字》,云南人民出版社 2002 年版。

随笔集：

《灵魂饭》,南海出版公司 2002 年版。

《说话》,春风文艺出版社 2002 年版。

---

① 《当代作家评论》2002 年第 5 期转载《读书》2002 年第 7 期《这只是千万个卖血故事中的一个》, 保留原题名, 摘录其最后一段。

2003 年

短篇小说：

《朋友》,《小说界》2003 年第 2 期。

随笔：

《〈说话〉自序》,《当代作家评论》2003 年第 1 期。

《什么是爱情》,《作家》2003 年第 2 期。

《歪曲生活的小说》,《作家》2003 年第 2 期。

《可乐和酒》,《散文百家》2003 年第 2 期。

《朱德庸漫画中的爱情》,《中国青年报》2003 年 5 月 7 日。

小说集：

《朋友》,江苏文艺出版社 2003 年版。

2004 年

随笔：

《文学中的现实》,《上海文学》2004 年第 5 期。

《韩国的眼睛》,《中外书摘》2004 年第 5 期。

访谈：

余华、洪治纲:《远行的心灵》,《花城》2004 年第 5 期。

余华、洪治纲:《阅读、音乐与小说创作》,《作家》2004 年第 11 期。

长篇小说：

《许三观卖血记》(中国当代名家长篇小说代表作),人民文学出版社 2004 年版。

有声书：

《活着》,李野墨演播,中国唱片总公司 2004 年出版,北京普罗之声文化传播有限公司制作发行。

作品集：

"余华作品系列"丛书（12 册），上海文艺出版社 2004 年版。

2005 年

随笔：

《奥克斯福的威廉·福克纳》，《上海文学》2005 年第 3 期。

《西·伦茨的〈德语课〉》，《上海文学》2005 年第 3 期。

《致保罗先生》，《作家》2005 年第 4 期。

《一个作家的力量》，《小说界》2005 年第 6 期。

《文学作品中有跳动的心脏》，《编辑学刊》2005 年第 5 期。

访谈：

舒晋瑜、余华：《〈兄弟〉让我精神上红光满面——访作家余华》，《中华读书报》2005 年 7 月 27 日。

张英、王琳琳，余华：《余华：我能够对现实发言了》，《南方周末》2005 年 9 月 8 日。

张蔓萝、余华：《余华：十年一〈兄弟〉蓄势再出发》，《中国图书商报》2005 年 9 月 16 日。

余华、南宋：《余华：不写没有 越写则越有——余华访谈》，《报林·主流》2005 年 9—10 期。

余华、张英：《余华：〈兄弟〉这十年》，《作家》2005 年第 11 期。

长篇小说：

《兄弟》（上）（节选），《收获·长篇专号》2005 年秋冬卷。

《兄弟》（上），上海文艺出版社 2005 年版。

2006 年

随笔：

《大仲马的两部巨著》，《编辑学刊》2006 年第 1 期。

对谈：

余华、洪治纲：《余华：我终于回来了——关于〈兄弟〉下部的对话》，《羊城晚报》2006 年 3 月 7 日。

洪治纲、余华：《回到现实，回到存在——关于长篇小说〈兄弟〉的对话》，《南方文坛》2006 年第 3 期。

访谈：

吴虹飞、李鹏，余华：《余华：争议不是坏事》，《南方人物周刊》2006 年第 9 期。

张英、宋涵，余华：《余华现在说》，《南方周末》2006 年 4 月 27 日。

余华、严锋：《〈兄弟〉夜话》，《小说界》2006 年第 3 期。

长篇小说：

《兄弟》（下），《收获》2006 年第 2、3 期。

《兄弟》（下），上海文艺出版社 2006 年版。

小说集：

《余华精选集》，北京燕山出版社 2006 年版。

《古典爱情》，人民文学出版社 2006 年版。

2007 年

随笔：

《三十岁后读鲁迅》，《青年作家》2007 年第 1 期。

《文学不是空中楼阁——在复旦大学的演讲》，《文艺争鸣》2007

年第 2 期。

《录像带电影》,《西湖》2007 年第 2 期。

《日本印象》,《西湖》2007 年第 2 期。

《飞翔和变形——关于文学作品中的想象之一》,《收获》2007 年第 5 期。

《在生命的深渊里建立生命的高潮》,《文学报·大众阅读》2007 年 8 月 3 日。

《我们生活在巨大的差距里》,《读书》2007 年第 9 期。

《从大仲马说起》,《西部》2007 年第 11 期。

《阅读与写作》,《上海文学》2007 年第 12 期。

访谈:

余华、张清华:《"混乱"与我们时代的美学》,《上海文学》2007 年第 3 期。

随笔集:

《我能否相信自己》,明天出版社 2007 年版。

2008 年

随笔:

《轻盈的才华》,《作家》2008 年第 4 期。

《伊恩·麦克尤恩后遗症》,《作家》2008 年第 8 期。

《中国早就变化了》,《作家》2008 年第 8 期。

访谈:

《我写下了中国人的生活——答美国批评家 William Marx 问》,《作家》2008 年第 1 期。

作品集：

"余华作品"丛书（13册），作家出版社 2008 年版。

2009 年

随笔：

《飞翔和变形——关于文学作品中的想象之一》，《文艺争鸣》2009 年第 1 期。

《生与死，死而复生——关于文学作品中的想象之二》，《文艺争鸣》2009 年第 1 期。

《细节的合理性》，《文艺争鸣》2009 年第 6 期。

《两位学者的肖像——读马悦然的〈我的老师高本汉〉》，《作家》2009 年第 10 期。

对谈：

黄咏梅、余华、苏童、毕飞宇、刘醒龙：《"80 后作家在对社会撒娇"》，《羊城晚报》2009 年 12 月 6 日。

长篇小说：

《活着》（共和国作家文库），作家出版社 2009 年版。

随笔集：

《间奏——余华的音乐笔记》，江苏文艺出版社 2009 年版。

2010 年

随笔：

《一个记忆回来了》，《文艺争鸣》2010 年第 1 期。

《当德国成为领跑者》，《京华时报》2010 年 7 月 6 日。

访谈：

王侃、余华：《我想写出一个国家的疼痛》，《东吴学术》2010 年第 1 期（创刊号）。

长篇小说：

《兄弟》，作家出版社 2010 年版。

《活着》，作家出版社 2010 年版。

2011 年

随笔：

《文学与经验》，《文艺争鸣》2011 年第 1 期。

《给塞缪尔·费舍尔讲故事》，《大方》2011 年第 2 期。

《飞翔和变形——关于文学作品中的想象》，《中华读书报》2011 年 2 月 16 日。

《文学中的现实和想象力》，《延河》2011 年第 3 期。

《易卜生与鲁迅》，《杂文选刊》2011 年第 5 期。

长篇小说：

《在细雨中呼喊》，作家出版社 2011 年版。

《许三观卖血记》，作家出版社 2011 年版。

小说集：

《余华精选集》，北京燕山出版社 2011 年版。

论文集：

《文学：想象、记忆与经验》，复旦大学出版社 2011 年版。

2012 年

随笔：

《我们的安魂曲》，《全国新书目》2012 年第 3 期。

《世界剧场及其他》，《大家》2012 年第 3 期。

访谈：

余华、符二：《作家越写胆子就越大——余华访谈》，《大家》2012年第3期。

作品集：

"余华作品"丛书（13册），作家出版社2012年版。

2013 年

随笔：

《两个酒故事》，《三联生活周刊》2013年第1期。

《旅游笔记》，《收获》2013年第1期。

《茨威格是小一号的陀思妥耶夫斯基》，《博览群书》2013年第7期。

会议发言：

《〈失忆〉读后——在〈失忆〉新书发布会上的发言》，《东吴学术》2013年第2期。

《余华长篇小说〈第七天〉学术研讨会纪要》，《当代作家评论》2013年第6期。

长篇小说：

《第七天》，新星出版社2013年版。

随笔集：

《间奏：余华的音乐笔记》，江苏文艺出版社2013年版。

作品集：

《一九八六年》，花城出版社2013年版。

"余华作品"丛书（13册），作家出版社2013年版。

2014 年

随笔：

《小记童庆炳老师》，《南方文坛》2014 年第 1 期。

《文学是怎样告诉现实的》，《北京青年报》2014 年 3 月 21 日。

《1987 年：〈收获〉第 5 期》，《北京青年报》2014 年 3 月 21 日。

《关于〈沈从文的后半生〉的通信》，《收获·长篇专号》2014 春夏卷。

访谈：

高方、余华：《"尊重原著应该是翻译的底线"——作家余华访谈录》，《中国翻译》2014 年第 3 期。

余华、张英：《我一直努力走在自己的前面》，《上海文化》2014 年第 9 期。

小说集：

《鲜血梅花》，作家出版社 2014 年版。

《战栗》，作家出版社 2014 年版。

《现实一种》，作家出版社 2014 年版。

《世事如烟》，作家出版社 2014 年版。

《我胆小如鼠》，作家出版社 2014 年版。

《黄昏里的男孩》，作家出版社 2014 年版。

随笔集：

《音乐影响了我的写作》，作家出版社 2014 年版。

《没有一条道路是重复的》，作家出版社 2014 年版。

《温暖和百感交集的旅程》，作家出版社 2014 年版。

长篇小说：

《活着》，作家出版社 2014 年版。

《许三观卖血记》，作家出版社 2014 年版。

《兄弟》，作家出版社 2014 年版。

《在细雨中呼喊》，作家出版社 2014 年版。

2015 年

随笔：

《我的阿尔维德·法尔克式的生活》，《文汇报》2015 年 2 月 12 日。

《生机勃勃的语言》，《中国出版传媒商报》2015 年 9 月 15 日。①

会议发言：

《"先锋文学在中国文学所起到的作用就是装了几个支架而已"》，《文艺争鸣》2015 年第 12 期。

对谈：

余华、马丁·莫泽巴赫：《余华对话马丁·莫泽巴赫》，《外国文学动态研究》2015 年第 6 期。

随笔集：

《我们生活在巨大的差距里》，北京十月文艺出版社 2015 年版。

2016 年

散文：

《阅读的故事》，《收获》2016 年第 2 期。

2017 年

随笔：

《我的三个现实和梦想》，《钟山》2017 年第 4 期。

---

① 此篇系为作家东西小说《篡改的命》所作书评。

《爸爸出差时》,《十月》2017 年第 5 期。

小说集:

《我没有自己的名字》,人民文学出版社 2017 年版。

随笔集:

《文学或者音乐》,译林出版社 2017 年版。

长篇小说:

《活着》,北京十月文艺出版社 2017 年版。

《许三观卖血记》,北京十月文艺出版社 2017 年版。

2018 年

随笔:

《我只知道人是什么》,《收获》2018 年第 1 期。

《没有一种生活是可惜的》,《当代》2018 年第 1 期。

《我叙述中的障碍物》,《扬子江评论》2018 年第 1 期。

《我想这就是人类的美德》,《扬子江评论》2018 年第 2 期。

《三次感谢》,《上海文学》2018 年第 4 期。

《两个牙医》,《作家》2018 年第 7 期。

《〈篡改的命〉:生机勃勃的语言》,《中国周刊》2018 年第 8 期。

《埃米尔·库斯图里卡,没有边境的写作》,《作家》2018 年第 9 期。

访谈:

余华、张英:《我只为自己的内心写作——余华访谈录》,《青年作家》2018 年第 5 期。

张中驰、余华:《真实、现实与不确定性——余华访谈录》,《现代中文学刊》2018 年第 3 期。

小说集：

《河边的错误》，时代文艺出版社 2018 年版。

《四月三日事件》，人民文学出版社 2018 年版。

随笔集：

《我只知道人是什么》，译林出版社 2018 年版。

长篇小说：

《兄弟》，北京十月文艺出版社 2018 年版。

《在细雨中呼喊》，北京十月文艺出版社 2018 年版。

《第七天》，新星出版社 2018 年版。

2019 年

随笔：

《莫言的反精英之路》，《当代作家评论》2019 年第 1 期。

《米兰讲座》，《作家》2019 年第 6 期。

随笔集：

《没有一种生活是可惜的》，陕西师范大学出版社 2019 年版。

作品集：

《余华作品精选：夏季台风》（名家作品精选），长江文艺出版社 2019 年版。

2020 年

小说集：

《河边的错误》（畅销 30 周年纪念版），时代文艺出版社 2020 年版。

随笔集：

《米兰讲座》，上海文艺出版社 2020 年版。

2021 年

长篇小说（节选）：

《文城·补》，《收获·长篇小说》2021 夏卷。

随笔：

《生命胜利了》，《收获》2021 年第 4 期。

会议发言：

《文化记忆与城市传奇——北京师范大学驻校作家叶兆言入校仪式暨创作四十年学术研讨会发言摘要》，《作家》2021 年第 4 期。

访谈：

余华、张英：《〈文城〉：一个人和他一生的寻找》，《作家》2021 年第 8 期。

对谈：

余华、洪治纲：《〈文城〉内外》，《收获·长篇小说》2021 夏卷。

随笔集：

《文学或者音乐》，译林出版社 2021 年版。

《我只知道人是什么》，译林出版社 2021 年版。

《阅读有益身心健康》，上海文艺出版社 2021 年版。

长篇小说：

《文城》，北京十月文艺出版社 2021 年版。

《文城》（首版首印限量毛边本），北京十月文艺出版社 2021 年版。

《活着》，北京十月文艺出版社 2021 年版。

2022 年

随笔：

《一个游魂在讲述》,《作家》2022 年第 1 期。

《文学给予我们什么》,《收获》2022 年第 2 期。

访谈：

《余华谈枕边书》,《中华读书报》2022 年 5 月 25 日。

余华、张英：《文学、时代和我的写作》,《作品》2022 年第 10 期。

随笔集：

《我只要写作，就是回家》, 山东文艺出版社 2022 年版。

长篇小说：

《兄弟》, 北京十月文艺出版社 2022 年版。

2023 年

随笔：

《人生就是几步而已》,《收获》2023 年第 1 期。

《〈活着〉: 致韩国读者》,《作家》2023 年第 10 期。

《〈许三观卖血记〉: 致韩国读者》,《作家》2023 年第 10 期。

《凭空捏造与自我解放——武茳虹和叶昕昀的小说观察》,《当代作家评论》2023 年第 6 期。①

对谈：

王安忆、余华、黄平：《现实与传奇——王安忆、余华对谈》,《扬子江文学评论》2023 年第 3 期。

---

① 此篇第二部分被作为余华学生叶昕昀小说集《最小的海》(新星出版社 2023 年版) 序言，题为《写作对于叶昕昀是一次又一次的自我解放》。

访谈：

余华、魏冰心：《成为一个不被别人忘掉的作家就够了》，《收获·长篇小说》2023 冬卷。

长篇小说：

《第七天》，新星出版社 2023 年版。

《在细雨中呼喊》，北京十月文艺出版社 2023 年版。

小说集：

《河边的错误》，时代文艺出版社 2023 年版。

散文集：

《余华散文》，作家出版社 2023 年版。

《我的文学白日梦：余华散文精选》，北京联合出版公司 2023 年版。

附录二

余华的世界与世界的余华——美国杜克大学刘康教授访谈录

李立超：刘康教授，您好。您的研究涉及多个领域，西方与中国的马克思主义、国际关系、国际传媒与意识形态研究等等。贯穿其中的是您对"中国问题"的深切关注与思索。在这样的总体语境下，我个人更多关注的是您通过文学作品，通过对中国当代作家，特别是余华的研究来表达您对"中国问题"的理解。

刘康：我大学就读于南京大学外文系，1983 年来到美国之后，读的是比较文学。所以，我看待作家，是从比较文学的视角来看。说实话，这么多年，文学批评的文章写得不多，更多是在理论思想方面做研究。余华是我非常赞赏的中国当代作家，可以说，我仅有的文学批评（文章）都给了余华。

一、从二十年前的一篇文章谈起

李立超：您的《余华与中国先锋派文学运动》收录在 2007 年天津人民出版社出版的由洪治纲老师选编的《余华研究资料》中。作家研究资料的选编、出版是作家经典化过程的重要一环。您的这篇文章是余华研究中非常重要的来自"域外"的声音。这篇文章的英文版本 "The Short-Lived Avant-Garde: The Transformation of Yu Hua" 发表在

2002 年的 *Modern Language Quarterly* 上，我想，就让这篇文章成为我们这次访谈的开端吧。您当时是在怎样的契机之下写这篇文章？

刘康：时间过得真快，转眼都二十年了。写这篇文章大概有两个契机。第一，二十年前我在宾州州立大学教比较文学，开了一门课“中国现当代文学文化”。这门课的第一个分析对象，我就用了余华的短篇小说《十八岁出门远行》，当时我就跟学生讲，这个小说基本上就是中国改革开放的写照。我认为它是一个写照，虽然篇幅不长，但是改革开放的象征意义、寓言意义都在里面了。《十八岁出门远行》表面上看，写一个十八岁的小青年对这个世界充满了希望，充满了憧憬，他要去冒险，去面对各种各样的风险。他爸爸让他去见识外面的世界，这个孩子不管不顾地背了一个红背包就出去了，然后遇到各种各样的怪事。这个叙述很诡异曲折，有点像改革开放的进程，充满了不确定性。我把《十八岁出门远行》解读成改革开放的寓言，这是第一个契机。第二，跟我个人的学术兴趣有关。我在威斯康辛大学读比较文学博士的时候，主要是研究文艺理论，很多时间都在读现代主义、后现代主义的文学作品，这里面就包括了西方的先锋派。后来我要在课上讲余华小说，就要来看中国有没有现代主义，有没有先锋派。这样我就把对西方现代主义、后现代主义、先锋派的兴趣和余华联系在了一起。所以，这里面是有这样一个连接。

李立超：《十八岁出门远行》可以有很多种解读方式，可以解读为流浪汉小说、成长小说、悬疑小说等等。但是，它有一个内核，就是“不确定性”，生活或者说这个世界是充满偶然性的，不是朝着一个既定方向发展的。而且，这种关于“不确定性”的感受是世界性的、普遍的。很有意思的是，余华所描述的这种成长，是受到重击的，一个人十八岁，一出门就受到迎头重击，吃了这个世界的一记耳光。

刘康：是的，美国学生都很喜欢《十八岁出门远行》。余华从一开始就把你说的这种世界性融入了他的创作，他是具有世界视野的作家。《十八岁出门远行》的题材带有普遍性，写作方式、文学样式显然有流浪汉小说、成长小说的影子，这在世界文学中也是影响非常强大的，所以外国读者读了很容易引起共鸣。《十八岁出门远行》写的是一种特别的成长体验，美国文学中也有类似的书写，例如塞林格的《麦田里的守望者》。成长过程中遭遇失败，充满挫折。余华的这篇小说是对成长过程的反讽。这虽然是一个很短的小说，但有非常多的解释空间。我上课的时候，学生读的是英译本。美国学生读余华的小说，一读就懂了。余华的语言很特别，句子比较短，用词也不复杂。余华是用一种世界性的语言在写作。把他的文字翻译成英文几乎没有损失什么信息。

李立超：余华的语言的确呈现出一些翻译文学的特征，这和他的阅读经历有关。他在 20 世纪 80 年代读到的外国小说，实际上是一种翻译文学。所以，余华的语言多少也会呈现出翻译语体的特征。那么，您是如何以上课为契机，写成《余华与中国先锋派文学运动》一文的呢？

刘康：这就不得不提到我在宾州州立大学的同事杰拉尔·卡迪尔（Djelal Kadir），他是比较文学领域的著名学者，是美国学术刊物 *World Literature Today* 的主编。Djelal Kadir 是美国文学的专家，除了英语之外，他的阿拉伯语、法语、意大利语、波兰语、西班牙语、土耳其语都是母语水平。有一天，他来听我上课，正好我在讲余华小说，他坐着听了一堂课。然后他说, 你讲余华太有意思了。他又把余华小说的英译本找来看了一遍, 他告诉我余华是他见到的最有趣的中国作家之一。他建议我除了讲课之外, 应该把余华当作一个话题来研究一下。他提醒了我, 促使我写了一篇很长的关于余华的文章。*Modern Language Quarterly* 的主编认为这篇文章特别有意思。

李立超: 那请您再介绍一些 *Modern Language Quarterly* 的情况吧。中国的读者对这个刊物可能并不太了解。

刘康: *Modern Language Quarterly* 在定位上类似于国内的《文学评论》。级别上相当于 PMLA, 约等于《中国社会科学》。这个刊物主要刊发作家作品研究, 也刊发一些理论思潮类的文章, 读者一般通过它了解美国学界对世界各国作家的评价。但是 *Modern Language Quarterly* 基本不发关于中国作家的文章, 不过, 主编看了我的这篇文章之后, 认为它打开了一个面对中国文学的窗口。几十年过去了, 主编和我一直是很好的朋友, 我想可能就是关于余华的这篇文章促进了我们之间的友谊。

李立超: 是否可以理解为, *Modern Language Quarterly* 为美国学界提供了一个经典作家或是有可能成为经典作家的名单, 余华是其中一员?

刘康: 余华是一个可以带出 "世界问题" 的作家。

二、余华的 "寓言" 式写作

李立超: 我注意到,《余华研究资料》这本书中选编了 2 篇来自域外的研究文章, 一篇是您的, 一篇是丹麦汉学家魏安娜 (Anne

Wedell-Wedellsborg）的《一种中国的现实——阅读余华》。您认为来自域外的声音中有何共通或差异之处呢？

刘康：我和魏安娜都是从"寓言"的角度来解读余华的小说的。詹姆逊（Fredric Jameson）在《第三世界寓言》一文中把鲁迅的作品看作"第三世界文学民族寓言"的样本，而"寓言精神（allegorical spirit）在深层次上是不连贯的，是断裂和异质的东西，具有梦的多义性，而不是象征（symbol）的同质性再现"。奥尔巴赫在《摹仿论》中比较了《旧约》和《奥德赛》，他认为这两种文体代表了两种完全不同的基本类型：《旧约》对人物和事件的刻画是多样的、充满隐喻、意义曲折复杂的；而《奥德赛》是详细地、清晰直白地、有逻辑地讲故事。这两种类型相互交汇融合，从而深刻影响了欧洲文学的发展。詹姆逊的寓言论和他的老师奥尔巴赫的观点对于我们理解余华有什么启发？这涉及现实世界、写作、内心世界三者之间的关系。而这正是余华一直在思考的问题。

李立超：是的，这三者之间的关系是余华一直着力思考的问题。他在《虚伪的作品》里提出，"对于任何个体来说，真实存在的只能是他的精神"，"人只有进入广阔的精神领域才能真正体会世界的无边无际"。这里他想表达的真实是什么？是精神的真实，内心的真实。外貌、衣着、职业等外在特征对余华来说并不是特别重要，他对内心、精神的关注让他的作品更加具有世界性。奥尔巴赫从《荷马史诗》《神曲》讲到巴尔扎克、伍尔夫的作品，他用"现实再现"（realistic representation）把它们串起来了，这是一个很重要的提醒。而且，我认为余华不仅是一个好作家，也是非常出色的理论家，他的文论非常精彩。

刘康：余华不仅是理论家，还是思想家。寓言式小说的特点是叙事语言和结构有层次，是立体透视而非散点透视。中国传统小说叙事用的是折子戏和话本的方式，长篇小说从《三国演义》到金庸，故事为主轴，人物可替换。可拍 50—60 集连续剧，从头到尾一个故事脉络。欧美电视剧现在一拍好几季，但基本是人物为中心，故事情节不断变换。西方小说有一个发展脉络：从"人物＋故事"为中心（《荷马史诗》）到"神祇＋意义"为中心（《旧约》）到二者混搭（文艺复兴到 19 世纪现实主义）再到灵魂拷问（现代主义），这是一条主线。这条主线跟西方的犹太－基督教传统一脉相承，跟中国的叙事传统不一样。现代中国也有寓言式写作，在余华之前有鲁迅，鲁迅深受尼采和俄国文学的影响，这是一个西方文学的脉络。中国文学传统里没有陀思妥耶夫斯基、福克纳、乔伊斯这样的作家，他们的作品中充满灵魂出窍、疯癫迷狂式的精神拷问。余华的文字类似海明威，故事像博尔赫斯、法国新小说的迷宫＋歧义＋滴漏。但余华的写作不是疯子式的，残雪的写作则有点疯癫。中国现当代作家里有没有疯子？似乎没有，也许鲁迅有那么一点尼采式的癫狂。

李立超：余华的有些小说不是传统意义上的"讲故事"，所以不能用故事讲得是否精彩来评判，"讲故事""情节"这些词有时候不适用于评价余华的小说。

刘康：可以这样对比，张艺谋的电影《活着》是情节剧（melodrama），余华的小说《活着》是寓言性质的作品。但不得不承认，张艺谋的电影《活着》对余华的同名小说的传播产生了巨大的影响。直到今天，杜克大学年轻的学生们依然很爱看《活着》。说到这里，可以再延伸一下，张艺谋对中国当代文学在国际上的传播起到了很大的推动作用，除了余华的《活着》，他还改编了莫言的《红高粱》，苏童的《妻妾成群》也被他拍成《大红灯笼高高挂》。张艺谋的这些电影让小说的影响力变得更大。

李立超：张艺谋的电影是现实主义的。余华的《活着》则是关于"命运"的寓言。我想余华作品的寓言特征以及世界性还是离不开1985年这个时间节点。那时，余华和他的同代作家都有"走向世界"的雄心壮志。在学习写作的时候，他们就把自己向西方文学，特别是现代派文学敞开了。这种敞开融合到他们的阅读和写作实践之中。这样一来，他们自身的创作又可以纳入到世界的范畴中去。

刘康：说得很对。余华这批作家都读了大量的世界文学。为什么要读世界文学？这是很重要的一点。余华自己也讲，他的生活和写作是两条路。在小镇上做牙医，他面对的风景就是人张大的嘴巴。也许生活太贫乏、太单调，"文革"就是一个很无聊、什么都缺乏的年代。我想外国的这些文学作品为他提供了另外一种生活。

李立超：我去过海盐两次，见到了余华年轻时代的友人。发现一个很有意思的现象，海盐虽说比较小，但是80年代那会儿，那些文学青年都站得比较高，有世界的视野。这和海盐离上海、杭州比较近也有关系，那时候他们比较容易通过上海、杭州拿到一些翻译作品。还有一点，我认为这和余华的性格、生活经历也有关，他在1985年的《北京文学》发过一篇创作谈性质的文章，叫《我的"一点点"》。这篇文章里，他就提到自己的生活没有经历过大的波折和坎坷，只有一点点甜蜜，一点点忧愁，一点点波浪。在我看来，阅读经验是对他的实际生活经验的一种补充。

刘康：阅读改变人生，或者说阅读成为余华的生活。而且，阅读和写作的关系非常重要，有了阅读才有了写作。余华成长在"文革"年代，他要写起来有很多东西可以写，只要他写作的火花被点燃了，就会源源不断。但是生活经验本身只是一朵火花，让它燃烧形成熊熊大火的是他的阅读。余华的燃料，余华的海洋是世界文学。余华读过的书太多了。余华经常讲自己书读得不多，没有上过大学，这完全就是"凡尔赛"嘛！

李立超：20 世纪 80 年代，先锋作家是一个群体性的命名。您如何看待余华与同时代作家的区别？余华的个人风格在哪里？

刘康：余华的语言有海明威的风格，海明威是记者，他的语言不华丽，但很尖锐，直截了当。苏童的文字细腻、精致，他刻画和想象的是民国时代的景观。刘恒的文字充满隐喻，和余华的形成鲜明对比。还有一种是溢出式的或者说超常识的，莫言的文字就是这种风格，非常夸张、花哨、艳丽，充满梦魇和呓语，可以说形式大于内容，诺贝尔委员会认为莫言的写作是梦魇式的现实主义。余华跟他们都不一样。我觉得余华是一个很神的作家，和其他先锋派的作家也不一样。在写作刚开始的时候，这一批作家可以说都是在模仿，模仿现代主义，尝试西化的写作，所以这个时期，他们的相似性还比较多。但是到了一定阶段，他们从茧房里面突破出来了，变成了一只只蛾子飞出去。飞蛾扑火，到头来很多飞蛾被火扑灭了。余华没去扑火，他破茧成蝶了。我觉得他是蜕变了，化蝶了，翩翩起舞，自由飞翔。

李立超：我非常佩服余华的一点是他的自省性和敏锐性。80 年代末 90 年代初他就已经认识到对语言、形式的过度强调会导致先锋小说走向空洞无物。这种敏锐性和判断力是难能可贵的。没有这种智慧，很难蜕变。

刘康：这是一个很有趣的现象。对于形式的选择有时候对一个作家有很大的影响。对余华影响最大的应该是博尔赫斯。博尔赫斯不擅长写长篇小说，海明威也是，海明威写得最好的是中短篇小说。我认为余华继承了这两位作家，特别是海明威。我从余华身上看到了海明威的影子。

李立超：至今我还是觉得中短篇小说最能体现余华的灵性。而且，即便是余华的长篇，除了《兄弟》之外，像《活着》《许三观卖血记》《第七天》《文城》都不能算是特别大体量的长篇，算是小长篇吧，但这样的小长篇最能体现余华的实力。

刘康：余华第一个长篇《在细雨中呼喊》很受西方读者喜欢。法国、美国很多研究现代主义的大师很喜欢这篇。詹姆逊就很喜欢《在细雨中呼喊》，他看的是法文版，他认为法文版有一种语言的张力或者说魅力。詹姆逊认为余华是一个难得的天才，他通过《在细雨中呼喊》看到了余华的潜力。但是，在中国，《在细雨中呼喊》可能不被视为余华的一个里程碑式的作品。

李立超：《在细雨中呼喊》专注于一个成长中的少年的体验，对周围的恐惧、对父权的愤怒以及对自己生理欲望的隐秘感受。余华抓住了成长中瞬间的体验，铺叙成一个长篇。这种体验我相信是全世界共通的。余华将《在细雨中呼喊》形容为"一本关于记忆的书"。我认为这是他的一种自我流露。在中国，我想提到余华，读者们首先联系到的作品是《活着》，而不是《在细雨中呼喊》。

刘康:《在细雨中呼喊》是余华一个很重要的实验。我读《在细雨中呼喊》的时候,认为这个小说的自我(self)指涉太强了,这是元小说的一种方式,非常先锋派,非常细腻。取法于现代主义的余华,到了一定的阶段,特别是到想要写长篇的时候,他必然要开始思考怎样接近现实。但这个现实肯定不是写实主义所理解的现实,而是经过迷宫似的对于现实的认知,它已经变得非常复杂了。这个东西如果写好了,写得很精彩,可以成为史诗式的巨著。

李立超:像是《追忆似水年华》。

刘康:《在细雨中呼喊》这个长篇显示了先锋派形式实验的最终限度。

三、"短命"的先锋与永远"先锋"的余华

刘康:余华非常先锋,但是先锋本身就是很短命的。余华看似一个阶段先锋,一个阶段又不先锋了,但他本质上一直都是先锋的。

李立超:我认为您在21世纪初就提出先锋的"短命"是一个洞见。我想先锋文学或者说先锋思潮直到今天都是一个很难去阐释清楚的文学史问题。您认为造成这种短命的原因是什么?我的一个比较粗浅的认识是,可能有内外两种原因。内部原因是,先锋小说很多时候只停留在对技法的模仿甚至皮毛阶段,时间长了之后就必然走向空洞,甚至疲倦。外部原因是,进入90年代之后,读者市场发生了变化,不仅知识精英要读书,普通人也要阅读,他们要看得懂、看得有快感。先锋小说就很可能失去读者市场。当然,这两个原因是交织在一起的。

刘康：是的，这就是我所说的"审美疲劳"。80年代国内很多作家沉浸在对西方文学的热烈情绪中，很激动。到了先锋作家这里，法国新小说给了他们很大的刺激。法国新小说写得都不长，很短，大家完全看不懂，觉得太怪异了。余华学习法国新小说学得很到位，学习博尔赫斯也很到位。先锋小说绕来绕去，都是叙事迷宫，但这样很容易引起审美疲劳，读者慢慢就失去兴趣了。这一批先锋作家，有的后来慢慢就不写作了，但余华经历了一个跳跃式的蜕变。他忽然变成了写实风格的作家，并且是非常平民化、非常直白的写实风格。大家看到写《四月三日事件》《世事如烟》的余华突然写出了《活着》，很是吃惊，觉得匪夷所思。余华的《活着》《许三观卖血记》开始讲他的小镇。

李立超：是的，回到他的海盐小镇，就像余华常说的，"我只要写作，就是回家"。《活着》里嵌入了他在海盐县文化馆工作时到乡下搜集民间创作的经历，《许三观卖血记》里的李血头也是来源于他的生活经历。所以，我想，是不是那种全然的或者说过于浓烈的西方现代主义的叙事技巧不能完全表达他切身的中国经验？

刘康：我觉得先锋派短命的原因除了审美疲劳和失去读者之外，根本上在于跟现实越来越脱节。形式限制了余华对现实的把握，他要回到一种更能够让他把握现实的方式上去。我认为后来余华开始从博尔赫斯跳出来，越来越多地运用海明威式的写作方式。海明威是个记者，还喜欢捕鱼，又认识很多流离失所的欧洲移民。海明威所写的是他的切身感受，他自己的故事，而且都是用很平实的直截了当的写实主义手法。

李立超：80年代，余华以及那一批先锋作家对西方现代派小说技法的学习还没有完全转到如何消化作家个体的中国经验上来，还没有办法自如地将西方技巧与中国经验融合在一起，还是有一些隔阂的东西在里面。

刘康：你说到点子上去了。先锋时期，余华的技巧、叙事风格、写作方式、语言表达不足以让他真正把握他的生命感受。

李立超：是的。不足以让他把自己想表达的完全地传递出来。

刘康：在一定意义上，余华对世界有一种现象学的思考——他对世界的观察怎么跟他自己的内心体验融合在一起，这才是余华所谓的现实，不是看到的现实，而是感受到的现实，这是非常现象学的说法。现象学家胡塞尔的说法叫 Lebenswelt（生活世界），生活世界首先是个体自我的生活感悟、生命体验。余华的寓言式写作是写他自己的生存经验、个人感受，虽然他写很多人、很多事，甚至跨越时空，但始终离不开他个人的生存体验。余华这一点与其他许多作家不同。

李立超：我在理论上没有这么深入的认识。但是一直以来的观点是余华想要表达的并不是一个看见的或者说可触碰的世界，而是经由他自己的经验、他自己的感知能力处理过的感受性的世界。我们可以通过阅读余华的文字来理解，在思想上跟他沟通，但是不一定能找到一个对应的真实世界去映照。非常感谢您从现象学的角度深化了我的思考。

刘康：余华一直在寻求一种方式，一种可以把现实世界、写作、内心世界三者糅到一起去并且可以表达自己体验的方式。我猜想，余华写《活着》《许三观卖血记》时候，或许在想：为什么非要绕来绕去呢？这种写实主义的平铺直叙的方式不也挺好的嘛，手段本身并不是最重要的，重要的是这个手段可以帮助我把内心的感受讲出来。他的第一个长篇《在细雨中呼喊》是一个试验，并没有成功。然后就开始了另一种写法，写《活着》《许三观卖血记》。你觉得余华回到现实主义了吗？回到梁晓声、路遥那里了？

李立超：我认为余华通过《活着》《许三观卖血记》实现的现实主义回归，不是单纯的线性的返回，而是一种螺旋式上升的返回。因为在技法上接受过先锋小说的洗礼，所以才能展示出独属于余华个人风格的现实主义。如果以路遥为参照的话，余华不可能回到路遥《人生》的写作方式。我个人的看法是，《活着》还有一点尝试的痕迹，《许三观卖血记》则更加成熟。

刘康：那你说余华走到哪儿去了？他去了哪里？

李立超：鲁迅。在我看来，余华去到了鲁迅那里。

刘康：海明威。我认为余华走到了海明威那里，将他的故事、他的感受、他的写作这三样东西结合在了一起。《活着》也好，《许三观卖血记》也好，《文城》也好，他把自己真的体验、真的感受写进去了。从《许三观卖血记》开始，余华的写作就非常纯熟了，他完完全全找到了自己的路子，找到了属于自己个性的东西。余华的《兄弟》是非常好的寓言式的作品。

李立超：《兄弟》之后，2013年余华出版了《第七天》。《第七天》引起了一些争议。您怎样看待这部作品？

刘康：我觉得创作《第七天》时，余华可能又在摇摆，可能又想回到先锋性的写作，他的语言、所叙述的寓言、现代主义的手段又强烈了许多。我认为《第七天》时期的余华还是在矛盾、在摇摆。所以我只能说《第七天》是一个阶段性的摇摆的作品。作家不可能每部都是精品。

李立超：我非常赞同您的看法。《第七天》被说成是新闻事件的串烧，我觉得《第七天》所呈现的是中国当代作家的一个困境，在这样一个网络时代，作家也在经历一种彷徨。有了微博等社交平台之后，作家怎样面对现实、处理现实成了一个问题。我起初对《第七天》也有点不满意，觉得余华的小说应该比新闻站得高。但是这两年，我发现自己和《第七天》和解了，越来越深切地感受到网络、新媒体以及铺天盖地的信息给我带来的侵蚀。自我反省地看，我自己也受到了碎片化阅读和海量信息的冲击，有时候也很难沉下心来。余华在《第七天》里是做了尝试的，他在对抗网络时代带来的冲击，所以他写了鬼魂，用以死写生的方式表达他对现实的理解。

刘康：这是一个很沉重的话题，我甚至有一个很悲观的想法——在网络时代里还能出现经典吗？还能出现博尔赫斯、海明威、福克纳这样的经典作家吗？

李立超：现在全世界都已经步入了新媒体时代。西方在面对YouTube、TikTok，我们在用微博、微信，新媒体的产生让时代产生了巨大的变化。回看80年代，作家、知识分子往往充当着引路人、思想者、启蒙者的角色。但今天，这一切好像失落了。

刘康：新媒体时代是音乐、图像、文字搅和在一起的时代，但主要还是图像。这也是一个碎片化、数字化的时代。你说得对,我从《第七天》看到了一个作家的困境,还有一个作家的抱负。再往下就是《文城》了,《文城》又没有了数字时代的痕迹,返回了一个古典的时代。

李立超:《文城》回到了中国古典叙事资源中去,回到了古代传奇小说那里。

刘康:《文城》有一些传奇小说的要素,也有余华的一贯的风格——博尔赫斯的"迷宫"式写作。对《文城》一个很好的解释,就是博尔赫斯的经典短篇小说《小径分岔的花园》:"我几乎当场就恍然大悟;小径分岔的花园就是那部杂乱无章的小说;若干后世(并非所有后世)这句话向我揭示的形象是时间而非空间的分岔。我把那部作品再浏览一遍,证实了这一理论。在所有的虚构小说中,每逢一个人面临几个不同的选择时,总是选择一种可能,排除其他;在彭冣的错综复杂的小说中,主人公却选择了所有的可能性。这一来,就产生了许多不同的后世,许多不同的时间,衍生不已,枝叶纷披。小说的矛盾就由此而起。比如说,方君有个秘密;一个陌生人找上门来;方君决心杀掉他。很自然,有几个可能的结局:方君可能杀死不速之客,可能被他杀死,两人可能都安然无恙,也可能都死,等等。在彭冣的作品里,各种结局都有;每一种结局是另一些分岔的起点。有时候,迷宫的小径汇合了:比如说,您来到这里,但是某一个可能的过去,您是我的敌人,在另一个过去的时期,您又是我的朋友。如果您能忍受我糟糕透顶的发音,咱们不妨念几页。"我引用了这么一大段,可以作为理解《文城》的一个路径。

李立超：是的，《文城》里的林祥福也面临各种选择，其中有些选择甚至有离奇的味道，选择推动了故事的发展。《文城》也让我们看到了余华的选择，《文城·补》真是让人大吃一惊，可以看作一个女人的个人史，余华写纪小美写得太精彩了，一个复杂的具有现代意识的女人。

刘康：《文城·补》有非常多的解释空间，《补》可以没有，但是余华写下来了，这反而成了一个叙事谜团。余华还是非常有试验精神的，他一直在不断试验，他的试验精神非常强大。在现在这么一个时代，如果完全数字化碎片化，我们的生活还有古典的意义吗？人要是没有古典的意义，人还可以称之为人吗？我们还是需要坚持一点古典的意义。人类文明的起源给人定下了很多规矩，无论是中国的仁义礼智信也好，还是圣经的教诲也好，古希腊罗马教会我们的人文精神也好，到了数字时代就当真完全消失了吗？不能完全消失。

李立超：即便是微弱的烛火，也不要让它熄灭，要让它一直燃烧着。所以我想说，如果要给余华贴上先锋标签的话，那不是文学流派意义上的先锋，而是永远充满试验精神、永远在进行尝试的先锋。

刘康：余华是一个具有世界眼光的探索者。当越来越多的人回到鲁迅所说的"铁屋"中去的时候，他却始终保持着一种好奇心，或者说保持着鲁迅在绝望中怀有希望的精神。

李立超：这让我们对余华的作品充满期待。

刘康：套用马克思的"革命已死，革命万岁！"（The Revolution is Dead . Long Live the Revolution），我们可以说，"先锋已死，先锋万岁！"（The Avant-Garde is Dead . Long Live the Avant-Garde.）

李立超：我们回顾了您二十多年前的一篇论文以及您多年来对余华持续性的关注，接下来您在文学研究方面会有一些计划吗？

刘康：我是学文学出身的，文学研究是我的看家本领。这些年来游离在自己的看家本领之外，有各种各样奇怪的原因。我在回到文学研究这个本来的工作的时候，会突然发现其中许多闪光的东西，这么说来，我从来也没有放弃对文学的着迷。我对国际政治、理论、思想史等很多领域都感兴趣，但我最强烈的兴趣是发现这里面的故事。我最大的兴趣就是对故事（story）的兴趣，故事以及故事里面的人。所以我觉得我不是回归文学研究，我一直把理论、思想、政治等当成故事、当成文学作品来读。我在杜克大学上课的主题是当代中国政治与意识形态，我自称我的研究方法是"政治戏剧学"，即文学。这不也很好吗？

2022 年 3 月 12 日于杜克森林

刘康，美国杜克大学亚洲与中东研究系兼杜克大学政治系教授，欧洲科学院外籍院士。主要研究方向为全球化与文化研究、当代马克思主义文化理论与美学、当代中国传媒研究、国际传媒的中国报道与国际关系、中国综合研究等。英文代表著作包括 *Aesthetics and Marxism*（Duke University Press, 2000）、*Globalization and Cultural Trends in China*（University of Hawai'i Press, 2004）等。中文代表著作包括《对话诗学：巴赫金文化理论》（中国人民大学出版社大陆版 1993 年；台湾麦田出版公司台湾版 1995 年）、《全球化·民族化》（天津人民出版社 2002 年）；《文化·传媒·全球化》（南京大学出版社 2006 年）等。

附录三

和余华共同度过的 80 年代——访海盐作家蔡东升

李立超：蔡老师，您好！见到您感到很荣幸。之前我在写一篇关于余华早期创作的文章时看到《南湖晚报》上刊登了一篇关于您的报道。在那篇报道中，您回忆了与余华的一些往事。去年在海盐县文化馆找资料的时候结识了杨学军老师，感谢杨老师牵线，让我可以有机会采访您。您现在依然在进行文学创作，那么能不能让时光倒流，回忆一下您和余华在海盐共同度过的 80 年代呢？

蔡东升：我想，不管什么人去研究余华，海盐这一块是不能忽略的。我看过一些关于余华的评论，但好像许多评论都没有把海盐这一块挖掘到位，或者轻描淡写。其实，挖掘不深也好，轻描淡写也罢，都不能脱离一个事实，这涉及一个重要问题——地域对人的影响。为什么这么说？因为一个普通人，通过不懈努力，后来成为一个很有影响的人物，不可能是横空出世的，更不可能是生活在真空中的，肯定受到地域与环境的影响。地域与环境，或者说一种氛围，可能会激活一个人的灵气，或者智慧，也可能会影响他的一生。所以，我们应该去揭示这个氛围的存在，深入地去研究它。客观地说，余华不是一出来就很厉害的，一出来就是一个智慧过人的神童，这有个过程，就看他在怎样的环境中，吸收了什么营养，是在什么样的氛围中发生变化，然后，努力、机遇、才气三聚首，最后才脱颖而出。现在来看，对于余华在海盐的生活、经历这一块的研究还是有一些欠缺的。其实，越是这样，读者可能越是好奇。评论家要轻描淡写，那是评论家的事。但是做史要严谨，要真实，所以说，后面的探访者有必要再补充，再研究。

李立超：是的。海盐对余华来说是非常重要的，他自己也表示"我只要写作，就是回家"。那么您和余华是怎样相识的呢？

蔡东升：我和余华相识是在1982年，1986年的时候他去了嘉兴，后来又去了北京。我们的联系就几乎没有了。余华当时在县城武原，我在沈荡。沈荡是一个千年古镇，靠近海宁。我那时候去县城要坐船的。我和余华相识蛮巧的，那天我到文化馆去交小说稿，走在楼梯上的时候，上面下来一个人，楼梯上只有我们两个人。我们擦肩而过，同时回头看了对方一眼，都有一种想开口又不好意思的感觉。我上楼进了办公室之后，有人告诉我，余华刚下去，你没撞见他吗？我们刚才还聊到你。可以说，这是一次提前到来的不期而遇，不说心有灵犀，这种相识大概也是冥冥之中注定的吧。看来余华也是常去文化馆的，因为当时没有文联，帮助指导文学创作的也只有文化馆了。

李立超：当时在海盐，应该有一个"文学圈子"吧？你们这一群"文学青年"当时是怎样的面貌呢？

蔡东升：确实有一个文学圈子，都是二十刚出头的青年人。80年代初，刚刚改革开放，那时候，实际上也只有十来个人，但是有一点很特别，我们那时候吸收的文学营养，我们的理念，我们对文学的认识，起点还是比较高的。嘉兴五县一市（海盐、桐乡、嘉善、平湖、海宁），我们海盐的文学创作还是比较靠前的。这是什么原因呢？因为我们当时看的书不一样，国外的较多，而且比较偏爱拉美，外国的东西看得多了，我们在小说叙述上就有了普遍的提高。当全国的业余作者还在看国内小说的时候，我们已经接触到许多外国的优秀作品了。

李立超：余华在他的文章中也谈到过他的阅读，他说自己"最后选择了外国文学"，而且特别指出这是"一位作家的选择，或者说是为了写作的选择"。我比较好奇，海盐是一个比较小的、相对封闭的县，80年代的文学中心，可以说还是北京、上海。你们当时是通过怎样的途径接触到这些外国小说的？是去新华书店买书吗？

蔡东升：当时我们选择阅读外国的文学作品确实是出于一种写作的需要，想写出与常人不一样的小说，就必须学习一些外来的东西，这也是一条捷径。我们这里不像上海、杭州，销量好的书还是武打小说，还有一些历史书籍。外国文学因为是翻译小说，所以新华书店进得并不多。有些书籍到店之后，除了图书馆、单位图书室购置以外，个人能买到的比较少。再加上当时外国文学总体上量就小，所以抢眼的还是武打小说、历史小说。但在沈荡镇新华书店却是另一个样子，县新华书店进几本外国文学，沈荡新华书店至少也会到几本。可是购者寥寥。我就遇到几个人曾经这样对我说，外国小说里面的人物名字太长了，记不住。所以，外国小说没有武打小说畅销，武打小说出来之后就有很多人去买。我们这帮人对武打小说关注得并不多，我们还是关注外国文学。县城新华书店里的外国小说也就几本，能买到的也是朋友圈子里这些尝试写小说的人。就这样，书还不够买呢！我当时在沈荡，有在沈荡的好处。因为海盐新华书店里的书被人买走了，但沈荡还有。沈荡是个大镇，新华书店像模像样，我感到外国文学橱柜里的那些名著正默默地注视着我，比如，《百年孤独》《川端康成小说选》《世界中篇名作选》等，还有萨特、尼采、蒙田等人的书籍，这些我都买了。海盐的朋友听说沈荡还有外国文学，他们也会过来淘书。

李立超：70年代末80年代初，正是当代文学蓬勃发展的时期。很多小说一出来，全国都轰动。你们当时在海盐会不会找《人民文学》之类的杂志来，看看当时最有影响力的小说是什么？

蔡东升：这些小说我们基本上只是浏览一下，主要还是潜心研究外国文学。这也是海盐业余写作起点比较高的原因，我们觉得国内文学你学得再到位，写出来的东西也很难脱颖而出。如果能进入世界文学的领域里，那空间就大了。当别人还在研究《人民文学》的时候，我们已经在研究外国文学了。当然，不可否认，当时国内文学界冒出了许多优秀的写作者。这对我们是一种鼓舞，但我们还是在干自己的事——徜徉在外国文学的世界里。

李立超：当时的海盐为什么会这么"西化"呢？

蔡东升：有个情况我要提一下。当时海盐文学圈内有一个人是某厂的采购员，他经常要到上海去出差，借这个机会，他把上海的一些最新上市的外国文学书买回来，再一人一本分享。用今天的话来说，这叫"代购"，买来的都是国外的好书。当然，这只是我们获取外国小说的一种途径，其他渠道也还是有的。我这儿有张黑白照片你看看，你猜猜哪个是余华？哪个是我？

李立超：这位笑得很开心的是余华（第二排左二）。最后一排最边上的（右一），站在女作家后面的这位是蔡老师您，鼻子、脸型看得出来的。

　　蔡东升：我们那时候都是嘻嘻哈哈的，但是我还是不太爱说话。这张照片太早了，我给它取了个名字"一九八二年的写作"。那是在一次海盐文艺界创作会议之后的合影，当时还没有彩照。参会的几个年龄稍大的说："留个念，我们几个也许成不了气候，希望在年轻人，今后你们这些人中或许谁会冒出来，脱颖而出，把作品发到全国大型刊物上去，到那时，我们也有沾光的幸福！"这句话真被言中了，余华走得这么远，走得这么好，走到世界上去了。这让人浮想联翩，当年海盐文化馆旁边有一个大庙（还没有开放），大庙里有一尊大佛，大佛仿佛正静静地关注着余华。这个很勤奋的小子最终还是走了出去。

　　李立超：几十年后再看，其中有些命运的味道。余华一些作品中的人物身上，也有命运的味道。人物的命运，书里书外，都是那样令人感慨。但最重要的还是余华的"勤奋"。

蔡东升：所以说，余华能站稳在文以载道这条道上，而且借着这条道，一骑绝尘，而许多人则停滞不前，有许多人干脆不写了，这怨谁呢？笑到最后的人真是很少，余华的成功，与他自身的勤奋和不懈努力分不开。海盐主要有两大镇，一个是县城武原镇，一个就是沈荡镇，余华在《在细雨中呼喊》里写的"孙荡"许多人都揣测这大概就是"沈荡"吧，海盐话里"孙"和"沈"发音差不多。作者写作品，一定是把最熟悉的部分呈现出来，沈荡应是余华最熟悉的江南小镇之一，但文学作品切莫对号入座。在我的中篇小说《故园，故园》里，我也将沈荡着重描绘了一把，这个可以对号入座。余华对沈荡的理解，理论上可能有我们交往的关系，但真正对沈荡的了解，他自己一定有着非常独到的感受。那时候余华有机会来沈荡，就希望找个有文学爱好的人聊聊天，我便是首选的对象。那时候他已经属于海盐文化馆了，我在毛巾厂工作。余华从县城到沈荡来办事，找不到我，就会在毛巾厂的传达室留一张纸条，纸条上写上他在某旅馆某个房间。因为我有时候是两班倒，他找不到我，我看到字条就去旅馆找他，我们就在房间里聊天。我到县城的时候，我们也会见面，还有一些海盐圈子里的朋友。别人在喝茶聊天的时候，余华有了灵感，就回去写小说了。夏天晚上蚊子多，余华穿着胶鞋也要写，余华确实是聪明又勤奋，真可谓天赋异禀。写作要有非同一般的毅力，特别是写小说，一部小说的完成，除了构思、立意以外，必须要有超强的毅力，而且单有毅力还不够，还要一直保持对该小说浓浓的兴趣，但这还不够，还必须调集脑际中的各种故事元素，然后才能完成其作品。余华就是这样的强者。他的努力，他的勤奋，他的坚守再加上他的天赋，把他带到了一个很高的平台上，这个平台就是世界文学舞台。

李立超：您当时在沈荡，余华在县城武原，在文学氛围方面，沈荡和武原还是有区别的吧?

蔡东升:余华好几次跟我说,沈荡没有文学氛围,这对我非常不利。后来余华帮我调动工作,联系了二轻局人秘科的一个科长,他们科室打算要一个秘书。虽然这事最终没成功,但让我感动,余华真的是个很重情义之人,他的真诚令我难忘。

李立超:这些往事很温馨呀!作为和余华这么亲密的朋友,您是怎样看待余华的文学创作的?

蔡东升:看余华的很多作品,像《许三观卖血记》,感到有些可怕。可怕在哪里?太熟悉了!他写的东西太熟悉了,他经历的也就是我们经历的,大同小异。所以当看到他写的东西的时候,就往往有种特别的震撼。他好像把许多看似司空见惯的东西变成了文字,转身变成了艺术,这对我来说就是震撼。《在细雨中呼喊》《活着》《许三观卖血记》三个长篇,海盐的影子很浓很浓,许多地域特色,人文元素,印证了一句话:越是地方的,越具世界性。当然,余华的叙述也很有特点。

余华写出《十八岁出门远行》时,你发现了什么?其实这故事并不复杂,就是人的一种"不可知性",人生本来就是很迷茫的,所以《十八岁出门远行》出来以后,嗅觉良好的编辑马上就意识到,新的小说创作方向出来了。从《十八岁出门远行》里可以看到,人生的未知,生存的无奈,所以到最后苹果抢完了,司机的运输旅程也完成了。如果司机起先阻止他们哄抢,那么他也会像文中的"我"一样被打得遍体鳞伤,所以他放任他们去抢,而且还带着欣赏的目光看他们抢苹果。实际上这说明了一种经验的"再诉说"。因为18岁本来就是没有经验的,对社会是不了解的,很迷茫的,小说告诉人们的就是人的"不可知性"，人生无常、生命无常。余华的叙述语言很棒，因为好的语言，包含了一种张力。而且，往往是一句话说了两件事，且这种语言是有质感的。

李立超：我认为余华也好，您也好，在外国文学里学到的更多是"讲故事的方式"。您是怎样看待这种"学习"，看待你们的创作习惯的？

蔡东升：你要注意到一点，余华的实践经验其实并不丰富，但他感性的经验却很强，我猜想，早期的时候，他一定是仔细研究过别人对于故事人物的表现手法，学习别人的结构技巧，故事嘛，遍地皆有，这可以根据自己的想象去组织文字，最后就是语言的学习了。写作，语言是最重要的，因为是语言把故事带出来的。

我们海盐这帮文友，在当时经常聚在一起聊文学，争论起来是蛮厉害的。我经历过几次，我从沈荡来，认识了这帮朋友，晚上有时在一起喝茶，聊文学，谈论对外国文学的认识，争论博尔赫斯、纪德、黑塞，争论康拉德、福克纳等，还有很多欧洲作家、拉美作家。有时争得脸红脖子粗，但争论的结果往往谁也说服不了谁。现在想来，这种争论对我们的写作是很有帮助的，80年代初期，欧洲文学、拉美文学、爆炸性的文学认知，加西亚·马尔克斯、君特·格拉斯、博尔赫斯等这些作家对我们来说是经常串在嘴上的，我们要学习的就是他们的写作技巧、叙述语言等。我们对陀思妥耶夫斯基的作品，特别像《罪与罚》《卡拉马佐夫兄弟》等作品，也是赞不绝口，应该说余华同样收获不小，可能他对陀思妥耶夫斯基的细腻笔调有着比一般人更深刻的认识。

孔子有个弟子叫曾子，他说过一段话："用师者王，用友者霸，用徒者亡。"也就是说，在当时，我们借用了外国文学的简洁语言表现手法，可能就是师傅的技巧，如果学习国内的作家，可能就是一般性的表现手法了。因为外国文学是很开放的，文学理念是很特别的，我们学习了，跟上去了，出来一个称王的人。我们实践的东西学会得不多，书本上的东西倒是学得蛮多，所以在理念上往往就超前了，到最后，叙述语言带动了故事。

李立超：除了外国文学的影响，您认为余华的性格、家庭对他的创作有什么影响吗？我看很多资料里都写余华小时候性格是比较内向的，您眼中的余华是怎样的？

蔡东升：我觉得一个人的性格和属相是有点关系的。我比余华小一岁，他属鼠，我属牛。鼠是比较小心的，胆子也比较小。我属牛，有点牛脾气（笑），但十二生肖里鼠是最聪明的，要不然，为什么要排第一？

我和余华一样，都来自医生家庭，我父亲是沈荡医院的，我从小就经常在医院里跑进跑出，和医生护士都很熟，从小闻惯了酒精和来苏水的味道。余华也是一样的。我的父亲和余华的父亲都参加过"血防"，彼此比较熟悉。

血腥、死亡对余华来说，是他看到的"显性"的东西，所以写起来比较得心应手。但余华最优秀的还是他"隐性"的想象力，他的想象力真的很丰富。我们大部分人的想象力是有局限的，而余华的想象力是非凡的。

李立超：您和余华的小说曾一起刊登在《海盐文艺》上。让余华获得"进京改稿"机会的《星星》，起先是以《疯孩子》为题发表在《海盐文艺》1983年第1期的，同期的还有您的《难忘的"三八线"》。我提到的《南湖晚报》上的那篇报道中写到您用笔名"笛清"发表文章，余华用笔名"石花"。但我核对之后发现，余华是用本名发表的。您能否谈谈这段关于笔名的往事？

蔡东升：余华在早期是用过笔名的，至于"花石"还是"石花"就记不起了。记忆中，发表小说的时候，余华刚到海盐文化馆编《海盐文艺》，他问我用什么名字，我说用笔名"笛清"。他的《疯孩子》发表到《北京文学》上时题目改为《星星》了。余华从海盐走出去，作为朋友的我很是高兴，余华的《星星》发表后，一发不可收，这是没想到的。他跑得这么快，出乎意料。从北京回来，余华在县文化馆还待了一段时间，后来就调到嘉兴去了。

余华曾写过一篇小说《"威尼斯"牙齿店》，可能是对牙医的质疑。尽管余华对自己的牙医抱怀疑态度，但他还是去进修了。通过到宁波的进修，余华补齐了很多医学知识。他前后做了五年牙医。但我和余华有一点是相似的，我们都缺乏"农村"这块经验。

这个时期余华还有其他小说，像《美丽的珍珠》《男儿有泪不轻弹》《鸽子，鸽子》《第一宿舍》都是余华早期的小说。

李立超：一晃四十年了。从您自己的创作经历、您和余华的交往经历看，您对文学的体悟是什么？

蔡东升：余华是从海盐出去的，他为海盐打出了一张靓丽的名片。我已经说过，作为他早期的朋友，我很高兴。作为千年古县，海盐这块土地，很有地域特色，但地域特色中人文特色尤为明显。杭州湾可能算不上真正的海，但我们这地方却叫海盐，就权且算我们面朝大海吧。这块土地上的山山水水，孕育了历朝历代的无数文人，这些文人都很优秀。因此，海盐这块土壤是有文学因子的，现在的余华也应该算是继承了前人的优秀文化传统吧！我的文学玩得并不怎样，汗颜！在海盐，我基本是《海盐文艺》的常住户口，自己受委托也在编文联的杂志《南北湖》，在省市级杂志上曾发过一些小说，报章上发杂文较多。出过两本书，小说集《十二种孤独》，《一纸繁华，与我的倒影谐趣》是个杂文集，以后可能还会再来一本。

有人也曾问我，你总是风平浪静地生活，好像与世无争。我告诉他，要不然，又能怎样？生活与写作，就如同主食和副食。在中国，如果一个作家不出名，那其稿费就不能养家糊口，生活还要继续，在常态化的生活中，为了寻找主食，写作有时就患得患失了。我的写作，其实一直没有放弃过，由于对这种爱好一直保持着"玩"的心态，所以，不努力，就成了一种常态。当给自己找到了这些托词以后，生活就风平浪静了。以前，当一众人一起出发时并不分先后，但写作是一场马拉松运动，许多人不玩了，途中退出了，最后越来越少的人还在继续，在这些继续者中间，我勉强也算是个还坚持在路上的人，出不出名其实是另一个概念，成功与否其实是没有定义的。马拉松还在继续之中，我的版本，是个不值一提的故事，但个中乐趣，还是享受到了，这就是文学的魅力！

李立超：非常感谢您，蔡老师！您谈了这么多，谈得如此细致，我听了很感慨，让我对余华、对 80 年代都有了与之前不一样的理解。谢谢您！

2020 年 8 月 3 日于海盐友茗檀茶舍

蔡东升，1961 年生于海盐，20 世纪 80 年代中期开始文学创作，作品见于《今天》等刊物，著有小说集《十二种孤独》，杂文集《一纸繁华，与我的倒影谐趣》。与余华同为文学爱好者，两人曾一起参加海盐县的各种文学活动，并有书信往来。

参考文献

鲁迅主要作品：

1. 鲁迅校录、鲁迅先生纪念委员会编：《古小说钩沉》，北京：人民文学出版社，1951 年。

2. 鲁迅：《鲁迅译文集》（第 10 卷），北京：人民文学出版社，1958 年。

3. 鲁迅：《鲁迅全集》（18 卷），北京：人民文学出版社，2005 年。

余华主要作品：

1. 余华：《第一宿舍》，《西湖》1983 年第 1 期。

2. 余华：《疯孩子》，《海盐文艺》1983 年第 1 期。

3. 余华：《鸽子，鸽子》，《青春》1983 年第 12 期。

4. 余华：《月亮照着你，月亮照着我》，《北京文学》1984 年第 4 期。

5. 余华：《甜甜的葡萄》，《小说天地》1984 年第 4 期。

6. 余华：《男儿有泪不轻弹》，《东海》1984 年第 5 期。

7. 余华：《男高音的爱情》，《东海》1984 年第 12 期。

8. 余华：《老邮政弄记》，《青年作家》1984 年第 12 期。

9. 余华：《几时你能再握这只手》，《小说天地》1985 年第 3 期。

10. 余华：《古典乐与珍妃井，铃声》，《东海》1985 年第 2 期。

11. 余华：《我的"一点点"——关于〈星星〉及其它》，《北京文学》

1985 年第 5 期。

12. 余华:《人生的线索》,《文学青年》1985 年第 12 期。

13. 余华:《表哥和王亚亚》,《丑小鸭》1986 年第 8 期。

14. 余华:《走向真实的语言》,《文艺争鸣》1990 年第 1 期。

15. 余华:《活着》,《收获》1992 年第 6 期。

16. 余华:《我的文学道路——在苏州大学"小说家讲坛"上的讲演》,《当代作家评论》2002 年第 4 期。

17. 余华:《文学是怎样告诉现实的》,《北京青年报》2014 年 3 月 21 日。

18. 余华:《人生就是几步而已》,《收获》2023 年第 1 期。

19. 余华:《十八岁出门远行》,北京:作家出版社,1989 年。

20. 余华:《河边的错误》,武汉:长江文艺出版社,1992 年版。

21. 余华:《我能否相信自己——余华随笔选》,北京:人民日报出版社,1998 年。

22. 余华:《十个词汇里的中国》,台北:麦田出版公司,2011 年。

23. 余华:《活着》,北京:作家出版社,2012 年。

24. 余华:《兄弟》,北京:作家出版社,2012 年。

25. 余华:《许三观卖血记》,北京:作家出版社,2012 年。

26. 余华:《在细雨中呼喊》,北京:作家出版社,2012 年。

27. 余华:《鲜血梅花》,北京:作家出版社,2012 年。

28. 余华:《战栗》,北京:作家出版社,2012 年。

29. 余华:《现实一种》,北京:作家出版社,2012 年。

30. 余华:《我胆小如鼠》,北京:作家出版社,2012 年。

31. 余华:《世事如烟》,北京:作家出版社,2012 年。

32. 余华:《黄昏里的男孩》,北京:作家出版社,2012 年。

33. 余华:《温暖和百感交集的旅程》,北京:作家出版社,2012 年。

34. 余华:《音乐影响了我的写作》,北京:作家出版社,2012 年。

35. 余华:《没有一条道路是重复的》,北京:作家出版社,2012 年。

36. 余华:《第七天》,北京:新星出版社,2013 年。

37. 余华:《录像带电影》,台北:麦田出版公司,2013 年。

38. 余华:《我们生活在巨大的差距里》,北京:北京十月文艺出版社
    2015 年。

39. 余华:《我只知道人是什么》,南京:译林出版社,2018 年。

40. 余华:《米兰讲座》,上海:上海文艺出版社,2020 年。

41. 余华:《文城》,北京:北京十月文艺出版社,2021 年。

42. 余华:《阅读有益身心健康》,上海:上海文艺出版社,2021 年。

相关专著:

中文专著

1. 曹聚仁:《鲁迅评传》,上海:复旦大学出版社,2006 年。

2. 陈方竞:《鲁迅与浙东文化》,长春:吉林大学出版社,1999 年。

3. 程光炜:《当代文学的"历史化"》,北京:北京大学出版社,
   2011 年。

4. 陈国灿:《浙江城镇发展史》,杭州:杭州出版社,2008 年。

5. 陈华文、陈淑君:《吴越丧葬文化》,北京:华文出版社,2008 年。

6. 陈平原:《千古文人侠客梦》(增订本),北京:北京大学出版社,
   2010 年。

7. 陈思和主编:《当代文学史教程》,上海:复旦大学出版社,
   1999 年。

8. 陈晓明:《无边的挑战——中国先锋文学的后现代性》,长春:时

代文艺出版社，1993 年。

9.　陈晓明:《中国当代文学主潮》，北京:北京大学出版社，2013 年。

10.　程永新编著:《一个人的文学史》，天津:天津人民出版社，2007 年。

11.　董楚平等:《广义吴越文化通论》，北京:中国社会科学出版社，2012 年。

12.　董健、丁帆、王彬彬:《中国当代文学史新稿》(修订本)，北京:人民文学出版社，2005 年。

13.　董贻安主编:《浙东文化论丛》，北京:中央编译出版社，1995 年。

14.　杜士玮等主编:《给余华拔牙:盘点余华的"兄弟"店》，北京:同心出版社，2006 年。

15.　费君清主编:《传统文化与越文化研究》，北京:人民出版社，2004 年。

16.　费孝通:《乡土中国·生育制度·乡土重建》，北京:商务印书馆，2011 年。

17.　冯普仁:《吴越文化》，北京:文物出版社，2007 年。

18.　干宝:《新辑搜神记》，李剑国辑校，北京:中华书局，2007 年。

19.　甘阳:《八十年代文化意识》，上海:上海人民出版社，2006 年。

20.　高玉、王晓田编著:《余华作品版本叙录》，杭州:浙江工商大学出版社，2017 年。

21.　高远东:《现代如何"拿来"——鲁迅的思想与文学论集》，上海:复旦大学出版社，2009 年。

22.　海盐县志编纂委员会编:《海盐县志》，杭州:浙江人民出版社，1992 年。

23.　海盐县文化馆编:《作品年鉴1984》《作品年鉴1985》《作品年鉴

1986、1987》。

24. 何镇邦:《昔日风景看不尽》,成都:四川人民出版社,2018年。

25. 洪治纲:《守望先锋——兼论中国当代先锋文学的发展》,桂林:广西师范大学出版社,2005年。

26. 洪治纲:《余华评传》,郑州:郑州大学出版社,2005年。

27. 洪治纲:《中国六十年代出生作家群研究》,南京:江苏文艺出版社,2006年。

28. 洪治纲编:《余华研究资料》,天津:天津人民出版社,2007年。

29. 洪治纲:《余华评传》,北京:作家出版社,2017年。

30. 洪子诚:《中国当代文学史》,北京:北京大学出版社,2010年。

31. 胡河清:《灵地的缅想》,上海:学林出版社,1994年。

32. 李步嘉校释:《越绝书校释》,北京:中华书局,2013年。

33. 李长之:《鲁迅批判》,北京:生活·读书·新知三联书店,2013年。

34. 李建周:《先锋小说的兴起》,北京:中国社会科学出版社,2014年。

35. 李劼:《中国八十年代文学历史备忘》,台北:秀威资讯科技股份有限公司,2009年。

36. 李陀:《雪崩何处》,北京:中信出版社,2015年。

37. 李泽厚:《中国现代思想史论》,北京:东方出版社,1987年。

38. 刘琳、王侃编著:《余华文学年谱》,上海:复旦大学出版社,2015年。

39. 刘小枫:《走向十字架上的真》,上海:华东师范大学出版社,2011年。

40. 刘旭:《余华论》,北京:作家出版社,2018年。

41. 刘云生:《先锋的姿态与隐在的症候——多维理论视野中的当代先

锋小说》，成都：巴蜀书社，2009 年。

42. 孟繁华、程光炜:《中国当代文学发展史》(修订版)，北京：北京大学出版社，2011 年。

43. 潘军:《水磬:潘军第一部随笔集》，北京：中国文联出版社，2001 年。

44. 钱理群:《心灵的探寻》，石家庄：河北教育出版社，2000 年。

45. 秋瑾:《秋瑾诗文选》，郭延礼选注，北京：人民文学出版社，1982 年。

46. 孙伏园:《鲁迅先生二三事》，长沙：湖南人民出版社，1980 年。

47. 苏童:《寻找灯绳》，南京：江苏文艺出版社，1995 年。

48. 孙郁:《鲁迅忧思录》，北京：中国人民大学出版社，2012 年。

49. 王安忆、张新颖:《谈话录——我的文学人生》，北京：人民文学出版社，2011 年。

50. 王斌:《活着·张艺谋》，北京：人民文学出版社，2011 年。

51. 王彬修、徐用仪纂:《海盐县志二十二卷》(光绪二年刊本)，上海：上海古籍出版社，2010 年。

52. 王达敏:《余华论》，上海：上海人民出版社，2006 年。

53. 王德威:《当代小说二十家》，北京：生活·读书·新知三联书店，2006 年。

54. 王富仁:《中国文化的守夜人——鲁迅》，北京：人民文学出版社，2010 年。

55. 王干:《笔走羊马蛇》，济南：山东人民出版社，2017 年。

56. 汪晖:《反抗绝望:鲁迅及其文学世界》(增订版)，北京：生活·读书·新知三联书店，2008 年。

57. 汪晖:《死火重温》，北京：人民文学出版社，2010 年。

58. 汪晖:《声之善恶:鲁迅〈破恶声论〉〈呐喊·自序〉讲稿》,北京:生活·读书·新知三联书店,2013年。

59. 汪晖:《阿Q生命中的六个瞬间》,上海:华东师范大学出版社,2014年。

60. 王蒙:《王蒙文集第七卷》,北京:华艺出版社,1993年。

61. 王世诚:《向死而生——余华》,上海:上海人民出版社,2005年。

62. 王晓初:《鲁迅:从越文化视野透视》,北京:北京大学出版社,2012年。

63. 温儒敏、陈晓明等:《现代文学新传统及其当代阐释》,北京:北京大学出版社,2010年。

64. 吴俊:《暗夜里的过客——一个你所不知道的鲁迅》,上海:东方出版中心,2006年。

65. 吴晓东:《从卡夫卡到昆德拉——20世纪的小说和小说家》,北京:生活·读书·新知三联书店,2003年。

66. 吴义勤主编,王金胜、胡健玲编选:《余华研究资料》,济南:山东文艺出版社,2006年。

67. 熊家良:《现代中国的小城文化与小城文学》,北京:中国社会科学出版社,2007年。

68. 邢建昌、鲁文忠:《先锋浪潮中的余华》,北京:华夏出版社,2000年。

69. 许广平:《十年携手共艰危:许广平忆鲁迅》,石家庄:河北教育出版社,2000年。

70. 徐林正:《先锋余华》,杭州:浙江文艺出版社,2003年。

71. 许寿裳:《亡友鲁迅印象记·许寿裳回忆鲁迅全编》,上海:上海文化出版社,2006年。

72. 杨匡汉、杨早主编，中国社会科学院文学研究所当代室:《六十年与六十部——共和国文学档案:1949—2009》，北京:生活·读书·新知三联书店，2009 年。

73. 袁良骏:《当代鲁迅研究史》，西安:陕西人民教育出版社，1992 年。

74. 叶维廉主编:《中国现代文学批评选集》，台北:联经出版有限公司，1976 年。

75. 查建英主编:《八十年代访谈录》，北京:生活·读书·新知三联书店，2006 年。

76. 张洁宇:《独醒者与他的灯——鲁迅〈野草〉细读与研究》，北京:北京大学出版社，2013 年。

77. 张清华:《中国当代先锋文学思潮论》，南京:江苏凤凰文艺出版社，1997 年。

78. 张伟栋:《李泽厚与现代文学史的"重写"》，南昌:江西人民出版社，2012 年。

79. 中国社会科学院文学研究所鲁迅研究室编:《1913—1983 鲁迅研究学术论著资料汇编》(第五卷 1949—1983)，北京:中国文联出版公司，1989 年。

80. 浙江省社会科学界联合会、钱江晚报编:《浙江人文大讲堂》，杭州:浙江科学技术出版社，2006 年。

81. 浙江文艺出版社编:《生日的礼物——浙江作者短篇小说新作选》，杭州:浙江文艺出版社，1984 年。

82. 周冠五:《鲁迅家庭家族和当年绍兴民俗·鲁迅堂叔周冠五回忆鲁迅全编》，上海:上海文化出版社，2006 年。

83. 周生春:《吴越春秋辑校汇考》，上海:上海古籍出版社，1997 年。

84. 周作人:《鲁迅的故家》,止庵校订,北京:北京十月文艺出版社,2013 年。

85. 周作人:《鲁迅小说里的人物》,止庵校订,北京:北京十月文艺出版社,2013 年。

86. 周作人:《鲁迅的青年时代》,止庵校订,北京:北京十月文艺出版社,2013 年。

87. 朱海滨:《近世浙江文化地理研究》,上海:复旦大学出版社,2011 年。

88. 朱岩:《海盐 嬴政二十五年——以事件为线索的海盐历史文化叙述》,北京:北京大学出版社,2010 年。

89. 朱岩主编:《海盐文化丛书:古海盐文化实录》,杭州:西泠印社出版社,2011 年。

90. 朱正:《一个人的呐喊——鲁迅 1881~1936》,北京:北京十月文艺出版社,2007 年。

中文译著

1. [法]安托瓦纳·贡巴尼翁:《现代性的五个悖论》,徐钧译,北京:商务印书馆,2013 年。

2. [美]本尼迪克特·安德森:《想象的共同体:民族主义的起源与散布》(增订本),吴叡人译,上海:上海人民出版社,2011 年。

3. [德]本雅明:《作为生产者的作者》,王炳钧、陈永国、郭军、蒋洪生译,郑州:河南大学出版社,2014 年。

4. [法]丹纳:《艺术哲学》,傅雷译,南京:江苏文艺出版社,2012 年。

5. [英]德波顿:《身份的焦虑》,陈广兴、南治国译,上海:译文出版社,2007 年。

6. ［德］恩斯特·布洛赫：《希望的原理》（第一卷），梦海译，上海：上海译文出版社，2012年。

7. ［美］傅高义：《邓小平时代》，冯克利译，北京：生活·读书·新知三联书店，2013年。

8. ［奥地利］弗洛伊德：《释梦》（上），车文博、车文博、高申春译，北京：九州出版社，2014年。

9. ［美］李欧梵：《铁屋中的呐喊》，尹慧珉译，北京：人民文学出版社，2010年。

10. ［英］罗兰德·彭罗斯：《米罗》，李方林译，长沙：湖南美术出版社，1987年。

11. ［美］汉娜·阿伦特：《论革命》，陈周旺译，南京：译林出版社，2011年。

12. ［英］利维斯：《伟大的传统》，袁伟译，北京：生活·读书·新知三联书店，2002年。

13. ［法］罗贝尔·埃斯卡皮：《文学社会学》，于沛选编，杭州：浙江人民出版社，1987年。

14. ［美］莫里斯·迈斯纳：《马克思主义、毛泽东主义与乌托邦主义》，张宁、陈铭康等译，北京：中国人民大学出版社，2013年。

15. ［德］尼采：《苏鲁支语录》，徐梵澄译，北京：商务印书馆，1992年。

16. ［苏联］普罗普：《滑稽与笑的问题》，杜书瀛、理然译，刘保端校，沈阳：辽宁教育出版社，1998年。

17. ［法］萨莫瓦约：《互文性研究》，邵炜译，天津：天津人民出版社，2003年。

18. ［美］夏志清：《中国现代小说史》，刘绍铭等译，香港：中文大学出版社，2001年。

19. ［英］托·斯·艾略特：《传统与个人才能：艾略特文集·论文》，下之琳、李赋宁等译，上海：上海译文出版社，2012 年。

20. ［日］丸尾常喜：《“人”与“鬼”的纠葛——鲁迅小说论析》，秦弓译，北京：人民文学出版社，1995 年。

21. ［美］王德威主编：《哈佛新编中国现代文学史》，张治等译，成都：四川人民出版社，2022 年。

22. ［美］韦勒克、沃伦：《文学理论》，刘象愚、邢培明、陈圣生、李哲明译，南京：江苏教育出版社，2005 年。

23. ［美］雅各比：《乌托邦之死——冷漠时代的政治与文化》，姚建彬译，北京：新星出版社，2007 年。

24. ［日］伊藤虎丸：《鲁迅与终末论：近代现实主义的成立》，李冬木等译，北京：生活·读书·新知三联书店，2008 年。

25. ［美］张英进：《中国现代文学与电影中的城市：空间、时间与性别构形》，秦立彦译，南京：江苏人民出版社，2007 年。

26. ［日］竹内好著、孙歌主编：《近代的超克》，李冬木、赵京华、孙歌译，北京：生活·读书·新知三联书店，2005 年。

27. ［日］竹内好：《从“绝望”开始》，靳丛林编译，北京：生活·读书·新知三联书店，2013 年。

英文专著

1. Tsi-an Hsia. *The Gate of Darkness :Studies on the Leftist Literary Movement in China.* Seattle and London: University of Washington Press,1968.

2. Xudong Zhang. *Postsocialism and Cultural Politics: China in the Last Decade of the Twentieth Century.* Durham: Duke University Press,2008.

期刊论文、报纸文章：

1. 卜维勤：《我是星王子：介绍一位载歌载梦的现代艺术大师——米罗》，《名作欣赏》1986 年第 5 期。

2. 曹禧修：《〈第七天〉与鲁迅文学传统》，《小说评论》2013 年第 6 期。

3. 陈达：《论鲁迅、余华小说创作的精神同构性》，《浙江师大学报》（社会科学版）1993 年第 6 期。

4. 程光炜：《余华的“毕加索时期”——以一九八六到一九八九年写作的〈十八岁出门远行〉等小说为例子》，《东吴学术》2010 年第 2 期。

5. 程光炜：《1987：结局或开始》，《上海文学》2013 年第 2 期。

6. 程光炜：《论余华的三部曲——〈在细雨中呼喊〉〈活着〉〈许三观卖血记〉》，《中国现代文学研究丛刊》2018 年第 7 期。

7. 陈思和、张新颖、王光东：《余华：由“先锋”写作转向民间之后》，《文艺争鸣》2000 年第 1 期。

8. 陈晓明：《遗忘与召回：现代传统与当代作家》，《当代作家评论》2007 年第 6 期。

9. 陈晓明：《余华，睁了眼看现实》，《光明日报》2014 年 4 月 18 日。

10. ［荷兰］D. 佛克马：《中国与欧洲传统中的重写方式》，范智红译，《文学评论》1999 年第 6 期。

11. 樊星：《人性恶的证明——余华小说论（1984—1988）》，《当代作家评论》1989 年第 2 期。

12. 冯翔：《余华：“活着”介入现实》，《南方周末》2012 年 9 月 13 日。

13. 付锋、李雪：《八十年代是热衷创新的年代——关于余华的〈十八岁出门远行〉》，《长城》2011 年第 5 期。

14. 甘阳:《传统、时间性与未来》,《读书》1986 年第 2 期。

15. 郜元宝:《不乏感动,不无遗憾——评余华〈第七天〉》,《文学报》2013 年 6 月 27 日。

16. 高艳丽:《经典复仇故事的终结——从"干将莫邪"到鲁迅、汪曾祺、余华的创作》,《文艺争鸣》2005 年第 4 期。

17. 耿传明:《试论余华小说中的后人道主义倾向及其对鲁迅启蒙话语的解构》,《中国现代文学研究丛刊》1997 年第 3 期。

18. 郭运恒:《终极的探寻——试论余华、鲁迅小说创作中"死亡"主题的不同意义》,《理论月刊》2006 年第 6 期。

19. 海男:《看见或看不见——余华印象》,《文学角》1989 年第 1 期。

20. 贺智利:《试比较鲁迅和余华的小说创作》,《黑龙江教育学院学报》2002 年第 1 期。

21. 黄江苏:《试论当代先锋作家对鲁迅的接受》,《文艺争鸣》2012 年第 6 期。

22. 洪治纲:《寻找诗性的正义——论余华的〈文城〉》,《中国现代文学研究丛刊》2021 年第 7 期。

23. 洪治纲、余华:《回到现实,回到存在——关于长篇小说〈兄弟〉的对话》,《南方文坛》2006 年第 3 期。

24. 李劼:《论中国当代新潮小说》,《钟山》1988 年第 5 期。

25. 李今:《论余华〈许三观卖血记〉的"重复"结构与隐喻意义》,《中国现代文学研究丛刊》2013 年第 8 期。

26. 李建周:《"怀旧"何以成为"先锋"——以余华〈古典爱情〉考证为例》,《文艺争鸣》2014 年第 8 期。

27. 李平:《鲁院时期的余华》,《嘉兴日报》2014 年 9 月 25 日。

28. 刘广雄:《〈第七天〉为何遭遇"恶评如潮"?》,《文艺报》2013

年 7 月 17 日。

29. 刘蕊、贺智利:《余华与鲁迅小说创作比较论》,《小说评论》2011
年第 6 期。

30. 柳莺:《余华〈第七天〉在法国:退散的温度》,《北京青年报》
2014 年 12 月 23 日。

31. 莫言:《清醒的说梦者——关于余华及其小说的杂感》,《当代作家
评论》1991 年第 2 期。

32. 千里光:《〈第七天〉的不爽与爽》,《上海采风》2013 年第 8 期。

33. 宋强:《1988:商潮涌起》,《书摘》2009 年第 2 期。

34. 王安忆:《王安忆评〈许三观卖血记〉》,《当代作家评论》1999 年
第 3 期。

35. 王斌、赵小鸣:《余华的隐蔽世界》,《当代作家评论》1988 年第
4 期。

36. 王彬彬:《残雪、余华:“真的恶声”?——残雪、余华与鲁迅的
一种比较》《当代作家评论》1992 年第 1 期。

37. 王德威:《从十八岁到第七天》,《读书》2013 年第 10 期。

38. 王富仁:《中国反封建思想革命的镜子——论〈呐喊〉〈彷徨〉的思
想意义》,《中国现代文学研究丛刊》1983 年第 1 期。

39. 王侃、余华:《我想写出一个国家的疼痛》,《东吴学术》2010 年
第 1 期。

40. 王侃:《集外文存、川端康成与“一点点”——余华“少作”诠疏
之一》,《文艺争鸣》2022 年第 5 期。

41. 王永午、余华:《余华——有一种标准在后面隐藏着》,《中国青年
报》1999 年 9 月 3 日。

42. 王湛、庄小蕾:《余华美国出新书,深度谈及对自己作品的看法:

几年过去，〈兄弟〉已不再显得荒诞》，《钱江晚报》2014 年 2 月
23 日。

43. 王争艳、朱逸平：《写小说的小吃店主和余华的故事》，《南湖晚
报》2006 年 5 月 16 日。

44. [丹麦] 魏安娜：《一种中国的现实：阅读余华》，吕芳译，《文学
评论》1996 年第 6 期。

45. 吴小美：《鲁迅之于余华的"资源"意义》，《中国现代文学研究丛
刊》2013 年第 12 期。

46. 吴越：《郜元宝：余华新作〈第七天〉为何"轻"和"薄"》，《文汇
报》2013 年 6 月 21 日。

47. 孙郁：《白话文学的鲁迅传统——在新加坡国家图书馆的演讲》，
《美文》（上半月）2011 年第 5 期。

48. 夏可君：《解构爱情——汤显祖的〈牡丹亭〉与余华的〈古典爱
情〉》，《无余主义》2009 年第 1 期。

49. 夏中义、富华：《苦难中的温情与温情地受难——论余华小说的母
题演化》，《南方文坛》2001 年第 4 期。

50. 徐勇：《余华小说：古典气质与乡镇叙事》，《中国现代文学研究丛
刊》2017 年第 7 期。

51. 严家炎：《为〈铸剑〉一辩》，《中华读书报》2001 年 8 月 8 日。

52. 杨庆祥：《小处精彩，大处失败》，《新京报》2013 年 6 月 22 日。

53. 余华、洪治纲：《〈文城〉内外》，《收获·长篇小说》2021 夏卷。

54. 余华、潘凯雄：《新年第一天的文学对话——关于〈许三观卖血
记〉及其它》，《作家》1996 年第 3 期。

55. 余华、杨绍斌：《"我只要写作，就是回家"》，《当代作家评论》
1999 年第 1 期。

56. 余华、严锋:《〈兄弟〉夜话》,《小说界》2006 年第 3 期。

57. 余华、张英:《余华:〈兄弟〉这十年》,《作家》2005 年第 11 期。

58. 余华、张英:《我一直努力走在自己的前面》,《上海文化》2014 年第 9 期。

59. 俞士明:《余华在海盐文化馆》,《山西文学》2005 年第 1 期。

60. 曾艳兵:《卡夫卡对当代中国文学的影响和启示》,《首都师范大学学报》(社会科学版),2013 年第 2 期。

61. 赵玫:《纯文学与一九八八年》,《文学自由谈》1989 年第 2 期。

62. 赵毅衡:《非语义化的凯旋——细读余华》,《当代作家评论》1991 年第 2 期。

63. 赵毅衡:《小议先锋小说》,《文学自由谈》1994 年第 1 期。

64. 张定浩:《〈第七天〉:匆匆忙忙地代表着中国》,《上海文化》2013 年第 9 期。

65. 张闳:《血的精神分析——从〈药〉到〈许三观卖血记〉》,《上海文学》1998 年第 12 期。

66. 张梦阳:《阿 Q 与中国当代文学的典型问题》,《文学评论》2000 年第 3 期。

67. 张清华:《文学的减法——论余华》,《南方文坛》2002 年第 4 期。

68. 张清华、张新颖等:《余华长篇小说〈第七天〉学术研讨会纪要》,《当代作家评论》2013 年第 6 期。

69. 张新颖:《中国当代文学中沈从文传统的回响——〈活着〉〈秦腔〉〈天香〉和这个传统的不同部分的对话》,《南方文坛》2011 年第 6 期。

70. 张英:《余华说〈文城〉:不要重复自己》,《新民周刊》2021 年第 19 期。

71. Liu Kang. "The Short-Lived Avant-Garde: The Transformation of Yu Hua." *Modern Language Quarterly* 63: 1(March 2002):89-117.

72. James Robinson Keefer. "Dynasties of Demons: Cannibalism from Lu Xun to Yu Hua." PhD diss., The University of British Columbia, 2002.

后 记

　　本书是浙江省哲学社会科学重点研究基地课题的研究成果，纳入杭州师范大学文艺批评研究院"当代文艺批评前沿丛书"，感谢研究基地杭州师范大学文艺批评研究院的资助。

　　同时，感谢我所在工作单位浙江科技大学人文学院的资助。

　　这本书是在我的博士学位论文《论余华小说中的鲁迅"传统"》的基础上修改、推进而成，其中也寄托了我对生活、境遇、人生道路的一些感受，当然，无形中，似乎亦有些命运的意味。

　　回想起来，第一次见到余华是在 2012 年 11 月，那时我还是个刚入学的博士研究生。余华于中国人民大学参加"国际视野中的斯·茨威格研究与接受"国际学术研讨会，在开幕式上发表演讲。那日余华穿着夹克走下阶梯的样子隔了十多年仍然历历在目，"少年气"是余华给我留下的第一印象。演讲结束后，穿过层层读者，我就鲁迅"传统"与 90 年代三部长篇小说的创作的问题请教余华。余华很坦诚地表示，当他读到鲁迅的时候，他的三部长篇小说已经完成了。2017 年 4 月，有幸参加华中科技大学中国当代写作研究中心主办的第十一季喻家山文学论坛"命运与寓言"，其中我做了题为《怎样理解余华小说中的鲁迅"传统"》的发言，这次经历于我而言有十分特殊的意义，因为我是在研究对象的目光中完成了这次汇报。不知道这可否视为一次检视？几个月后，9 月的最后一天，杭州师范大学人文学院主办"文学与杭州城市国际化"学术研讨会，在这次会议上，又一次见到余华，感受到余华的幽默与可爱，而这一天也正是我宣誓成为一名教师的日子。这些点滴对于彼时的我、此刻的我、未来的我而言都是"温暖和百感交集的"。我想这或许就是余华研究在我的生活中，在我的人生道路上留下的深刻印迹。

能够完成这本书，首先要感谢的，是我的恩师中国人民大学程光炜教授。感谢程老师多年来对我无私的教导、关心与帮助。感谢老师付出的时间与心力。博士论文从选题立论到搭建框架以及如何克服其中的难关，都是在程老师不厌其烦的指导中渐渐明晰的。程老师曾对我说，做学问既要努力，也要有耐力。在我迷茫、无力，想要退缩的时刻，只要想起老师的教诲，力量总是会一点一点地重新积蓄起来。衷心感谢老师为本书作序，读着老师的文字，仿佛又回到了中关村大街59号的人大校园。是在老师的悉心指导下，我才深切认识到当代作家的现代文学"传统"、历史节点对于作家的意义这两个议题在余华研究、中国当代文学史研究中的价值。我们的人大博士生课堂好似一个工作坊，每个新学期开始，程老师总是会在课堂上与我们分享新近写出的文章。我就是在课堂上读到老师的《张承志与鲁迅和〈史记〉》，老师宏阔的史学视野与细腻的情感体察启发了我博士论文的写作。程老师强调当代文学研究中的文学史意识、史料意识，这一点我一直铭记于心，来到浙江工作后，我便有意识地对余华的早期创作、浙江地方文学杂志进行搜集与考证，又去海盐做了一些调查，这构成了我对博士论文在材料层面上的补充。惭愧的是，我能力有限，只能做一些微小的工作。这本书难免挂一漏万，但仍旧希望它可以生发出我今后研究的一些线索。做研究，有欣喜亦有苦恼，但唯有细致踏实，方不负程老师对我的叮嘱。

感谢参加我的博士论文答辩的陈思和教授、陈晓明教授、王光明教授、张清华教授、孙郁教授、杨庆祥教授,各位老师在学界深耕多年,老师们的评议使我受益匪浅,对于我将博士论文推进成书,是非常珍贵的指导与启发。

感谢杭州师范大学人文学院、文艺批评研究院洪治纲教授,感谢洪老师对我这样一位后辈的教导与支持。在完成本书的过程中,洪老师给我的意见和建议总是具体且具有针对性的,并将他多年的研究心得与我分享。作为余华研究的专家、当代文学研究的资深前辈,洪老师对余华研究的整体性观察十分精准。在《余华小说研究中三个待解的问题》一文中,他既指出了余华小说创作的特征,又指出了这些鲜明特征背后所暗含的研究问题。作为后辈,我深深感动并敬佩于洪老师这份对于余华研究、对于中国当代作家研究的用心与苦心。感谢洪老师为本书作序,这篇序言于我而言,是鼓励更是鞭策。

感谢美国杜克大学刘康教授。2021 年秋天,受国家留学基金委资助,我以公派访问学者的身份在美国杜克大学进行了为期一年的访学工作,正是由于这样的机缘,我结识了杜克大学亚洲与中东研究系刘康教授。刘老师于新世纪初发表的 "The Short-Lived Avant-Garde: The Transformation of Yu Hua" 一文,为余华在美国,在英语世界,甚至全球范围内的经典化都起到了重要作用。可以说,刘老师是以"世界的"视角观察余华,而且这种观察并没有止步于文学层面,而是将余华及其创作视为观察中国历史发展进程的一个切入点。能够在杜克森林午后的阳光中与刘老师进行访谈是我的幸运。在杜克期间,刘老师曾赠予我一张关于余华的海报,隔山跨海,这张海报现在安好地贴在我的书架上。刘老师的勉励令人难忘,感谢刘老师对我的爱护。

感谢海盐县文化馆杨学军老师、海盐作家蔡东升老师。2019、

2020 年夏天，我曾两次赴海盐做一些调查工作。面对我这个不速之客，杨学军老师非但毫无怨言，反而提供了热情、妥帖的帮助，向我开放了馆藏珍贵资料。杨老师对于海盐的文学发展抱有强烈的使命感，在编辑《海盐文艺》时也有意识地关注到海盐作家生平材料的整理。蔡东升老师亲切和蔼，对文学有着近乎虔诚的态度，感谢蔡老师接受我的访谈，跟随蔡老师的所讲所述，我仿佛穿越到 80 年代海盐那个热烈的、充满尝试与探索的文学现场。两位老师还领着我去了杨家弄 84 号，拜访了汪乐平爷爷，我们在汪家旧宅里喝茶谈天，老宅子像是个神仙洞府，把时间拉得好长好慢，仿佛时光的另一头就是少年余华的夏天。

感谢河北师范大学文学院郭宝亮教授，郭老师沉稳深厚的学术风格鼓舞着我。在河北师大做博士后期间，有幸得到郭老师的指导，在当代作家年谱编撰的视野中对余华进行梳理与研究。郭老师为我操心不少，每每回想起来，都备感温暖。

感谢学者、作家、诗人吴耀宗老师，于香港城市大学读硕士期间，感谢吴老师给予我的学术训练，开阔了我的学术视野。吴老师生于新加坡，后求学于美国，现居中国香港，学贯中西，在绘画、摄影领域亦颇有建树。感谢吴老师对我生活、工作的关心。多年来，无论去到哪个国家、哪个城市，老师都乐于与我分享生活中有趣的瞬间。

在本书出版的过程中，恰逢杭州师范大学人文学院王侃教授鼓励，我申报了第十批浙江省"新荷计划"人才库，并成功入选。出于这样的机缘，我想这本书也是对浙江百年文脉、越地精魂的一次致敬。

感谢一路走来帮助、支持、关心我的各位师友，特别是中国人民大学李今、杨联芬、王家新、张洁宇等老师给予我的教诲以及人大各位同门给予我的温暖。感谢美国杜克大学亚洲与中东研究系罗鹏（Carlos Rojas）教授，作为我访学期间的合作导师、余华《兄弟》的英译者，罗鹏教授引导我通过"翻译"以及"海外汉学"的视角去观察余华的小说创作。感谢扬州大学赵彦芳教授，多年来一直以女性学者的细腻、严谨、自主鼓励着我。感谢《中国现代文学研究丛刊》《文艺争鸣》《小说评论》《当代文坛》《现代中文学刊》等刊物编辑老师对我这样一位青年研究者的提携与指导，让我有机会可以将自己的一点想法与学界分享、讨论。

感谢浙江科技大学人文学院对我的支持，让我的一些研究心得可以融入课堂教学。同时，也感谢山水如画的校园培养出的聪慧踏实的学生，感谢洪鑫昊、胡霄建两位小友帮助我校对书稿。

感谢浙江大学出版社人文与艺术出版中心宋旭华主任，宋老师多年的出版经验与严谨的治学态度为我提供了许多帮助。感谢本书的责任编辑浙江大学出版社牟琳琳女史，牟老师细致严谨，为本书的编辑、出版付出了许多辛劳，并从专业角度提供了很多宝贵的建议。

感谢我的父母，感谢你们对我的无私付出，无条件支持我的每一个选择。感谢我的小拉宝，感谢你又可爱又萌，虽然你成天气我，但是让我的生活充满了惊喜。

终于还是写到了这里：

这本书是我向杨家弄84号寄出的一只包裹，只是它走得好像有些慢了，不知道扑在窗口的那个少年会不会收到……

2024年4月于杭州